PENELOPE DOUGLAS

RIVAIS
Série Fall Away

Traduzido por Carol Dias

1ª Edição

2023

Direção Editorial: Anastacia Cabo
Preparação de texto: Mara Santos
Revisão Final: Equipe The Gift Box
Arte de Capa: Bianca Santana
Tradução e diagramação: Carol Dias

Copyright © Penelope Douglas, 2014
Copyright © The Gift Box, 2023
This edition published by arrangement with Berkley, an imprint of Penguin Publishing Group, a division of Penguin Random House LLC

Todos os direitos reservados.
Nenhuma parte do conteúdo desse livro poderá ser reproduzida em qualquer meio ou forma – impresso, digital, áudio ou visual – sem a expressa autorização da editora sob penas criminais e ações civis.

Esta é uma obra de ficção. Nomes, personagens, lugares e acontecimentos descritos são produtos da imaginação da autora. Qualquer semelhança com nomes, datas ou acontecimentos reais é mera coincidência.

Este livro segue as regras da Nova Ortografia da Língua Portuguesa.

CIP-BRASIL. CATALOGAÇÃO NA PUBLICAÇÃO

D768r

Douglas, Penelope
  Rivais / Penelope Douglas ; tradução Carol Dias. - 1. ed. - Rio de Janeiro : The Gift Box, 2023.
  292 p. (Fall away ; 3)

  Tradução de: Rival
  ISBN 978-65-5636-222-9

  1. Romance americano. I. Dias, Carol. II. Título. III. Série.

          CDD: 813
          CDU: 82-31(73)

Este romance é dedicado ao meu marido. Querido, sei que a vida sem mim seria insuportável, mas a vida sem você seria insuportável E TAMBÉM chata.

Para o meu marido...
Há tantas coisas ao longo dos anos,
Coisas que você fez e que me deixou aos prantos.
Você se recusa ao papel higiênico repor,
Ou a encher a lava-louças com os potes de sorvete que sujou.
Pego suas meias e você nunca tem que usar aspirador,
E jogo suas latas vazias de Coca, que em todo canto ficou.
Mas então penso em todas as coisas maravilhosas que você faz,
Como abastecer o armamento zumbi com armas letais.
Temos facões, punhais, purificadores de água e rádios,
E os zumbis nunca vão tocar no nosso estoque de espaguetIOs.
Sua habilidade para massagens nas costas e hambúrgueres não são coisa boba,
E eu amo que bolo-mármore sempre te faz gritar "oba".
Você acompanha o meu drama e meu humor inapropriado,
E sei que queria que minha obsessão por 50 Tons fosse deixada de lado.
Prometo sempre te desamarrar logo que eu terminar,
Porque, querido, não há nada no mundo tão bom quanto te amar.

RIVAIS

AGRADECIMENTOS

Para o meu marido, que é meu maior apoiador e sempre cuida de mim. Ele é meu parceiro e ilumina meu dia com seu maravilhoso senso de humor.

Para minhas amigas Bekke, Marilyn, Tee Tate, Ing e Lisa. Vocês me apoiam constantemente com conselhos, *feedback*, palavras de encorajamento e humor. Agradeço por ficarem ao meu lado.

Para minha agente, Jane Dystel. Agradeço por sempre estar disponível e trabalhar duro por mim. Você é a única pessoa que me pergunta se estou comendo ou dormindo direito, e eu amo como você toma conta de mim.

Para minha editora, Kerry Donovan. Você sempre foi ótima em segurar minha mão e me fazer feliz durante esta nova aventura. Agradeço demais por ter alguém fácil de conversar, que se importa tanto com os personagens quanto eu.

Para todos os blogueiros, resenhistas e leitores. Que caminho louco passamos juntos, e ainda não acabou! Com seu amor e apoio, fui capaz de me dedicar à escrita e fico incrivelmente feliz de poder fazer isso todos os dias! Agradeço muito, muito mesmo, pelos comentários positivos, resenhas e divulgação. Vocês me honraram, e espero continuar escrevendo histórias que vocês adoram.

PRÓLOGO

FALLON

Havia pessoas que eu gostava e pessoas de quem não gostava. Pessoas que eu amava e pessoas que odiava.

Mas havia uma única pessoa que eu amava odiar.

— Por que você está fazendo isso? — Ouvi uma voz feminina chorosa perguntar ao circular o corredor para a aula de Educação Física do segundo ano.

Imediatamente parei, travando o olhar em uma Tatum Brandt de rosto avermelhado, que encarava meu irmão postiço babaca, Madoc Caruthers, e seu amigo Jared Trent. Eles ficaram parados no corredor ao lado dos armários, parecendo entediados, enquanto ela se agarrava às alças da mochila por segurança.

— Você ficou gritando comigo ontem — continuou, estreitando as sobrancelhas para Jared, Madoc com um sorriso afetado atrás dele — e todos os seus amigos seguiram. Já faz uma eternidade, Jared. Quando você vai parar? Por que está fazendo isso?

Respirei fundo e completei minha maravilhosa combinação rotineira de rolar os olhos e negar com a cabeça.

Realmente odiava virar em corredores. Odiava portas fechadas. Odiava não ver o caminho à frente.

Corredor #1: Seu pai e eu vamos nos divorciar.

Corredor #2: Vamos nos mudar. De novo.

Corredor #3: Vou me casar. De novo.

Corredor #952: Realmente não gosto de você, nem do meu marido, nem do filho dele, então vou tirar quinze férias por ano sozinha!

Ok, minha mãe nunca disse isso de verdade, mas sou muito boa em interpretar as coisas. E corredores são uma merda.

Fiquei parada, colocando as mãos nos bolsos dos jeans *skinny*, esperando para ver o que esta garota faria. Finalmente teria culhões ou pelo menos pegaria os culhõezinhos que esses dois idiotas tinham? Continuava esperando que ela aceitasse o desafio, mas sempre me desapontava.

Tatum Brandt era uma covarde.

Não sabia muito sobre ela. Apenas que todos a chamavam de Tate, exceto Madoc e Jared; ela era uma rocha por fora, mas mole por dentro; e era bonita. Bonita no nível das líderes de torcida.

Cabelo longo e loiro? Muito.

Grandes olhos azuis? Claro que sim.

Pernas longas, lábios cheios e seios grandes? Mesmo aos dezesseis anos.

Ela era o pacote perfeito e, se eu fosse meu irmão postiço, não teria nenhum problema em enfiar minha língua em sua boca. Inferno, pode ser que eu faça isso de todo jeito.

Mordi o canto da boca, pensando a respeito. É, eu poderia ser lésbica. Talvez. Se eu quisesse.

Não, esquece.

Meu ponto é... por que Madoc e Jared atormentavam a garota em vez de tentar sair com ela era um mistério para mim.

Porém, por algum motivo, eu estava interessada. Desde o começo do ano de calouros, os dois a intimidavam. Espalharam rumores, a assediaram e fizeram tudo o que podiam para deixá-la infeliz. Eles empurravam e ela recuava uma e outra vez. Isso começou a me irritar tanto que eu estava prestes a socar a cara deles para defendê-la.

Exceto que eu quase não a conhecia. E Tatum não sabia nada sobre mim. Fiquei tão longe do radar que nem um sonar poderia me detectar.

— Por quê? — Jared respondeu sua pergunta com outra e se projetou no espaço dela com uma arrogância enorme. — Porque você fede, Tatum. — Torceu o nariz em um falso desgosto. — Você tem cheiro de... cachorro.

Tate endureceu na hora e as lágrimas em seus olhos finalmente escorreram.

Chuta o saco dele, mana!

Soltando um suspiro furioso, empurrei os óculos para a ponte do nariz. É o que eu faço antes de me preparar para algo.

Ela negou com a cabeça.

— Você nem lembra que dia é hoje, né? — Dobrou os lábios trêmulos entre os dentes e olhou para o chão.

E, mesmo sem ver seus olhos, eu sabia o que estava lá. Desespero. Perda. Solidão.

Sem o fitar novamente, ela deu as costas e se afastou.

Seria fácil bater nele. Jogar um insulto de volta. E, embora eu desprezasse sua fraqueza, entendi uma coisa que não tinha entendido antes. Jared era um babaca, mas era um babaca que poderia feri-la.

Ela estava apaixonada por ele.

Cruzando os braços sobre o peito, andei até os armários onde Jared e Madoc estavam parados, encarando Tate.

Madoc falou, por trás dele:

— O que ela quis dizer? Que dia é hoje?

Jared deu de ombros, afastando a pergunta.

— Não sei do que ela estava falando.

— É 14 de abril — soltei, por cima do ombro de Madoc, o fazendo dar a volta. — Significa algo para você, cabeça de merda? — direcionei a pergunta para Jared.

Madoc ergueu a sobrancelha loiro-escura para mim, uma sombra de um sorriso em seus olhos. Jared virou a cabeça apenas o suficiente para que eu visse o lado de seu rosto.

— 14 de abril? — sussurrou, depois piscou devagar e com força. — Merda — murmurou.

E Madoc recuou de leve quando Jared bateu com a palma da mão no armário mais próximo.

— Que merda é essa? — E fechou a cara.

Jared correu as mãos no rosto e sacudiu a cabeça.

— Nada. Liga não — rosnou. — Vou para a aula de Geometria. — Enfiando os punhos nos bolsos, se afastou pelo corredor, deixando Madoc e eu.

Entre meu irmão postiço e seu amigo, eu respeitava mais seu amigo. Os dois eram idiotas de marca maior, mas pelo menos Jared não se importava com o que as pessoas pensavam dele. Andava por aí como o cruzamento estranho entre um atleta e um gótico. Um cara popular e mau pressentimento. Sombrio, mas extremamente cobiçado.

Madoc, por outro lado, ligava para o que todo mundo pensava. Nossos pais. O diretor. E a maioria do corpo estudantil. Ele amava ser amado, e odiava estar associado a mim.

Como segundanistas, eles já estavam começando a exercer um poder que estaria fora de controle quando chegassem ao último ano.

— Uau, seu amigo é um perdedor — provoquei, enfiando as mãos nos bolsos.

Madoc se concentrou em mim com um meio-sorriso brincalhão e olhos relaxados.

— Então os seus amig… — começou, mas parou. — Ah, é mesmo. Você não tem amigos.

RIVAIS

— Não preciso deles — respondi. — Viajo mais rápido sozinha. Vou a lugares. Você sabe disso.

— Sim, você vai a lugares. Pare na lavanderia no meio do caminho, Fallon. Preciso que alguém pegue minhas camisas. — E passou a mão com arrogância sobre sua camisa de botão Abercrombie azul-marinho. Com seu jeans de lavagem média, pulseira preta Paracord e cabelo loiro-escuro estiloso, Madoc se vestia para impressionar. As garotas o procuravam porque ele ficava bem naquelas roupas, não parava de falar e amava brincar. Para todos os efeitos, era um cara divertido.

E sempre me fez sentir pequena.

Falei um monte de merda, mas, verdade seja dita, era mais para mim mesma do que para qualquer outra. Madoc usava roupas de designer. Eu usava Target. Ele comia Godiva. Eu comia Snickers. E, no que lhe dizia respeito, ele era o herdeiro, e eu era a filha da aproveitadora que tinha roubado seu pai.

Madoc achava que eu era o cocô do cavalo do bandido. *Dane-se.*

Dei uma olhada condescendente em suas roupas.

— Suas camisas, que são superestilosas, deixe-me dizer, dariam orgulho à comunidade gay.

— Você poderia ter coisas boas também. Meu pai paga o suficiente à sua mãe pelos serviços dela, afinal.

— Coisas boas? Como as minissaias com quem você namora? — provoquei. Hora de ensinar o merdinha. — A maioria dos caras, Madoc, gosta de algo diferente. Sabe por que você quer me ver em coisas "boas" e minúsculas? Porque quanto mais eu mostro, menos estou escondendo. Eu te assusto.

Ele negou com a cabeça.

— Que nada, irmãzinha.

Irmãzinha... Eu era apenas dois meses mais nova que ele. O cara dizia merdas assim para me deixar puta.

— Não sou sua irmãzinha. — Dei um passo à frente. — E tenho amigos. Tenho vários caras interessados. Eles gostam de como me visto. Não me inscrevi para os padrões que você e nossos pais arrog...

— Uau, que tédio — cortou-me, com um suspiro. — Sua vida não me interessa, Fallon. Jantares de férias e uma vez ou outra em casa. São as únicas vezes que quero esbarrar em você.

Ergui o queixo, tentando não entregar nada. Não me machucava. Nem suas palavras nem sua opinião sobre mim. Não havia nó na garganta que desceu pelo meu estômago e se fechou ali com mais força. O que ele disse não importava. Eu gostava de quem era. Ninguém me dizia como me vestir, como me comportar, em que clubes me juntar... Eu tomava minhas próprias decisões. Madoc era uma marionete. Maria vai com as outras.

Eu sou livre.

Quando nada foi dito, ele começou a andar de costas para longe de mim.

— Os adultos estão fora hoje à noite. Vou dar uma festa. Fique fora do caminho. Talvez se esconda nos aposentos dos funcionários, onde é o seu lugar.

Eu o observei sair, sabendo que não o ouviria.

Queria ter ouvido.

CAPÍTULO UM

MADOC

Dois anos depois...

— Sério? — exclamei — Ela não consegue ir mais devagar? — perguntei ao Jared, sentado no banco de trás do G8 da namorada dele, com as mãos presas em cima da cabeça.

Tate virou do banco do motorista, seus olhos duros como se quisesse enfiar uma faca bem no meio do meu crânio.

— Estou fazendo uma curva fechada a quase oitenta quilômetros por hora em uma estrada de terra instável! — gritou. — Isso nem é uma corrida de verdade. É um treino. Já te disse isso! — Cada músculo em seu rosto estava tenso enquanto ela me devorava.

Joguei a cabeça para trás e soltei um suspiro. Jared estava sentado na minha frente com o cotovelo na porta e a cabeça na mão.

Era uma tarde de sábado, uma semana antes da primeira corrida de Tate em nossa pista local improvisada — o Loop — e estivemos na Rota Cinco pelas últimas três horas. Cada vez que a burrinha reduzia a marcha cedo demais ou não acelerava rápido o suficiente, Jared ficava quieto — eu não.

Ele não queria ferir os sentimentos da namorada, mas eu não ligava. Por que pisar em ovos ao redor dela? Eu não estava tentando arrancar a sua calcinha.

Não mais, de todo jeito.

Tate e Jared passaram quase o ensino médio todo odiando um ao outro. Brigando com palavras e pegadinhas na maior preliminar que eu já vi. Agora eles estavam envolvidinhos igual àquela merda de Romeu e Julieta. A versão pornô.

Jared virou a cabeça, mas não o suficiente para encarar meus olhos.

— Saia — ordenou.

— O quê? — explodi, meus olhos se arregalando. — Mas... Mas... — gaguejei, visualizando o sorriso triunfante de Tate pelo retrovisor.

— Mas nada — Jared resmungou. — Vai pegar seu carro. Ela pode correr contra você.

O disparo de adrenalina correu por mim com a perspectiva de alguma emoção verdadeira. Tate definitivamente poderia correr contra uma garota que não fazia ideia do que estava fazendo, mas ainda tinha um monte de coisas para aprender e criar um pouco de coragem.

E é aqui que eu entro. Quis sorrir, mas não fiz isso. Pelo contrário, apenas rolei os olhos.

— Bem, vai ser um tédio.

— Ah, você é tão engraçado — provocou, segurando o volante com mais força. — Dá uma ótima menininha de doze anos quando está choramingando.

Abri a porta de trás.

— Por falar em choramingar… quer fazer uma aposta de quem estará chorando no final do dia?

— Você — respondeu.

— Não.

Ela pegou um pacote de lenços de papel e jogou para mim.

— Aqui. Só por garantia.

— Ah, estou vendo que você mantém um estoque pronto — devolvi.

— Porque você chora muito, né?

Ela se virou.

— *Tais-toi! Je te détes…*

— O quê? — interrompi. — O que foi isso? Eu sou gostoso e você me ama? Jared, sabia que ela tem sentimentos…

— Parem! — berrou, calando a boca de nós dois. — Que merda, vocês dois. — Jogou a mão para o ar, olhando entre nós como se fôssemos crianças malcriadas.

Tate e eu ficamos em silêncio por um momento. Então ela bufou e não consegui evitar rir também.

— Madoc? — Os dentes de Jared estavam praticamente colados. Dava para ouvir a tensão em sua voz. — Fora. Agora.

Agarrei o celular no banco e fiz o que me foi dito, apenas porque sabia que meu melhor amigo chegou ao seu limite.

Estava tentando provocar Tate o dia inteiro ao fazer piadas e distrair Jared. Ela finalmente correria contra um oponente real e, embora Jared e eu estivéssemos trabalhando com ela, sabíamos que as coisas davam errado na pista. O tempo inteiro. Mas Tate insistiu que conseguia lidar.

E o que Tate queria, Tate conseguia. Jared estava completamente rendido àquela garota.

RIVAIS

Caminhei da pista até a entrada de automóveis que levava a ela. Meu GTO prata estava ao lado da estrada e procurei no jeans as chaves com uma das mãos, passando a parte de trás da outra na testa.

Era começo de junho e tudo já estava miserável. O calor não estava tão ruim, mas a maldita umidade piorava. Minha mãe queria que eu fosse para Nova Orleans no verão e eu disse um grande e belo não a ela.

Sim, eu amava suar enquanto seu novo marido tentava me ensinar a pescar camarão no Golfo.

Não.

Amava minha mãe, mas a ideia de ficar com a casa só para mim o verão todo, já que meu pai estaria no seu apartamento em Chicago, era, sem dúvidas, uma projeção muito melhor.

Minha mão formigou com a vibração e olhei meu telefone.

Falando do diabo.

— Ei, manda — falei para o meu pai, parando ao lado do carro.

— Madoc. Que bom que atendeu. Está em casa? — Ele parecia estranhamente preocupado.

— Não. Ia para lá em breve, porém. Por quê?

Meu pai quase nunca estava por perto. Tinha um apartamento em Chicago, já que seus grandes casos jurídicos o mantinham trabalhando por longas horas. Embora muitas vezes ausente, ele era fácil de se ter por perto.

Gostava dele. Mas não o amava.

Minha madrasta tinha desertado há um ano. Viajando, visitando amigas. Eu a odiava.

E eu tinha uma irmã postiça… em algum lugar.

A única pessoa que eu amava em casa era Addie, nossa governanta. Ela se certificava de que eu comesse vegetais e assinava meus papéis na escola. Era minha família.

— Addie ligou hoje de manhã — explicou. — Fallon apareceu lá hoje.

Minha respiração ficou presa na garganta e quase derrubei o telefone.

Fallon?

Apoiando a mão no capô do carro, abaixei a cabeça e tentei parar de ranger os dentes.

Minha irmã postiça estava em casa. Por quê? Por que agora?

— E daí? — cuspi. — O que isso tem a ver comigo?

— Addie fez uma mala para você. — Ignorou minha pergunta. — Falei com a mãe do Jared e você vai ficar com eles por algumas semanas até eu liberar minha agenda. Voltarei para casa e resolverei isso.

Desculpa? Parecia que o telefone se partiria em meus dedos conforme eu o apertava.

— O quê? Por quê? — gritei, respirando pesado. — Por que não posso ficar na minha própria casa?

Desde quando ela mandava nas coisas? Então ela estava em casa. Grandes coisas! Mande-a embora então. Por que eu tinha que sair?

— Você sabe por que — meu pai respondeu, seu tom profundo e ameaçador. — Não vá para casa, Madoc.

E desligou.

Fiquei plantado onde estava, estudando o reflexo das árvores no capô do meu carro. Disseram-me para ir para a casa de Jared, onde Addie me entregaria roupas, e não para casa até novo aviso.

E por quê?

Fechei os olhos e neguei com a cabeça. Eu sabia o motivo.

Minha irmã postiça estava em casa e nossos pais sabiam de tudo. Tudo que aconteceu há dois anos.

Mas não era a casa dela. Nunca foi. Era meu lar há dezoito anos. Ela viveu por um tempo depois que nossos pais se casaram e então desapareceu há dois anos.

Acordei uma manhã e ela tinha sumido. Sem um adeus, sem um bilhete e sem se comunicar desde então. Nossos pais sabiam onde ela estava, mas eu não. Não permitiram que eu soubesse seu paradeiro.

Não que eu me importasse também, porra.

Mas eu queria muito ficar na minha própria casa no verão.

Duas horas depois, eu estava sentado na sala de Jared com seu meio-irmão, Jax, passando o tempo até a mãe deles parar de nos observar como um falcão. Quanto mais eu esperava sentado, mais ansioso ficava para ir encontrar alguma distração. Jared tinha um monte de bebidas no quarto que eu trouxe da minha casa e era hora de começar meu aquecimento de sábado à noite. Jax estava largado no sofá jogando videogame e Jared tinha saído para fazer uma tatuagem.

— Não é assim que se lida com isso, Jason. — Ouvi Katherine Trent sussurrar estridentemente na cozinha.

Minhas sobrancelhas se ergueram. *Jason?* Era o nome do meu pai.

Ela atravessou a porta, falando ao telefone.

Ela chamou meu pai de Jason? Não é estranho, eu acho. É o nome dele. Só parece estranho. Não são muitas pessoas que podem chamá-lo pelo primeiro nome. Normalmente é "senhor Caruthers" ou apenas "senhor".

Ficando de pé, me aproximei da sala de jantar, que ficava à direita da cozinha.

— É o seu filho. — Escutei-a dizer. — Você precisa vir para casa e lidar com isso.

Enfiei as mãos nos bolsos e me encostei à parede perto da porta que ia para a cozinha. Ela ficou quieta por um momento, exceto pelo barulho da louça. Deveria estar enchendo a máquina de lavar louças.

— Não — continuou. — Uma semana. No máximo. Eu amo Madoc, mas é a sua família e eles precisam de você. Não vai se safar dessa. Já tenho dois garotos adolescentes. Você sabe o que eles fazem quando eu tento impor um toque de recolher? Eles riem de mim.

Luto entre um sorriso divertido e fechar os punhos em irritação.

— Estou aqui — prossegue. — Quero ajudar, mas ele precisa de você! — Seus sussurros são inúteis. Era impossível tentar dar ordens ao meu pai e falar baixo.

Lancei um olhar para Jax e percebi que ele parou o jogo e estava me observando com uma sobrancelha arqueada.

Negando com a cabeça, brincou:

— Não obedeci a um toque de recolher em nenhum momento da minha vida toda. Ela é uma fofa com isso, porém. Amo aquela mulher.

Jax era meio-irmão de Jared. Eles tinham o mesmo pai, porém mães diferentes, e Jax passou a maior parte da vida com o sádico do pai dele ou em lares adotivos. No outono passado, meu pai ajudou Katherine a tirar Jax do sistema e levar para a casa dela. O pai dos dois estava na prisão e todo mundo queria que os irmãos ficassem juntos.

Especialmente os dois irmãos.

E agora que Jared, que tem sido meu melhor amigo em todo o ensino médio, encontrou sua alma gêmea e amor de sua vida, ele não ficava por aqui tanto quanto antes. Então Jax e eu estávamos mais próximos.

— Vamos lá. — Apontei o queixo na direção dele. — Vou pegar uma garrafa no quarto do Jared e nós vamos sair.

— Quero ver suas maiores bolas — ordenei, na voz mais profunda que consegui fazer. Meus olhos estavam estreitados e tive que travar os dentes para não rir.

As costas de Tate se endureceram e ela lentamente girou com o queixo abaixado e os olhos erguidos. Lembrava-me de como minha mãe me olhou quando fiz xixi na piscina na infância.

— Uau, ainda não tinha ouvido essa. — Arregalou os olhos. — Bem, senhor, temos algumas bem pesadas, mas para todas serão necessários dois dedos e o polegar. Você tem tamanho talento? — Ela tinha uma expressão no rosto como se estivéssemos falando de dever de casa, mas dava para ver o sorriso brincando no canto de sua boca.

— Tenho talento pra caramba — provoquei, minha língua subitamente grande demais para ficar dentro da boca. — Você teria ciúmes do que eu posso fazer com aquela bola.

Ela rolou os olhos e se aproximou do balcão. Tate estava trabalhando na pista de boliche desde o outono. Era quase uma ordem judicial que ela conseguisse um trabalho. Bem, não quase. Provavelmente teria sido uma ordem judicial se Jared tivesse prestado queixa. Esse pedaço de nada tinha um metro e setenta, cinquenta e quatro quilos e bateu com um pé de cabra no carro do namorado dela em um dos seus famosos surtos violentos. Foi bem horrível e bem maravilhoso. O vídeo estava no YouTube e tinha praticamente começado um movimento feminista. As pessoas tinham feito suas próprias versões e até colocaram música. Deram o título de *Quem é o chefe agora?*, já que o carro de Jared era um Mustang Boss 302, sendo *chefe* a tradução de *boss* em inglês.

Foi tudo um mal-entendido, porém, e Tate pagou pelos reparos. Ela amadureceu. Jared e eu também. E somos todos amigos.

É claro, eles estão dormindo juntos. Não tenho essa vantagem.

— Madoc, você estava bebendo? — Tate colocou as palmas das mãos no balcão e me olhou como uma mãe.

— Que pergunta burra.

Claro que eu estava bebendo. É como se ela não me conhecesse.

Erguendo a cabeça, ela olhou para as pistas atrás de mim e tive medo de seus grandes olhos azuis realmente saírem de sua cabeça.

RIVAIS

— Você deixou o Jax bêbado também! — acusou, claramente puta agora.

Girei para ver o que ela estava olhando, tropeçando quando meu pé ficou preso nas pernas do banquinho ao meu lado. Um grito saiu por minha garganta:

— Uhuuuuul! — Ergui a garrafa de Jack Daniel's no ar quando vi o mesmo que ela.

Um grupo de pessoas estava reunido na frente de uma das pistas, rindo e assistindo Jax correr e escorregar por ela.

— Isso aí!

A garrafa foi arrancada dos meus dedos e me virei, vendo Tate colocá-la debaixo do balcão, pressionando os lábios raivosos um no outro e fechando a cara.

— Mas por que acabar com o uísque?! — imitei o Capitão Jack Sparrow e bati o punho no balcão.

Tate pisou com força pelo corredor em direção à porta que dava para as pistas.

— Você vai ficar na merda assim que eu passar por esse balcão — sussurrou estridentemente para mim.

— Você me ama. Sabe que sim! — Ri e saí correndo pelo labirinto de mesas e cadeiras ao redor do estande para onde Jax jogava. Alguns outros caras tinham se juntado e escorregavam pelas pistas, muito para agradar ao público do sábado à noite. A essa hora, não havia mais tantas famílias por ali e as únicas pessoas que não estavam entretidas eram os caras solteiros que passavam a velhice lamentando a pança de cerveja e a sorte que deram de escapar de um casamento. Eles apenas assistiam e negavam com a cabeça.

Fallon apareceu lá hoje. Não vá para casa.

Engoli o uísque que continuava tentando voltar e joguei a cabeça para trás.

— Uuuuhuuuul! — berrei, antes de me lançar no chão claro de madeira, deslizando de barriga pela pista.

Meu coração estava acelerado e excitação borbulhava em meu peito. *Puta merda!* Estas pistas deslizavam bem e eu apenas ri, sem me importar que Tate estivesse puta comigo ou se o punho de Jared deixaria uma marca permanente no meu rosto por causar bagunça no trabalho de sua namorada. Tudo que me importava era o que me levava de um momento a outro.

Não posso ir para casa.

O grupo comemorava e gritava por trás de mim, alguns pulando.

Só consegui dizer aquilo porque sentia as vibrações abaixo de mim. E quando parei, minhas pernas penduradas na pista ao lado, fiquei lá deitado, pensando. Não sobre Fallon. Não sobre estar bêbado demais para chegar em casa a esse ponto.

Pensei em voz alta:

— Como eu vou levantar daqui?

Essas pistas eram muito escorregadias. Dã. Não conseguiria levantar ou escorregaria. Merda.

— Madoc! Levanta! — Pude ouvir Tate rugir de algum lugar perto de mim. *Madoc. Levanta. O sol já nasceu. Você tem que ir embora.*

— Madoc. Le-van-ta! — Tate gritou de novo.

Despertei.

— Está tudo bem — murmurei. — Sinto muito, Tate. Você sabe que eu te amo, né? — Coloquei-me em uma posição sentado com um soluço. Então olhei para cima e a vi caminhando pelo meio entre as pistas.

Como se fosse a dona do lugar.

Ela colocou as mãos nos quadris, uma expressão severa no rosto.

— Madoc, eu trabalho aqui.

Estremeci, não gostando do desapontamento em sua voz. Sempre desejei o respeito de Tate.

— Desculpa, linda. — Tentei ficar de pé, mas apenas deslizei de novo, uma dor profunda se instalando na lateral da minha bunda. — Já tinha pedido desculpas, não tinha?

Ela se agachou e passou os braços pelo meu, me trazendo para cima.

— Qual é o seu problema? Você nunca bebe, a menos que esteja em uma festa.

Apoiei um dos pés na sarjeta e cambaleei até Tate me trazer para perto de si e eu conseguir colocar o pé no meio.

— Eu não tenho problemas. — Dei-lhe um meio sorriso. — Sou um piadista, Tate. Eu sou… — Acenei a mão no ar. — Apenas uma… piad… um piadista — corri para adicionar.

Ela continuou a me segurar, mas senti seus dedos afrouxarem por baixo da bainha da minha camisa de manga curta.

— Madoc, você não é uma piada. — Seus olhos estavam sérios de novo, porém mais suaves agora.

Você não sabe quem eu sou.

Sustentei seu olhar, querendo contar tudo a ela. Querendo que minha amiga — alguém — visse meu verdadeiro eu. Jared e Jax eram bons amigos, mas caras não queriam ouvir essa merda e não éramos tão observadores. Tate sabia que algo estava errado e eu não sabia como contar a ela. Só queria que soubesse que, por baixo disso tudo, eu não era um cara legal.

— Eu só faço bobagem, Tate. É isso que eu faço. Sou bom nisso. — Estiquei a mão lentamente e prendi algumas mechas que soltaram de seu rabo de cavalo atrás da orelha, abaixando o tom de voz a quase um sussurro. — Meu pai sabe disso. *Ela* sabe disso. — Abaixei o olhar, mas logo voltei. — Você sabe disso também, né?

Ela não respondeu. Apenas me estudou, as engrenagens em seu cérebro rodando.

Minha mão caiu para sua bochecha e recordei todas as vezes que ela me lembrava de Fallon. Acariciei a bochecha de Tate com o polegar, querendo que ela gritasse comigo. Querendo que não se importasse comigo. Como seria fácil saber que não tinha nada de real na minha vida.

Segurei seu rosto doce e desconhecido e me inclinei para mais perto, inalando seu perfume quase inexistente ao trazer seus lábios para perto.

— Madoc? — chamou, sua voz confusa ao me analisar.

Deitando a cabeça para baixo, plantei um beijo suave em sua testa e me inclinei para trás lentamente.

Suas sobrancelhas se uniram em preocupação quando ela me encarou.

— Você está bem?

Não.

Quer dizer, às vezes.

Ok, sim. Na maior parte do tempo, acho.

Só não à noite.

— Uau. — Respirei fundo e sorri. — Espero que saiba que isso não significa nada — brinquei. — Quer dizer, eu te amo. Só não assim. Mais como uma irmã. — Irrompi em risadas e me curvei, quase sem conseguir terminar a frase ao fechar os olhos e segurar o estômago.

— Não entendi a piada — repreendeu.

Um assobio alto cortou o ar e Tate e eu erguemos o rosto.

— Mas que merda é essa? — A voz paternal enorme e brava de Jared rasgou as pistas de boliche, fazendo meus ouvidos doerem.

Mas quando me virei para encará-lo, acidentalmente pisei na pista escorregadia.

— Ai, merda! — Prendi a respiração ao deslizar, colocando o peso em

Tate feito um idiota, o que foi demais para ela. Para trás eu caí e no meu colo ela desmoronou. Batemos no chão de madeira com força. Provavelmente machuquei cada centímetro da minha bunda, mas Tate ficou bem. Ela pousou em cima de mim. O que foi legal para mim também.

Mas quando olhei para meu melhor amigo parado no início da pista, nos encarando com olhos assassinos, empurrei Tate para longe de mim com desgosto.

— Cara, ela me deu uísque e tentou me estuprar em um encontro! — Apontei para Tate. — Ela guardou debaixo do balcão. Vá olhar!

Tate rosnou e se rastejou de volta para o meio, seu rabo de cavalo bagunçado pendurado por pouco.

— Jax! — Jared gritou para a pista à minha direita, onde o irmão estava se rastejando de volta. — E você. — Seus olhos lançavam balas em mim. — Entrem no meu carro agora.

— Aaaaah, acho que ele quer bater na sua bunda — cantarolei para Tate, que voltava pelo cantinho da pista para chegar ao namorado.

— Cala a boca, seu besta — cuspiu.

RIVAIS

CAPÍTULO DOIS

FALLON

— Foi o seu primeiro beijo? — perguntou, jogando a cabeça para trás para me olhar. Mantive o rosto abaixado e agarrei o balcão da cozinha atrás de mim. Isso parecia errado. Ele estava pressionando minhas costas na bancada e eu não conseguia me mexer. Machucava.

Apenas olhe para ele, *disse a mim mesma*. Olhe para cima, idiota. Diga a ele para recuar. Ele não está te vendo. Só está te usando. Faz você se sentir suja.

— Venha aqui. — Agarrou meu rosto e eu me encolhi. — Deixe-me te mostrar como se usa a língua.

Isso parecia errado.

— Fallon? — a voz suave rompeu meu sonho. — Fallon, está acordada?

Ouvi uma batida.

— Estou entrando — anunciou.

Abri os olhos, piscando para afastar a névoa de sono do meu cérebro. Não conseguia me mexer. Minha cabeça parecia separada do meu corpo, meus braços e pernas moldados à cama, como se dez toneladas estivessem sobre as minhas costas. Meu cérebro estava ativo, mas meu corpo ainda dormia.

— Fallon — uma voz cantou para mim. — Fiz ovo *poché* para você. Seu favorito.

Sorri, curvando os dedos dos pés e cerrando os punhos para acordá-los.

— Com torrada para acompanhar? — indaguei, ainda debaixo do travesseiro.

— Torrada de pão de forma tradicional, porque multigrãos é para menininhas — brincou Addie, e me lembrei de ter dito a ela estas mesmas palavras há uns quatro anos, quando minha mãe se casou com Jason Caruthers e viemos viver aqui.

Chutei as cobertas com as pernas e me sentei, rindo.

— Senti sua falta, amiga. Você é a única pessoa do mundo que eu não quero que se afaste.

Addie, a governanta e alguém que agiu mais como uma mãe para mim do que minha própria, era também uma das únicas pessoas com quem eu não tinha "poréns".

Ela entrou no quarto, cuidadosamente trazendo uma bandeja cheia das coisas que eu não comia há anos: ovos *poché*, croissants, suco de laranja espremido na hora, salada de frutas com morangos, mirtilo e iogurte. E manteiga de verdade!

Ok, então eu posso não ter provado ainda. Mas, se eu conheço Addie, era de verdade.

Ela coloca a bandeja sobre minhas pernas e prendo o cabelo por trás da orelha, pegando os óculos na mesinha de cabeceira.

— Pensei que você tivesse dito que era boa demais para óculos hipster — lembrou-me.

Mergulhei uma fatia de torrada na gema de ovo.

— Acabou que eu tinha muitas opiniões naquela época. As coisas mudam, Addie. — Dei um sorriso afetado por sua felicidade quando mordi um pedaço, salivando mais com o sabor salgado da gema e da manteiga que tocaram minha língua. — Mas, aparentemente, a sua comida não! Caramba, garota. Senti falta disso.

Addie está bem longe de uma garota na aparência, mas era mais do que qualquer uma que eu conhecia em personalidade. Ela não era apenas uma governanta valiosa, mas provou ser a dona de casa que o senhor Caruthers precisava. Cuidava das coisas de um jeito que minha mãe não fazia. Claro, Addie e ele não dormiam juntos. Ela tinha uns bons vinte anos a mais que ele. Porém... cuidava de tudo. Da casa, do terreno, de sua agenda social fora do trabalho. Antecipava suas necessidades e era a única pessoa que ele nunca tinha demitido. Sério. Ela poderia mandá-lo se foder e ele apenas rolaria os olhos. Ela se tornou inestimável e, por causa disso, dava as ordens nesta casa.

E também cuidava de Madoc. Era por isso que eu precisava dela.

— E eu senti a sua — respondeu, pegando minhas roupas do chão.

Cortei um pedaço de ovo e coloquei na minha torrada.

— Vamos lá. Não faça isso. Sou uma mulher agora. Posso arrumar minha bagunça.

Não estava pagando minhas próprias contas, porém, para todos os efeitos, cuidei de mim completamente sozinha durante dois anos. Minha mãe me colocou em um internato e meu pai não acompanhou de perto.

RIVAIS

Quando fiquei doente, me arrastei para o hospital. Quando precisei de roupas, fui fazer compras. Quando era dia de lavar roupa, estudei perto das máquinas de lavar. Ninguém me disse que filmes ver, com que frequência comer vegetais ou quando cortar o cabelo. Eu cuidei disso.

— Você é uma mulher. Uma muito bonita, por sinal. — Sorriu, e senti um zumbidinho quente no peito. — Um pouco mais de tatuagens, mas tirou os piercings, pelo que vejo. Eu gostava daqueles no septo e no lábio.

— É, a escola que eu ia não gostava. A gente tem que saber quando pressionar e quando ficar quieta.

Eu não diria exatamente que estava passando por uma fase da última vez que Addie me viu, mas eu sem dúvidas tinha múltiplas formas de auto-expressão. Tinha um piercing no septo — um anel pequeno — e outro na lateral do meu lábio, além de um na língua. Não fiquei com nenhum deles, no entanto. St. Joseph's, meu internato, não permitia "furos incomuns" e limitavam apenas dois em cada orelha. Também tinha furos na esquerda — meu piercing transversal era um só, mas precisava de dois furos — e seis na direita, contando o tragus, dois no lóbulo e três subindo na parte interna da orelha. A escola me mandou tirá-los também.

Mas quando minha mãe parou de atender o telefone para lidar com suas reclamações, finalmente os mandei "se foderem". Ligaram para o meu pai, que fez uma grande doação... e os mandou se foderem.

— Você e Madoc cresceram bastante... — deixou no ar e parei de mastigar. — Sinto muito — terminou, afastando o olhar do meu.

Se alguém tentasse pegar meu coração naquele momento, precisaria das duas mãos para segurar. Engoli o grande pedaço de comida que tinha na boca e respirei fundo.

— Sente muito pelo quê? — Dei de ombros.

Eu sabia.

Ela sabia.

Madoc e eu não estávamos sozinhos nesta casa, afinal. Todo mundo sabia o que aconteceu.

— Você não tem que se preocupar — garantiu, sentando na ponta da cama. — Como eu te disse na noite passada, ele não está aqui e não estará até sua visita terminar.

Não.

— Acha que eu tenho um problema com Madoc, Addie? — Ri. — Madoc e eu estamos bem. Eu estou bem. Levamos nossa rivalidade idiota longe demais, mas éramos crianças. Quero seguir em frente. — Mantive meu tom leve e meus ombros relaxados. Nada na minha linguagem corporal me entregaria.

— Bom, Jason acha que não é seguro. Disse que você é bem-vinda para ficar o quanto quiser, porém Madoc não estará aqui.

Era por isso que eu precisava de Addie. Poderia convencê-la a trazer Madoc para casa. Só não dava para ser óbvia demais.

— Só ficarei por uma semana. — Tomei um gole do suco e devolvi o copo para o lugar. — Vou para Northwestern no outono, mas ficarei com meu pai na cidade pelo resto do verão até as aulas começarem. Só queria fazer uma visita antes de começar a próxima fase.

Ela me olhou do jeito que as mães na televisão olham para suas filhas. Do jeito que faz você sentir que tem uma coisa ou duas para aprender, porque, querida, você é apenas uma criança e eu sou a mais inteligente.

— Você quer encará-lo. — Acenou, os olhos azuis travados nos meus. — Para resolver as coisas.

Resolver as coisas? Não. Encará-lo? Sim.

— Está tudo bem. — Coloquei a bandeja na cama e levantei. — Vou dar uma corrida. Eles ainda cuidam daquela trilha ao redor da pedreira?

— Até onde sei, sim.

Passei pelo quarto recém-decorado até o closet, onde joguei minha mochila ontem quando cheguei.

— Fallon? Você costuma dormir de calcinha e uma camisa curta demais para cobrir sua bunda? — Addie perguntou, um riso em sua voz.

— Sim, por quê?

Não ouvi nada por alguns segundos ao me abaixar para pegar a mala.

— Que bom então que Madoc não está por aqui — murmurou em um tom divertido e me deixou sozinha.

Vesti-me, olhando ao redor do quarto à luz do dia. O cômodo antigo com uma nova decoração.

Quando cheguei no dia anterior, Addie me trouxe para o meu quarto, mas o interior estava bem diferente do que deixei. Meus pôsteres de skate tinham sumido, meus móveis substituídos e as paredes vermelhas agora tinham uma cor creme.

Creme? Sim, eca.

Eu tinha uma parede inteira forrada de adesivos. Agora apresentava fotografias impessoais da Torre Eiffel e das ruas francesas de paralelepípedos.

RIVAIS

Minha roupa de cama era rosa-clara, minha cômoda e cama brancas agora.

A mesa gráfica com meus desenhos, as prateleiras com meus robôs de Lego e meus DVDs e CDs tinham sumido. Não posso dizer que pensei em nada dessa merda nos últimos dois anos, mas senti vontade de chorar assim que entrei no quarto ontem. Talvez tivesse assumido que ainda estaria aqui ou talvez tenha ficado desconcertada por minha vida inteira ter sido jogada fora com facilidade.

Sua mãe redecorou assim que você foi embora, Addie tinha explicado.

Claro que sim.

Permiti a mim mesma dois segundos para lamentar todas as horas que passei em cima de um skate que agora estavam em um depósito de lixo e construindo Legos preciosos que agora criavam raízes em alguma sujeira por aí.

Engoli a dor na garganta e segui em frente. Dane-se.

Meu quarto agora era maduro e até um pouco sexy. Eu ainda gostava de roupas masculinas e de me expressar de forma selvagem, mas minha mãe não era ruim em decoração. Não havia estampas florais em lugar nenhum e o cômodo foi projetado para um adulto. Os tons suaves de rosa na cama e nas cortinas, a inocência dos móveis românticos e as fotografias em preto e branco em molduras vívidas me faziam sentir mulher.

Eu meio que gostava.

E ainda meio que queria matá-la por jogar todas as minhas coisas fora também.

A melhor parte de minha mãe ter se casado com Jason Caruthers era que sua casa ficava no vale Seven Hills, um enorme conjunto murado — se você considerar um "conjunto" quando seu vizinho mais próximo ficava a mais de oitocentos metros em qualquer direção.

Os merdinhas ricos gostavam de suas casas de campo, seu espaço e das esposas-troféu. Mesmo se não usassem nada disso. Quando eu pensava no meu padrasto, Richard Gere, de *Uma linda mulher*, sempre me vinha à mente. Sabe o cara que reserva a suíte na cobertura, mas tem medo de altura, então por que caralhos ficou com a cobertura?

Enfim, este era Jason Caruthers. Comprava casas onde não morava, carros que não dirigia e se casou com uma mulher com quem não vivia. Por quê?

Eu me perguntava o tempo todo. Talvez estivesse entediado. Talvez estivesse procurando por algo que nunca parecia encontrar.

Ou talvez fosse apenas um merdinha rico.

Para ser honesta, minha mãe era igual. Patricia Fallon se casou com meu pai, Ciaran Pierce, dezoito anos atrás. Dois dias depois, eu nasci. Quatro anos depois, eles se divorciaram e minha mãe me pegou — seu vale-refeição — em suas aventuras em busca de ouro. Casou-se com um empresário que perdeu seu negócio e com um capitão de polícia cujo trabalho acabou não sendo glamouroso o suficiente para ela.

Mas, através dele, conheceu seu atual marido e nele encontrou exatamente o que estava procurando: dinheiro e prestígio.

Claro, meu pai também tinha isso. Em certos círculos. Nunca quis nada realmente. Mas meu pai vivia fora da lei — muito fora da lei — e, para proteger a família, nos mantinha escondidas e quietas. Não era de fato a vida glamourosa que minha mãe buscava.

Porém, apesar de suas decisões egoístas, eu gostava de onde ela tinha ido parar. Gostava daqui. Sempre gostei.

As propriedades ficavam todas escondidas por trás de grandes entradas de carro e densas vizinhanças arborizadas. Eu amava correr — ou até mesmo andar — pelas ruas reclusas e quietas, mas o que mais ansiava era a forma como o conjunto era conectado à área recreativa de Mines of Spain, que apresentava trilhas estreitas na floresta e profundas pedreiras. O arenito por todo lugar, a vegetação e o perfeito céu azul acima da cabeça fazia este lugar ser perfeito para se perder.

Suor escorria por meu pescoço enquanto eu pisava na terra abaixo dos meus pés. *Schism*, de Tool, tocava nos meus fones de ouvido e eu me mantive focada na trilha, e tinha que me lembrar de manter os olhos abertos. Meu pai odiava que eu corresse sozinha. Odiava que eu corresse em áreas calmas e não populosas. Podia ouvir sua voz dizendo: *mantenha sua cabeça erguida e se proteja!*

Ele havia encomendado um monte de shorts de corrida com a droga de um coldre para arma nas costas, mas eu me recusava a usar. Se ele queria que eu atraísse menos atenção, este era o jeito errado de se fazer.

Se você correr de roupa íntima, alguém vai ter uma ideia errada, ele disse. *E então terei que ferir pessoas. Você sabe que gosto de fazer isso o mínimo possível.*

RIVAIS

Eu não corria de roupa íntima. Mas alguns shorts de spandex e sutiã esportivo? Foda-se, estava quente.

Então nos comprometemos. Ele projetou uma pulseira com um pequeno canivete e um pouco de spray de pimenta. Parecia uma pulseira retorcida e doentia, mas o fazia se sentir melhor se eu usasse ao sair para correr.

Analisando a trilha à minha frente — porque eu ouvia meu pai —, notei uma jovem, mais ou menos da minha idade, parada entre o caminho e o lago, olhando para a água. Vi seus lábios torcidos para baixo e ela fungar. Então notei seu queixo trêmulo. Diminuindo para uma caminhada, fiz um rápido inventário. Ela estava vestida como eu, shorts de corrida e sutiã esportivo, e não estava ferida, pelo que pude ver. Não havia mais ninguém correndo ou escalando. A garota estava lá parada, olhos estreitados, observando a suave ondulação da água.

— Música maneira — gritei, por cima do barulho do iPod preso em seu braço.

Ela virou a cabeça na minha direção e imediatamente secou o canto do olho.

— O quê? — E tirou os fones de ouvidos.

— Eu disse "música maneira" — repeti, ouvindo *Paradise City*, do Guns N' Roses, sair de seus fones.

Ela sufocou uma risada, seu rosto corado se iluminando de leve.

— Amo as antigas. — Esticou a mão. — Oi, eu sou a Tate.

— Fallon. — Segurei a sua e sacudi.

Ela acenou e afastou o olhar, tentando disfarçadamente enxugar o restante das lágrimas.

Tate. Espera… cabelo loiro, pernas longas, peitos grandes…

— Você é Tatum Brandt — lembrei. — Shelburne High?

— Sim. — Prendeu o fio dos fones de ouvido ao redor do pescoço. — Sinto muito. Não me lembro de você.

— Está tudo bem. Eu saí no segundo ano.

— Ah, para onde você foi? — Olhou-me diretamente nos olhos enquanto conversávamos.

— Um internato no leste.

Suas sobrancelhas se ergueram.

— Internato? Como foi?

— Católico. Muito católico.

Ela balançou a cabeça e sorriu como se não pudesse acreditar no que contei a ela. Ou talvez pensasse que era ridículo. As pessoas não enviavam os filhos indesejados para lá no mundinho dela? Não? Estranho.

O vento soprava por ali, fazendo as folhas farfalharem, e a brisa era bem-vinda para confortar minha pele quente e úmida.

— Então você voltou para passar o verão antes da faculdade ou vai ficar de vez? — perguntou, sentando no chão e olhando para mim. Entendi como um convite e me sentei também.

— Só uma semana ou mais. Vou para a faculdade em Chicago. E você?

Ela olhou para baixo, perdendo o sorriso.

— Era para eu ir para Columbia. Só não agora.

— Por quê?

Columbia era uma ótima escola. Eu teria me inscrito, mas meu pai não me queria tão perto de Boston. *Quanto mais longe, melhor*, dizia.

— Meu pai está tendo alguns... problemas. — Pude ver seus cílios umedecerem e ela se apoiou para trás nas mãos, continuando a estudar o lago à nossa frente. — Por um bom tempo, aparentemente. Acho que é melhor ficar perto de casa.

— Deve ser difícil desistir da Columbia — ofereci.

Ela projetou o lábio inferior e negou com a cabeça.

— Não. Nem pensei duas vezes, na real. Quando alguém que você ama está precisando, você engole tudo. Só estou chateada por ele não ter me contado. Teve dois ataques do coração e só descobri pelas contas do hospital que eu não deveria ver.

Ela agia como se não fosse nem uma escolha. Como se fosse fácil. *Meu pai está doente. Eu fico.* Fiquei com ciúmes de sua postura decidida.

— Ah, sinto muito. — Ela sorriu e sentou, limpando as mãos. — Aposto que está feliz por ter parado para dizer oi.

— Tudo bem. Onde você acha que vai estudar agora? — Olhei para ela e reparei na pequena tatuagem em sua nuca. Bem na curva anterior ao ombro. Não era tão grande, mas consegui distinguir as chamas saindo de uma lanterna preta.

— Bem, eu vou para Northwestern — comentou. — É uma boa opção para o meu diploma e só fica a uma hora daqui. Quanto mais penso nisso, mais fico empolgada.

Assenti.

— Bem, é pra lá que eu vou.

Ela ergueu as sobrancelhas, surpresa.

— Ora, ora... você gosta das antigas do Guns, vai estudar na Northwestern, tem umas tatuagens legais — apontou para a que tinha "fora de serviço" escrito por trás da minha orelha, na linha do cabelo — e corre. Diz que você gosta de ciências e pode ser que eu tenha encontrado minha alma gêmea hétero.

— Vou me formar em engenharia mecânica — cantalorei, esperando que fosse próximo o suficiente.

Ela ergueu o punho para bater no meu e sorriu.

— Próximo o suficiente.

Seus sorrisos eram bem mais frequentes do que da última vez que a vi. Ela deve ter conseguido que Coisa 1 e Coisa 2 a deixassem em paz ou os colocou em seus lugares.

— Então — começou, ficando de pé e tirando a poeira da bunda —, meu amigo vai dar uma festa amanhã à noite. Você deveria aparecer. Ele não se importa com garotas bonitas aparecendo. Pode ser que você tenha que deixar sua roupa íntima na porta, mas eu te protejo.

Fiquei de pé também.

— Ele parece tocar o terror.

— Ele tenta. — Deu de ombros, mas pude ver um sorrisinho orgulhoso por baixo do gesto. Ela pegou o telefone da minha mão e digitou alguns números. — Ok, acabei de ligar para mim. Agora você tem meu número, então me ligue se estiver interessada. Vou te mandar o endereço e o horário.

— De quem é a festa? — perguntei, pegando o celular de volta.

— É na casa de Madoc Caruthers.

Fechei a boca e engoli em seco com a menção de seu nome.

— Ele exige que se use um biquíni — continuou —, mas se você chutar o saco dele, o cara cala a boca. — Cobriu os olhos como se pedisse desculpas. — Ele é um dos meus melhores amigos. Só leva um tempo para se acostumar — explicou.

Melhores amigos? Oi?

Minha respiração ficou rasa. Era para Madoc dar uma festa amanhã à noite?

Ela se afastou, se preparando para ir embora.

— Te vejo amanhã, assim espero!

E então ela se foi, enquanto eu fiquei ali, mudando o olhar da esquerda para a direita, procurando por não sei o quê. Madoc era amigo de Tatum Brandt?

Como essa merda aconteceu?

— *Gosto do metal na sua boca. Ouvi dizer que piercing na língua pode ser bem divertido para outras coisas além de beijar.* — *Ele agarra meu cabelo, respirando na minha boca.* — *Então você realmente é uma menina má ou está só fingindo? Me mostra.*

Não tenho certeza do que me acordou primeiro. A náusea rolando como um trovão por meu estômago ou a euforia que inundava meus nervos pela empolgação.

Náusea e empolgação. Enjoo e emoção. Por que sentia os dois ao mesmo tempo?

Sabia que o mal-estar era do sonho.

Mas e a empolgação? A emoção?

E foi então que percebi o que tinha me acordado. A corrente de ar no quarto tinha mudado. Agora era filtrada para o corredor. Meu coração bateu mais rápido e minha barriga se encheu de borboletas. Meus músculos ficaram tensos em resposta, por conta da euforia que fluía deles e era demais.

A porta do meu quarto estava aberta!

Abri os olhos e saltei da cama, meu coração preso na garganta ao tentar respirar.

Uma figura sombria, muito maior do que eu me lembrava, estava parada na porta. Quase gritei, mas fechei a boca e engoli em seco.

Eu sabia quem era, e definitivamente não tinha medo dele.

— Madoc — falei, furiosa. — Saia.

CAPÍTULO TRÊS

MADOC

Encostei-me no batente da porta, trazendo a garrafa de cerveja aos meus lábios.

Ela estava certa. Eu deveria sair. *É uma ideia ruim pra caralho ficar, cara.*

Mas, por algum motivo, eu tinha que ver por mim mesmo.

Não sei por que não acreditei. Meu pai me falou e Addie confirmou, mas não consegui engolir o fato de que Fallon Pierce estava de volta na cidade depois de tanto tempo.

Cuidei de uma ressaca desagradável esta manhã, graças a ela, e então dirigi até em casa depois de saber que todos estariam na cama. Não havia planos de ir ao quarto dela, nem de entrar, mas eu estava curioso pra caramba. Como ela estava agora? Como tinha mudado? E havia algumas respostas que eu precisava, gostando ou não.

Ela esticou a mão e pegou seus óculos de aro preto na mesinha de cabeceira. A lua estava coberta hoje, então não consegui ver merda nenhuma. Apenas sua forma.

— Então você voltou mesmo. — Afastei-me da moldura da porta e caminhei em direção ao pé da cama.

— Não era para você estar aqui. Addie disse que você ficaria com amigos.

É o quê?

Eles estavam certos. Ela *estava* com medo de mim. Mas por quê? Que merda eu fiz para ela?

Apertei a garrafa verde que tinha na mão e tentei imaginá-la no escuro. Usava uma blusa azul-escura com algo escrito em branco que não consegui ler, e seu cabelo estava todo bagunçado. Costumava usar piercings, mas eu não conseguia ver nada agora.

— Aqui é a casa do meu pai — falei baixo e endireitei as costas. — E algum dia toda essa merda será minha, Fallon. A cama em que você dorme, junto de todo o resto debaixo deste teto.

— Eu não, Madoc. Você não é meu dono.

— É. — Afastei a ideia com a mão. — Estive lá. Vivi aquilo. Comprei até uma camiseta de recordação. Valeu.

— Saia — ordenou, seu tom duro.

Tomei outro gole da minha cerveja.

— O negócio é, Fallon... eu te disse antes para trancar a porta se quisesse que eu ficasse fora. O engraçado é que... — Inclinei-me para mais perto. — Você. Nunca. Trancou.

Em um movimento rápido, ela arrancou as cobertas e ficou de pé na cama. Disparando até a ponta, me deu um tapa na cara antes mesmo de eu saber o que estava acontecendo.

Quase ri. *Sim, porra.*

Meu corpo ficou no lugar, mas a cabeça girou para o lado com o tapa e fechei os olhos por reflexo. Uma picada começou pela dorzinha de algumas pequenas agulhas por baixo da superfície, mas explodiu e se espalhou como eletricidade. Mantive os olhos fechados por alguns segundos a mais do que necessário, saboreando a adrenalina.

Com a cama a deixando mais alta, ela ficou uns quinze centímetros acima de mim, virei a cabeça para ela lentamente, dando as boas-vindas para o que quer que ela tivesse.

Ela fez uma carranca.

— Eu tinha dezesseis anos e era burra demais para te manter longe de mim — cuspiu. — Mal eu sabia que existem escovas de dente maiores que você. E definitivamente tive algo melhor que você nos últimos dois anos, então conte com a porta estando trancada a partir de agora.

Às vezes eu sorria sem vontade. Às vezes eu sentia vontade e não sorria. Não queria que ela soubesse o quanto eu desejava isso. Mordi o lábio inferior.

Ela girou, voltando à cama, e me estiquei para pegar seu tornozelo debaixo dela. Fallon caiu no colchão, pousando de bruços, e rapidamente subi em suas costas, sussurrando em seu ouvido:

— Acha que eu sequer te tocaria agora? Sabe como eu costumava te chamar? Boceta à vista. Você era conveniente quanto eu precisava me aliviar, Fallon.

Virou a cabeça para me olhar, mas não conseguiu muito com meu peso em suas costas.

— Não acho que já pensei que fosse mais que isso também, Madoc. Estava entediada e era bonitinho te ver se gabar dos seus talentos. Nunca

RIVAIS

ri tanto. — Podia ouvir o sorriso em sua voz. — Mas eu entendo melhor agora — terminou.

— Ah, é? — perguntei. — Espalhando-se por aí igual a sua mãe? Está certa, Fallon. Certamente vai chegar a algum lugar. — Afastei-me da cama e a vi girar e se sentar. Foi quando percebi o que ela estava vestindo. Uma camiseta e a calcinha de um biquíni.

Merda. Pisquei devagar e com força.

Meu pau saltou contra os shorts de basquete e fechei o punho, forçando controle.

— Mas — continuei — não se superestime, linda. Você não vai me expulsar da minha própria casa. Eu moro aqui. Você não.

Seu peito subia e descia com força, a raiva em seus olhos trazendo de volta todos os meus motivos de viver há dois anos. Seus piercings no rosto sumiram e eu queria que ela ainda estivesse com eles, mas seu cabelo era um belo caos. Do jeito que sempre ficava à noite. Ela ainda usava aqueles óculos sensuais e não consegui parar de pensar naquelas pernas fortes.

Já estive lá.

E seu temperamento? Sim, seu lado irlandês não era mentira.

— Madoc?

Prendi a respiração e virei para ver Hannah parada na porta, de biquíni.

— A jacuzzi está pronta — avisou, as mãos nos quadris.

Olhei para Fallon, ainda sentada na cama, rolando os olhos ao ver meu encontro.

Sorri.

— Fique — falei, em um tom relaxado. — Coma a comida. Use a piscina. E então vá viver a porra da sua vida quando for embora.

CAPÍTULO QUATRO

FALLON

Eu sabia exatamente como me sentia em relação a Madoc. E sabia por que me sentia assim. Eu o odiava. Odiava o que ele fazia comigo. Mas por que diabos ele me odiava? Esfreguei o rosto, passando por meus rituais matinais e pensando nele. Madoc foi rude na noite passada. Volátil. Claramente me desprezava. Aquilo não era parte do plano.

Deixamos coisas em aberto, mas qual era o problema dele? Conseguiu o que queria, não foi?

Por que ele estava tão bravo?

Sequei o rosto e coloquei os óculos, descendo as escadas e repetindo suas palavras da noite passada.

Acha que eu sequer te tocaria agora? Sabe como eu costumava te chamar? Boceta amiga. Você era conveniente quanto eu precisava me aliviar, Fallon.

Ele nunca tinha sido tão cruel. Nem mesmo antes de termos começado...

Um grito alto soou pelo longo corredor que dava nas escadas, e parei.

— Madoc, me coloca no chão! — A voz de Addie veio do andar de baixo, em algum lugar. Cruzei os braços sobre o peito, percebendo que ainda estava de regata e sem sutiã, e que Madoc ainda estava na casa. Mas rapidamente os abaixei de novo.

Ele ainda estava aqui. *Que bom.* Era onde ele precisava estar e agora eu não teria que convencer Addie a trazê-lo de volta.

Abaixei o queixo, endireitei os ombros e desci as escadas. Entrando na cozinha, vi Madoc parado atrás de Addie e se esticando sobre o ombro dela para enfiar a colher na massa que ela estava misturando. Seu sorriso fácil que sempre chegava aos olhos me parou brevemente, e estreitei os olhos.

Pare de sorrir, ordenei mentalmente. Cerrei tanto o cenho que minhas sobrancelhas provavelmente tocavam uma à outra.

Ele virou a colher de cabeça para baixo e enfiou a gosma que parecia de chocolate na boca, Addie tentando recuperá-la. Ele girou para longe e ela tentou bater na cabeça dele, mas os dois estavam rindo.

— Não coloque a colher babada lá, seu pirralho! Te ensinei a não fazer isso. — Ela balançou a grande colher de pau na direção dele, derrubando gotas de massa em seu corpo, apesar de estar vestindo um avental.

Madoc piscou para ela e foi até a geladeira, a colher de prata ainda pendurada na boca — vai entender — e pegou um Gatorade.

Meu olhar desceu para a enorme tatuagem em suas costas, que se esticava de ombro a ombro.

E meu coração perdeu o compasso. *Era o meu nome?* Mas pisquei e afastei a ideia ridícula. *Não*. A tatuagem dizia "Fallen", do verbo cair. Eles trocaram o "e" para parecerem chamas.

Era uma tatuagem bonita, porém, e tive que me impedir de debater como isso o deixava mais gostoso. Tatuagens deixavam todo mundo mais gostoso.

Minha mãe — quando falava com ela — era conhecida por comentar como eu ficaria aos oitenta anos com tatuagens.

Vou ficar maravilhosa.

Sua calça jeans estava baixa sem o cinto, como se tivesse acabado de acordar e esquecido de terminar de se vestir. Mas quem era eu para falar? Estava parada lá de short de dormir e regata, bem mais indecente. Meu cabelo estava por todo lado, espalhado pelo rosto e descendo pelas costas em nós e emaranhados.

Ele estava limpo e brilhante; eu estava murcha.

— Fallon! — Addie exclamou e eu pisquei. — Você está acordada. — Ela não estava enganando ninguém com a pontada nervosa em sua voz.

Madoc estava de costas para mim, mas notei seu braço congelar por dois segundos ao tomar um gole do seu Gatorade. Ele se recuperou rápido, porém.

— Sim — falei, devagar. — É difícil dormir com a comoção que está acontecendo aqui embaixo.

Madoc virou a cabeça para me encarar e me olhou por cima do ombro com a sobrancelha arqueada. Parecia incomodado.

Seu olhar desceu lentamente, absorvendo minha aparência ou talvez apenas tentando me fazer sentir desconfortável, mas minhas bochechas imediatamente esquentaram de todo jeito. Ele desceu pelo meu peito, na minha barriga, até chegar aos meus pés descalços, e voltou na mesma hora para encontrar meus olhos, vi apenas desgosto em suas profundezas azuis.

O mesmo fogo da noite passada estava em suas narinas, mas o olhar era impassível. Travei os dentes e me forcei a respirar mais devagar. Não podia ficar brava pelo jeito que ele me olhava. Treinei-me para não ficar brava.

Madoc sempre foi calmo, afinal. Calmo em todos os momentos que tivemos ao crescer. Ele não gritava ou mostrava raiva até chegar ao seu limite. Não dava para saber exatamente quando aquilo aconteceria. Essa era a parte assustadora nele.

— Fallon, Madoc me surpreendeu hoje de manhã — Addie correu para explicar. — Mas ele vai embora depois do café da manhã, certo? — perguntou a ele, provocando-o com as sobrancelhas erguidas.

Ele olhou para ela, depois para mim, malícia e prazer evidentes em sua expressão.

E negou com a cabeça.

— Nah — começou, afastando a preocupação de Addie como se tivesse apenas dito a ela que não queria sobremesa. — Fallon e eu conversamos na noite passada. Estamos de boa. — Ele me olhou, os olhos apertados em um sorriso. — Tenho um baita verão planejado e a casa é grande. Certo, Fallon? Vamos nos dar bem ou ficar fora do caminho um do outro.

Ele acenava ao falar e olhou para Addie com a mesma merda despreocupada e inocente em seus olhos arregalados que já o vi fazer um milhão de vezes.

Era por isso que Madoc seria um ótimo advogado, como o pai dele. Convencer as pessoas não se tratava apenas das palavras que você dizia. Envolvia linguagem corporal, tom e momento. Manter sua voz natural, seu corpo relaxado e os distrair com uma mudança de assunto assim que possível.

Lá vamos nós em três, dois, um...

— Vamos lá. — Cutucou Addie. — Está tudo bem. — Ele veio ficar atrás dela no balcão, estendeu a mão e apoiou o braço cruzado em seu peito, a abraçando, mas com os olhos presos em mim. — Termine minhas panquecas de chocolate. Estou com uma fome do caralho.

— Madoc! — sussurrou, estridente, o repreendendo, mas falhando em esconder o sorriso.

E era isso. Ele venceu.

Ou foi o que pensou.

Limpei a garganta.

— É, Madoc está certo, Addie. Não tenho problema com isso, como te disse ontem. — Vi Madoc erguer as sobrancelhas. Aposto que pensava que eu fosse brigar com ele por isso. — E, de toda forma, vou embora em uma semana. Só vim para comer a comida e usar a piscina.

Deixei o sarcasmo pingar lentamente do meu tom e mantive os olhos travados nos dele. Senti falta de brincar com ele mais do que gostava de admitir.

RIVAIS

— Para onde você vai? — perguntou, se apoiando nos cotovelos sobre a larga ilha de granito.

— Chicago. Começo a Northwestern no outono. E você?

— Notre Dame. — Suspirou, apertando os lábios com um tom de resignação na voz.

Não, não resignação exatamente. Aceitação. Como se tivesse perdido uma batalha.

Notre Dame era a universidade da família. O pai, os tios, tias e avós de Madoc foram todos para lá. Ele não desgostava da escola, mas não dava para dizer se realmente gostava também. Era difícil afirmar que tinha sonhos próprios além do que seu pai planejou para ele.

— Ah, verdade! — Addie largou a colher de pau no pote e limpou as mãos no avental. — Esqueci completamente de dar os presentes de formatura. — Andou pela cozinha e pegou duas "coisas" em um armário.

— Fallon, não sabia que você estaria aqui, mas comprei algo para te mandar de todo jeito. Aqui. — Ela entregou tanto para ele quanto para mim algo que se parecia com lanternas. Tinham um plástico preto no fundo com uma cápsula de vidro na metade de cima. A parte interior continha cinco linhas do alfabeto.

— Um criptex! — Sorri para ela, enquanto Madoc olhava para o seu como se fosse um bebê alienígena.

— Mas... — Ele uniu as sobrancelhas. — Você sabe que eu só queria te ver de biquíni — falou para Addie.

— Ah, fecha essa matraca. — Acenou com a mão.

— O que é isso? — Suas sobrancelhas estavam unidas ao estudar o quebra-cabeças.

— É um Puzzle Pod Cryptex, com uma cápsula que guarda um tesouro — Addie explicou. — Você precisa solucionar o enigma que coloquei no fundo e digitar a palavra para abrir a cápsula. Aí pode pegar o presente que está dentro.

Madoc leu em voz alta:

— À noite, elas vêm sem serem buscadas; durante o dia, elas se perdem sem serem roubadas. O que são elas? — Seus olhos dispararam para Addie. — Sério?

Ele colocou o braço para trás, erguendo o cryptex sobre a cabeça, quando Addie se esticou e pegou.

— Não se atreva! — gritou, e ele fez uma falsa careta para ela. — Você não vai quebrar para abrir! Use a cabeça.

— Você sabe que eu sou péssimo nessas coisas. — Mas então ele começou a mexer nas letras, chutando as respostas.

Li a minha para mim mesma.

— O que fica mais molhado conforme seca?

Fala sério. Ri e digitei "toalha". O criptex se abriu e tirei um vale-presente para uma loja de skate que eu costumava frequentar na cidade.

— Obrigada, Addie — cantarolei, não querendo dizer a ela que não andava mais.

Olhei para Madoc, que ainda estava trabalhando em seu puzzle com a sobrancelha arqueada. Ele estava tendo problemas e, quanto mais problemas tivesse, mais se sentiria burro. Andando até lá, peguei o objeto de suas mãos, minha respiração engatando por um momento quando meus dedos encostaram nos seus.

Olhei para o quebra-cabeça e falei baixinho ao digitar.

— À noite, elas vêm sem serem buscadas; durante o dia, elas se perdem sem serem roubadas. O que são elas? — Destravou, e encontrei seus olhos suaves me encarando, não o criptex. — Estrelas — falei, quase em um sussurro.

Ele não estava respirando. A seriedade em seus olhos pairando sobre mim me lembrava de tantas vezes em que o olhei, querendo coisas que tinha medo de pedir.

Mas estávamos diferentes agora. Eu só queria a sua dor e, julgando pela garota que trouxe para casa na noite passada, Madoc ainda era o mesmo. Alguém que só usava.

Camuflei meu olhar, tentando parecer entediada, devolvendo o objeto agora aberto para ele.

Ele respirou fundo e sorriu, a intensa concentração agora desaparecida.

— Valeu. — Então se voltou para Addie. — Viu? A gente se dá bem.

E saiu pelas portas de correr de vidro para o vasto jardim e área da piscina com seu vale-presente para ir à pista de kart.

Engoli em seco, tentando acalmar a ventania em meu estômago.

— Então é isso? — perguntei a Addie. — Você vai deixá-lo ficar, afinal de contas?

— Você disse que estava bem com isso.

— Estou — corri para adicionar. — Só... só não quero que você tenha problemas com o chefe.

Ela me deu um meio-sorriso e começou a derramar a massa na frigideira.

RIVAIS

— Sabia que Madoc voltou a tocar piano? — Seus olhos se mantinham colados na tarefa.

— Não — respondi, me perguntando sobre a mudança de assunto. — O pai dele deve estar emocionadíssimo.

Madoc tinha aulas de música desde os cinco anos, especificamente piano. Jason Caruthers queria que seu filho fosse proficiente, mas, quando o garoto fez quinze anos — pela época que me mudei com a minha mãe —, percebeu que o pai realmente queria que ele se apresentasse. Algo a mais para o senhor Caruthers se vangloriar e se mostrar.

Então Madoc desistiu. Recusou as aulas e ameaçou destruir o piano se ele não fosse retirado da sua vista. Foi levado ao porão, onde ficava com a minha rampa *half-pipe*.

Mas eu sempre me perguntei...

Madoc amava tocar. Era libertador para ele, ou assim parecia. Ele geralmente só praticava em suas aulas obrigatórias, mas corria por vontade própria para o piano se estivesse bravo ou realmente feliz.

Depois de desistir, ele começou a fazer coisas idiotas sem aquela válvula de escape: ficar andando com o babaca do Jared Trent, praticar *bullying* com Tatum Brandt, invadir a escola para roubar peças de carro, o que ninguém mais sabia, só eu.

— Ah, duvido que seu pai saiba — Addie continuou. — Madoc ainda não se apresenta ou faz aulas. É mais uma coisa de "na calada da noite" quando a casa inteira está dormindo e ninguém pode vê-lo ou ouvi-lo. — Parou e me olhou. — Mas eu o ouço. O barulhinho das peças soa pelas escadas vindo do porão. É bem fraquinho. Quase como um fantasma que não consegue decidir se fica ou se vai.

Pensei em Madoc tocando sozinho no porão no meio da noite. Que tipo de músicas ele tocava? Por que fazia isso?

Então me lembrei do cara da noite passada. Aquele que insinuou que eu era uma vadia aproveitadora.

E as rápidas batidas do meu coração diminuíram para um baque surdo.

— Quando ele voltou a tocar? — perguntei, olhando para o jardim onde ele falava ao telefone.

— Há dois anos — falou, baixinho. — No dia que você foi embora.

CAPÍTULO CINCO

MADOC

Agora eu entendia por que Jared se afundou em constantes festas para esquecer Tate. Distrações eram úteis. Se você tivesse muita coisa na cabeça, então podia afastar os pensamentos com barulho, álcool e garotas, e continuar se mover em frente na velocidade da luz. Quando meu amigo diminuiu o ritmo o suficiente para pensar, foi quando entrou em problemas. Mas eventualmente as coisas funcionaram para os dois. Ele a pressionou, e ela devolveu. Ele continuou pressionando, e ela finalmente chutou a bunda dele.

Fallon e eu éramos parecidos com eles. Só que eu não a amava, e ela também não. Já estive apaixonado por ela uma vez — e amava que ela me deixasse descontar meus impulsos adolescentes nela —, mas não nos amávamos.

Éramos duas pessoas em uma família fodida aceitando as oportunidades que vinham dos nossos pais fodidos.

E nenhum de nós sabia como fazer as coisas de maneira diferente.

Ela disparou para o próprio quarto depois das panquecas e me preparei para minha festa, que começaria no meio da tarde, mas iria até a manhã seguinte, se eu pudesse decidir.

Fallon afetava meu corpo de formas estranhas.

Mas apenas porque ela era diferente, disse a mim mesmo.

A última vez em que a vi, ela estava dormindo no sofá de couro da sala de cinema, usando apenas minha camisa. Ela torceu os lábios ao esfregar o nariz durante o sono, e me lembrei de ter pensado que não conseguia lidar com ela o dia todo, mas no tanto que a queria quando ela guardava aquela língua afiada à noite.

Todos na escola a achavam maluca. Definitivamente pensavam que era lésbica. E nenhum dos caras imaginava que fosse gostosa.

Bonita? Claro. Mesmo com os gorros que cobriam sua cabeça e os óculos que escondiam seus olhos.

Mas gostosa não. Os piercings eram assustadores para eles e suas roupas eram uma vergonha para que qualquer cara a chamasse de namorada.

Só eu sabia a verdade. Eu a tinha visto sem roupas — por acidente, claro — e sabia o que ela estava escondendo.

Mas isso foi há dois anos. Ela não era mais sexy para mim.

Agora ela era letal. Apesar de sua fraca ancestralidade irlandesa, sua pele era dourada com as mais belas sardas pelo nariz e debaixo dos olhos. Seu cabelo foi tingido. Onde antes era um castanho-claro e opaco, agora tinha cerca de três tons diferentes de marrom, com algumas modestas mechas de loiro misturadas.

Seus olhos verdes se destacavam mais do que eu lembrava e precisei travar todos os músculos do meu corpo esta manhã para não parecer que a estava admirando. Vê-la andar na cozinha de pijama, como se estivesse feliz por ter sido fodida a noite inteira, me deixava com tesão.

Mas tanto faz, porra. Esse trem já passou faz tempo e não há mais como ela se redimir do dano que causou.

— Ninguém dirige. — Addie apontou um dedo para mim quando configurei o laptop e arrastei as caixas de som para o quintal do lado de fora, me preparando para a festa.

Cumprimentei-lhe com indiferença e a mandei embora.

— Vá assistir suas reprises de *The L World*.

Ela rolou os olhos antes de subir as escadas para o seu quarto no terceiro andar.

Não era como se pretendêssemos manter os funcionários tão longe de nós. Só que Addie era a única que morava aqui e o terceiro andar era quase como um apartamento completo com uma cozinha, dois quartos, dois banheiros e uma sala de estar. Nem sempre foi assim, mas meu pai tinha transformado naquilo para ela quando percebeu que não a deixaria ir embora enquanto vivesse.

Fallon tinha pegado sua moto esportiva no fim da manhã e voltou por volta de uma da tarde. Fora isso, eu não a tinha visto. E, às três e meia, minha casa estava lotada com quase todo mundo da minha turma que se formou. Jax chegou mais cedo, me ajudando a ajustar tudo e organizar a comida que eu tinha pedido. Vi o carro de Jared estacionado do outro lado da casa, o que significava que Tate e ele estavam no quarto deles — aquele que eu lhes dei para que pudessem ter um "tempo sozinhos" sem o pai dela observando.

Dane-se. Eles estavam apaixonados e eu os amava como se fossem da família, então *mi casa es su casa*.

— Vamos lá, cara. Depressa — Jax pressionou, carregando a torneira para o barril enquanto eu pegava copos. Todo mundo entrava e saía da piscina, aproveitando a tarde amena.

— Jamison — chamei Ben, que estava na piscina dando em cima de Kendra Stevens. — Nem pense nisso, cara. Eu já estive aí — provoquei.

— Cale a boca, Madoc. Bem que você queria — disparou Kendra, batendo a mão na água e tentando espirrar em mim.

— Ei, você foi boa, gata. — Dei de ombros, seguindo Jax para onde o barril estava. — Para uma gordinha, você nem suou tanto.

Os olhos de Ben se arregalaram e Kendra gritou:

— Madoc! — Ela chutou suas pernas magras para fora da boia, derramando sua bebida.

Voltei para Jax, que estava silenciosamente rindo tanto que seu rosto estava ficando vermelho.

Puxei a vedação do barril e conectei o bico; Jax derramou umas cinco bolsas de gelo no balde ao seu redor, e comecei a bombear e encher os primeiros copos de espuma.

— Ei, Madoc. — Hannah e sua amiga Lexi apareceram ao meu lado. — Jax. — Acenaram para ele, que não fez nada mais do que acenar de volta.

— E aí, moças? — perguntei, tomando um gole de cerveja.

— Aproveitando o verão, Madoc? — Hannah indagou, como se não tivéssemos nos visto na noite passada.

— Muito. E você?

— Bem até agora — respondeu, colocando as mãos na cintura e deixando seus peitos mais proeminentes. — E o seu verão, Jax?

— Não poderia estar melhor — murmurou, ainda derramando o gelo.

— Ah, eu acho que vai ficar bem melhor. — Trilhou a mão por suas costas e o vi endurecer. Suas intenções ficaram bem claras. — Te vejo por aí — avisou, saindo com Lexi.

Ri baixinho e tomei outro gole.

Jax estava recebendo bastante atenção na escola; com Jared fora do mercado e eu indo para a faculdade, eu estava bastante confiante de que Jax poderia lidar com aquele fardo. Porém, realmente dependia do seu humor. Às vezes, ele ficava todo predador em uma mentalidade de "procurar e destruir". Em outras, agia como se preferisse arrancar as unhas dos pés do que falar com certas garotas.

— Resistir é inútil, Jax. — Bati nas suas costas. — Não deixe que elas te assustem. Apenas aproveite o passeio.

RIVAIS

— Me dá um tempo. — Ficou de pé, jogando o saco vazio de lado. — Já transo há mais tempo que você. Só não gosto de mulheres assim. — Encarou as pessoas do outro lado da piscina. — Elas me veem como um brinquedo.

Entreguei uma cerveja a ele.

— E o que há de errado nisso?

Sua mandíbula se contraiu, a voz baixa.

— Eu só não gosto.

Jax não estava assustado com as mulheres de jeito nenhum e, embora eu soubesse que ele teve uma vida difícil, muitas vezes me perguntava se realmente sabia que droga era "uma vida difícil". Já peguei mais que algumas dicas de que o pai deles — que atualmente está na cadeia — abusou fisicamente deles. Jax ainda mais, porque cresceu com aquele homem, enquanto Jared só passou um verão com ele.

Os humores sombrios de Jared tendiam a ser mais notáveis e voláteis do que os do irmão. Jax também tinha isso, mas raramente víamos. Ele desaparecia por longas horas, ficava fora metade da noite e ainda aparecia cedo na escola no dia seguinte. Os irmãos tinham muita raiva, porém formas diferentes de lidar com ela.

Quando você pisa no calo de Jared, leva um soco no estômago. Se você pisar no calo de Jax, ele invade o banco de dados do condado e emite um mandado para te prenderem.

Se você bate em Jared, ele te joga no chão.

Ninguém bate em Jax. Ele carrega uma faca.

— Por outro lado — Jax se levantou, gesticulando com a cerveja em sua mão. — Ela parece uma bibliotecária em uma livraria pornô. Quem é essa?

Segui seu olhar para o outro lado da piscina, nas portas do quintal, onde Fallon tinha acabado de aparecer.

Jesus Cristo. Mas que merda é essa?

Fallon não mostrava pele, não usava maquiagem e não domava o cabelo. Então por que estava fazendo isso agora?

Tate andou até ela, pegando sua mão e sorrindo. Indo até uma das mesas, parecia estar apresentando-a para Jared.

Mas Jared conhecia Fallon.

Como Tate conhecia?

CAPÍTULO SEIS

FALLON

— Agora estou confusa — soltei, quando Tate me apresentou ao namorado. — Você está namorando *com ele?* — indaguei.

Primeiro a garota é amiga do meu irmão postiço e agora está dormindo com a outra metade da dupla Merda & Merdinha.

Quer dizer, eu entendo. Mais ou menos.

Madoc tinha uma personalidade campeã e é gostoso. Mas Jared é apenas gostoso. Pelo menos Madoc tem mais a seu favor. Ela estava em uma missão divina de reabilitar babacas?

— Bem — Tate começou, sentando-se na mesa em frente a Jared —, ela obviamente não dormiu com você, já que não é sua fã. Isso me faz sentir melhor.

Jared relaxava na cadeira, parecendo o dono do lugar. Usando um calção de banho preto na altura dos joelhos, correu o dedo indicador nos lábios ao me estudar.

Sem me incomodar de esconder meus sentimentos, cruzei os braços sobre o peito e tentei não rosnar.

— Da última vez que vi os dois juntos, você a estava fazendo chorar — pontuei, olhando para Jared e esperando.

Tate bufou à minha direita e o sorriso de Jared apareceu entre os dedos.

— Minha personalidade evoluiu, Fallon. Não tenho certeza sobre a sua, porém. Importa-se de recomeçar? — Estendeu a mão para mim, e hesitei tempo suficiente para deixar todo mundo desconfortável.

Mas apertei.

Que porra é essa? Se a garota está feliz — e ela parece feliz —, então não é da minha conta.

E eles formavam um belo casal. Ele ainda parecia o mesmo, só que maior, e ela estava bem fofa em uma calcinha de biquíni e um blusão preto de mangas curtas.

— Ei, cara. — Jared acenou para alguém atrás de mim e senti a pressão nas minhas costas. Não que alguém estivesse me tocando.

— Tate — Madoc disse, por trás de mim —, como você conhece Fallon?

— Nós nos conhecemos correndo ontem. Eu a convidei para a festa. Espero que não se importe. — Tate sorriu para mim e continuou: — Ela não me mandou mensagem, então não tinha certeza se viria. Como vocês a conhecem? Da escola?

— Fallon vive na minha casa — Madoc provocou.

— Nossos pais são casados — expliquei, virando para encarar Madoc. — Mas não somos próximos. Nunca fomos.

Madoc estreitou os olhos, como se estivesse tentando entender alguma coisa.

— Consigo ver seu sutiã, Fallon. — Suspirou, afastando o olhar e parecendo entediado.

Eu sabia que ele conseguia ver meu sutiã. Sabia que todo mundo conseguiria ver. Era o que eu queria. Não tinha planos de ir nadar, então vesti um sutiã preto com tiras elaboradas que se esticavam pela frente do meu torso até minhas costas, descendo pelos ombros até a parte superior do peito. Não era feito para ficar escondido, então usei com uma regata com decote V profundo que o mostrava. Combinei com shorts pretos e chinelo, apenas com brincos e óculos de acessórios. Já tinha recebido olhares de apreciação e sabia que aquilo deixaria Madoc puto.

Ele poderia me desejar ou não, porém eu sabia que não queria que mais ninguém tivesse a mim.

— Te incomoda? — Meus lábios se torceram em um sorriso rancoroso. — Tate, diga a ele que estou gostosa.

— Eu pegava — apoiou, e ouvi Jared rir por trás de mim.

Madoc manteve os olhos travados nos meus no que eu sabia que era um desafio. Ele queria brincar, mas também não queria admitir.

Inclinei-me para sussurrar para ele, dobrando os braços sobre o peito.

— Lembra o que aconteceu da última vez que apareci em uma das suas festas sem ser convidada? Ainda pensa nisso, não pensa?

O lento subir e descer do seu peito acelerou conforme ele mantinha a boca fechada pela primeira vez e me fuzilava com olhos duros.

— Vamos lá, Madoc! — Mudei para a direita e caminhei na direção da piscina. — É uma festa. Não seja um cocô.

Girei, dando as costas a ele, sem querer admitir o quanto queria ver sua cara agora. Com o coração na garganta, arranquei a camisa por cima da cabeça e deixei os shorts caírem no chão. Levei um momento para respirar logo que a conversa ao meu redor cessou e as pessoas pararam o que estavam fazendo para me olhar de lingerie.

Eu estava mais coberta do que muitas das garotas aqui. Meu sutiã definitivamente foi feito para ser sexy, mas cobria os meus seios, e minha calcinha hipster era de renda preta. Sim, eu estava mais coberta, embora ainda fosse a mais indecente, porque usava lingerie.

Minhas mãos tremiam. *O que estou fazendo?*

Não queria fazer um espetáculo. Vesti essa roupa para conseguir a atenção dele, não dos outros. Mas era um passo necessário se eu queria que ele reagisse do mesmo jeito que reagiu há dois anos quando apareci em sua festa. Queria deixá-lo bravo e fazê-lo perder a cabeça. Queria prendê-lo em uma armadilha.

— Tate — olhei para trás de mim, evitando os olhos de Madoc —, entra na piscina. Vamos falar sobre Northwestern.

Suas sobrancelhas se ergueram e então ela piscou, incerta de como responder.

— Hm, ok. — E se levantou da cadeira, vindo até mim quando mergulhei.

Tate e eu não nadamos. Apenas bebemos e rimos, enquanto, de vez em quando, alguém pulava na piscina ou alguma idiota deixava o namorado a jogar lá dentro. Recusei-me a procurar por Madoc, mas sabia que ele estava por perto. Peguei um vislumbre de seu short, ridiculamente formal, xadrez cinza e preto e imediatamente desviei o olhar.

Ok, então não tão ridículo. Madoc fazia as coisas funcionarem, quando outros não conseguiam. Lembrei-me do quanto eu odiava seus *looks* há dois anos. Seguros. Acomodados. Da Gap.

Mas descobri que eram parte da farsa que ele adotou. Quando as roupas saíam, a máscara de Madoc também. À noite, quando ele usava jeans e nada mais, era como ver um garoto totalmente diferente.

Forte. Poderoso. Meu.

Aparentemente, outros puderam ver seu lado bom também, se ele podia contar com Tatum Brandt como amiga. Pelo que eu podia dizer, ela era ambiciosa e sensata.

E embora seu namorado e melhor amigo de Madoc pudesse mijar em cima de uma árvore que eu não daria a mínima, tinha que admitir que ele parecia ter crescido. Tinha algumas tatuagens legais, uma bela árvore em suas costas cobrindo quase a área inteira. Minhas tatuagens eram menores, porém eu tinha mais. Pode ser que tenhamos uma coisa ou duas em comum agora.

Por mais que quisesse saber a história de Jared e Tate, estava mais e mais convencida, conforme a noite avançava, de que ele a merecia. Ele não dizia uma palavra errada para ela nem falava com outras garotas e sempre a tocava quando estavam perto. Um braço sobre o ombro, a mão nas costas, um beijo no topo da cabeça.

E aquelas pessoas eram os melhores amigos de Madoc. Eram pessoas que não me faziam estremecer ou ter desprezo por estar perto deles.

Depois de me enxugar, vesti as roupas de novo e me servi uma cerveja do barril, enquanto Jared e Tate se juntavam a Madoc e alguma loira na fogueira.

O sol tinha se posto e, embora não estivesse frio, havia uma brisa gostosa vinda das árvores. A festa ainda estava alta e agitada, mas as pessoas tinham se espalhado. Algumas entraram na casa para ver filmes ou jogar videogame, outros se espalharam pelo terreno. Eu tinha certeza de que várias camas já estavam ocupadas também.

— Então como Madoc tem uma irmã? — Uma voz profunda e aveludada veio para o meu lado.

Levantei a cabeça da torneira e tive que olhar duas vezes, minha boca se abrindo.

Puta merda.

O garoto — um jovem também — era bonito demais para colocar em palavras. Mas que inferno…

Ele tinha um rosto suave, mas forte, uma mandíbula forte e angular, maçãs do rosto altas. Suas sobrancelhas eram retas e inclinadas, fazendo seus olhos azuis impressionantes se destacarem mais contra a pele bronzeada. Ou talvez aquele fosse o tom natural. Seu cabelo castanho-escuro era longo, mas estava preso para trás em um rabo de cavalo.

Não tinha tatuagens e nem precisava delas também. Com sua altura e corpo tonificado, por que cobrir qualquer parte disso? Ter essa aparência não deveria ser legalizado. Inferno, olhar para ele provavelmente não era legalizado também. Estreitei os olhos, esperando que meus óculos tivessem escondido meu olhar boquiaberto.

— Madoc não tem irmã. — Torci os lábios. — Quem é você?

— Jaxon Trent — disse, levemente. — E não se preocupe, não estou tentando dar em cima de você. Acho que teria que entrar na fila, depois de você ter mostrado ao mundo inteiro como fica de lingerie. — Sorriu, com um brilho nos olhos. — Gostei da sua coragem. Só queria dizer oi.

— Trent? De Jared Trent? — Tomei um gole da cerveja e arrisquei um olhar para ele.

— Sim, ele é meu irmão.

Parecia tão orgulhoso ao dizer isso que não tive coragem de ser sarcástica.

— Gostei dos seus piercings. — Acenou para minha orelha. — Foi você quem inspirou Madoc?

— Inspirei o quê? — Começamos a caminhar em direção à fogueira, meus chinelos afundando nas poças do agora inundado deck da piscina.

— Piercing — respondeu, se inclinando para sussurrar. — Dizem os rumores que ele tem um em algum lugar, mas não conseguimos ver. Tate acha que é no Prince Albert. Eu acho que é no freio da glande. Madoc vai para o tudo ou nada.

Madoc tinha um piercing? E aquele babaca falou um monte de merda sobre o meu. Soltei uma risada amarga.

— Bem, eu não teria como saber.

— É, está deixando todos nós malucos — brincou, ao nos sentarmos no círculo ao redor da fogueira.

Aquela lareira, junto da jacuzzi, ajudava a tornar a área externa utilizável ao longo do ano, mesmo durante os meses de frio cortante no meio-oeste. Era uma grande base redonda de cerca de um metro e vinte de diâmetro e queimava madeira de verdade. Não apenas criava chamas substanciais, como também gerava um monte de calor.

Já que a noite não estava nem perto de estar fria, havia apenas um pouquinho de madeira queimando. O brilho suave mantinha a área escura, exceto por nossos olhos, que cintilavam com a dança das chamas em nossos rostos.

Jared estava sentado no chão, apoiado contra uma pedra, com Tate entre as pernas, as costas apoiadas no peito. Madoc estava em uma posição similar; por outro lado, estava em uma cadeira do outro lado do fogo com uma garota no chão entre as pernas.

Imagina.

Ele estava com a mão em volta do pescoço dela, mas não de um jeito ameaçador. Seus dedos a acariciavam de leve, seu polegar se movendo em círculos. Ela encarava as chamas, fechando os olhos de vez em quando, claramente aproveitando a atenção.

RIVAIS

Observei seus dedos, hipnotizada pela forma como ela estava à mercê de suas mãos. Ele era suave e lento, gentil e atencioso. Possessivo. A pressão foi crescendo em minha barriga e travei as coxas, sentindo uma queimação há muito esquecida.

Então olhei para cima. Meu peito arfou.

Seus olhos estavam em mim. Prendendo-me pela ausência de tudo que costumavam mostrar. A diversão se foi. A malícia desapareceu. O jogo ficou silencioso.

A máscara caiu.

Whore, de In This Moment, soava pelos alto-falantes, e encarei seus olhos duros, que me encaravam com calor e urgência. Minha língua se moveu pela boca fechada, tentando umedecer a garganta seca.

Ele a tocava com as mãos, mas me segurava com os olhos, e toda vez que acariciava seu queixo ou passava os dedos por sua bochecha, eu podia sentir minha pele pinicar.

Fechei os olhos, então os abri, piscando com força para quebrar o contato.

— Você ainda anda de skate?

Pisquei de novo, reparando em um trovão à distância.

— O que você disse? — indaguei, olhando para Jax. *Respira, Fallon.*

— A tatuagem de skate dentro do seu pulso. — Apontou. — Aquela *half-pipe* com uma baita descida no porão é sua?

Minha *half-pipe*? Ele a viu?

— Ainda está lá? — perguntei, incrédula. Não conseguia acreditar.

— Sim. — Acenei com a cabeça. — Perto do piano.

Meus olhos caíram imediatamente.

Aquilo era estranho. Com todos os meus outros pertences jogados no lixo, por que eles guardariam uma *half-pipe* enorme que ocupava espaço? Um montão de espaço. Eu estava prestes a questionar Jax se havia algum skate por perto, torcendo para que talvez Madoc ou algum dos seus amigos tivessem ficado com um para usar, mas ele tinha começado uma conversa com algum cara do outro lado da fogueira.

Tate tocou meu braço e olhei para a minha direita.

— O que rolou entre você e Madoc? — Ela parecia estar tentando manter a voz baixa, mas os olhos de Jared viraram para os meus quando ouviu a pergunta. — Parece haver alguma rixa entre vocês dois — adicionou.

Olhei para Jared rapidamente de novo, me perguntando se Madoc contou a ele sobre nós, mas o cara não estava prestando atenção.

— A gente nunca se bicou. — Dei de ombros, mantendo a voz leve. — Do jeito que esses dois se comportavam ao seu redor quando eu estava na cidade — brinquei, gesticulando para Jared e Madoc —, tenho certeza de que você me entende.

Ela deu um largo sorriso e virou a cabeça para o lado, encarando o namorado.

— É, acho que sim. — E então me prendeu com uma expressão séria. — Mas também sei que há dois lados em toda história. Vocês dois deveriam conversar.

— Mal conseguimos ficar no mesmo cômodo juntos.

Madoc ainda estava do outro lado da fogueira, o olhar indo de Tate para mim, e não havia dúvidas em relação a isso. Ele estava puto. Talvez se questionasse sobre o que estávamos conversando ou apenas não me quisesse aqui.

Inferno, eu sabia que ele não me queria — motivo pelo qual eu estava aqui.

Vozes picotadas à minha direita chamaram minha atenção e arrastei o olhar para longe de Madoc.

— Acho que se você não tem coragem de entrar na pista por si próprio, então pode calar a boca. — O cara ao lado de Madoc estava gritando para Jax, que ainda estava sentado ao meu lado.

— E correr contra quem? — Jax bufou. — Você? É, isso vai me tirar daqui sim. Vou correr quando for um desafio.

— Não sei o que você quer de mim, Jax, mas estou cansado de…

— Quer saber o que eu quero? — Jax interrompeu, mantendo a arrogância em sua voz. — Quero que a sua namorada tire todo o gloss rosa e entre no meu carro. É isso que eu quero.

Desviei o olhar para todos os murmúrios ao redor da fogueira. Madoc ria silenciosamente, balançando a cabeça, e o corpo de Jared tremia ao enterrar a risada no pescoço de Tate.

Ela viu meu olhar confuso e explicou:

— Aquele é o Liam — sussurrou. — É o namorado da K.C. — Apontou para uma morena linda sentada ao lado de Liam, que encarava o próprio colo, atordoada. — Ele a traiu no ano passado, mas eles voltaram. Jax não disse nada, mas eu acho que ele…

Ele a quer, terminei o pensamento na minha cabeça. Bem, se ele a quer, então por que não vai atrás dela? Claramente seu namorado atual não era páreo para ele.

RIVAIS

A mandíbula de Liam endureceu e seu olhar foi entre Jax e sua namorada em choque, que parecia querer se enfiar em um buraco.

— Tem alguma coisa rolando entre vocês dois? — questionou a ela.

Ela franziu os lábios e engoliu em seco, evitando o olhar dos demais.

— Claro que não — falou baixinho.

Todo mundo observava Jax e Liam fazerem isso, e Jared, Tate e Madoc sorriam, riam ou enrijeciam quando Jax fazia piadas ou era ofendido. Percebi como eles eram uma unidade e como ficavam unidos. Madoc tinha um sorriso orgulhoso em seus olhos quando fitava Jax como um irmão e era tranquilo com Tate. Eles eram sua família.

Bem, além de Liam e K.C., de todo jeito. Ela ficou quieta, claramente envergonhada, mas suas rápidas espiadas para Jax não fugiram do meu conhecimento. Ela parecia fácil de quebrar. Meio como eu já pareci.

Mas se quebrar era bonito. Doía, e foi difícil subir a ladeira de volta à sanidade, mas você voltava mais forte, mais feroz e mais sólida que antes.

Balancei as mãos na minha frente e neguei com a cabeça para Liam, finalmente perdendo a paciência com aquela idiotice.

— Uau — interrompi qualquer comentário bobo que ele estava fazendo. — Então você traiu sua namorada no ano passado. — Parei e acenei para K.C. — Oi, K.C. Meu nome é Fallon, a propósito. — E então minha atenção se voltou para Liam. — E está preocupado se ela está te traindo? Eu diria que você conseguiu uma garota melhor do que merecia. — As pessoas começaram a bufar e K.C. congelou no lugar, parecendo desconfortável.

Com as sobrancelhas estreitas, ela ficou de pé e hesitou, como se não tivesse certeza de que movimento fazer sem ser instruída. Meus olhos foram para o polegar que ela continuava passando no pulso da outra mão.

— Vou para casa. — Pegou a camisa e puxou por cima do biquíni. — Vejo vocês depois.

Ela passou pelo caminho de pedras até o deck da piscina e vi Jax fechar os punhos quando Liam se ergueu e veio até ele.

Ele se abaixou, pairando sobre Jax, cujos antebraços descansavam nos joelhos, e que não fez nada mais que inclinar a cabeça, aceitando o que quer que Liam jogasse nele.

— Deixe-o em paz, Liam. — A ordem profunda de K.C. me surpreendeu e tirei os olhos de seu namorado para ver um fogo que não estava nos olhos da garota antes.

Liam a ignorou e ameaçou Jax baixinho:

— Ela é minha.

— Só até eu começar a tentar — Jax rebateu.

E todos nós fizemos um trabalho de merda em esconder nossos sorrisos quando Liam saiu marchando, seguindo K.C.

Uma coisa eu entendi bem ali. Eu podia odiar Madoc, mas amava seus amigos.

CAPÍTULO SETE

MADOC

Eu iria enforcá-la.

Não a garota aos meus pés, cujo pescoço eu imaginava ser de Fallon e tentava não estrangular, mas a própria Fallon.

A garota andava pela minha festa como se fosse a casa dela e seus amigos estivessem aqui. Ela e Tate agiam como se já fossem melhores amigas, e Jax estava sorrindo e conversando com ela. O próximo passo era Jared começar a falar sobre a moto dela ou algo assim.

Qual era o jogo dela? Por que vir para casa por vontade própria depois de tanto tempo, quando praticamente saiu correndo daqui há dois anos? E só ficaria por uma semana. O que ela estava fazendo?

— Quem é aquela?

Taylor, a garota sentada entre as minhas pernas, tinha se virado e estava me questionando. Seu olhar vagava entre Fallon e eu, e percebi que estava encarando.

Isso não é bom.

Abri um sorriso, tentando parecer arrogante.

— Alguém que gosta de observar, acho.

Fallon também estava encarando. Estávamos com olhares travados por sabe-se lá quanto tempo e eu esperava que ninguém tivesse notado.

Olhei para ambos os lados da fogueira. Jared estava sussurrando no ouvido de Tate, que se aninhava a ele, e os outros estavam em conversas profundas.

— Tira o olho, querida. — Meu encontro, Taylor, abafou um risinho na direção de Fallon.

— Você está no meio de uma festa, querida. — Fallon imitava a falsa doçura de Taylor. — Vai procurar um quarto.

Taylor se mexeu para se levantar, mas coloquei as mãos em seus ombros, gentilmente a empurrando para baixo.

Taylor não era uma planta. Agia com malícia, mas também tinha coragem de revidar.

— Está tudo bem. — Uma risada estrondosa começou em minha garganta, mas meu tom soava verdadeiro. — Fallon gosta de arrumar problemas. Não a deixe te arrastar para isso.

Os olhos verdes de Fallon queimavam através do fogo e esperei por uma reação que tinha certeza de que viria. Ela sempre cuspia algo de volta.

— Você deveria tomar cuidado com quem convida para as suas festas, Madoc. — Taylor apoiou as costas no assento, relaxando de novo.

— Eu não a convidei — respondi. — Mas sinto pena. Ela não tem muitos amigos.

Taylor riu.

— Sim, com essas roupas ela só vai conseguir fazer inimigos.

— Madoc, mas que merda... — Tate começou, mas foi cortada.

— Está tudo bem, Tate. — Fallon se endireitou e empurrou os óculos para cima da cabeça. As pessoas ao redor da fogueira ficaram tão quietas quanto túmulos. Fallon continuou: — Aprendemos na escola que aqueles que praticam *bullying* só fazem isso porque estão bravos consigo mesmos. Estão feridos. — Ela ergueu os joelhos e travou os braços ao redor deles, seu tom leve e provocante. — Não devemos ficar bravos. Devemos ter pena deles. Madoc nunca teve que tomar uma decisão de verdade na vida, o que significa que nunca teve nada real. Essa casa, os carros, o dinheiro. É tudo uma ilusão. É como fazer o desfile da vitória quando você perdeu a guerra. — Respirou fundo e sussurrou devagar: — Madoc não faz ideia de quem é.

Algo apertou meu coração e era como se estivesse se espalhando por meu peito e descendo pelos braços. Deixei a falsa diversão em meus olhos se mostrar para ela, mas não estava me divertindo.

Fallon sempre foi muito teimosa. Sempre. Ela dava essas palestrinhas e dizia merdas sem pensar em um esforço para parecer durona.

Mas agora era diferente. Mais calculado. Ela pensou em mim. Me avaliou. E antecipou minhas reações.

— Você está correta, Fallon. — Olhei para a cerveja na minha mão, girando o líquido marrom dentro do copo. Soltei um suspiro condescendente e peguei o telefone, gesticulando. — Mas também sei que, se ligar para os meus pais agora, os dois vão atender. Minha mãe vai pegar um avião até aqui no momento em que perceber que preciso dela e meu pai não está se escondendo de escutas telefônicas e indiciamentos. Também tenho amigos que não trocaria por merda nenhuma. — Acenei com a mão em referência à propriedade. — E também tenho algo me esperando.

RIVAIS

Dei o sorriso mais largo que meu rosto permitia e me ergui, tomando o resto da cerveja. Não fiz contato visual com mais ninguém, sabendo que estariam todos assistindo.

Não faça isso.

Jogando o copo de lado, corri pelos degraus de pedra até o deck inferior e passei pela piscina, para onde a música estava tocando, perto das portas de entrada da casa.

— Eu posso cantar. — O céu piscava com relâmpagos enquanto eu me preparava.

Clicando em uma das minhas playlists de academia, toquei uma música do Offspring — perfeita para esta ocasião — e peguei uma garrafa d'água para usar de microfone.

A letra começava antes da música e eu estava pronto. Com algumas mudançazinhas, claro. *Why Don't You Get a Job?*, do Offspring, só me deu um segundo para pegar ar, por começar primeiro com a letra.

— *My dad's got a wife!* — gritei, ficando de pé na beirada da jacuzzi. — *Man, he hates that bitch!* — Todo mundo se virou para me encarar.

Agarrei a garrafa de água e, quando a bateria começou, balancei a cabeça no ritmo da batida, deixando o público se alimentar do meu modo de agir.

Meu modo de agir. Era daquilo que eu me alimentava também. Era o que fazia as pessoas gostarem de mim.

Continuei a música, sorrindo para a galera, que começou a cantar e rir também. Cerveja se derramava quando as pessoas erguiam os copos, dançando e gritando ao aprovarem.

A mão de alguém se fechou no meu punho, me arrancando da borda.

— Qual é o seu problema? — Jared indagou.

Não consegui esconder meu divertimento. Geral dançava e gritava a letra, claramente mais bêbados do que eu.

Bufei.

— Espera. — Ergui a mão. — *Você* vai me dar dicas de como tratar uma mulher? Espera eu fazer minhas anotações.

— Ela é da sua família, cuzão. E acabou de sair correndo daqui envergonhada!

Ela saiu?

Passei por Jared, indo para casa, mas fui impedido.

---

1   Tradução: Meu pai tem uma esposa! Cara, ele odeia aquela vadia!

— Acho que ela chegou ao limite. — Sua voz era mais suave, porém ainda firme.

Não sabia de onde ele tirou tanta hipocrisia. Quantas vezes ele atormentou Tate — e agora estava puxando as minhas rédeas?

— Lembra aquela vez que eu quis te ajudar e você me mandou calar a boca? — Mostrei os dentes. — Hora de seguir seu próprio conselho.

Tanto faz. Talvez ele pensasse que eu estava bêbado ou talvez estivesse tentando acalmar uma situação que não entendia, mas não gostei de ele imediatamente ter ido protegê-la.

Fallon não tinha o direito de ficar com meus amigos.

Abri a porta de vidro e disparei para dentro, contornando as pessoas que andavam pela cozinha e pelo corredor até o saguão de mármore.

Pulando sobre o corrimão grosso, comecei a subir dois degraus de cada vez.

— Não está procurando a sua irmã, né? — meu amigo Sam chamou, por trás de mim, e voltei um degrau. Ele estava encarregado da porta, guardando as chaves das pessoas ao entrar e verificando se estavam sóbrias na saída.

Girei no lugar, sem gostar da maneira que ele perguntou.

— Irmã postiça — esclareci. — Sim, estou procurando por ela. Por quê?

Apontou com o polegar para a porta da frente.

— Ela acabou de pegar seu carro.

Meus olhos se arregalaram. *Filha da puta!*

— Você deu minha chave a ela? — gritei, descendo as escadas.

Ele endireitou as costas, empurrando-se contra a parede atrás do banquinho que estava sentado.

— Ela é sua irmã — declarou, como se fosse explicação suficiente.

Estiquei as mãos.

— Me dá as chaves do Jared — rosnei.

— Ele e Tate guardam as chaves no quarto deles. E não vão embora hoje à noite, de todo jeito.

— Então me dê as chaves do Jax!

A boca de Sam se abriu, e ele se atrapalhou, procurando no pote de chaves.

Deixa pra lá.

Vá para a cama.

Ou, melhor ainda, vá pegar Taylor e vá para a cama.

Algumas vezes, eu me perguntava se o anjinho falava para fazer com que eu me comportasse ou para trazer o diabinho para brincar.

Agarrei as chaves da mão de Sam e disparei pela porta.

RIVAIS

CAPÍTULO OITO

FALLON

Peguei as chaves de Madoc e corri da casa, mas foi até chegar na estrada que percebi que não fazia ideia de para onde estava indo. Nesta cidade, eu não tinha amigos, família e não havia realmente nenhum lugar para onde pudesse correr para me organizar.

Pelo menos em St. Joseph eu encontrava consolo na capela. Não ia lá para rezar e mal participava das missas, mesmo que fossem obrigatórias para os alunos. Mas eu gostava da capela. Era bonita e silenciosa. Rezando ou não, era um bom lugar para pensar.

Para planejar.

Embora não tivesse tanta sorte no momento. Estava escuro demais para ir à pedreira e bem em breve estaria molhado demais para qualquer espaço aberto. Como era quase meia-noite, também era muito tarde para qualquer espaço público fechado.

Um trovão explodiu por perto, ecoando pelo céu preto, e pisei no freio quando a chuva começou a cair no para-brisa. Notei os raios e trovões na festa, motivo pelo qual peguei o carro de Madoc emprestado. Não queria ficar presa na chuva de moto.

Quando o príncipe descobrisse, levaria uma semana para desfazer o bico. Caras não gostavam que mexessem com os carros deles.

E eu não gostava que mexessem comigo, então acho que estávamos empatados. Passei a quinta marcha e acelerei.

Diminua e se recomponha, Fallon.

Já tinha o que precisava da minha mãe e do senhor Caruthers. Só precisava de Madoc.

Mas não sabia que seria tão difícil. Vê-lo. Saber que o que ele disse era verdade. Tentei parecer que era forte. Afinal, depois de tudo que aconteceu, eu deveria ser, né?

Lágrimas queimaram meus olhos, ameaçando se derramarem, mas forcei a dor do tamanho de uma bola de golfe descer pela minha garganta.

Viajei pela estrada deserta, focada no som do spray sendo espirrado dos meus pneus, os faróis refletindo na estrada escura. À frente, as luzes da cidade brilhavam e encontrei uma placa familiar ao lado.

Parque Iroquois Mendoza.

Várias tardes e fins de semana passados ali piscaram na minha mente.

Era onde eu costumava ficar com os poucos amigos que fiz quando estive no ensino médio aqui. Neguei com a cabeça e quase ri. O parque tinha uma ótima área para andar de skate.

Nostalgia me fez virar à esquerda e entrei no parque, parando bem em frente a uma das várias pistas. A iluminação dos postes costumava ficar ligada quando eventos estavam acontecendo, mas hoje à noite estava tudo estranhamente escuro. Deixei o carro ligado, os faróis acesos para iluminar a área.

Saindo, pisquei contra a chuva leve, mas constante. Meus pés faziam barulho por conta do chinelo molhado conforme eu caminhava até a borda da pista *bowl* deserta, espiando sua descida suave e rasa. Tirando os chinelos molhados e estremecendo em minhas roupas agora úmidas, sentei-me e deslizei lá para dentro, sentindo o cimento aveludado nos dedos dos pés.

Um arrepio correu por meu corpo de novo, mas não era de frio. A noite estava quente e, embora a chuva tivesse deixado mais fria, era uma temperatura confortável. Dei um passo, respirando com dificuldade e me sentindo cercada demais pelas paredes ao meu redor. Elas não costumavam me assustar. Eu descia pela lateral, desfrutando do quanto meu coração batia rápido ao atingir a velocidade máxima em direção à próxima inclinação.

Era quando eu respirava com mais facilidade. Mas agora…

Virei-me, o ronco baixo de um motor preenchendo o ar espesso. O barulho de pneus cortou a calma logo que um Mustang preto freou ao lado do GTO do Madoc.

Endireitando os ombros, ergui o queixo e me preparei para encarar o que eu sabia que viria.

Madoc desceu do carro, sem nem se importar de fechar a porta por trás de si.

— Você roubou meu carro? — gritou, olhando para dentro da pista *bowl*.

Com os faróis por trás de si e a área bem iluminada, tentei respirar contra a vibração em meu peito.

Ele estava aqui. Estávamos sozinhos. Estávamos bravos.

Déjà vu.

RIVAIS

Era isso que eu queria. Foi o que planejei.

Mas dei as costas para ele, de todo jeito.

Disse a mim mesma uma e outra vez que não ligava para o que ele pensava de mim. Não queria seu coração, afinal de contas. Era tudo parte da equação. Ele não precisava me amar ou respeitar para que isso funcionasse. Conseguiria o que queria sem me preocupar com o que estivesse passando na cabeça dele. Não. Me. Importava.

Então por que não conseguia simplesmente conquistá-lo como planejei? E por que queria rebater?

— Não roubei. Era emprestado, príncipe — disparei.

Ele pulou para dentro da pista, os chinelos batendo contra o cimento ao se aproximar de mim.

— Não toque nas minhas coisas, Fallon!

— Ah, mas você podia ir ao meu quarto na noite passada e me tocar? Você não pode ter tudo, Madoc.

Ele parou a poucos passos de mim e senti as paredes da pista se aproximando enquanto ele me encarava. Esperava mais gritos e insultos, mas ele apenas ficou parado lá, parecendo que poderia me destruir inteira sem dizer uma palavra. Parecendo com qualquer coisa que já me destruiu.

Ainda estava vestido com apenas a bermuda e os chinelos. Sem camisa. Acho que deixou a casa com pressa e veio atrás de mim. Ele mudou tanto nos anos que se passaram. Agora seus ombros e braços eram uma obra de arte. Madoc sempre gostou de malhar, e valeu a pena. Tinha o corpo de um quarterback e era alto. Queria não sentir a corda invisível me puxando para ele, querendo tocá-lo de novo, mas estaria mentindo se dissesse que não. Sempre queremos o que é ruim para nós.

Madoc era gostoso. E sabia disso. E sabia que todo mundo sabia disso.

Mas o que estava por baixo do cabelo loiro, dos olhos azuis de menino e do corpo macio e tonificado era ruim. Ele era ruim.

Algum dia sua aparência iria desaparecer e quem quer que acabasse com ele teria apenas um cara mau. Tinha que me lembrar disso. Não havia nada nele que eu devesse querer.

A chuva leve caía por seu rosto e ele piscou para afastar a água que escorria por suas bochechas.

— Quer saber? — falou, em tom zombeteiro, parecendo prestes a dar as costas. — Cansei das suas merdas, Fallon. Queria saber que droga você quer de mim. — Sua voz ficou mais forte. — Você age como se estivesse tudo bem perto da Addie e então aparece na minha festa vestida para matar de roupa íntima no meio de todos os meus amigos e relembra da minha festa de dois anos atrás. — Ele para na minha cara. — O que você quer de mim? — O grito veio de dentro dele.

— Nada! — berrei, meus olhos queimando de raiva. — Não quero nada de você. Mais nada, nunca mais!

Ele recuou, como se isso o surpreendesse.

— Mais nada? É sobre isso então? — indagou. — Nós dois fodermos há dois anos?

Fodermos. Desviei os olhos.

Preferia enfiar uma baqueta no nariz em vez de deixá-lo ver como machucava. Sequei a água da minha testa e arrumei o cabelo no topo da cabeça.

— Quer saber? — Estreitou os olhos, falando antes que eu tivesse chance. — Pode ir para o inferno, Fallon. Eu também tinha dezesseis anos. Era virgem, assim como você. Você veio para cima de mim também e sabe disso. Eu não te forcei! Não tinha nada que ir reclamar com nossos pais. Jesus Cristo!

Oi?

— Madoc, eu…

De que porra ele estava falando? Minha respiração, minhas mãos, meus joelhos… tudo estava tremendo.

— Vai se ferrar, Fallon — cortou-me, ficando mais bravo. — Tudo que você tinha que fazer era dizer algo. Eu teria te deixado sozinha, mas pensei…

Ele parou de falar, olhando para o chão e parecendo enojado demais para falar por seus lábios torcidos.

O ar dos meus pulmões se foi. *Mas que merda é essa?*

Tudo que ele dizia era como um tapa e era como cair de bunda no chão. Que merda ele estava falando?

Cheguei mais perto.

— Eles disseram que eu reclamei?

Seus olhos se levantaram e vi os músculos tremendo em sua mandíbula.

— Sua mãe me falou que você odiava o que eu estava fazendo com você. Que você tinha que se afastar de mim e que foi por isso que sumiu no meio da noite. — Cada palavra sangrava de sua boca. O corte foi profundo.

Merda. Fechei os olhos e neguei com a cabeça. Isso não estava acontecendo!

Se eles mentiram e disseram a Madoc que reclamei, então aquilo significava que ele pensou que eu quis ir embora. Ele pensou que eu tinha ido até nossos pais *pedindo* para ser mandada embora.

RIVAIS

Suguei a água do meu lábio inferior e abri os olhos, encontrando sua carranca.

Madoc nunca quis que eu fosse embora. Ele pensou que eu tinha fugido dele.

Aquilo era inesperado.

Mas não mudava as coisas. Se nossos pais mentiram para nós dois, então eu ainda os colocaria como alvos. Talvez Madoc não fosse tão mau como pensei que fosse originalmente, mas ainda não era inocente. Ele me tratou como uma puta e nunca veio atrás de mim. Nunca ligou, me escreveu ou procurou por mim. Por tudo que passei, eu passei sozinha.

Eles ainda eram todos inimigos.

— Saia do meu caminho. — Disparei por ele, subindo a inclinação da rampa.

Mas antes que eu chegasse ao carro, Madoc agarrou o interior do meu cotovelo e me girou.

— Não, não. Você não vai embora até eu conseguir uma explicação.

Olhei para ele, sentindo o calor de sua pele pela minha camisa molhada.

— Uma explicação? — Dei de ombros. — Acho que é genética, Madoc. O tamanho do pênis é hereditário. Você não pode fazer muito a respeito.

Girei, indo para o GTO, meu queixo doendo por conta do sorriso que lutava para segurar.

Abrindo a porta do carro, pulei para trás quando ela foi fechada de novo por uma força atrás de mim.

Merda!

Meu coração batia forte e um calor líquido corria por minhas veias.

Antes que eu pudesse me virar, Madoc parou às minhas costas, pressionando meu peito na porta do carro.

O ar entrava e saía dos meus pulmões e senti o calor subir até a minha garganta.

— Diga que você odiou — desafiou, lábios quentes roçando minha orelha. — Quero ouvir você dizer.

Ele me beijou. Sua boca estava quente, por todo meu corpo. Eu podia sentir o cheiro do cigarro em todo lugar agora. De onde sua boca e mãos estavam. Seus dedos deslizaram até minha bunda e apertaram.

— Pronta para subir? — questionou. — Quero ver se você é má mesmo.

Balancei a cabeça. Não.

— Quero voltar lá para fora, para a festa.

Por que eu o deixei me beijar?

Saí para sua esquerda, mas ele enfiou o corpo no meu, me cortando.

— Mas você me deixou com tesão. Vamos lá, vamos nos divertir. — Ele esticou a mão e passou o polegar pelo meu mamilo.

Meus olhos se arregalaram e meus punhos se fecharam, prestes a bater nele.

— Tire as mãos dela. — Ouvi a voz de Madoc por trás do garoto pairando sobre mim.

— Vai arrumar uma para você, Madoc.

— Ela é minha irmã. — Sua voz estava afiada. — Tire as mãos dela ou caia fora da minha casa, Nate.

Nate recuou.

— Beleza. Não sabia que ela era sua irmã, cara. Foi mal.

Ele saiu, mas ainda me senti envergonhada.

— Madoc, eu...

— Cale a boca — rebateu, agarrando minha mão. — Sabia que você apareceria aqui, tentando ser o centro das atenções como sempre. Procurando diversão assim como a sua mãe, certo?

— Não era isso que eu estava fazendo, babaca. — Tentei tirar a mão da dele, que me arrastava pelas escadas.

— Ah, sério? Você tem amigos aqui? É, achei mesmo que não. — Paramos na minha porta. Ele me soltou. — Volte para o seu quarto, Fallon. Brinque com seus Legos.

— Você não é meu dono, Madoc. E não sou uma prostituta. — Coloquei as mãos nos quadris. — Mas se você vai continuar me chamando de puta, então talvez eu deva superar isso. Seu amigo Jared está lá fora, né? Ele é gostoso. Talvez ele seja meu primeiro.

Passei por Madoc em direção às escadas de novo. Ele me agarrou e me levou para dentro do quarto.

— Madoc, me solta!

— Fique longe dos meus amigos! — Ele me soltou, mas continuou perto de mim, preenchendo meu espaço. Estava com muita raiva, mas eu não me assustava.

RIVAIS

— Ah, como se eu estivesse implorando para fazer parte do seu grupinho. — Bufei. — Um monte de Kens e Barbies que se informam das notícias do mundo pelo Facebook.

Ele avançou. Recuei até minha parede de adesivos.

— Você age como se fosse superior — disse, rosnando —, mas quem estava dando em cima de um dos meus amigos lá embaixo? Para alguém que não liga para essas pessoas, você parecia bem pronta para abrir as pernas para um deles!

Avancei na sua cara.

— Eu faço o que quero, quando quero. Ninguém toma decisões por mim, Madoc. Nem você. Nem nossos pais. Nem meus amigos. Estou no controle. Sou livre!

— Livre? — Riu, amargo. — É sério? Só porque você tem a cara furada e algumas tatuagens? Você não fez essas tatuagens porque queria. Fez para provar que podia. É você tentando provar algo, Fallon. Você. Não. É. Livre!

Bati nele forte com as duas mãos, mas ele me segurou antes que eu pudesse acertar uma terceira vez. Segurou meus punhos e encaramos um ao outro. Algo passou em seus olhos e, antes que eu percebesse, seus lábios estavam nos meus.

Nós dois nos agarramos. Ele me puxou com força contra si e sua boca estava na minha. Não foi como quando Nate me beijou lá embaixo. Madoc parecia real. Como se nada fosse planejado. Tudo vinha de sua intuição.

Isso parecia certo.

Ele se afastou, respirando com força, os olhos arregalados.

— Ai, meu Deus. — Suas sobrancelhas estavam unidas de medo. — Sinto muito, Fallon. Não sei no que eu estava pensando. Eu não queria...

Aproximei-me dele, incapaz de encontrar seus olhos.

— Não pare — implorei. Devagar, estiquei a mão trêmula e segurei seu pescoço, o trazendo para perto.

Ele se afastou quando seus lábios encontraram os meus, porém, depois de alguns segundos, seus braços circularam minha cintura.

— Gosto de brigar com você — gaguejou, me deitando na cama e vindo por cima. — Isso vai mudar tudo.

Puxei sua camisa sobre a cabeça.

— Isso não muda nada — garanti.

— Diga, Fallon. — Pressionou contra mim, seus lábios em meu cabelo. — Diga o quanto você odiou minhas mãos em você... minha boca em você.

Espalmei as mãos contra a porta, lembrando-me de como minhas mãos passaram por cada centímetro dele.

Madoc se tornou meu mundo há dois anos. Eu esperava por ele à noite, meu coração batendo quilômetros por segundo, sabendo que ele viria. Sabendo que me tocaria. Eu amava tudo aquilo. Não queria que o sol nascesse nunca.

Pressionei as costas em seu grande corpo, a umidade quente entre minhas pernas quase me fazendo gemer.

Mal consegui recuperar a respiração ao virar o rosto para o lado.

— Quer ouvir como eu te queria? — Minha garganta estava apertada com as palavras.

Ele apoiou as mãos sobre as minhas contra a porta e me pressionou com mais força por trás, seus lábios no meu pescoço.

— Foda-se o passado — suspirou. — Quero ouvir que você sentiu falta.

RIVAIS

CAPÍTULO NOVE

MADOC

Mergulhei, chupando seu pescoço na boca antes que ela tivesse chance de responder.

— Madoc — gemeu, seus joelhos desistindo.

Passei o braço por sua cintura, meus lábios ainda devorando seu pescoço, e a esmaguei contra o carro.

Maldita.

Essa merda não era para acontecer assim.

Enfiei os dedos por seu cabelo ao chupar seu pescoço, então capturei seu lóbulo, beijando a linha de sua mandíbula antes que ela virasse a cabeça na minha direção e tomasse a minha boca. O doce calor era mais do que eu podia suportar. Meu pau se manifestou e, quando Fallon empurrou sua linda bunda contra mim, quase rosnei.

— Foda-se, Fallon — ofeguei, puxando sua blusa encharcada por sobre a cabeça e a jogando no chão. Ela deixou a cabeça cair contra o meu ombro, seu peito subindo e descendo rápido com sua respiração ofegante. Seus olhos desesperados me imploraram antes de se fecharem. Seu corpo estava gritando. Assim como o meu.

Envolvi uma das mãos levemente ao redor do seu pescoço e passei a mão possessiva sobre sua barriga.

— Quero estar dentro de você. — Cutuquei seu pescoço, erguendo seu queixo para encontrar meus olhos. — Mas é melhor você não estar mentindo de novo.

Seu rosto estava molhado e ela piscou para afastar a chuva em seus cílios, parecendo tão desesperada que eu quis rasgá-la ao meio. A noite inteira. Conformei-me em beijá-la, girando a ponta da língua contra a sua e trazendo-a para dentro da minha boca.

Jesus, o gosto era bom.

Estiquei a mão para baixo e mergulhei em seus shorts, segurando-a na minha mão.

— Ai, Deus — choramingou.

Esfreguei sua umidade quente entre o dedo do meio e o polegar, pronto para explodir.

Ela se contorcia, subindo e descendo as costas e gemendo. Acariciei seu clitóris com os dois dedos e pressionei o pau na sua bunda.

Seu corpo coberto de chuva brilhava com a luz dos faróis e pude sentir a pulsação entre suas pernas contra meus dedos. Ela estava necessitada e pronta.

Abri seu sutiã, arranquei dela e desabotoei seus shorts por trás. Descendo junto com sua calcinha por suas pernas, recuei para observá-la.

Com as pernas instáveis, ela se apoiou contra a porta do carro, seus dedos ainda abertos na janela.

Gotas de água caíam em cascata por suas costas longas e esguias e sobre sua bunda redonda e suas coxas.

— Senta no carro, linda. — Mantive a voz calma, mesmo com o corpo gritando. Mal conseguia respirar.

Pensei brevemente que talvez devêssemos sair da chuva, mas ainda estava quente do lado de fora e... quem eu queria enganar? Ela ficava tão bonita assim.

Seus braços caíram ao seu lado e ela virou, mantendo o queixo abaixado e os olhos em mim. Andando para a direita, sentou-se no capô, os pés pendurados para fora logo acima do chão.

Andei até lá, parando à sua frente, mas mantendo a distância.

Seus seios estavam maiores do que eu me lembrava e eu queria ir mais devagar. Já fazia muito tempo desde que a toquei e queria redescobrir tudo.

Mas não havia tempo. Meu pau parecia uma barra de aço agora.

— Abra as pernas — pedi, em uma voz rouca, um sorriso puxando meus lábios.

Ela prendeu a respiração e observei seus peitos subirem e descerem de excitação. Ou nervosismo. Sua mandíbula endureceu, aceitando meu desafio. Apoiando-se nas mãos, ela afastou as pernas, expondo o que eu queria.

Que garota bandida.

Meus olhos desceram por seu corpo corado e molhado, enquanto eu desamarrava meus shorts, deixando cair no chão.

Seus olhos se arregalaram assim que notou o brilho prateado na ponta do meu pau.

Ficando entre as suas pernas, gentilmente empurrei suas costas de volta para o capô devagar, acompanhando o ritmo de *Sail*, de

RIVAIS

AWOLNATION, que tocava no rádio do carro. Então, segurando-a pelo quadril, afundei os lábios em sua barriga quente e molhada, deleitando-me com sua pele macia, e logo subi para o seu mamilo, chupando com força.

— Ah — gemeu, ofegando, mas ignorei seus movimentos.

Movendo-me, tomei outro na boca, chupando e mordendo, trazendo o mamilo duro entre os dentes e, caramba, amava como seu sabor era doce.

Há dois anos, eu não sabia de merda nenhuma. Claro, transar com Fallon por aí me ensinou um pouco, mas ainda era imaturo e inseguro comigo mesmo.

Agora, eu sabia mais e sabia o que queria. Não tinha medo de tomar e aproveitar as chances.

Mexendo-me mais rápido, aumentei o ritmo e beijei sobre sua barriga, cada centímetro me trazendo para mais perto do que eu queria.

Em um movimento apressado, peguei seu clitóris entre os lábios e chupei como um pêssego.

— Ai, meu Deus! — Ela se contorceu, jogando a cabeça para trás, o capô se mexendo com seus movimentos. Não conseguia ver seus olhos. Seu rosto estava retorcido de prazer.

Girei a língua ao redor, balançando algumas vezes com força.

Eu a odeio, disse a mim mesmo.

Não confio nela.

Ela vai me foder de novo.

E não me importei em dar prazer a ela.

Não ligava se ela estava gostando disso. Só queria que gozasse na minha boca, para que soubesse que eu era o dono dela.

Mas, quanto mais ela agarrava meu cabelo e se contorcia debaixo de mim, mais eu percebia que queria que ela gritasse meu nome. Percebia que queria que ela amasse aquilo.

— Madoc. — Sua voz tremia. — Madoc, agora!

Olhei para cima e a vi me encarando. Ela passou a mão pela minha bochecha.

— Agora — implorou. — Por favor?

E era isso que eu estava esperando. Mesmo que não soubesse.

Ficando de pé, travei os dentes, olhando para o seu lindo corpo. A bela garota que me odiava, e eu a odiava, mas — caramba — eu amava como nos odiávamos, porque era rude e real. Não fazia sentido, mas sim... era real.

Puxando-a para a ponta do carro, sustentei seu olhar ao mergulhar dentro dela.

— Ahhh... — Fechou os olhos com força, mostrando os dentes.

— Merda, Fallon. — Parei, fechei os olhos e saboreei a sensação.

Quente e apertada ao meu redor, o calor dela se espalhou por minhas coxas e subiu por meu peito. A chuva fazia pouco para me resfriar.

Eu não sabia com quantos caras ela ficou depois de mim e não queria saber, mas percebi que meu piercing poderia levar um minuto para se ajustar. Pairando por cima, meu pau dentro dela, apenas a observei, esperando que seus olhos se abrissem.

Quando o fizeram, ela me encarou e passou a mão por meu pescoço, nos trazendo na metade do caminho para um beijo. Massageei sua língua com a minha e mordisquei seus lábios molhados, começando a me mover dentro dela, devagar no começo, sentindo cada centímetro do seu calor e saboreando cada pequeno gemido que soltava em minha boca.

Quebrando o beijo, segurei seu seio com uma das mãos e me estabilizei com a outra no capô do carro. Cada músculo das minhas costas estava tenso e meus ombros pegavam fogo. O ar entrava e saía dos meus pulmões e não consegui mais me conter. Investi contra ela, o vulcão entre minhas pernas quente e urgente, me sentindo bem pra caramba.

Seus seios balançavam para frente e para trás conforme eu entrava e saía de dentro dela mais e mais forte.

Suas unhas cravaram no meu peito.

— Mais, Madoc. Isso é tão bom.

Endireitei-me, puxando-a de volta para a borda do capô, e puxei as costas dos seus joelhos por cima dos meus braços.

— Diga que sentiu falta disso.

Ela piscou e engoliu em seco.

— Sim. — Assentiu, seu sussurro saindo trêmulo. — Eu senti falta.

Eu também.

Penetrei-a de novo, como se não houvesse amanhã.

Suas costas arquearam, seus seios ficaram loucos e ela deu um gemido longo e alto.

— Sim... ai, meu Deus!

Ela se apertou ao redor do meu pau, sua barriga tremendo com respirações rasas, e seus olhos se fechando com força quando ela gozou.

O fogo no meu pau se espalhou pelas minhas coxas e queimou até a ponta. Puxei para fora, ofegando e me acariciando até gozar em seu estômago.

Minha garganta estava seca e meu coração estava tentando perfurar

RIVAIS

meu peito. Abaixei a cabeça entre seus seios e fechei os olhos, sentindo seu peito subir e descer por baixo de mim.

Nenhum pensamento coerente se formou em minha cabeça. Apenas palavras.

Maravilha.

Gostoso.

Droga.

Merda.

Não tinha ideia do que deveria fazer agora, e seu silêncio me disse que ela estava tão perplexa quanto eu. Estava prestes a sair de cima quando ela começou a correr os dedos pelo meu cabelo encharcado.

Congelado, fiquei apenas deitado lá e deixei.

E então estremeci, percebendo que não tinha usado camisinha.

Merda. Sério cara? Você tinha no porta-luvas. Por que eu nem pensei nisso? Sempre usei, exceto com Fallon uma ou duas vezes quando éramos mais jovens.

— Eu nunca disse aquelas coisas para nossos pais — falou, tirando-me dos meus pensamentos.

Nossos pais? Ela os traria à tona agora?

— Nunca disse o quê? — Mantive o queixo em seu peito, mas a encarei.

— Eles mentiram para você. — Ela acariciou meu cabelo e olhou para o céu. — Nunca reclamei do que estávamos fazendo, Madoc. Eles descobriram e me mandaram embora.

Estreitei os olhos, empurrando-me para cima e colocando as duas mãos em cada lado de sua cabeça.

— Está dizendo que nunca quis me deixar?

CAPÍTULO DEZ

FALLON

O que eu estava fazendo?

Que droga eu estava fazendo?

Então nossos pais mentiram. Disseram que eu quis ir embora. Aquilo o machucou. Que bom! Funcionava para mim. Madoc merecia aquilo e mais; embora não estivesse na minha lista de extremos como nossos pais, ele ainda estava lá.

Mas, na minha brisa pós-orgasmo, quis proteger seu coração. Quis manter a memória intacta. Quis acreditar que ele nunca me usou.

Mas ele usou. Ele me usou bem e me esqueceu.

Dormir com ele agora era parte do meu plano. *Estava tudo saindo como planejado*, disse a mim mesma. Aconteceu antes do que pensei e com bem mais comportamento devasso da minha parte, mas já fazia muito tempo desde que fiz sexo. Era mais difícil resistir a ele do que antecipei.

Madoc e eu éramos doidos aos dezesseis anos. Jovens demais para fazermos o que estávamos fazendo, mas aprendemos juntos.

Agora ele era um homem e nós dois tínhamos muito mais confiança. Madoc era bom. Muito bom. Senti-me culpada por querer mais dele.

E aquele piercing? Puta merda.

Afastei o olhar e me sentei, o afastando de mim.

— Não, Madoc. Eu não quis ir.

Ele se afastou, mas podia sentir seu olhar em mim. Abaixei-me e peguei minhas roupas encharcadas, virando para longe e usando a camisa para limpar minha barriga.

— Como eles descobriram?

— Isso importa? — falei, suave. — Éramos jovens demais. O que estávamos fazendo era errado. Eles sabiam. Me mandar embora foi o melhor a se fazer.

Tentei vestir minha calcinha e o short, mas eles estavam frios demais por conta da chuva que ainda caía sobre nós. Um arrepio percorreu meus braços.

— Mas eles mentiram para mim. — Ele ficou lá parado, nu. — Todos esses anos eu pensei...

— Nós sobrevivemos, Madoc — interrompi, evitando seus olhos ao vestir o sutiã. — Eu segui em frente, e você também, certo?

Pensei que levaria um zilhão de anos para desmaiar naquela noite, mas dormi em segundos. Nem me lembro de ter deitado na cama, tentando me fazer relaxar. Depois de lidar com Madoc, Addie, a festa e a chuva, fechei os olhos e acordei basicamente na mesma posição em que dormi.

Mas, assim que abri olhos, fui bombardeada por um pensamento atrás do outro, uma preocupação atrás da outra, como uma manada de elefantes passando pela minha cabeça.

Respirei fundo. *Merda. Dormi com Madoc!*

Está tudo bem. Aquilo estava dentro do plano.

Mas você gostou. Não, eu amei.

Tudo bem. Você não transava há dois anos. Estava com tesão.

Você disse a Madoc que seus pais mentiram?

Okay, então eu não queria que ele acreditasse que eu tinha dito nada daquilo. Não deveria ter me importado. Um pequeno contratempo que não incomodava em nada o plano geral. *Relaxa.*

Mas ele vai atrás do pai dele! O pai dele vai voltar para casa...

E daí? Eu quero que o senhor Caruthers volte. Meu plano se concretizaria em alguns dias de todo jeito.

Estava tudo dentro do cronograma.

Inalei o ar frio e exalei um ar trêmulo.

Então por que eu não estava feliz?

O primeiro ano que passei longe, estava confusa demais — entorpecida demais — para entender tudo que tinha acontecido, quanto mais para colocar a cabeça em ordem. No ano passado, tudo que eu fantasiava era buscar minha vingança e vê-los feridos. Cada um deles. Ver seus mundos de cabeça para baixo como o meu ficou.

Mas agora minha mente continuava viajando de volta para a noite passada. Como era a sensação dos lábios de Madoc no meu pescoço. Como ele olhou para cada centímetro do meu corpo como se estivesse vendo pela primeira vez. Como seus olhos quentes e mãos possessivas me faziam sentir como se ele me quisesse.

Ele poderia ser um pirralho mimado, idiota e egocêntrico, mas fazia minha mente explodir.

Precisava me lembrar de que só porque alguém era bom de cama não significava nada além daquilo.

Isso era um jogo para Madoc — mas era guerra para mim.

Rolei de costas e me sentei, jogando as pernas pela beirada da cama, mas então imediatamente deixei a cabeça cair e soltei o ar.

Caramba.

Minhas entranhas pareciam ter sido esticadas e os músculos abaixo da barriga estavam doloridos. Eu estava dolorida em todo canto.

Ficando de pé, andei na ponta dos pés pelo meu quarto e abri a porta. Ouvi o som de um aspirador de pó em algum lugar na casa e soube que Addie estava acordada. Deslizando pela porta, corri até o banheiro.

O quarto de Madoc tinha um banheiro. O meu não. Meu nível não era tão alto.

— Você está acordada! — uma voz alta soou. — Ótimo para mim.

Virei para a esquerda e vi Madoc fechando a porta do quarto, correndo direto na minha direção.

Um nó se formou na minha garganta. Mas que...

Ele disparou em mim como um *linerback*, me ergueu pela cintura e jogou por cima do ombro.

— Madoc! Me coloca no chão!

— Shhh... — Levou-nos para dentro do banheiro, chutou a porta e plantou minha bunda no balcão do banheiro.

— Madoc...

Mas fui cortada. Ele tomou meus lábios, passando os braços fortes ao meu redor e quase me sufocando com a força que colocava na minha boca. Toda vez que respirava, eu fazia o mesmo, porque ele voltava por mais no mesmo compasso. Seus lábios se moviam sobre os meus, rápidos e urgentes, necessitados e prontos. Suas duas mãos se empurravam por baixo da minha camisa, massageando meus seios e não consegui evitar. Minhas mãos deslizaram sobre as calças pretas do pijama, agarrando sua bunda perfeita e macia e o trazendo para o meio das minhas pernas.

— Vou me desculpar pela minha falta de frieza agora — ofegou, tentando arrancar minha camisa sobre a cabeça, mas continuei puxando para baixo. — Estou com mais tesão do que um filho da puta.

— Ah, isso é uma coisa matinal? — Cruzei os braços sobre o peito para manter minha camisa no lugar.

— Matinal? — Ele começou a cutucar minha barriga, fazendo cócegas para tentar livrar meus braços da peça de roupa. — Fiquei acordado a noite inteira, porra, me torturando. Nunca deveria ter dito para você trancar a porta na noite passada.

Ele me levou ao meu quarto ontem quando chegamos, me mandando trancar a porta. Aparentemente, nem sempre ele conhecia as pessoas que vinham às festas na sua casa e não tinha certeza de quem eram todos os que desmaiaram pelo lugar. Só vi três corpos quando andei pela casa, mas podia haver mais.

— Você estava tentando me proteger de estupradores — pontuei, mordendo o lábio para segurar uma risadinha.

— É, que movimento esperto. — Sorriu para mim, ainda cutucando minha barriga. — Também não consegui chegar até você.

Ele agarrou meu rosto com ambas as mãos, deslizando a língua para dentro da minha boca, me devorando de novo. Pequenas agulhas surgiram por baixo da minha pele e estremeci, calor se acumulando entre minhas pernas como uma fornalha. Agarrei seu rosto também, devolvendo o beijo.

Ele usou aquela oportunidade para puxar a camisa sobre minha cabeça em um único movimento, como um mágico que tira uma toalha de cima de uma mesa completamente posta.

— Madoc, não — ordenei, de forma patética, dobrando os braços sobre o peito. — Estou dolorida da noite passada.

Ele franziu as sobrancelhas e arqueou um dos lábios.

— Dolorida? Por minha causa? Isso. É. Incrível.

Idiota. Não deveria ter dito aquilo. Agora ele estava se sentindo o cara.

— Bem, então... — Suspirou e me abaixou do balcão. — Você está segura. Por ora.

Tanto faz. Pisquei devagar e com força. *Estou no controle. Estou no controle. Estou no controle.*

Estava tudo indo na direção errada. Ele me fez sorrir. Ele me fez esquecer. Tínhamos que diminuir.

Tínhamos que parar.

Ele inclinou meu queixo para cima e desceu a boca na minha. Eu o deixei me beijar, sem fazer nenhum esforço para retribuir, mas ainda não conseguia evitar inalar seu aroma rico e limpo. Droga, eu amava o cheiro dele.

Ele recuou, um sorriso malicioso para mim.

— É bom te ter de volta, Fallon. — E então saiu andando como se tivesse tudo que queria na palma da mão.

Maldito.

Maldito!

Fechei a porta por trás dele e resmunguei várias palavras que só tinha ouvido os funcionários do meu pai dizerem. Não saí do banheiro por meia hora, tentando colocar a cabeça no lugar de novo.

O negócio era que a vida de Madoc era fácil demais. Ele tornava fácil voltar à diversão. Seu sorriso relaxado, seu jeito descuidado com tudo e a maneira como ele era apenas... *ele!*

Havia problemas neste mundo. Problemas nas famílias. Problemas na minha família e na dele. Nossa história era um problema. Por que ele sempre aparentava não ter nenhuma preocupação na vida?

Fizemos um sexo gostoso e raivoso na noite passada depois de termos nos insultado e chateado. Aparentemente, ele não se importava com o que nos levou àquilo, apenas que conseguisse sua recompensa.

Merda. Cocei a cabeça e fechei os olhos, parei em frente ao espelho de corpo inteiro. Eu precisava ficar um tempo sozinha.

Um tempo para pensar.

Uma boa caminhada. Uma boa corrida, talvez.

Mas Madoc era um turbilhão de atividades. Quase tinha esquecido.

Depois de vestir um short branco curto e uma camiseta Hurley, ele me disse para voltar ao quarto e trocar de roupa. Após mostrar o dedo do meio para ele e colocar um pouco de cereal para mim mesma, ele explicou que iríamos ao lago com seus amigos e que eu precisava vestir uma roupa de banho. Quando disse a ele para ir se ferrar, que ele não tomava decisões por mim, Madoc contornou o balcão até onde eu estava comendo e enfiou a mão na parte de trás do meu short, continuando a sorrir e falar com Addie, que ficou sem entender.

Com meu coração fora do compasso e suor saindo por minha testa, eu cedi, percebendo que ele não pararia de me encher o saco até eu dizer sim.

De todo jeito, Tate estaria lá, então olhei para isso como um bônus. Também estaríamos em público, então eu poderia contar que ele não tentaria nada.

Ou foi o que pensei.

RIVAIS

— Onde estamos? — perguntei, logo que ele parou em frente a uma casa pequena, de um andar e tijolos.

Ficava em uma vizinhança não tão bonita, com gramados altos e cercas de arame feias. Embora a própria casa parecesse estar em boas condições — a varanda estava arrumada; as janelas, limpas —, os tijolos estavam opacos pelo tempo e a porta de tela não era das melhores.

— Vamos. — Ignorou minha pergunta e desceu do GTO.

Seguindo-o, bati a porta e andei um passo atrás dele pelo caminho de cimento.

— Madoc. Madoc!

Ergui a cabeça e encarei, de olhos arregalados, um garoto de uns sete anos que veio correndo na direção de Madoc e esmagou o corpo contra o dele. Madoc o segurou em um abraço.

Meu peito se apertou e prendi a respiração.

Cabelo loiro, olhos azuis e pernas longas. O garoto era igual a ele.

Não. Neguei com a cabeça. Isso era ridículo. Madoc tinha uns dez anos quando ele nasceu.

— Minha mãe disse que se eu não fosse bonzinho não podia ir com você, mas eu fui — a criança gritou, sorridente.

Madoc recuou e olhou para ele com desgosto.

— Bonzinho? — repetiu. — Ah, cara, não diga isso. Ser bonzinho é o quê?

Tanto Madoc quanto o garoto simultaneamente enfiaram o dedo na garganta e fingiram vômito. Um sorriso surgiu nos cantos da minha boca e tive que cobri-la com a mão.

Não. Madoc não era bom com crianças. Recusava-me a acreditar.

— Certo. — Deu um tapinha nas costas do pequeno e virou para me encarar. — Fallon, esta é minha cria.

Inclinei a cabeça, olhando para ele sem acreditar, ainda tentando tirar a imagem dos dois com o dedo na garganta da minha mente.

— Não, não é minha cria de verdade. — Ele sabia para onde minha mente tinha ido. — Mas tem potencial, não tem?

Coloquei as mãos nos quadris e mantive um tom agradável, pelo bem da criança.

— Madoc, o quê que tá pegando?

Ele abriu a boca para falar, mas uma mulher saiu pela porta de tela, carregando uma mochila pequena.

— Madoc — saudou. — Oi.

— Oi, Grace.

Grace parecia jovem, definitivamente abaixo dos trinta, e tinha longos cabelos castanhos puxados para trás em um rabo de cavalo bem-feito. Ela usava jaleco, então chutava que fosse enfermeira... e provavelmente mãe solteira, pelo andar da carruagem.

— Aqui tem uma muda de roupas para depois que ele nadar. — Entregou a mochila para Madoc. — Também tem protetor solar, um lanche e um pouco de água. Você vai trazê-lo para o jantar?

Madoc acenou.

— Pode ser que a gente pare em um bar, mas definitivamente depois disso.

— Maravilha. — Sorriu e negou com a cabeça para ele, como se estivesse acostumada com suas bobagens. — Ele está muito animado — continuou. — Ligue se tiver algum problema.

Madoc se abaixou e colocou um dos braços ao redor do menino.

— Ô maaaaanhêêêê — os dois choramingaram, como se sua preocupação fosse boba.

Ela rolou os olhos e esticou a mão para mim.

— Oi, eu sou a Grace. E você é? — Boa mãe. Garantindo que o filho esteja seguro.

— Oi. — Apertei sua mão. — Sou Fallon. Eu... sou... irmã postiça do Madoc — gaguejei, esperando que ela não tivesse ouvido Madoc bufar.

Tecnicamente, eu não estava mentindo.

— Prazer em conhecê-la. Divirtam-se. — Acenou para nós e voltou para as escadas.

Madoc girou e eu não conseguia superar o fato de que ele e o garoto não apenas se davam, mas o quanto eram parecidos. Os dois usavam shorts cargo compridos com camisetas. Só que Madoc usava chinelos pretos de couro e a criança usava tênis.

— Fallon, este é o Lucas — finalmente apresentou. — Ele é meu irmão mais novo. Do projeto de mentoria. Eu sou o irmão mais velho.

Exalei. *Ok, boa.* Fiquei feliz por ele ter explicado. Porque foi estranho por um momento.

RIVAIS

— Uau, confiam em deixar crianças com você? — perguntei, meio séria, meio de brincadeira.

— O quê? — Apoiou a mão no peito, parecendo ferido. — Sou ótimo com crianças. Serei um ótimo pai algum dia. Diga a ela, Lucas.

Lucas olhou para mim sem piscar.

— Ele me ensinou a descobrir quando uma mulher está usando fio dental.

Explodi em risada, colocando a mão sobre a boca.

Madoc puxou o garoto pelo pescoço e caminhamos para o carro.

— Eu te disse, mulheres são inimigas. Elas não entendem habilidades como essa.

CAPÍTULO ONZE

MADOC

— Jared e Tate vão? — Lucas falou, do banco de trás.

— Ei, cara. Não chute o couro do banco — reclamei, esticando o braço para trás para impedir seus pés de afundarem no encosto do meu. — E sim, eles vão.

— Legal.

Ficamos sentados lá, balançando nossas cabeças com a música, e não consegui evitar, desviei o olhar para Fallon ao meu lado. O que ela estava pensando? Parecia ter gostado de Lucas e realmente surpresa por tê-lo conhecido.

Era tão incomum que eu passasse um tempo com uma criança que não tinha pai? Fallon sempre me condenou por ser pretensioso, egocêntrico e quaisquer outras palavras que estivessem em sua cabeça naquele dia em particular, mas agora percebi que ela realmente acreditava naquilo.

Ela ficava lá, encarando a janela, estranhando completamente a situação.

Ou talvez estivesse enfrentando o que fizemos na noite passada à luz do dia. Ela costumava ter uma coisa com a escuridão. Estar sozinha em seu quarto, luzes apagadas, era como se o que estávamos fazendo não fosse real para ela.

Embora sempre participasse por completo, as coisas mudavam à luz do dia. Ela agia como se nada tivesse acontecido. Voltava a não fazer contato visual. Mal dizia o meu nome. Percebi como ela funcionava bem rapidamente e segui o fluxo.

Ei, eu tinha dezesseis anos e uma baita vida sexual. Não reclamaria de ela não me deixar tocá-la em outro momento. Só estava feliz por ter o que tinha naquela idade.

Mas agora... tocá-la, ouvi-la ofegar... tudo que fizemos na noite passada na chuva foi melhor do que eu me lembrava. Costumava ficar andando de um lado para o outro no quarto, esperando que Addie fechasse a casa à noite, então eu sabia que era seguro ir para o quarto de Fallon. Feliz e vivo por estar com ela. Por muito tempo me senti assim.

Quando Fallon se foi, eu desmoronei. Como Jared quando Tate foi morar na França por um ano; não perdi o controle, mas tive que fingir.

A mãe dela me disse que ela e meu pai descobriram o que estava acontecendo, porque Fallon nos delatou. Patricia disse que Fallon se sentia desconfortável e pressionada por mim. Toda a confiança que construí foi rasgada.

Não lidei bem com aquilo.

Ela e eu poderíamos viver na mesma casa, mas nunca nos vimos como irmãos postiços. Nunca passávamos muito tempo juntos, então não sentia que o que estávamos fazendo era errado. Amava tudo aquilo e queria mais. Porém, nos últimos dois anos, meu ódio por ela cresceu.

Todas as garotas perderam a graça em comparação a ela, e a única vez que sentia estar fazendo a coisa certa era quando estava com Fallon. E, na noite passada, ela me disse que nunca mentiu para os nossos pais. Nunca falou nada para eles. Senti-me muito feliz e puto ao mesmo tempo. Meu coração batia ferozmente de novo, sabendo que ela me queria, mas passei a noite inteira pensando em todo o tempo que perdemos — no que eles tiraram de nós — e queria que a merda batesse no ventilador.

E bateria. Em breve.

Se eu confrontasse meu pai agora, ele viria para casa e Fallon iria embora. Então, se eu não pudesse convencê-la a ficar mais tempo, só teria mais alguns dias até ela voltar para Chicago. Lidaria com meu pai depois daquilo.

Estacionamos na vaga ao lado do carro de Jared. Pegando a mochila de Lucas, a entreguei junto de algumas toalhas para Fallon, enquanto pegava o *cooler* e a toalha de piquenique.

— Tate, para!

Ergui a cabeça para fora do carro, ouvindo a voz de Jared.

— Tate! — Pisava forte atrás de sua namorada, que estava brava.

Ótimo.

Começava a pensar que meus melhores amigos procuravam razões para brigar. Sério. Sempre terminava com sexo de reconciliação, afinal.

— Me deixa em paz. É sério, Jared! — gritou por cima do ombro, e fiquei parado em choque e achando muita graça quando ela tirou o chinelo preto do pé e jogou nele, que ergueu as mãos, fazendo-o desviar de sua cabeça, e fechou a cara para ela, os lábios apertados.

— Eu ia te falar — devolveu. — Mas você está exagerando como sempre.

— Argh. — Ela parou no meio do estacionamento, tirou o outro chinelo e jogou nele, quase jogando o corpo inteiro junto com o movimento.

— O que está acontecendo? — Fallon sussurrou.

Suspirei, passando a mão no cabelo.

— Preliminares.

Fechei o porta-malas e comecei a caminhar para a areia, deixando meus amigos na deles.

— Devemos ajudar? — Fallon tropeçou em algumas pedras, olhando por trás de si para onde eu ainda podia ouvir os gritos abafados de Jared e Tate.

— Só se quiser estar no sanduíche. Eles estarão se pegando em dez minutos — prometi. E era exatamente o que eu queria estar fazendo com ela agora.

Amava Lucas, mas desejei saber que Fallon estava voltando. Preferia ficar sozinho com ela agora. Para brigar. Para atormentar. Tanto faz.

Inferno, eu puxaria uma maldita briga se isso significasse deixá-la nua de novo.

Pelo menos até enjoar dela.

Mas não dava mais para mudar os planos do dia a esta altura, então coloquei o *cooler* no chão e estiquei a toalha na areia. Tirando os chinelos, segui Lucas com os olhos, o vendo correr para a água.

— Espera, você não vai fazê-lo usar boia? — Fallon indagou, parando de tirar a camisa.

Sorri, sabendo exatamente de onde ela tirou aquilo. Sempre havia uma pontada de medo ao observá-lo fazer coisas que podiam machucá-lo. Lagos eram perigosos e tentei fazê-lo usar boia da primeira vez que viemos aqui no verão passado. Sim, tentei na primeira vez, depois nunca mais. Ele brigou comigo e logo descobri que ele sabia o que estava fazendo.

Arranquei a camisa fora.

— O pai dele estava na Guarda Costeira quando viviam em Washington e garantiu que Lucas soubesse nadar. Depois que morreu, a mãe dele os trouxe de volta para cá, perto da família, mas ele não tinha muitos homens na vida ou chances de continuar praticando. Ele ama. Tento trazê-lo aqui o máximo possível nos meses quentes.

Seus olhos se estreitaram e ela pareceu perdida em pensamentos, fitando a água.

— Vamos lá. — Cutuquei-a, passando por ela.

Arrastando-me pela água fria, segui em frente até cobrir meus pés, minhas panturrilhas, minhas coxas e então minha barriga. Empurrando os pés para cima, mergulhei de cabeça nas profundezas frias.

Eu odiava o lago para um caralho. Estava sujo e lamacento. E era frio! Você nadava ao redor sem conseguir ver o que estava acontecendo embaixo da superfície.

Eu. Ficava. Surtando.

Mas era uma das únicas coisas para fazer nessa cidade entediante e já vim aqui muitas vezes, com muito álcool e muitas garotas. Houve um tempo em que era divertido. Sair, ficar bêbado — quando não se tem nada melhor a fazer.

Mas agora eu só estava aqui por Lucas e, por algum motivo, queria trazer Fallon hoje. Nós provavelmente brigaríamos na frente da pobre criança. E, com Jared e Tate fazendo suas coisas — que surpresa — por brigarem de novo, não haveria ninguém para distrai-lo se Fallon mostrasse as garras.

Deveria tê-la deixado em casa, acho.

Ergui a cabeça para fora da água e olhei para a areia, a vendo de roupa de banho.

Ou talvez não.

Santo inferno. Filha da puta.

Meu pau estremeceu e ficou duro na hora — sério? —, mesmo com a água fria.

Seu biquíni branco era apenas isso. Um biquíni. Em todas as definições possíveis da palavra, era o mal e a tentação em sua pior forma.

A parte debaixo cobria tudo de importante, mas a de cima tinha um lacinho que fechava na frente em vez de nas costas. Tudo que eu tinha que fazer era puxar. Nada de esticar a mão para trás. Nada de me atrapalhar ao tentar encontrar a cordinha certa sem ver. Não. Era só puxar e tudo se derramaria.

Ela soltou o cabelo do rabo de cavalo e, subitamente, minhas mãos pareciam vazias.

Um splash de água bateu nas minhas costas e estremeci.

— Seu me... — Mas me segurei e apenas joguei água em Lucas de volta.

— Parecia que você precisava de um banho frio. — Riu, jogando os braços para trás e nadando para longe.

Banho frio? Ele sequer sabia sobre o que estava falando? *TV. Era lá que as crianças aprendiam essas merdas.*

Fallon ainda estava na areia, as mãos nos quadris, andando na beira da água, molhando os pés de vez em quando. Parecia metade pronta para se jogar na água, metade pronta para virar e sair correndo até o estacionamento.

Ergui o queixo, gritando.

— Pare de dar aulas à criança sobre a anatomia feminina e entre logo na água.

Seu olhar foi até o meu por um segundo, mas pude sentir o calor de sua raiva mesmo na água fria. Depois de oscilar por mais um minuto — só para me deixar puto —, entrou no lago e caminhou até poder mergulhar.

Cerca de uma hora se passou enquanto brincamos e nadamos. Lucas se divertiu, mesmo que tenha levado um tempo para Fallon participar. De primeira, ela ficou para trás, flutuando em uma boia, apenas ficando de pé na água, mantendo distância. Mas quando peguei a jangada e Lucas a expulsou de lá, ela finalmente se soltou.

Eles competiram um contra o outro. Ela não o deixou ganhar.

Ele e eu afundamos um ao outro. Ela sorriu mais.

Jared e Tate voltaram com dois sorrisos que não conseguiam esconder.

E Fallon ficou o mais longe de mim que podia.

E tudo bem também. Não havia nada que eu quisesse dela agora.

Ah, quem eu estava querendo enganar? Eu estava prestes a bater uma boia na minha cabeça por trazer Lucas quando tudo que eu conseguia pensar era em puxar aquele lacinho.

— Lucas! — resmunguei. — Vai sentar na toalha com Jared e Tate. Beba alguma coisa e coma seu lanche.

— Ah, cara — reclamou.

E sorri, o vendo nadar para longe e me aproximando de Fallon. Ela estava sentada na boia reclinável roxa com os braços apoiados nas laterais altas. Um de seus pés pendia para fora da borda, mergulhado na superfície macia da água.

— Então... — Apertei os olhos para ela, descansando a mão na boia para me apoiar. — Por que você está em casa, Fallon?

O canto de sua boca se curvou, parecendo como se um segredo quisesse escapar.

RIVAIS

— Aqui não é a minha casa.

Fiquei tão pasmo com o fato de ela estar em casa que não tinha realmente pensado no motivo até a noite passada. A mãe dela estava no exterior. Itália, Espanha ou algo assim. Gastando o dinheiro do meu pai com Gucci e homens. E Fallon não tinha amigos aqui com quem manteve contato, que eu soubesse. Ela mal tinha uma relação com meu pai, que não estava em casa também, então a pergunta implorava para ser feita.

— Então por que você está na casa do marido distante da sua mãe, onde não quer estar?

Seu sorriso provocador se curvou mais.

— E onde não querem que eu esteja?

Inclinei a cabeça para trás na água, fechando os olhos, imagens da noite passada correndo por meu cérebro.

— Ah, querem que você esteja sim — provoquei.

Ela riu.

— Não foi o que você fez parecer quando apareceu no meu quarto naquela noite.

Fechei a boca.

É, aquilo me calou. Fui meio que um babaca naquela noite.

Okay, um babaca do caralho.

Joguei o cabelo para trás e fui para o outro lado da boia, olhando para ela de soslaio enquanto ela se estabilizava pelo solavanco que causei.

— Bem, para ser justo, eu achava que você tinha mentido sobre mim. Eu tinha direito de estar puto, Fallon. Você nunca ligou nem voltou para casa. Era para eu pensar o quê?

Ela não respondeu. Ficou lá sentada, se escondendo nos óculos de sol. Seus olhos sempre pareciam sombrios e perdidos para mim, como se ela estivesse buscando algo, mas não saberia se encontrasse.

Repeti minha pergunta:

— Por que você está em casa?

Ela soltou o ar pesado e finalmente olhou direto para mim.

— Encerramento — declarou. — Fui embora sem realmente dizer adeus a este lugar. Precisava disso antes de começar minha nova vida em Chicago.

Encerramento. Era disso que eu precisava também?

— Eles te encontraram na sala de cinema, não foi? — indaguei.

Ela me deu um meio-sorriso.

— Usando sua camisa, e você deixou seu jeans no chão — terminou, olhando para mim com expectativa.

— Você estava dormindo — expliquei. — Não queria te acordar.

Seus olhos ainda esperavam por mais.

— Eu te cobri? — ofereci, me arrastando como um rato.

Eu tinha entendido aquela parte. Depois da nossa primeira vez, acabamos voltando àquilo a cada dois dias, o que rapidamente se tornou toda noite por cerca de uma semana. Fallon não queria sair do quarto dela quando estávamos juntos. Em seu território, no escuro, sem falar sobre o assunto do lado de fora desses limites. Aquelas eram as regras não ditas que descobri depois das primeiras duas vezes juntos.

Mas eu tinha meus meios. Finalmente consegui convencê-la de sair do quarto e descer as escadas até a sala de cinema. Vimos um filme, mas acabamos nos pegando como eu sabia que faríamos. Ela vestiu minha camisa e dormiu.

Olhando para trás agora, fomos muito burros de pensar que não seríamos pegos. Se eles não a tivessem encontrado, então Addie ou alguém perceberia cedo ou tarde que sempre estávamos cansados; já que passávamos metade de nossas noites juntos, dormíamos pouco.

A voz baixa de Fallon parecia quase triste e muito aberta ao perdão.

— Acabou. Está no passado, Madoc.

Com os olhos semicerrados, a encarei.

— Não acabou, e você sabe disso.

— A noite passada foi um acaso. Estávamos com raiva.

Estendendo a mão antes que ela pudesse se mexer, agarrei seu tornozelo e a puxei para a água comigo.

— Madoc! — gritou, antes de submergir completamente. Agitou os braços, para cima da superfície, jogando água. — Que idiota! — disse, tossindo.

Puxei a boia para a nossa frente, nos escondendo da vista da areia.

— Um acaso, né? — Inclinei-me contra ela, sussurrando.

Ela se segurou na boia e manchas douradas dançaram em seu rosto e cabelo, do sol que brilhava na água. Esperei que ela me olhasse. Ou se afastasse. Ou respirasse.

Mas ela não fez nada. Apenas encarou meu peito, esperando. Pelo quê, eu não sabia.

Estiquei a mão e passei as costas dela por sua barriga, depois agarrei sua cintura, a trazendo para mais perto de mim.

Mas ela se afastou, respirando fundo de forma repentina.

— Seu… irmão mais novo está bem ali.

RIVAIS

— E se não estivesse? — Inclinei a cabeça para o lado, respirando mais perto dela, que finalmente me encarou, seus olhos se transformando em aço. Inclinei-me mais perto e sussurrei em seu ouvido. — Tranque sua porta hoje à noite, Fallon.

E nadei em direção à areia, mergulhando fundo na água gelada que não estava sendo aquecida pelo sol.

Não tinha motivo para dar a um garoto de sete anos uma aula sobre anatomia masculina também.

CAPÍTULO DOZE

FALLON

Chega. Eu não poderia deixá-lo continuar a me afetar. Verdade, Madoc tinha crescido. Não havia nenhum porém nisso. Ele estava mais inteligente, engraçado e bonito que nunca. Até parecia se importar com seus amigos e, algum dia, poderia se tornar um bom marido e pai.

Eu só não era a garota certa para ele, e ele certamente não era para mim. O cara teve a mim uma vez e me esqueceu. Agora, eu queria deixar esta casa por vontade própria e de cabeça erguida. Não seria um ratinho de laboratório, vestida sob aprovação da minha mãe, ou uma boneca para Madoc brincar quando sentisse vontade. Nunca iria querer ser como ela e acabar com a vida como a sua. Jason Caruthers traía a esposa — constantemente. Porém minha mãe também traía. Descobri aquilo — não que tivesse dúvidas, de todo jeito — durante minha preparação.

O casamento deles era vazio e superficial, e Madoc cresceu como um verdadeiro herdeiro. Sabia que podia fazer o que quisesse, quando quisesse, e se uma garota não gostasse, outra apareceria para substituí-la.

Eu não seria só um número.

Arrastei-me para fora da água, estremecendo quando o ar bateu na minha pele molhada. Tate estava apoiada nas mãos, as pernas dobradas, o biquíni levemente mais modesto que o meu. Teria colocado um maiô se soubesse que teria uma criança aqui. Jared estava deitado de costas ao lado dela com a mão em sua coxa e os olhos fechados. Lucas estava comendo uma maçã e biscoito cream cracker com manteiga de amendoim.

— O que está rolando? — Madoc perguntou para Jared e Tate, pegando uma toalha e jogando em mim. Estiquei a mão bem a tempo de impedir que batesse na minha cara.

Jared suspirou, como se dissesse "lá vamos nós".

— Pedi para ela vir morar comigo — admitiu, e minhas sobrancelhas se ergueram.

Madoc bufou.

— E ela jogou os chinelos em você? Parece até que vocês estão casados.

— Em Chicago — Tate esclareceu com um tom afiado e repreensivo.

— Ele me pediu para morar com ele em Chicago. Eu disse que queria ficar mais perto do meu pai, então vou para Northwestern em vez de Columbia. Então ele me disse que não queria ir para Nova Iorque de todo jeito e que queria ficar pela região para estar próximo de Jax.

Madoc se ocupava tirando as águas do *cooler*.

— Isso é bom. Todo mundo ganha. Qual é o problema?

— O problema é — interrompi Tate e me virei para Madoc — que ele não está se comunicando com ela. Fez seus próprios planos sem envolvê-la.

— Assim como ela — argumentou de volta.

— Mas ele fala como se nunca quisesse ir para Nova Iorque. — Minha voz ficou mais alta e pude sentir os olhos de Tate e Jared em mim. — Agora ela sente que o pressionou ou que o estava obrigando a fazer algo que ele não queria.

Madoc rolou os olhos.

— Tampe os ouvidos, Lucas.

O garoto obedeceu, e Madoc olhou ao redor do círculo, encontrando os olhos de todo mundo.

— Olha, sinto muito, Tate, mas você andou vivendo na porra de um mundo de arco-íris e cupcakes se pensou que Jared Trent se mudaria para a cidade de Nova Iorque. As pessoas não dirigem lá. Como ele iria esticar as pernas? Você sabe quanto custa estacionar o carro lá?

Os olhos de Jared ainda estavam fechados, mas seu peito tremeu com uma risada silenciosa que ele foi inteligente o suficiente de manter para si mesmo.

A mandíbula de Tate se abriu e não de um jeito *uau, isso realmente faz sentido*. Era mais um *que babaca, vou chutar a bunda dele*. Não dava para dizer com certeza, mas Madoc provavelmente sentiu o calor do fogo por trás dos óculos dela.

Ergui a mão.

— Você está dizendo que o carro dele é mais importante que ela? — gritei para Madoc.

Ele soltou um suspiro e passou por trás de mim, parando às minhas costas e cobrindo minha boca com a mão.

Pude ouvir o sorriso em sua voz ao falar com os amigos:

— Então vocês dois ficarão em Chicago. Estarei a uma hora e meia de distância, em Notre Dame. Todo mundo ganha.

Lá pelas quatro horas, Jared e Tate saíram para dar a notícia ao pai dela sobre a mudança nos planos para a faculdade e Madoc e eu levamos Lucas para casa a tempo do jantar.

Madoc dirigia pelas curvas das estradas tranquilas que levavam para a nossa — sua — casa, e nenhum de nós quebrou o silêncio. A tensão estava mais espessa que argila molhada e eu não sabia o que se passava em sua cabeça. Ele geralmente era um tagarela. Agora, quase parecia estoico, focado na estrada e acelerando pelas estradas escuras. Árvores apareciam em ambos os lados, me fazendo sentir como se estivéssemos em uma caverna.

— Fallon — começou, e olhei para ele. — Não temos mais dezesseis anos.

Encarei-o, sem ter certeza do que aquilo significava.

— Eu sei.

Ele passou a sexta marcha. Entre olhar pela janela e o para-brisa, sem encontrar meus olhos, ele parecia bem desconfortável.

— Acho que podemos conviver se nos comprometermos. Você pode passar o verão aqui, se quiser.

O quê? Ele estava falando sério? Quando não veio uma piada na sequência, apenas desviei o rosto para a janela.

Ele não quer que eu fique, pensei comigo. Ou talvez quisesse.

— Sim, boceta à vista, né? — Senti o frio na barriga quando percebi por que ele provavelmente queria que eu ficasse.

Ele negou com a cabeça.

— Eu não falei aquilo a sério.

Aham, claro. Por que mais ele iria me querer por perto? Podemos ter resolvido alguns problemas de comunicação, mas ele ainda me via como mercadoria danificada. Não era boa o bastante, como minha mãe dizia.

E eu também não gostava muito dele. Mesmo se ele realmente quisesse que eu ficasse, por que sofreria com sua companhia o verão todo?

— Se eu quisesse boceta, eu poderia conseguir, Fallon — disse, me dispensando. — Mas o que posso dizer? Meio que gosto de te ter por perto, acho. E sei que você gosta de mim também. Por mais que tente esconder, eu ainda te excito. Então pare de agir como se não gostasse de mim.

Travei os dentes quando ele apertou o botão do controle em seu painel, abrindo o portão de seu conjunto murado.

Ele estava falando sério? Não percebia que só porque duas pessoas se divertiam na cama não significava nada? As pessoas iam para bares, se conheciam por uma hora e voltavam juntas para casa! Uma coisa não tinha nada a ver com a outra.

— Sabe do que eu realmente não gosto? — bufei, saindo de seu GTO, agora estacionado na porta da casa. — Odeio seu carro! O assento é muito baixo, há muitos pontos cegos e parece um Chevy Cavalier, que teria custado metade do valor desse desperdício de metal!

Corri para dentro da casa, ouvindo sua risada por trás de mim.

— Você pareceu amar na noite passada quando estava gritando meu nome!

Quem eu estava enganando? Teria mais sucesso tentando enfiar um galho de árvore na bunda do que em me convencer que não o queria. Mas quem liga, né? Certo, eu o queria. Claro. Quem não queria? Eu poderia aproveitar. *Só mais uma vez*. Só tinha que estar no controle, só isso.

Entrar no chuveiro, tomar banho e sair de lá só me levou dois minutos. Minhas mãos tremiam um pouco e eu piscava muito — algo que eu fazia quando estava tentando não pensar. Vesti uma calcinha de renda preta e um sutiã vintage de cetim rosa. Na real, era apenas um sutiã no sentido de que cobria meus seios, mas não havia nenhum apoio. Ficava solto como algo cortado logo abaixo da área do peito.

Madoc amaria. Não apenas era sexy, mas também uma lingerie amigável. Ele não precisaria remover para colocar as mãos onde queria.

Soltando o cabelo do rabo de cavalo, ajeitei, deixando um pouco embaraçado — Madoc parecia amar assim —, e coloquei um pouco de rímel e cor nos lábios. Antes de ir até a porta, peguei meus óculos de armação preta na mesa de cabeceira. O corredor estava escuro quando avancei os poucos passos até o quarto dele. Deslizando para dentro, ouvi a água do seu chuveiro ligada e sorri, indo para a cama.

Que bom. Queria estar aqui antes que ele saísse. Uma vez na vida, *eu* queria surpreender *Madoc*.

Sentei na ponta, cerrando os dentes para evitar que meu sorriso escapasse. Calor correu por minhas veias e meus pés se curvaram no tapete bege, as duas mãos apoiadas na cama perto do meu quadril.

Como eu deveria fazer? Dobrei as pernas de várias maneiras diferentes, tentando poses variadas, mas nada parecia natural. Pernas abertas, fechadas. Apoiada para trás nas mãos, deitada de lado. Era tudo idiota. Madoc riria.

Okay, talvez não, mas ainda assim…

Hoje à noite, tudo seria do meu jeito, lembrei a mim mesma. Não o deixaria me dominar.

Decidi deixar os pés apoiados no chão, as pernas fechadas, as mãos dobradas no corpo.

A água foi desligada e tentei forçar as batidas do meu coração a diminuírem o ritmo.

Madoc saiu, a toalha preta enrolada no quadril, e imediatamente travou os olhos nos meus.

Seus olhos se arregalaram e sua boca se fechou. Ele parecia intenso e um pouco bravo.

Fiquei com medo por um momento, com medo de ter ultrapassado meus limites vindo aqui, embora ele tenha invadido meu espaço inúmeras vezes, mas então olhei para baixo. O volume em sua toalha estava crescendo. Fechei os dedos em punhos e tentei não sentir orgulho, mas era impossível.

Minha confiança me impulsionou para cima como um salto de quinze centímetros.

— Você está bravo — provoquei, me apoiando para trás nas mãos. — Mudei o jogo.

Ele chegou mais perto de mim, seus passos como os de um animal de caça.

— Não estou bravo, sério. Apenas surpreso.

— Mas você já teve outras garotas nesta cama, não teve? — perguntou. — Por que não eu?

Nunca pensei de verdade no assunto até o momento em que questionei, mas era verdade. Madoc já tinha dormido com outras garotas nesta cama, neste quarto. Provavelmente.

Mas nunca comigo.

— É isso que você quer? — Sua voz, lânguida e sensual, brincava comigo.

Mas eu vacilei.

Queria aquilo?

RIVAIS

— Você não fez amor com as garotas nesta cama — presumi. — Você as fodeu.

Elas entraram, depois saíram, apenas para serem substituídas por outras.

Eu poderia me convencer a subir a ladeira, apenas para descobrir que ainda estava no pé da montanha.

Não queria ser usada, esquecida, alguém sem nome.

Ele estava certo. *Que merda estou fazendo?* Olhei para todo canto, exceto seus olhos, sem ter certeza de onde as respostas se encontravam ou sequer onde estavam minhas perguntas.

Madoc e eu poderíamos trepar hoje. Eu poderia sair daqui em vez de ser chutada... mas o que ele realmente perderia?

Nada. Transar com ele e depois sair não o machucaria em nada.

Pisquei, com força e devagar, finalmente vendo como fui burra. Então fiquei de pé, lágrimas pinicando meus olhos, e engoli o caroço em minha garganta.

— Não, acho que não quero isso, afinal de contas — sussurrei, e passei por ele em direção à porta.

— Fallon? — Eu o ouvi chamar, confusão nublando sua voz.

Mas eu já tinha ido.

Apressando-me pelo corredor escuro, mergulhei no meu próprio quarto, bati a porta e tranquei. Caí contra a porta, respirando com força e fechando os olhos para as lágrimas não surgirem.

Não chorava há anos. Sempre fui capaz de parar, de engolir.

Você consegue, disse a mim mesma. *Apenas faça. Antes de fazer qualquer coisa idiota.*

Meu telefone estava na mesinha de cabeceira e abri a última mensagem.

> **Vou postar quando você estiver pronta.**

Aquela mensagem era de três dias atrás quando cheguei. Meus dedos fracos digitaram uma resposta.

— Fallon? — Madoc bateu na porta e parei de digitar.

— Só me deixa sozinha — pedi, falando com a porta fechada.

— Não.

Oi? Ergui a voz para responder a ele:

— Você me disse para trancar a porta para te manter afastado, babaca. É o que estou fazendo.

— Inventei isso quando tinha dezesseis anos e meus braços eram dois palitos de dente! — Sua voz abafada ficou mais alta. — Tenho músculos agora — continuou — e essa porta vai virar lenha em cinco segundos se você não abrir!

Corri para abrir a porta.

— Não se atreva!

— Qual é o seu problema? — Ele passou por mim para dentro do quarto, virando para me encarar. — Tivemos um dia divertido. E eu tinha planejado uma noite ainda melhor, começando pela jacuzzi.

Claro que sim.

Bati a porta, negando com a cabeça e soltando uma risada amarga.

— Eu te falei pra me deixar em paz. Por que você não pode apenas fazer isso? — Meu tom ficou monótono, mas os músculos em meus braços e pernas ficaram rígidos ao passar por ele.

Madoc agarrou meu cotovelo, nos deixando cara a cara.

— Você aparece no meu quarto vestida assim. — Gesticulou para cima e para baixo do meu corpo. — E depois corre, esperando que eu não me pergunte que droga está passando na sua cabeça?

— Importa? Você não liga. Não se importa com ninguém além de si mesmo.

Tirei o braço e andei até a lateral da cama, colocando uma distância segura entre nós.

Suas sobrancelhas estavam unidas em confusão, como se ele não entendesse de onde eu tirei isso. Por que entenderia? Tinha mudado completamente de opinião antes, deixando-o me seduzir, então mudei o jogo e tentei seduzi-lo para provar que podia. Consegui e quebrei a cara — e agora o estava afastando. Ele estava confuso, assim como deveria estar. Eu estava com certeza. Tinha pensado que sabia exatamente o que queria que acontecesse quando voltei aqui.

— De onde veio essa merda? É por causa da pergunta sobre as outras garotas no meu quarto? — perguntou, chegando mais perto.

Um pequeno suspiro baixinho escapou de mim e, com isso, meu plano.

— Não importa.

— Eu poderia te perguntar sobre outros caras, mas não vou. — Sua expressão estava brava. — Quer saber por quê? Porque eu me importaria. Quer mesmo saber quantas garotas estiveram na minha cama? Com quantas eu dormi?

RIVAIS

Ele se importaria?

— Não, não quero saber. Não estamos em um relacionamento — devolvi.

Madoc permaneceu imóvel, seu rosto endurecendo um pouco e seu queixo se erguendo um pouco, porém, além disso, seu corpo era uma rocha. Não sabia se ele estava bravo, magoado, confuso ou irritado. Mas sabia que ele estava pensando. Observei seu grande corpo — as calças pretas do pijama baixas em seus quadris — andar pelo meu quarto, pegar minha cadeira acolchoada cinza e levá-la até meu espelho de corpo inteiro.

— Venha aqui — pediu, e torci os dedos, ficando plantada onde estava. Quando não me movi, ele suavizou a voz: — Por favor? — pediu.

Ele se sentou na cadeira e me olhou pelo espelho, esperando.

Recostou-se para trás, curvado, as pernas afastadas. Seu peito brilhava de leve na sala mal iluminada e tive de lamber meus lábios, porque senti sede do nada.

Que ridículo!

Apoiei as mãos nos quadris, tentando afastar o olhar, mas sempre voltando para ele.

Ah, dane-se.

Abaixei as mãos e andei devagar, tentando parecer entediada. Madoc pegou meu pulso e me levou à frente da cadeira, me puxando para seu colo.

— Ei! — reclamei, tentando ficar de pé de novo, mas suas mãos seguravam minha cintura.

— Confie em mim.

Bufei, mas logo parei, pelo menos para ver onde isso daria.

— O que você quer? — rosnei, subindo a bunda um pouco mais em seu corpo, porque montar na sua coxa era... sim.

— Olha. — Ergueu o queixo. — Olha no espelho. O que você vê?

— O que você quer dizer?

Que droga é essa?

— Abra os olhos! — ordenou, e todos os pelos do meu corpo se ergueram.

Merda. Sim, nunca dava para dizer quando Madoc mudava de tranquilo para assustador, mas era sempre do nada. Esticando a mão, ele virou meu queixo na direção do espelho e eu prendi a respiração.

— O que você vê? — gritou.

— Você e eu! — soltei. — Madoc e Fallon!

Meu coração estava acelerado. Olhei para ele no espelho. Sentei-me em uma de suas pernas, para que ele pudesse ver também pelo outro lado, e nos encaramos, meu peito subindo e descendo com mais urgência.

— Não é isso que eu vejo — falou, baixinho. — Esses nomes não significam nada para mim. São simples e vazios. Quando estou com você, não vejo a filha de uma vadia interesseira e de um irlandês traficante de drogas ou o filho de um advogado desonesto e uma Barbie vegana.

Quase quis rir. Madoc tinha um jeito irônico de olhar para o mundo.

Mas ele não estava sorrindo. Estava de cara fechada. Estava muito sério e eu sabia por experiência própria que aqueles momentos genuínos eram poucos e distantes entre si.

Ele estendeu a mão, enfiando-a no meu cabelo, a outra apoiada na cadeira.

— Eu vejo tudo que quero pelo tempo que puder ter — prosseguiu. — Vejo uma mulher que faz uma caretazinha como se tivesse dois anos de idade e alguém tivesse dito que ela não podia comer doce. Vejo um cara que colocou um piercing *apadravya*, porque queria viver no mundo dela, mesmo que só um pouco.

Fechei os olhos. *Não faça isso comigo, Madoc.*

— Vejo uma linda mulher com um corpo de matar e o cara que ela deixa maluco por desejá-la. — Sua mão se moveu para o meu pescoço, subindo e descendo. — Vejo milhares de noites em balcões da cozinha, chuveiros, piscinas e sofás onde ele vai fodê-la até ela gritar. — Abaixou a voz para um sussurro. — Vejo os olhos dela e como eles ficam quando ela goza.

Meus mamilos endureceram e tive que começar a puxar ar. Abrindo os olhos, vi os seus, azuis, brilhando como cristais e me observando.

— Vejo o cara que ficou tão maluco quando ela foi embora que rasgou tudo quanto era merda que ela tinha na parede, pensando que ela o odiava.

Meu rosto se desfez e meus olhos se encheram de água; o nó na minha garganta ficou grande demais para eu engolir.

— Madoc…

— Eu vejo — cortou-me, passando a mão sobre minha barriga e entrando no sutiã de renda — o corpo que ele chupou na noite passada e quer na boca de novo, porque, linda, você o está torturando.

Ele se inclinou, beijando meu antebraço de forma suave e sensual, indo em direção às minhas costas. Jogou meu cabelo sobre o ombro, mergulhando os lábios pela coluna e subindo, conforme eu inclinava a cabeça para trás em seu ombro.

RIVAIS

— Madoc... — ofeguei, um formigamento se espalhando por minhas costas.

Seus lábios... ai, meu Deus, seus lábios.

Ambas as suas mãos estavam debaixo do meu sutiã, amassando e apertando, e comecei a mover o quadril contra ele.

— Caramba, olha só você. — Sua voz ofegante fez minha vagina se apertar.

Abri os olhos, vendo o mesmo que ele.

Uma jovem de lingerie, sentada de costas no colo de um homem que estava com as mãos por baixo de seu sutiã. Nossos olhos se encontraram e o calor me fez querer rasgá-lo com os dentes. Eu o queria.

Foda-se, eu o queria.

Aconchegando a cabeça na dele, sustentei seu olhar no espelho, descendo a mão até deslizar dentro da calcinha. Seus olhos ficaram tão afiados quanto agulhas ao me observar. Espalhei as pernas e gentilmente corri os dedos para cima e para baixo em meu calor, o assistindo me assistir.

Ele se reclinou para trás, continuando a acariciar minhas costas com uma das mãos enquanto me absorvia.

Ter seus olhos em mim, tê-lo tão interessado, estava fazendo coisas com meu corpo que eu não esperava. Madoc estava sempre com pressa e a noite passada o pé estava fundo no acelerador.

Mas agora ele parecia o dono do quarto. Parecia que eu era dele e ele não estava com pressa de me tomar antes de o sol nascer.

Levantando, deslizei as mãos pelas laterais da calcinha, tirando-as e deixando caírem por minhas pernas. Suas mãos se fecharam em punhos nos descansos de braço e o vi ficar mais duro dentro da calça. Seu corpo precisava de mim e a pulsação em meu clitóris latejava. Uma vez. Duas vezes. Três.

Droga. Tudo em Madoc era intenso e me fazia me sentir bem.

— Eu... — Queria dizer a ele que não o odiava. Que pensei nele. Que sentia muito. Mas as palavras não saíram. — Madoc, eu... — Soltei o ar. — Eu quero você aqui. — E sentei no seu colo de costas, encarando o espelho. — Quero você assim.

Um sorrisinho surgiu no canto de sua boca e então ofeguei quando ele colocou a mão na frente do meu pescoço e me puxou para si.

Nossos lábios se encontraram, se movendo um sobre o outro. Então me estiquei e deslizei os dedos em seu cabelo macio e curto, o beijando como se fosse a única coisa que eu precisava para sobreviver. Sua mão desceu por minha barriga e abri as pernas para ficarem ao lado de suas coxas.

— Madoc — sussurrei, implorando. — Já estou queimando.

Peguei sua mão e guiei entre minhas pernas, prendendo o ar quando seus dedos deslizaram para dentro de mim.

Ai, meu Deus, sim.

Seus dedos se moviam, minha umidade facilitando que ele entrasse e saísse, mas o fogo na parte baixa da minha barriga me deixava tão esfomeada que comecei a me esfregar em sua mão.

— Madoc.

— Amo quando você diz meu nome. — Sua cabeça caiu para trás e seu peito subiu mais rapidamente. Ele parecia estar aproveitando tudo aquilo, embora eu não o estivesse tocando. Ele gostava de me tocar tanto assim?

Meus quadris esfregavam em sua mão e, pela primeira vez em dois anos, eu queria coisas. Queria isto. Eu o queria. Queria tudo de novo.

Mas sabia que não conseguiria. Sabia que era o fim para nós.

Era a última vez que ele faria amor comigo. A última vez que o beijaria.

A última vez que ele me desejaria.

E queria enterrar o rosto nas mãos e gritar que não tinha que fazer aquilo. Não tinha que me afastar, mas havia coisas demais entre nós para ultrapassarmos.

Em vez disso, fiquei de pé e virei, montando no seu colo e o encarando.

Correndo os dedos pela lateral do seu rosto, mantive a voz baixa pelo medo de não ser capaz de conter as lágrimas.

— Quero te ver. — Minha garganta doía tanto que eu mal conseguia conter as lágrimas. — Quero te beijar quando você gozar.

Fiquei de joelhos, dando espaço para ele abaixar as calças. Antes de chutá-las, estiquei a mão para o seu bolso de trás e peguei a camisinha.

Ele sorriu.

— Como você sabia que estaria lá?

— Porque você é um filho da puta muito confiante — sussurrei, rouca, sem soar nada sarcástica.

Enfiei a camisinha na mão dele antes de passar os braços famintos por seu pescoço e o beijar com força. Seus lábios batalhavam com os meus e não perdemos a conexão quando ele trabalhou nas minhas costas para colocar a camisinha. Movendo meus quadris contra sua dureza grossa, sentindo a queimação ficar mais e mais pesada, a pulsação em meu clitóris cada vez mais forte.

— Agora, Fallon — suspirou, deixando a cabeça cair na cadeira. Hesitei, ouvindo meu nome. Ele costumava me chamar de "linda".

RIVAIS

— Diga meu nome de novo. — Sentei em seu pau e nós dois fechamos os olhos pela sensação.

Fui preenchida.

— Fallon — ofegou.

— Quem está te beijando agora? — Trilhei beijos por sua mandíbula, lentamente chupando e mordendo até ele gemer.

— Jesus — rosnou.

— Não sou Jesus.

Ele riu.

— Fallon. — E ergueu a cabeça, olhando direto para mim, que lentamente me movia para cima e para baixo em sua extensão.

Bem devagar para cima, observando seus olhos, que assistiam meu corpo se mover nele.

E descendo, o recebendo, maravilhada por ver suas pálpebras fechando com a sensação. Nunca tinha feito isso antes. Nunca fiquei por cima e ele era uma delícia assim.

Quero dizer, sempre foi uma delícia, mas o ângulo de tê-lo em uma cadeira o fazia ir muito fundo.

Eu podia senti-lo esfregando as paredes do meu útero. Aquele piercing me fazia querer diminuir e acelerar, mas também me fazia querer não parar nunca.

— Quem está cavalgando em você? — Segurei seu rosto, meus polegares em suas bochechas e os dedos na nuca.

— Fallon — saiu de sua boca, como uma bala em câmera lenta. Minha respiração ficou presa na garganta quando ele passou os braços pela minha cintura e se ergueu, guiando minhas pernas ao redor de seu corpo. Ar entrava e saía dos meus lábios, sua boca tocando a minha. — Você não vai vencer esse jogo, Fallon. Embora eu goste de como você joga.

Ele me esmagou contra o espelho, esmagando a boca na minha antes de deixar minhas pernas caírem. Meu Deus, seu beijo me tirou o fôlego, mas eu nem ligava se não pudesse respirar.

Assim que meus pés tocaram o chão, ele me girou e segurou os dois seios, enterrando a boca em meu pescoço.

Observei-o pelo espelho, sem me importar mais em possuí-lo ou dominá-lo.

Embora eu quisesse controlar isto, estava claro que eu não estava mais no controle. Até que ele disse:

— Por que você me deixa maluco, Fallon? — Sua respiração estava irregular, suas mãos e lábios se movendo duros e rápidos. — Por que tem que ser você?

E foi aí que percebi que ele não estava tentando me dominar. Ele estava desesperado.

Eu estava no controle.

— Madoc — sussurrei, virando a cabeça e misturando os lábios nos dele. Afastando-me, abri as pernas e me inclinei para o espelho. — Por favor, preciso de você. — Podia sentir seu calor no interior da minha perna.

Madoc se posicionou e deslizou em mim. Mordi o lábio pela doce dor de sua profundidade.

— É tão bom. — Mal saiu como um sussurro, enquanto eu sentia o resto do meu interior desmoronar ao redor de seu comprimento grosso dentro de mim.

E então ele fechou os olhos e jogou a cabeça para trás, a voz trêmula.

— Você vai me arruinar, Fallon.

Não mais do que você me arruinou.

CAPÍTULO TREZE

FALLON

Tentei soltar a mão de seu aperto.

— Mãe, não! Por favor!

Meu peito estava prestes a explodir. Queria gritar e machucá-la. Lágrimas se derramaram pelo meu rosto em um fluxo constante.

— Você vai fazer isso, Fallon — gritou, me puxando para frente. — Pare de reclamar e faça o que eu mandei!

Meu pé tropeçou no chão quando ela me levou para mais perto da porta que eu não queria entrar.

— Não posso fazer isso! Por favor, estou implorando. Por favor!

Ela parou e me encarou.

— O que você acha que está acontecendo, Fallon? Acha que ele vai casar contigo? Ele nem vai ficar com você. Se você não fizer isso, sua vida vai acabar. Tudo pelo que eu tanto trabalhei vai acabar.

Parte de mim sabia que não adiantava ter esperanças. Coloquei as mãos na barriga, sentindo a náusea rolar.

Seis semanas. Faz seis semanas desde que o vi e oito desde que fiquei grávida. Ou foi o que o doutor disse.

Madoc sentia minha falta? Pensava em mim? Queria poder voltar e ser mais legal com ele. Quando ele tentou me beijar no ginásio depois da escola, eu não deveria tê-lo afastado. Sentia falta dele, e odiava sentir isso.

Não queria amá-lo.

Neguei com a cabeça.

— Não farei isso.

A sombra da clínica pairou sobre nós quando sequei as lágrimas.

— Por que você quer tanto isso? — rosnou.

Meu coração batia rápido, mas mantive meu temperamento sob controle.

— Porque é meu. É do Madoc e meu. Preciso falar com ele.

— Ele já seguiu em frente com outra pessoa. — *Ela pegou o telefone e me mostrou a tela. Meu estômago se afundou com a visão e estremeci pela dor de tentar conter as lágrimas.*

Ele postou fotos no Facebook de uma festa em sua casa. Estava com o braço em volta de outra garota.

— Acha mesmo que ele te amou?

— Preciso falar com ele.

Ela enfiou o telefone de volta na bolsa da Prada e fechou a mão de unhas bem-feitas na lateral do corpo.

— Ele já falou de você para os amigos? Sequer foi a um encontro com ele, Fallon? Não era amor para ele. Ele te usou!

— Você está mentindo! — Avancei em seu espaço, a agonia dolorosa em meus músculos tensos. — Ele me ama. Sei que ama.

Fui má com ele por muito tempo, mas sabia que ele me queria. Ele nunca olhava para outras garotas quando estava ao meu redor. Não conseguiria ficar sem ele.

Ela jogou a mão no ar.

— Bem, parabéns e seja bem-vinda à terra de Toda Mulher é Uma Idiota! — gritou. — Todas nós já estivemos lá pelo menos uma vez. "Ele sorriu para mim. Ele realmente me ama. Ele abriu a porta para mim. Ele realmente me ama". — E me encarou diretamente. — Deixe-me te dizer o que aprendi sobre mulheres e homens. Mulheres analisam tudo demais e homens só pensam em si mesmos. Madoc nunca foi a público com você. Ele não te quer!

Pisquei para acordar, a vibração do meu telefone me despertando. O quarto estava escuro e espiei no relógio, vendo que era apenas meia-noite. O sonho ainda estava fresco e percebi um pouco de suor na linha limite do meu cabelo. Esfreguei os olhos com as palmas das mãos e afastei as imagens.

Inclinando-me pela borda da cama, peguei o celular no chão. Lembrava que tinha sido derrubado por Madoc mais cedo.

Madoc.

Virei a cabeça para o lado e vi que estava dormindo ali. Parecia muito em paz, e deitei de novo para encará-lo.

Ele descansava de bruços e o lençol estava puxado até sua cintura. O cabelo ficou molhado depois do banho e, após toda nossa atividade, secou bem bagunçado. Ia para vinte direções diferentes e o fazia parecer mais jovem. Ou talvez apenas mais despreocupado do que já era. Seus braços envolviam o travesseiro debaixo da cabeça e tive inveja de sua respiração lenta e estável.

A tatuagem em suas costas me deixava em *looping* toda vez que a via nos últimos dois dias. Eu sempre pensava que era o meu nome. Perguntava-me o que a palavra "fallen", caído, significava para ele, mas também sabia que nunca o questionaria.

Meu telefone tremeu na minha mão e respirei fundo, abrindo a mensagem.

Meu pai me ligou duas vezes e mandou mensagem. Minha mãe também tinha ligado e deixado mensagens na caixa postal. Deletei as dela sem nem ouvir. Sabia que seria um discurso retórico sobre por que eu vim aqui ou mais merdas que eu não queria ouvir.

Abrindo as mensagens do meu pai, vi que eram duas.

> Fallon?

> Quer que eu divulgue isso?

Olhando para Madoc, sabia que meu plano tinha mudado. Digitei a resposta:

> Não. Mande para o Caruthers.

> Tem certeza?

Não, não tinha. Não queria mais fazer aquilo, mas era a única forma de eu sentir qualquer encerramento. Madoc e eu não tínhamos futuro. Não era amor e eu não me enganaria por mais nenhum minuto.

> Agora.

Abrindo uma nova mensagem, enviei para o pai de Madoc:

> Veja seu e-mail. Te encontro no seu escritório. Você tem duas horas.

Caras como ele dormiam com os telefones, mas eu sabia que ele provavelmente ainda estava acordado, transando com a amante.

Ele me respondeu em minutos:

> Estou a caminho.

— Katherine Trent.

Deixei a pasta na mesa de Jason Caruthers e me joguei em uma cadeira à sua frente.

Ele estreitou os olhos, parecendo hesitante, e abriu a pasta. Seus lábios se apertaram quando ele olhou os documentos, recibos e fotografias.

— Por que você fez isso? — perguntou, fechando a pasta com uma calma fria, como se ele já tivesse lidado comigo.

Olhei para Jason, parecendo bastante com o que seu filho seria em trinta anos, e o odiei tudo de novo. Com o cabelo loiro curto arrumado melhor do que a maioria dos caras vinte anos mais jovens que ele e um terno preto engomado, o senhor Caruthers ainda era um cara bonito. Não tinha dúvidas de por que minha mãe tinha pulado em cima dele antes de se divorciar do último marido. Ele era rico, bonito e influente. O pacote perfeito para uma interesseira.

Embora eu não pudesse dizer que ele já tinha sido cruel comigo, sua presença me intimidava. Assim como a de Madoc. De calça jeans *skinny* e uma camisa do Green Day, eu não tinha uma armadura para enfrentá-lo.

Ou foi o que ele pensou.

— Por que você acha que eu fiz? — rebati.

— Dinheiro.

— Não preciso do seu dinheiro. — Minhas palavras estavam secas e eu queria colocar fogo nas coisas quando estava perto deste cara. — Pegaria o dinheiro sujo do meu pai antes de aceitar qualquer coisa sua.

— Então o que você quer? — perguntou, erguendo-se e indo até o bar para servir a si mesmo de algo marrom.

Sentei direito e olhei para a janela por trás de sua mesa, sabendo que ele poderia me ouvir.

— Levantar enquanto alguém está falando é rude. — Eu o senti endurecer e esperei apenas um momento antes de ele voltar para a minha frente, sentando-se à mesa. — Eu iria vazar o que você viu no e-mail. Pagar juízes...

— Um juiz — cortou-me.

— E o caso que você tem há algum tempo com a senhora Trent — continuei. — Você está com ela em meio a dois casamentos.

Não consegui acreditar quando descobri. Procurando por seus casos, não foi uma surpresa saber que ele estava dormindo com outras mulheres. Inferno, tanto ele quanto minha mãe começaram a vaguear por aí rapidamente depois do casamento. Madoc e eu sabíamos. Mesmo que não falássemos muito sobre na época, eu sabia que ele via o relacionamento deles como uma farsa, assim como eu. Sabíamos que nós quatro nunca fomos nenhum tipo de família. Motivo pelo qual nunca fomos solidários.

Até a semana em que as coisas mudaram e começamos a dormir juntos.

— Por que você não vazou a história? — indagou.

Porra, boa pergunta.

Mantive os braços apoiados na cadeira e mantive contato visual. Caruthers podia sentir fraqueza com facilidade. Era parte do seu trabalho.

— Porque acaba que eu não sou uma má pessoa — explico. — Machucaria pessoas que não merecem de verdade e não estou disposta a fazer isso. Ainda.

— Obrigado. — Ele parecia honestamente aliviado, e foda-se.

— Não fiz isso por você.

Ele dobrou as mãos sobre a mesa.

— Onde está meu filho?

— Dormindo. — Dei um sorriso afetado. — Na minha cama.

Homens como Jason Caruthers raramente gritavam, mas eu sabia que ele estava bravo. Ele fez aquela coisa de fechar os olhos e respirar devagar.

— Então o que você quer de mim, Fallon? — finalmente perguntou.

— Quero que se divorcie da minha mãe.

Seus olhos se arregalaram, mas eu prossegui:

— Certifique-se de que ela fique amparada, claro. Não a amo, mas não quero que fique nas ruas também. Ela fica com uma casa e algum dinheiro.

Ele riu amargamente, negando com a cabeça.

— Acha que não estou tentando me divorciar dela, Fallon? Sua mãe está lutando contra o inevitável. Ela não quer o divórcio e a atenção de uma longa e complicada batalha legal ficaria no caminho dela. Acredite em mim, posso me divorciar e não perder muita coisa também. Mas não sem um grande circo da mídia.

Pobre homem.

— Isso não é problema meu. Não ligo para como você vai lidar com isso ou como isso te fere. Se quiser que seja rápido e fácil, então sugiro que abra mais a carteira.

Ele apertou os lábios e pude dizer que estava pensando. Não estava preocupada. Um advogado como ele não venceria a esposa no tribunal? *Por favor.* Ele ligava para a própria reputação e nada mais. E estava certo. Minha mãe faria qualquer coisa para conseguir atenção e o arrastaria na lama. Mas ela tinha um preço.

Todo mundo tinha.

— O que mais? — Ergueu as sobrancelhas, claramente sem gostar dos termos até agora.

— Um dos associados do meu pai, Ted O'Rourke, deve receber liberdade condicional em setembro. Consiga que isso seja aprovado.

— Fallon. — Ele negou com a cabeça de novo. — Eu defendo os bandidos. Não tenho nenhuma influência com o conselho de liberdade condicional.

A quem ele estava enganando?

Inclinei-me, apoiando a mão na sua mesa.

— Chega de bancar o desamparado. Não me faça pedir duas vezes.

— Vou dar uma olhada. — Ele acenou com a cabeça para mim. — O que mais?

— Nada. — Dei-lhe um sorriso de boca fechada.

— Só isso. Sua mãe e Ted O'Rourke. Nada para você?

Ficando de pé, coloquei algumas mechas de cabelo atrás da orelha e soltei os braços para o lado. Colocar as mãos nos bolsos também seria um sinal de fraqueza.

— Nunca foi por mim, Jason, mas você fez certo, não foi? Foi por isso que você surtou quando pegou Madoc e eu juntos. Sabia quem meu pai era e como minha mãe era na época, então assumiu o pior ao meu respeito. Não queria que seu único filho brincasse na terra.

Ele apertou a ponte do nariz.

— Fallon, vocês eram apenas crianças. Era coisa demais, rápido demais. Sempre gostei de você.

— Não gosto de você — devolvi. — A culpa, a tristeza, o abandono por parte dos adultos que deveriam estar comigo até o fim e tudo o que aconteceu depois foram coisas que eu nunca deveria ter que passar. Ainda mais sozinha.

RIVAIS

Ele estreitou os olhos em confusão.

— Que coisas que aconteceram depois?

Perdi a cara fechada. *Ele não sabia?*

Claro. Por que eu pensaria que minha mãe diria a ele?

Neguei com a cabeça, ignorando sua pergunta. Quem se importava? Não era como se ele fosse me proteger de toda forma.

— Essas são as fotos que eu tenho de Katherine Trent. Não mantive nada digital.

Ele piscou.

— Você vai me deixar ficar com elas agora? Não é assim que chantagem funciona.

— Isso não é chantagem — bufei. — Não sou como você. Mas conheço um monte de gente ruim, e é por isso que sei que você vai fazer o que estou pedindo. Se você mantiver sua palavra, não direi nada.

Sim, ele sabia quem meu pai era e o tipo de gente que eu conhecia por causa dele. Nunca os usaria para machucar alguém, embora ele não soubesse disso. Ergueu o rosto e perguntou:

— Como posso confiar em você? Não quero o nome de Katherine arrastado na lama.

— Nunca menti para você — apontei, virando para ir embora.

— Fallon — chamou, e virei de novo para encará-lo. — Sei há bastante tempo quais são os meus talentos. E as minhas falhas. — Ficou de pé, colocando as mãos nos bolsos. — Negligenciei minhas esposas, meu filho e nunca tive muito interesse em nada fora do tribunal. — Seu suspiro era cansado. — Mas, não importa o que você pensa, eu amo meu filho.

— Acredito que sim.

— Foi tão ruim assim? — Seus olhos se estreitaram, me estudando. — Ficar separada dele? Quero dizer, depois de todo esse tempo, você não consegue ver que foi o melhor? Isso te machucou tanto?

Machucar. Minha mandíbula se apertou e meus olhos queimaram. *Ele já amou alguma coisa o suficiente para se machucar?*

— Achei que sim. — Minha voz era quase um sussurro. — No começo. Machucou quando fui afastada dele sem dizer adeus. Machucou quando não pude vê-lo ou conversar com ele. Machucou quando minha mãe não me ligou ou me convidou a voltar para casa nas férias. E machucou quando fugi para cá depois de uns meses e encontrei Madoc com outra pessoa. — Endireitei os ombros e o encarei direto nos olhos. —

Mas o que realmente machucou foi ser forçada pela minha mãe a entrar naquela clínica, naquela sala e estar sozinha enquanto aquela máquina roubava o bebê dele do meu corpo.

Seus olhos se arregalaram e eu entendi, sem dúvidas, que ele não sabia.

Assenti, minha voz rouca.

— É, aquela parte foi uma merda.

Virei, fui embora e tentei não pensar no olhar devastado no rosto de Jason Caruthers antes de ele o esconder com as mãos.

CAPÍTULO CATORZE

MADOC

— Madoc! — Abri os olhos, afastando o sono, e sentei na cama quando vi Addie me encarando.

— Addie. Que droga é essa? — Ajustei as cobertas para garantir que estivesse coberto.

Porra, isso era estranho.

Como se ela não soubesse o que estava rolando. Eu estava nu na cama da Fallon, pelo amor de Cristo, mas ainda assim. Addie não me via nu desde... bem, desde o Ano-Novo, quando fiquei bêbado e pulei na piscina gelada pra caralho após ser desafiado por Tate.

— Cadê a Fallon? — indaguei, olhando em volta.

— Querido, não sei o que está acontecendo, mas Fallon foi embora e seu pai está lá embaixo. Ele quer falar com você agora. — Ela assentiu e arregalou os olhos para mim, o que significava que eu tinha que levantar.

Merda. Joguei longe as cobertas e ouvi um *tsc* por trás de mim, visto que tenho certeza de que Addie não aprovava que eu atravessasse o quarto nu.

— Para onde Fallon foi? — gritei, atravessando o corredor até meu quarto.

— Não faço ideia. Ela tinha ido embora quando me levantei.

Não. Não. Não. Fechei os olhos e neguei com a cabeça, vestindo boxers, jeans e uma camisa. Peguei minhas meias e chaves, pois não tinha nenhuma intenção de lidar com meu pai por um tempo.

Eu a encontraria e a arrastaria pelos cabelos até aqui se precisasse. Que porra é essa?

Descendo as escadas, peguei meus sapatos onde larguei, perto das escadas, e fui até o escritório do meu pai.

— Cadê a Fallon? — ordenei, me jogando na cadeira do outro lado de sua mesa, calçando meias e sapatos.

Meu pai estava sentado na ponta da mesa com uma bebida na mão, e olhei duas vezes. Agora estava, na verdade, levemente preocupado. Meu

pai era controlado e responsável. Se ele estava bebendo de manhã, então...
não sei. Nunca o vi beber de manhã. Só sabia que era estranho e meu pai
vivia por sua rotina.

— Ela foi embora — respondeu.

— Para onde?

— Não sei. Ela foi embora porque quis, Madoc. E você não vai a lugar
nenhum. Temos que conversar.

Ri, amargo, e terminei de amarrar os tênis.

— Diga o que tem a dizer e seja breve.

— Você não pode ter um relacionamento com Fallon. Não é possível.

Sua franqueza me deixou confuso. Acho que ele sabia que começamos
tudo de novo. Eu queria um relacionamento com ela?

Fiquei de pé, pronto para partir.

— Você teve dois casamentos falidos. Não pode me dar conselhos
neste tipo de coisa.

Ele esticou a mão para trás e pegou uma pasta da mesa, enfiando no
meu peito.

— Dá uma olhada.

Suspirei, mas abri a pasta de todo jeito.

Jesus.

Meu coração batia nos ouvidos conforme eu passava as fotos do meu pai
com a mãe de Jared, Katherine. Fotos deles entrando no apartamento juntos,
abraçando e beijando em frente à janela, ele a ajudando a sair do carro...

— Você está tendo um caso com a mãe do Jared?

Ele assentiu e foi até sua cadeira.

— Já faz dezoito anos que vamos e voltamos. Não há nada que você
possa me dizer sobre querer algo que você não pode ter que eu não en-
tenda, Madoc. Katherine e eu temos muita história, muita luta e um *timing*
ruim. Mas amamos um ao outro e vou me casar com ela assim que possível.

— Isso é sério? — Ofeguei e ri ao mesmo tempo. — Que porra é essa?

Não conseguia acreditar no que tinha ouvido. Ei, estou tendo um caso
com a mãe do seu melhor amigo. Ei, vamos nos casar. E falava disso como
se estivesse falando do tempo. Porra, esse é o meu pai. Faz o que quer, e
você tem que seguir o fluxo ou não. Ele era como...

— Espera. — Meu estômago deu um nó. — Dezoito anos? Você não
é pai do Jared, é?

Ele me olhou como se eu fosse insano.

RIVAIS   109

— Claro que não. Ela tinha acabado de ter Jared quando nos conhecemos. — Esfregando a mão no rosto, ele mudou de assunto. — Recebi esse envelope da Fallon. Junto com isso e um dos meus assuntos de trabalho, porque, para todos os efeitos, ela está me chantageando, Madoc.

Apertei a pasta de arquivo no punho.

— Você está mentindo.

— Não estou — consolou-me, em sua voz monótona. — Isso é bem mais complicado do que você imagina, mas quero que saiba que, embora Fallon tenha vindo aqui com segundas intenções, não acho que queria te machucar. Ela poderia ter ido para a mídia com o que tinha de mim. Teria machucado esta família.

Olhei para as fotos, minha respiração ficando mais rasa, rápida, e meu rosto se aquecendo de raiva.

— Ela está muito brava — continuou, suavemente, como se pensasse em voz alta. — Mas não quis ir para a mídia, Madoc. Não queria te causar nenhuma dor.

— Pare de tentar me proteger — cuspi, sentando na cadeira de novo.

Se ela voltou para chantagear meu pai, então todo o resto foi uma mentira também.

— O que ela tem contra você? — perguntei. — Além disso? — Ergui a pasta.

Seus olhos ficaram nublados e ele falou, sem hesitar:

— Foi um pagamento que eu negociei. Era ilegal e eu poderia perder minha licença, para dizer o mínimo. Mas não foi uma decisão que tomei sem pensar e faria de novo. — Ele olhou direto para mim. — No entanto, Fallon não está pedindo muito. E não estou dizendo nada disso para te machucar. Estou dizendo para você poder seguir em frente. Não forcei Fallon a ir embora. Ela me mandou mensagem na noite passada.

Ele me deu o telefone para eu poder ver. Claro, a primeira mensagem era de Fallon.

— Ela não é certa para você. — Sua voz era um eco distante enquanto eu encarava as palavras na tela. — O pai dela, para começar...

E então eu o perdi. Meu estômago afundou e deixei o telefone cair no chão, apoiando os cotovelos nos joelhos e escondendo o rosto nas mãos.

Eu me lembrava deste sentimento. Foi o que senti há dois anos quando eles me disseram que ela foi embora do nada. Quando vi sua cama vazia onde perdemos nossa virgindade juntos. E quando eu não conseguia dormir e ia tocar piano no porão.

Não queria isso de novo. Nunca quis sentir aquilo de novo. Respirei fundo até meus pulmões doerem tanto que pensei que fossem explodir.

— Pare de falar — cortei-o, no meio do que quer que estivesse dizendo. — Apenas pare de falar. Dezoito anos? — indaguei. — Isso significa que você estava vendo Katherine Trent quando era casado com a minha mãe.

Seu olhar caiu para a mesa e voltou para mim. Ele não disse nada, mas vi a culpa em seu rosto.

Pelo amor de Deus. Qual é o problema com ele?

— Madoc — falou, baixinho. — Vou te mandar para Notre Dame mais cedo — avisou, com a voz resignada.

O quê?

Deve ter visto a expressão confusa em meu rosto, pois explicou:

— As coisas vão ficar complicadas aqui. Com o divórcio, Patricia não terá escolha, a não ser vir para casa. Você vai ficar na casa em South Bend até os dormitórios abrirem.

— De jeito nenhum! — Neguei com a cabeça, ficando de pé.

Como sempre, meu pai ficou calmo, sem se mexer.

— Tudo bem, então vá ver sua mãe em Nova Orleans pelo restante do verão. Você não vai ficar aqui. Quero que se afaste das coisas para ter perspectiva, você precisa de espaço.

Corri a mão pelo cabelo. *Mas que droga é essa que está acontecendo?* Não queria ir para Indiana pelo restante do verão. Mal conhecia alguém, além de algumas pessoas da faculdade que meu pai me apresentou aqui e ali em nossas viagens para eventos esportivos e de ex-alunos.

Eu não ia. De jeito nenhum, porra!

E não iria para Nova Orleans também. Meus amigos estavam aqui.

— Madoc. — Ele negou com a cabeça para mim como se pudesse ler meus pensamentos e estivesse me dizendo não. — Você vai, vai encontrar um trabalho ou algum voluntariado para passar o tempo, porque agora estou tentando te proteger de si mesmo. Vou retirar meu apoio, a grana para a faculdade e seu carro, até você enxergar a luz. Você precisa de distância agora. Faça isso ou terei que usar meu poder.

Em poucas horas, passei de repugnantemente feliz e empolgado com a vida para procurar uma briga.

Fallon nem levou nada que trouxe, exceto as roupas do corpo.

Foi tudo uma mentira, mas o que eu esperava? Nós transamos. Não era como se tivéssemos falado sobre as coisas, tivéssemos um encontro ou qualquer coisa em comum. Havia outras mulheres para me dar o que ela deu.

Mas tudo parecia errado de novo. Assim como antes. As nuvens estavam baixas demais, a casa vazia demais, e eu não estava com fome. Nem a fome de comida, nem a de diversão, nem de nada, exceto a de brigar.

Não ligava para o motivo de estar com raiva. Inferno, eu não tinha nem certeza de qual era a razão. Só sabia que tinha que descontar em alguém.

Desci do carro e corri até a casa de Jared, sabendo que não seria parado. A polícia nunca me parava. Uma vantagem de ser filho do meu pai. As palmas suadas das minhas mãos esmagaram o volante; *Numb*, do Linkin Park, tocava e arrastei-me para lá. Meus pneus cantaram para parar em frente à sua casa e desci do carro, sem me importar que Tate e o pai dela estavam debaixo de seu carro com ele.

— Sua mãe está brincando com meu pai? — gritei.

Os três se viraram para me encarar.

— É o que, mano? — Jared parecia confuso, limpando as mãos em um pano cortado.

Atravessei o gramado, colocando as chaves nos bolsos, e Jared me encontrou no meio do caminho.

— A puta da sua mãe está dormindo com meu pai por anos — afirmei, rosnando. — Ele estava dando dinheiro a ela, eles vão se casar e tudo!

Os olhos de Jared queimaram e ele sabia que eu estava procurando briga. O senhor Brandt e Tate me olhavam de olhos arregalados e boca aberta.

Ela abaixou o rosto, falando mais consigo mesma.

— Acho que faz sentido. Ela anda vendo alguém e mantendo em segredo. — E soltou um risinho de nervoso. — Uau.

— Sim, incrível — devolvi, sarcástico, querendo zombar dela. — Minha mãe chorando quando meu pai não vinha para casa à noite. Eu tentando entender por que meu pai trabalhava tanto em vez de ir aos meus jogos de futebol. — Ergui as mãos e me aproximei de Jared. — Quando o que meus olhos curiosos deveriam encontrar era outra interesseira pronta para resolver sua vida.

Jared não esperou outro segundo. Seu soco me acertou bem no queixo e eu ri, tropeçando para trás.

— Vamos lá! — chamei-o para frente, o calor em seus olhos cheios de fogo.

Ele correu até mim e caímos no chão, um por cima do outro. Ele pairava sobre mim, seu punho acertando minha mandíbula. Rosnei e o joguei para longe, lançando meu punho em seu rosto e o outro em sua mandíbula.

— Parem! — Ouvi Tate gritar. — Jax! Faça alguma coisa!

Jax? Ah, sim. Ele vivia aqui.

— Por quê? — Eu o ouvi perguntar.

As mãos de Jared envolveram meu pescoço e ele prendeu os braços tão firmes quanto barras de ferro, me segurando o mais longe de si que podia.

— Cuzão! — cuspi.

Ele mal destravou os dentes.

— Idiota do caralho.

Água congelada espirrou nas minhas costas, respingando em meus braços e atingindo Jared no rosto.

— Mas que... — comecei.

A corrente de água bateu no meu rosto, Jared soltou meu pescoço para proteger a cabeça do ataque frio e rolei para longe dele. Tiramos a água dos olhos e sentamos, encarando o homem da mangueira até percebermos que era o senhor Brandt. E ele parecia puto. Seu short cáqui estava respingado de água e ele tinha manchas de graxa na camiseta dos White Sox.

— Seus pais estão vendo um ao outro — falou baixo, suas palavras com um peso de uns cinquenta quilos. — No pior cenário, eles terminam. No melhor cenário, vocês viram irmãos.

— E? — soltei, sem o bom senso de calar a boca.

Jogou a mangueira no chão e gritou:

— E vocês estão brigando por quê?

Engoli em seco, minha boca seca.

Sim, esqueci essa parte. Jared e Jax já eram meus irmãos no que importava, mas ter nossas famílias conectadas desse jeito deveria ser bem legal.

A menos que o casamento não funcionasse. O que, com o histórico do meu pai, era bem possível.

Porém, por outro lado, seus casamentos provavelmente falharam por conta do caso que ele tinha com a mãe de Jared. Agora que eles poderiam ficar juntos, talvez fosse para sempre.

— Não sei — murmurei.

Ficando de pé, não consegui olhar para nenhum deles, mas sabia que estavam me encarando. Por que eu ataquei meu melhor amigo? Chamei a mãe dele de puta, pelo amor de Deus.

Todas as merdas que Jared fez enquanto Tate estava na França voltaram para mim. Ele sentia falta dela. Ele a amava, mesmo que não soubesse. E estava definhando sem ela. Brigava. Bebia. Fodia.

E nada daquilo o fez se sentir melhor.

Então por que eu estava estragando a minha vida por uma garota que eu não amava? Que nem sequer merecia minha atenção?

Eu podia entender Jared ter perdido o controle de si mesmo por Tate. Ela era uma boa garota, que lutou por ele. E, quando aquilo não funcionou, ela lutou contra ele. Nunca parou de mostrar a ele que estava lá.

Mas Fallon não era Tate. Ela não estava nem no mesmo nível.

Tudo isso era burrice. Eu não tinha motivos para sair dos trilhos só porque ela voltou para a cidade e fodeu comigo de novo.

Esticando a mão, fiquei aliviado quando Jared a pegou. Ajudei-o a levantar, esperando que aceitasse aquilo como desculpa. Jared e eu não precisávamos ficar emotivos. Ele sabia que eu fodi tudo, e sabia que eu sabia.

— Ai, olha. — Dei um sorriso desdenhoso. — Consertando o carro de novo? Tinha que ser um FORD, *Fodeu O Radiador Denovo* — brinquei, sabendo que zoar seu carro o irritaria.

E andei até meu GTO, ouvindo Tate bufar por trás de mim.

CAPÍTULO QUINZE

FALLON

A casa do meu pai estava bem vazia quando cheguei há duas semanas. Era exatamente o que eu estava procurando. Algumas pessoas desejavam distração e barulho, mas eu queria estradas tranquilas e ninguém para falar comigo. A propriedade de dois mil e trezentos metros quadrados ficava em uma rua sem saída particular e era outro exemplo de um rico de merda gastando o dinheiro em algo que raramente usava.

Okay, meu pai não era realmente um rico de merda. Bem, mais ou menos. Mas eu ainda o amava.

A casa custou três milhões de dólares e, quando perguntei a ele para que comprou uma casa quando poderia ter escolhido um apartamento na cidade, ele me deu uma aula de Geografia sobre por que os Estados Unidos estão tão bem posicionados em relação ao restante do mundo.

— *Antes da invenção de foguetes e armas nucleares que podiam viajar longas distâncias* — tinha dito —, *era muito difícil para qualquer nação atacar este país. Estávamos estrategicamente posicionados entre dois oceanos com aliados amigáveis no norte e no sul. E, vamos encarar* — abaixou a voz para um sussurro —, *mesmo que não fossem amigáveis, não temos medo de verdade do Canadá e do México. Em qualquer outro lugar, você tem possíveis inimigos te cercando. A estratégia de guerra na Europa é um pesadelo. Inimigos podem invadir o tempo inteiro, ou ameaçar o estado tampão, que é aquele país que fica situado entre você e qualquer outro que seja hostil. Para atacar a América, alguém teria que navegar pelo oceano ou voar a uma longa distância. Foi por isso que os japoneses atacaram Pearl Harbor. Não tinham combustível para chegar à ilha principal. Então...* — Colocou o copo de Shirley Temple que fez na minha frente. — *Paguei para colocar um enorme estado-tampão ao redor da minha família e de mim, assim posso ver meus inimigos vindo antes de estarem na minha porta.*

Naquele ponto, eu sabia o que meu pai fazia da vida e, embora soubesse que era verdade, nunca o odiei. Odiava que ele me fizesse ficar tanto com a minha mãe e odiava que houvesse longos períodos em que eu não o via, mas ele confiava em mim e sempre falava comigo como adulta. Sempre usava grandes palavras e nunca segurou minha mão para atravessar a rua. Ele me ensinou coisas e esperava o melhor de mim.

Ao meu ver, quando alguém dava elogios e opiniões raramente, aquilo tinha mais significado. Meu pai era a única pessoa no planeta cujo respeito e consideração eu me preocupava em proteger.

— Conseguiu o que queria? — Entrou na cozinha, onde eu estava sentada na bancada de granito, trabalhando no laptop.

Nada de "oi" ou "como você está", mas eu me acostumei. Não o via há um mês e ele chegou da cidade hoje.

— Sim, consegui — respondi, sem erguer o rosto do trabalho quando ele foi para a geladeira.

— E sua mãe? — Pegou um copo de dentro do freezer e foi para a torneira da Guinness.

— Ainda desaparecida. Mas vai dar as caras em breve para contestar o divórcio, tenho certeza.

Não sabia por que ele estava me perguntando sobre isso. Tinha mandado um e-mail para ele, avisando que tudo estava no cronograma. Ele não esteve totalmente dentro do meu plano de uma vingancinha contra aqueles que me traíram, mas me deixou fazer minhas próprias escolhas e fez o que pode para ajudar.

— Você vai ficar presa no meio do fogo cruzado — pontuou.

Passei os dedos sobre as teclas, esquecendo o que estava escrevendo.

— É claro.

— Madoc? — pressionou, e soltei um suspiro silencioso, irritada por ele estar fazendo tantas perguntas.

Eu sabia o que ele queria saber, porém.

— Mudei de ideia — expliquei. — Não queria que ele fosse atingido por isso, afinal de contas.

— Que bom. — Surpreendeu-me, por isso ergui o rosto para encarar seus olhos. — Acho que ele era apenas uma criança também — sugeriu.

Tinha retornado à Shelburne Falls com a intenção de divulgar o arquivo para a mídia assim que provasse que tinha superado Madoc, que ele não era mais o dono do meu coração e minha mente. Só que nada seguiu de acordo com o plano. Em vez de humilhar Madoc, seu pai e minha mãe, escolhi o caminho de menor resistência.

Não queria Madoc machucado, porque ele não merecia. Fiquei magoada aos dezesseis anos quando roubei um dos carros do meu pai e dirigi até Shelburne Falls apenas para encontrar Madoc com outra pessoa. Porém, por mais que nossas ações fossem adultas na época, éramos apenas crianças. Não poderia odiar Madoc por cometer erros mais do que poderia culpar nosso filho que não nasceu por ter sido gerado.

Madoc nunca me amou, mas eu sabia que ele não queria me ferir também.

Então mudei os planos. Consegui o que queria, mas fiz em silêncio, sem trazer vergonha para ele ou seu pai.

Abaixei as mãos do computador e mexi na cutícula. Um hábito nervoso. Sabia que meu pai não gostava. Ele e o senhor Caruthers eram parecidos de muitas formas.

Amaciei a voz.

— Ted deve conseguir a liberdade condicional.

— Fallon. — Ele negou com a cabeça, irritado. — Eu te disse para não se envolver com isso.

— Ele é seu tio. O que significa que é da minha família.

— Não é isso…

— Quando alguém que você ama está precisando — interrompi —, você engole tudo.

Sorri quando as palavras de Tate saíram da minha boca. Queria tê-la conhecido mais.

Voltei o olhar para o computador e comecei a digitar de novo, sinalizando que a conversa tinha acabado. Ele ficou lá de pé por alguns segundos, tomando goles de sua cerveja de vez em quando e me observando. Recusei-me a olhar para ele ou deixar que visse meus dedos trêmulos. Havia coisas que eu nunca poderia dizer ao meu pai, não importava quanto o amasse.

Ele não saberia que perdi mais de dois quilos nas duas últimas semanas ou que tive sonhos toda noite que me faziam nunca mais querer acordar.

Cerrei os dentes e pisquei para afastar a queimação em meus olhos, digitando qualquer coisa para parecer que estava com tudo resolvido na frente do meu pai.

"Nada que acontece na superfície do mar pode alterar a calma nas profundezas", meu pai diria, citando Andrew Harvey.

Mas as profundezas não estavam calmas. Um buraco negro tinha se abrido no centro do meu estômago por ver Madoc de novo e estava me sugando para dentro pouco a pouco. O céu ficava mais sombrio todo dia, e meu coração batia mais e mais devagar.

RIVAIS

Você vai me arruinar, Fallon.

Apertei as teclas com mais força. Não fazia ideia do que estava escrevendo para as aulas de verão que peguei para me manter ocupada.

Meu pai andou até a porta, mas parou para me observar antes de sair.

— Está se sentindo melhor agora?

Engoli a dor em seco. Pelo menos tentei. Mas levantei o queixo de todo jeito e olhei para ele de frente.

— Não esperava me sentir melhor. Só queria que eles se sentissem piores.

Ele ficou lá em silêncio por um momento e então saiu.

Uma semana depois, saí do chuveiro e vi que tinha perdido ligações da minha mãe e de Tate.

Apertei o telefone na mão, querendo falar com uma delas, mas sabendo que não deveria, e sabendo que deveria falar com a outra, mas não querendo. Nenhuma delas deixou recado na caixa postal, mas Tate mandou mensagem depois de ligar.

> Precisa de uma colega de quarto na NW?

Meus olhos se estreitaram, mas sorri um pouco, apesar de não querer. Sem hesitação, liguei para ela de volta.

— Ei, você — atendeu, um riso na voz.

— Qual é a da história de colega de quarto? — Deitei na cama, meu cabelo molhado espalhado pelos lençóis.

— Então — começou —, meu pai finalmente aceitou que eu realmente quero ir para a Northwestern, quero mesmo. Só não disse que mudei de ideia por causa dele. Enfim, ele não quer me deixar morar com Jared. Está insistindo na experiência universitária completa e quer que eu fique nos dormitórios no primeiro ano.

— Você escuta seu pai. Que fofo — provoquei, embora a invejasse por ter um pai tão envolvido.

Ela bufou.

— As pessoas não irritam meu pai sem motivo. Especialmente Jared.

Meu rosto se desfez de imediato à menção do namorado dela. Deixando Madoc de lado, eu tinha ameaçado Jason Caruthers de expor a mãe de Jared. Perguntei-me se ele sabia. Não parecia ser do conhecimento de Tate. Eu não achava que ela me perdoaria facilmente por isso — e fui surpreendida ao sentir uma súbita pontada de culpa por ter traído sua amizade.

— Então — continuou, malícia em sua voz —, vai ficar nos dormitórios este ano?

— Sim, acontece que eu tenho um dormitório duplo que usarei como de solteira.

Era perfeito, na verdade. Tate e eu nos dávamos bem e, por algum motivo, fiquei ansiosa para as aulas começarem logo.

— De solteira? Você não quer ficar em um dormitório de solteira. É tããão solitário — esticou as palavras, exagerando.

Eu ri.

Mas ainda estava insegura. Tate era igual a Jared. E Jared era igual a Madoc. Eu não poderia ficar perto dele.

E ele não queria ficar perto de mim.

— Tate, não sei. Quer dizer, amaria ter você como colega de quarto, mas, para ser honesta, Madoc e eu não nos damos bem. Só não acho que a melhor situação para nós seja esbarrar um no outro.

— Madoc? — soou confusa. — Madoc só vai ficar pelo apartamento de Jared se ele vier a Chicago para visitar, o que não tenho certeza se vai acontecer. O cara sumiu do radar por esses dias.

Sentei-me.

— O que você quer dizer?

— Ele foi mandado para Notre Dame mais cedo. O pai dele tem uma casa lá, acho, então Madoc vai ficar até as aulas começarem e os dormitórios se abrirem no mês que vem — hesitou, e outra onda de culpa me atingiu.

Ele se foi.

E provavelmente foi mandado para longe por minha causa.

— Provavelmente foi melhor assim — continuou. — Com o pai do Madoc e a mãe do Jared juntos, Madoc ficou puto. Eles dois brigaram e ninguém fala com ele há semanas. Estamos todos dando um pouco de espaço a ele.

Merda.

E o Lucas? Madoc voltou para ficar um pouco com seu irmão mais novo?

Meu rosto se desfez e me senti uma merda de novo. Aquilo era minha culpa. Talvez eu devesse sentir que era justiça poética Madoc ser mandado embora como eu fui, mas não o queria sozinho. E odiava que ele tivesse que deixar seu irmãozinho.

— E aí? — chamou. — O que você acha?

O que eu achava? Queria dizer sim, mas sabia que deveria me distanciar de qualquer um relacionado ao Madoc.

Suspirei, tentando esconder o nervosismo em minha voz.

— Digo que teremos um ano foda, colega.

— Isso aí! — gritou e então aumentou o volume do seu rock pesado horrível no fundo.

Afastei o telefone do ouvido e estremeci.

Uau.

CAPÍTULO DEZESSEIS

MADOC

Minhas mãos se afundaram em seu traseiro, apertando a carne firme, e enterrei o rosto em seu pescoço. Não olhei para ela. Se eu não olhasse, poderia quase imaginar que...

— Senhor Caruthers, pare. Aqui não. — Ela se contorceu contra o meu corpo e deu uma risadinha, tentando me afastar.

— Falei para não me chamar assim — sussurrei em seu ouvido.

— Ótimo — concordou. — Madoc então. Vamos para o seu quarto.

— Mas isso é mais divertido.

Brianna — ou Brenna? — estava com as pernas enroladas na minha cintura e eu a prendia à parede ao lado do meu quarto na casa de South Bend do meu pai. Ela vinha uma vez por semana, limpava, lavava as roupas, e não esperei muito antes de fazer um movimento. Não tinha certeza de quantos anos ela tinha, mas era pelo menos uns vinte quatro ou vinte cinco, bonita pra caramba.

Cabelo loiro, olhos azuis e sempre usando roupas de boa menina como calças capri e camisas polo justas. Definitivamente bem longe do que eu buscava antes.

— Precisamos de camisinhas — apontou.

Soltei o ar e a deixei descer, a levando para o meu quarto.

Além de Brenna, minha vida aqui era mais entediante do que assistir um trator. As aulas ainda não tinham começado, não fiz nenhum amigo, já que os alunos não estavam no campus ainda, e a cidade estava morta sem o público universitário. É, gostando ou não, esta garota era o ponto alto da minha semana. Suas tetas eram maiores que minha cabeça e, quando ela ia embora, eu estava sorrindo de novo.

Pelo menos por um tempo.

Abrindo a calça jeans, a assisti tirar as roupas e pegar uma camisinha na mesa de cabeceira. Passeando até mim de sutiã branco e calcinha, esticou a mão para minha cueca boxer preta e acariciou minha ereção.

Ela me olhou, lambendo os lábios e sorrindo largo. Minha respiração estremeceu e olhei para longe. Não sabia o que era, mas não conseguia encará-la. Nunca conseguia. Nem lembrava seu nome na metade do tempo.

Não queria que ela fosse real.

Agarrando o cabelo da sua nuca, a puxei para um beijo. Nossos dentes se bateram e a ouvi gemer. Pelo beijo duro ou de prazer, eu não sabia e também não ligava de verdade.

— Quero agora — ofegou, me acariciando mais forte.

Minha mandíbula endureceu e desfiz o beijo, a pegando pelo cotovelo e a puxando para a cama.

— Não me dê ordens. Você não é minha dona. Entendeu? — cuspi.

Um flash de excitação cruzou seus olhos como um raio.

— Sim, senhor.

Enfiei os dedos pela bainha da cueca e as arranquei pelas pernas, chutando para o lado. Agarrando sua nuca, a trouxe para baixo de mim e me deitei.

— Lá embaixo.

Oxigênio frio entrou em meus pulmões e meu coração bateu mais rápido.

Depressa, depressa.

Depressa, depressa.

Depressa, depressa.

Sua boca desceu por entre as minhas pernas e fechei os olhos, desfrutando do prazer de quão ansiosa ela estava. Ela lambeu e chupou, tomando tudo de mim, seus cabelos aquecendo minhas coxas.

Quero te ver. Quero te beijar quando você gozar.

Tentei calar a voz na minha mente, colocando as mãos na cabeça de Brenna e a empurrando mais fundo no meu pau.

— Continua, gata — gemi, a incitando. — Isso é bom.

Sua cabeça subia e descia, ela chupando mais forte, e arqueei o quadril na direção de sua boca.

Quem está te beijando agora? Quem está cavalgando em você?

— Mais. Mais forte — ordenei, porém, apesar das minhas melhores intenções, o cabelo loiro que eu agarrava se tornou castanho-claro e olhos verdes nublados me encaravam. — Meu Deus, isso é bom, gata.

E, gostando ou ou não, recolhi-me onde Fallon vivia na minha cabeça e deixei a fantasia assumir. Não queria pensar naquela puta. Não queria desejá-la, mas desejava.

Fallon estava aqui, com sua boca sobre mim agora, e eu a odiava. Porra, eu a odiava, e a foderia com aquele ódio até gozar.

Os nervos nas minhas pernas queimaram, indo para a minha virilha e tudo que se reunia entre minhas pernas. Soquei meus quadris nela, indo mais fundo e mais forte, sua língua esfregando a parte inferior.

Ela tirou a boca de mim e me lambeu para cima e para baixo, antes de envolver a mão na minha base, acariciando enquanto chupava a cabeça.

Madoc, por favor.

— Porra. — Empurrei, arqueando as costas e tirando a cabeça da cama.

Gozei em sua boca, agarrando seu cabelo no pescoço e chupando o ar por entre os dentes. Ela continuou até eu terminar e desmaiei na cama, a soltando.

Meu corpo sempre se sentia mais relaxado.

Depois.

Mas minha cabeça estava ainda mais confusa.

Fallon. Sempre voltava para Fallon. Não conseguia gozar mais, a não ser que pensasse nela.

Queria olhar para baixo e ver orelhas cheias de piercings e as tatuagens aleatórias que ela tinha em todo o corpo. Queria ver os sensuais olhos verdes com delineador preto olhando para cima e me matando com tudo que ela tentava esconder em seu interior.

Por quê? Por que eu a queria tanto, se ela continuava indo embora?

— Quem é Fallon? — Ouvi uma voz soar na minha cabeça vindo de algum lugar.

Pisquei e perguntei:

— O quê?

— Fallon. Você disse aquele nome enquanto eu estava... — deixou no ar.

Merda.

— Não é ninguém. Você provavelmente ouviu errado.

Filho da puta! Merda. Sério, cara?

Brenna se sentou.

— Você gritou quando estava gozando. Você curte caras? Fallon é nome de homem, não é? — Olhou para mim pelo cantinho do olho, me provocando com um sorriso.

— Não é um cara, porra — rosnei, então olhei direto para ela. — É minha irmã, na verdade.

Ela riu até perceber que eu não estava rindo. Então calou a boca.

— Hm, ok. — Saiu da cama, parecendo querer correr dali. — Isso não é estranho.

Vestiu-se em silêncio e rapidamente, dizendo nada mais antes de ir embora. Um estrondo se soltou do meu peito e ri miseravelmente, deslizando de volta para baixo das cobertas.

— Ei! — Pulei na cama. — Mas que droga é essa? — perguntei, porque não fazia ideia do motivo de a minha bunda estar doendo.

— Levanta!

Esfreguei meus olhos sonolentos e reparei na minha mãe ao pé da cama. Ela agarrou o lençol e arrancou de mim. Graças a Deus eu estava de shorts de basquete.

Seus lábios rosados estavam apertados em desaprovação e suas mãos estavam apoiadas nos quadris.

— Você acabou de bater na minha bunda? — reclamei, gemendo, e caí de costas na cama de novo, jogando o braço sobre os olhos.

— Levanta! — ordenou de novo.

Normalmente, eu gostava de ver minha mãe. Ela era bem divertida e uma mãe decente, na verdade. Ela e meu pai se casaram novamente com certa velocidade e eu odiava que ela tivesse se mudado. Seu novo marido vivia em Nova Orleans. Mas pedir a uma criança para deixar sua casa e tudo que conhecia era demais. Fiquei com meu pai e a nova esposa.

Ótima ideia foi aquela.

Suspirei.

— Eu estava dormindo. Por que você está aqui mesmo? — Meu tom exasperado disse tudo a ela.

Eu queria ser deixado em paz.

— Seu pai me ligou e contou o que aconteceu.

— Não aconteceu nada — menti, mantendo a expressão de tédio focada no teto. Faróis de um carro do lado de fora brilharam no teto do cômodo pouco iluminado e entendi que tinha dormido o dia todo.

Ouvi os saltos da minha mãe fazerem *tap, tap, tap* no chão de madeira.

— Levanta! — insistiu novamente e, quando percebi, ela estava me batendo com uma revista.

Levantei braços e pernas para me proteger.

— Caramba, mulher!

Ela jogou a revista para o outro lado do quarto, colocou o longo cabelo loiro para trás da orelha e foi em direção ao meu armário.

— E demiti a Brittany — soltou, por cima do ombro.

— Quem é Brittany?

— A faxineira que você está levando para a cama. Agora levante-se e tome banho. — Ela jogou um jeans limpo e uma camisa para mim, saindo do quarto.

Neguei com a cabeça para o nada, maravilhado pelas mulheres na minha vida.

Completamente dominadoras.

Virei, enterrando o rosto no travesseiro.

— Agora! — gritou de algum lugar lá embaixo e soquei o travesseiro de raiva.

Mas levantei. Se não fizesse isso, ela voltaria com um balde de água fria a seguir.

Depois que tomei um banho e me vesti, ela me levou a um lugar italiano tranquilo, que adorava velas e Frank Sinatra. Pedi uma das pizzas e minha mãe mordiscou um pouco de massa com azeite.

— Por que meu pai te ligou? — indaguei, recostando-me para trás na cadeira com as mãos atrás da cabeça.

— Porque ele não viu nenhuma transação no cartão de crédito além do posto de gasolina. Você provavelmente só está consumindo Doritos e Fanta por semanas. E ele sabia que você ia preferir ver a mim do que a ele, então…

Isso era certo. Eu não gostava de comer sozinho, então fiz lanches, e agora estava puto demais para ser sociável. Comida de posto de gasolina era o que tinha.

E é claro que eu não queria ver ninguém, mas preferia minha mãe a meu pai.

— Ele te falou… — abaixei o tom de voz — que vai se casar? — Não queria chatear minha mãe, caso ela não soubesse, então tentei manter o tom gentil.

Também ouvi que sua atual esposa o estava processando para ficar com a nossa casa — minha casa — e aquilo me deixava doente.

— Sim, ele me contou. — Acenou, tomando um gole de vinho branco. — E estou feliz por ele, Madoc.

RIVAIS

— Feliz? — bufei. — Como você pode estar feliz? Ele te traiu com ela. Está rolando há anos.

Seus olhos se abaixaram por um breve segundo e ela apoiou as mãos no colo de sua saia-lápis branca. Puxei o ar, mas imediatamente senti vontade de terminar a discussão. Eu era um babaca.

— Estou feliz, Madoc. — Ela endireitou os ombros e me olhou. — Ainda dói que ele possa fazer isso comigo, mas eu tenho um marido maravilhoso, um filho saudável e inteligente e uma vida que eu amo. Por que vou perder meu tempo ficando brava com seu pai quando isso não mudaria nada na minha vida? — E me ofereceu um sorriso pequeno, mas genuíno. — E, acredite ou não, seu pai ama Katherine. Ela e eu nunca vamos sair para fazer compras — brincou —, mas ele a ama, o que está ok para mim. É hora de seguir em frente.

Ela acha que estou fazendo isso? Posso não estar a todo vapor agora e sentindo muito a falta dos meus amigos, mas meu pai estava certo. Espaço e perspectiva. Eu estava trabalhando nisso.

Ela pegou o garfo, enfiando na refeição de novo.

— Ele também me falou o que aconteceu com Fallon.

— Não vamos falar dela. — Peguei uma fatia de pizza e enfiei uma mordida na boca.

— Você deletou suas contas do Facebook e Twitter — repreendeu — e está enfurnado em uma casa vazia. Por que não vem passar o resto das últimas seis semanas de verão comigo?

— Porque eu estou bem — explodi, minha boca cheia. — Estou sim. Estou começando mais cedo aqui, fazendo amigos e planejando dar uma olhada no time de futebol da Notre Dame.

— Madoc... — tentou, mas eu interrompi.

— Estou bem — insisti, o tom calmo. — Está tudo bem.

E continuei a dizer aquilo para ela todos os dias quando me mandava mensagens para conferir como eu estava, toda vez que ligava e toda vez que fazia Addie vir aqui me ver.

Pelo restante do verão, eu fiquei bem.

CAPÍTULO DEZESSETE

FALLON

Outubro...

Meu alarme desligou e *What I Got*, de Sublime, tocava no meu rádio. Puxei o edredom de volta, após tê-lo chutado durante a noite. A manhã fria estava ficando pior todo dia e não conseguia acreditar que já era outubro. Tate e eu tínhamos nos mudado para o dormitório há cerca de um mês e o tempo voou enquanto nos ajustávamos e começávamos a carga pesada de aulas.

Nenhuma de nós tinha emprego, mas a faculdade nos mantinha com os horários apertados. Quando não estava em meu quarto ou na aula, estava na biblioteca. Quando Tate não estava em nosso quarto ou na biblioteca, estava no apartamento de Jared na cidade.

No começo, ela tentou só ficar lá nos fins de semana — respeitando os desejos do pai e tudo mais —, porém agora ficou mais frequente. Eles não conseguiam ficar longe um do outro. Na maioria dos fins de semana, eles voltavam para Shelburne Falls para visitar o pai dela e os dois correrem no Loop — seja lá o que isso for. Nunca fui, porém. De jeito nenhum.

Embora fosse solitário por aqui quando ela ia para casa — ainda não fiz amigos de verdade —, não podia ter inveja pelo tempo que eles passavam juntos. Estavam apaixonados. E mais, nos últimos meses, passei a gostar bastante de Jared. Ele agia como um machão, mas era só isso mesmo. Fingimento.

Tate e eu estudávamos juntas e saíamos de vez em quando. Já que Jared ia para a Universidade de Chicago, ele não ficava muito pelo campus. Frequentemente me convidavam para ir junto nos encontros, mas eu não tinha interesse em segurar vela.

A pesada porta do dormitório se abriu.

— Fallon, está acordada? — Ouvi Tate chamar.

Sentei, apoiada nos cotovelos.

— Sim? — respondi, mais como uma pergunta, piscando contra a luz da manhã. — Que horas são?

Esticando a mão, virei o relógio para ver que eram apenas seis da manhã. Tate jogou a mochila na cama e começou a pegar coisas das gavetas. Ela estava com as mesmas roupas da noite passada. Normalmente, quando passava a noite no Jared, voltava para casa recém-banhada e vestida, pronta para a aula. No momento, ela parecia com pressa.

— Que aulas você tem hoje? — perguntou, sem me olhar ao passear pelo quarto.

Engoli a secura da minha boca.

— Hm... Cálculo III e Sexo e Escândalo na Inglaterra Moderna.

— Legal — provocou, com a voz grossa.

— A última é do ciclo básico — expliquei, envergonhada. — Por quê? O que rolou?

— O que você acha de matar? — Jogou roupas na mochila e virou para me olhar. — Jax apareceu no dormitório do Jared hoje de manhã. Ninguém tem notícias de Madoc. Ele não está retornando ligações, mensagens, DMs... — deixou no ar, as mãos nos quadris.

— Vocês não falaram com ele recentemente? — Afastei o olhar, sem querer que ela visse a preocupação que certamente estava no meu rosto.

— É, Jared e eu deixamos a princípio, porque pensamos que Madoc precisava de espaço e estávamos muito ocupados. Mas, se Jax está preocupado, então definitivamente passou da hora de dar uma olhada. — Ela parou, finalmente respirando fundo. Aproximou-se, batendo na minha perna e sorrindo. — Então vamos fazer uma viagem de carro! — chamou, antes de correr para perto da pia para pegar seus itens de higiene.

Ir para Notre Dame? Meu coração começou a falar a quilômetros por hora com seu ritmo de *turu-turu-turu-pá-pow-pow*.

Neguei com a cabeça e deitei de volta, minha voz mais baixa.

— Não, acho que não, Tate. Divirtam-se.

— O quê? O que você vai fazer o fim de semana inteiro? — Colocou a cabeça para fora da porta. — Você tem que vir com a gente, Fallon. Você é família dele.

Ela falava comigo como uma mãe, apontando que eu deveria me preocupar com Madoc, já que pensava que eu não me preocupava. A verdade é que eu me importava com ele mesmo que não devesse.

E não precisava me lembrar de que nossos pais ainda estavam casados um com o outro. Minha mãe estava lutando contra o divórcio e, para piorar, estava tentando ficar com a casa de Madoc. O caso de Caruthers apareceu na mídia e, em um momento de fraqueza, realmente me senti mal pelo cara. Mandei a ele por e-mail fotos, recibos de hotel e informações de contato que dariam a ele as provas de que precisava de que minha mãe não vinha sendo uma esposa fiel também. Estranhamente, ele não usou nada disso.

Talvez não quisesse minha ajuda ou talvez a prova da infidelidade da minha mãe apenas traria mais atenção que ele não queria. Não consegui evitar ter uma pontinha a mais de respeito por ele por não arrastar o nome dela na lama.

— Não sou realmente da família, Tate. Nunca foi assim com a gente. — Passei o piercing que coloquei de volta na língua entre os dentes, pensativa. — E ele está bem, sabe? Se estivesse morto, as transações no cartão de crédito teriam parado. Neste caso, o pai dele se meteria. Ele está bem.

Ela voltou pelo corredor, suas sobrancelhas estreitadas em determinação, e jogou as coisas que pegou no banheiro em cima da cama.

Vindo até mim, falou:

— Ele pode estar bebendo vinte e quatro horas por dia, sete dias por semana, ou usando drogas. — Seu tom era calmo, mas ameaçador. — Pode estar com depressão ou pensando em se suicidar. Agora vai fazer sua mochila. Não quero falar sobre isso de novo. Saímos em uma hora.

Tate e eu fomos no G8 dela, enquanto Jax e Jared foram na frente com o Boss para Indiana, pela I-90. A viagem foi curta — apenas cerca de uma hora e meia —, mas da forma como essas pessoas dirigiam só levou uma hora. Com pouquíssimo tempo de estrada, mal tive rodovia suficiente para fazer minhas mãos pararem de tremer ou minha boca parar de ficar seca.

Mas que droga eu estou fazendo? Quase enterrei o rosto nas mãos.

Madoc não iria me querer lá. Conhecendo-o, provavelmente está se afundando nas princesas das fraternidades e nas festas com barris de cerveja. Ele iria me insultar, criar uma cena ou pior — eu o veria quebrado ou perdendo o controle. Eu realmente tinha esse tipo de poder sobre ele?

Claro que não.

Soltei o ar e puxei a ponta do boné sobre os olhos, me recostando no assento.

Era bobagem sequer pensar que Madoc estaria chateado por eu tê-lo deixado sem dizer adeus. Não era como se tivéssemos um relacionamento. Não, se ele resolveu fazer carreira solo, era porque seus planos para o verão tinham sido arruinados. E sim, ele me culparia por aquilo. E deveria mesmo.

Joguei o boné de beisebol no banco de trás e arrumei o cabelo.

Ah, dane-se.

Eu não deveria estar neste carro, mas agora era tarde demais. Poderia agir como se estivesse me escondendo e envergonhada ou como se eu pertencesse ao local. Ele estava confuso. Bem, eu também.

Pegando minha escova, mexi no cabelo para deixar mais bagunçado e retoquei a maquiagem no espelho. Minha sombra preta ainda estava boa, mas precisava de mais rímel e um pouco de brilho labial.

Addie uma vez me deu um ótimo conselho sobre maquiagem. Não era para você ficar bonita. Era para fazer você ficar mais bonita. Traduzindo: menos é mais. Adicionei algo aos meus olhos para destacá-los, porque eram minhas melhores características. Mas normalmente eu deixava o resto quieto.

O esmalte azul na minha unha estava descascando e meu jeans tinha buracos. Da cintura até a camisa preta de manga curta, eu estava bem.

— Pegamos o endereço dele com a Addie — Tate comentou assim que paramos na casa de dois andares perto do campus. — Acho que ele decidiu não ficar nos dormitórios e se mudou para morar com alguns amigos.

Espiei pela janela do carro enquanto Tate estacionava. Não era a casa do pai do Madoc. Já tinha ido lá uma vez. Esta casa, embora fosse grande, ainda era pequena e a pintura branca estava recente, e a da casa dos Caruthers era de tijolos. Deve ser uma residência alugada para universitários.

Jared e Jax desceram do carro e segui Tate, agarrando a porta e debatendo se deveria simplesmente ficar dentro do veículo.

Droga! Droga! Droga! Comecei a me balançar nas pontas dos pés e bati a porta com força demais.

— O que a gente diz? "Surpresa"? — Tate perguntou ao Jared, agarrando sua mão.

— Não ligo para o que você vai dizer. Eu vou quebrar o nariz dele. — Jared enfiou a outra mão no moletom, praticamente soltando fogo pelas ventas. — Isso é ridículo, fazer todo mundo ficar preocupado assim — murmurou.

Subiu as escadas e bateu na porta de madeira verde-floresta, alternando entre o punho e a aldrava. Jax e Tate estavam ao seu lado e eu fiquei para trás. Bem para trás.

Com as mãos nos bolsos.

Os olhos desviados.

E a culpa enfiada com firmeza no cu.

— Posso ajudar?

Virei e vi uma jovem, da minha idade, vindo pelo caminho atrás de nós.

Ela estava vestida em uma saia jeans curta e fofa e uma camisa do time de futebol americano da Notre Dame. Seu rosto brilhava no sol com o glitter dourado e azul-marinho com um enorme "N" e "D" pintado nas bochechas.

— Sim — Tate falou. — Viemos ver o Madoc. Você o conhece?

Ela abriu um sorriso branco e claro.

— Tenho certeza de que ele já está no jogo.

— No jogo? — Jax perguntou.

Não consegui desalojar a bola de boliche presa na minha garganta. Quem era esta garota?

— Sim, o jogo de futebol — ofereceu, passando por nós para as escadas. — O time já foi desde esta manhã. Voltei para buscar umas cadeiras para o pós-festa. Melhor pegar agora. Todo mundo vai estar bêbado demais mais tarde. — E riu.

Pegou três cadeiras dobráveis da varanda e pendurou as alças nos ombros.

— Madoc está em um time de *futebol*?

Quase ri da pergunta de Jared. Ele parecia querer vomitar.

A garota parou e inclinou a cabeça para o lado, olhando para ele como se não tivesse certeza do que dizer. Afinal de contas, se éramos seus amigos, deveríamos saber que ele jogava futebol, né?

— Pode ligar para o Madoc? — Jax a abordou, usando uma voz suave e dando de ombros. — Estamos sem bateria.

Ela estreitou as sobrancelhas, sabendo que ele estava mentindo.

— Hm, ok.

Pegando o celular do bolso de trás da saia, discou e inclinou a cabeça para prender o telefone entre o cabelo loiro e a orelha.

— Ei, amor — saudou, e meu coração parecia ter sido perfurado lá no fundo e deixado para sangrar.

Merda. Merda. Merda.

— Chama o Madoc para mim? — pediu, e pisquei. — Os amigos dele estão aqui na casa e querem falar com ele por um minuto.

Soltei o ar, mas não tinha certeza de que merda estava errada comigo.

RIVAIS

Aquela não era a namorada dele. Mas por que eu me importava se ele tinha uma? Apenas não tinha pensado nisso. Não tinha nem considerado a ideia de ele ter seguido em frente. Claro que ele seguiu. Acho que pensei que nunca teria que ver ou ouvir a respeito.

Assisti, a vendo sorrir e negar com a cabeça.

— Bem, diga à namorada dele para se desenrolar do cara então — ordenou e meus olhos pegaram fogo. — Os amigos dele parecem... intensos. — Ela deu um sorriso de desdém para Jared, obviamente o provocando, mas meu peito já tinha ido embora e desmoronado de novo.

Que porra é essa?

Jax foi até a garota e pegou o telefone que ela oferecia.

— Madoc, é o Jax — disse, em um tom sério. — Estou na sua casa. Tate e eu queremos confirmar que você não está bêbado, drogado ou suicida. Jared está aqui, mas não dá a mínima. Vamos te encontrar depois do seu jogo, ou darei uma barra de ferro para Tate e a deixarei trabalhar no seu carro.

Ele desligou e devolveu o telefone para a garota, que tinha as sobrancelhas anormalmente levantadas.

Girei e fui em direção à calçada, virando à direita.

Ah, vai para o inferno.

Que péssima ideia. Por que eu vim aqui?

— Fallon, espera! — Tate chamou por trás de mim, mas pisei com mais força, acelerando os passos.

Ela agarrou meu braço e tentou me virar, mas continuei andando.

— Para onde você vai? — gritou.

— Voltar para Chicago! Ele está bem. Transando como sempre.

A brisa do fim da manhã soprava as folhas sobre minha cabeça e levava meu cabelo para o rosto enquanto eu andava.

Maldito. Não conseguia acreditar nisso. Realmente vim pensando que ele estava ferido ou com problemas.

— Fallon. — Tate correu na minha frente e bloqueou meu caminho. — Estou confusa. O que está rolando?

— Ele está bem! — pontuei, erguendo a mão no ar. — É óbvio! Vocês foram muito bobos em se preocupar. Eu te disse.

Ele está em um time de futebol. Não. Ele está no time de futebol de Notre Dame. E tem uma namorada! Que está com seu lindo corpinho enrolado nele neste momento.

Sou tão burra.

Desviei de Tate e continuei andando.

— Para! — rosnou, a voz profunda. — Como você vai voltar para casa?

Meus passos diminuíram e olhei ao redor da vizinhança, procurando uma resposta.

Sim, esqueci esta parte. Não podia voltar andando para Chicago.

— Fallon, o que houve entre você e Madoc? — Tate veio me encarar de novo, os braços cruzados no peito. — Tem alguma coisa rolando entre vocês dois?

— Ai, por favor. — Tentei rir, mas saiu como um coaxar.

Respira, Fallon.

— Tem, não tem? — Sorriu, conhecedora. — Por isso teve tanta confusão quando você pegou o carro dele naquela noite. E você é o motivo de ele ter ido embora mais cedo no verão.

Afastei o olhar, analisando as rachaduras superinteressantes na calçada. Tate era uma amiga agora. Uma boa amiga. E eu não poderia mentir para ela.

Mas não conseguia me fazer falar a respeito também.

— Aí, meu Deus! — explodiu, obviamente tomando meu silêncio como confirmação. — Sério?

— Ai, cala a boca.

Ela cruzou os braços no peito e torceu os lábios.

— Ele é gostoso? — rebateu.

Rolei os olhos, evitando a pergunta.

A voz dos meus sonhos voltou à minha mente. *Sente no carro... Abra as pernas.*

Tate deve ter visto a saudade em meus olhos, porque cuspiu:

— Eu sabia!

— Sim, bem — prossegui —, não é amor de verdade, Tate.

Para ele, de todo jeito.

CAPÍTULO DEZOITO

MADOC

— Vamos lá, vamos resolver isso. — Acenei para Jared e Jax darem o soco que eles queriam.

Tinha acabado de sair do vestiário depois de tomar banho e me vestir no pós-jogo e os encontrei esperando com Tate. Segurei a mochila que estava pendurada no meu ombro e esperei. Com toda honestidade, eu os esperava até antes, tipo um mês atrás.

Tate andou até mim devagar e me abaixei para abraçá-la.

Má ideia.

Seu punho me atingiu bem no braço, me fazendo tropeçar para trás.

— Droga, Tate. — Estremeci, ouvindo Jax rir no fundo.

Pelo menos, ela evitou meu nariz desta vez.

— Você é um babaca — repreendeu. — Ficamos pensando que você estava mal e você aí de boa! Jogando futebol e festejando. Qual é o seu problema?

Ainda estremecido, esfreguei o braço e larguei a mochila.

— Nenhum. Sei que não fiz contato, mas vocês não deveriam se preocupar. Só estão bravos porque estavam com saudades do gostosão aqui, né?

Ela bufou e eu ri um pouco. Eles se importavam. O suficiente para aparecerem na minha faculdade e me emboscarem fora do meu jogo de futebol. Por mais que parecessem putos, me deixava feliz eles terem vindo.

Na real, eu sabia que viriam. E, por algum motivo, não consegui entrar em contato. Não queria ouvir sobre o quanto eles estavam se divertindo em casa no verão. Não queria ter a chance de ouvir nenhuma fofoca ou notícia do divórcio do meu pai.

Sentia falta dos meus amigos e sabia que sentiria ainda mais se mantivesse contato.

Era assim que tinha que ser. Até agora.

Jared deu um passo à frente e Tate apoiou a mão casualmente ao redor de sua cintura, empurrando sua camiseta cinza.

— Caramba, não deveríamos ter nos preocupado mesmo, cuzão — rosnou, em voz baixa. — Fallon estava certa.

Endireitei-me, meu pescoço aquecendo.

— Do que você está falando?

Não tinha falado o nome dela em voz alta em meses. Tinha pensado nela, porém, mesmo que não quisesse.

— Ela veio conosco hoje. — Tate parecia feliz demais de entregar aquele golpe, mas então apertou os lábios. — Mas nos dividimos quando ficou óbvio que você estava bem.

Espera, o quê?

— Por que ela estava com vocês? — Neguei com a cabeça, sem acreditar.

— Porque Tate e Fallon são colegas de quarto — Jared informou, perdendo a paciência. — Qual o problema?

— O quê? — explodi. — Ela mora com você?

— Sim. — Tate soltou uma risada amarga. — Vocês não mantêm muito contato, né?

Acenei sarcasticamente, me abaixando para pegar a bolsa.

— Maravilha. Ela está morando com uma das minhas melhores amigas e passando tempo com os outros dois.

— Ela tem sido uma amiga melhor que você recentemente — Jared resmungou. — Não consigo acreditar que tivemos que te perseguir desse jeito.

— Sim, é melhor a gente se divertir bastante essa noite — Jax entrou na conversa, enfiando as mãos na frente dos bolsos do moletom.

Mal os ouvia, a raiva entrando e saindo dos meus pulmões, cada segundo mais rápido.

Olhei para Tate.

— Cadê a Fallon? — indaguei.

— Ela disse que daria uma volta até estarmos prontos para ir embora. — Pegou o telefone e começou a mandar mensagem. — Pensamos em passar a noite, pois tenho uma corrida em Shelburne Falls amanhã à noite, então não ficaríamos o fim de semana todo. Mas... — Ela olhou para cima. — Você parece bem feliz sem nós aqui, então acho que vamos voltar hoje à noite.

Não.

— Vocês não vão embora. Tenho sido um babaca e não posso explicar agora, mas... — Acenei com a cabeça. — Quero vocês aqui.

Tate suspirou, olhando o telefone.

— Ela está na Gruta.

RIVAIS

Soltei o ar com muita força e joguei a chave da casa do meu pai para Jared.

— Lembra onde é a casa do meu pai, né? — Ele ficou lá por uma semana quando Tate estava na França, há dois anos. — Vocês podem ir para lá — falei, andando para o meu carro. — Vou buscar a Fallon.

A Gruta de Nossa Senhora de Lourdes era um ponto turístico de Notre Dame e uma reprodução de um santuário francês onde a Virgem Maria apareceu para Santa Bernadete, por volta de 1800. Para quem acreditava ou não, era um lugar bonito no campus, aonde as pessoas iam para rezar, meditar, pensar ou apenas ficar em silêncio por um tempo.

Eu não poderia dizer que frequentava a igreja, mas até eu acendia velas lá antes dos jogos e provas.

Só para garantir.

Também foi onde meu pai pediu minha mãe em casamento há vinte anos. E olha só como acabou.

Não sabia o que dizer para Fallon e não tinha nem certeza do que eu queria disso. Queria que ela fosse embora? *Não*. Deveria querer que fosse? *Sim*.

Porra, ela merecia toda indiferença do mundo. Que coragem ela teve de aparecer aqui. Chantageou meu pai, quase jogou a mãe do Jared na lama e brincou comigo de todas as formas pelo seu próprio prazer.

Claro, fiquei afastado por algumas semanas antes de vir para South Bend, mas então foquei no futebol e nos meus amigos. Eu estava bem.

E sim, abandonei meus melhores amigos. E claro, eu mal ria desde que cheguei aqui, mas ainda era um gato e isso não era problema de ninguém.

Funcionava para mim.

Andando pelos gramados bem cuidados e desviando pelas calçadas sob a copa das árvores quase nuas, avistei a gruta escondida em uma parede de pedra.

E Fallon estava lá.

Não sentada e emburrada como pensei que estaria. Ou queria que estivesse.

Não, ela estava parada em frente ao santuário, as mãos nos bolsos de trás, encarando o mar de velas tremeluzindo no vento leve. A Virgem

Maria estava empoleirada em uma cova acima e neguei com a cabeça, sorrindo pela ironia.

As pessoas vinham aqui para rezar. Alguns indivíduos estavam ajoelhados na frente da cerca que os separava do santuário agora mesmo.

Eu não poderia gritar com ela aqui. Droga.

Sentando no banco atrás do dela, joguei as mãos ali em cima e esperei que ela se virasse.

Seu cabelo castanho-claro soprava sobre os ombros e as pequenas mãos envolviam sua bunda nos bolsos dos jeans. Fechei a droga da boca e engoli em seco.

— Sabe — começou, virando o rosto para o lado —, é inapropriado olhar minha bunda aqui.

O casal que rezava olhou para ela e então para mim, depois voltou à oração. *Sim, intercedam por nós.*

— Mas é a sua única parte boa, irmãzinha.

O suspiro do casal me deu vontade de rir e eles se levantaram, a mulher me encarando durante a caminhada. Travei a mandíbula, sem querer admitir que aquela era a primeira vez que ri de verdade em um tempo.

— O que você achou? — indaguei. — Que eu estava lentamente descendo pelo ralo do desespero sem você?

Seus olhos ficaram nublados, vergonha aquecendo minhas bochechas.

— Eu não deveria ter vindo. Tate tinha certeza de que você estava cheirando coca na bunda de uma prostituta todo dia. Ela me intimidou.

Ela era especialista nisso. Ri para mim mesmo, mas então fiquei tenso.

Ela falava sobre Tate como se fossem amigas. Como se tivessem todo um relacionamento e eu não estivesse ciente disso.

Inferno, eu não estava. Larguei o barco e ela assumiu o leme de onde eu deixei.

Fallon me observava e percebi que não estava usando óculos. Normalmente estava com eles em público e só tirava na hora de ir para cama. Eram apenas para leitura, então não precisava deles o tempo todo, mas era quase uma declaração fashionista ou algo do tipo.

Agora eles tinham sumido. Seus olhos estavam descobertos e ela estava linda. Linda como sempre. Apenas diferente agora.

— Por que eu estaria fora dos trilhos? — desafiei, quando ela me encarou. — Estou muito feliz. Ótimo time, aulas interessantes, uma boa garota com quem passar as noites...

RIVAIS

Aquilo era parte da verdade. Eu amava jogar com o time. Mas minhas aulas eram um saco. Estava entediado pra caramba, não tinha certeza do que fazia metade do tempo e não tinha uma namorada. Não queria uma. Amizade colorida era o acordo que Ashtyn e eu tínhamos. Ela era caloura, assim como eu, e jogou tênis na escola.

— É, você está bem, Madoc. Estou feliz. — Assentiu. — De verdade, estou.

— Sim, claro.

— Acredite ou não. — Ela veio sentar ao meu lado, ainda mantendo distância. — Quero te ver feliz.

Fitei sua boca e o brilho prateado que vi em sua língua. Ela colocou o piercing de volta.

Os músculos do interior das minhas pernas se contraíram, porque eu queria tocá-la. Queria sentir sua língua. Queria sentir a bolinha se arrastando pela minha pele.

Porra.

Encarei ao longe antes de responder:

— Bem, estou. As coisas são fáceis aqui. Sem baboseira, sem drama.

— Que bom — respondeu, na hora. — Sinto muito por eles terem se preocupado.

Sinal do fim da conversa. O clima morreu e eu estava com mais raiva do que um filho da puta. Estava chateado e feliz ao mesmo tempo.

Havia merdas que não estávamos dizendo e brigas que não estávamos tendo. Ela pensou que poderia cortar isso aqui na raiz com uma simples despedida, mas eu não tinha terminado.

Quem era Fallon nessa porra, de todo jeito?

Eu queria ir até ela. Uma e outra vez, até que ela se desmanchasse. Queria que gritasse e chorasse. Queria acabar com todo este fingimento até ela estar vermelha de raiva soluçando miseravelmente.

Queria que ela se quebrasse.

E então queria que tremesse e me agarrasse de necessidade.

Fiquei de pé e estiquei os braços para trás de mim.

— Ofereci a casa do meu pai para todo mundo passar a noite. Há alguns bares para ir com o time e quero passar um tempo com Jared, Tate e Jax...

— Bem, divirta-se — cortou-me.

Meu estômago se contorceu.

— Você não vai ficar?

— Não, viemos em dois carros. Vou pegar o da Tate. Só estava esperando para ver o que os outros fariam antes de voltar.

Esfreguei a mandíbula, tentando entender como mantê-la aqui sem parecer que eu queria que ela ficasse.

— Tão teimosa — murmurei.

Seus olhos se ergueram para os meus.

— O que você disse?

É, o que eu disse?

Tirei as chaves do bolso e falei sem olhar para ela.

— Tchau, Fallon. — Meu tom era curto.

Passando por ela, peguei o telefone do outro bolso e liguei para Jax.

— O quê? — atendeu.

— Tire o cabo do corpo de borboleta do carro da Tate — ordenei.

— Por quê?

— Porque, se você não fizer isso, vou contar pra geral para onde você desaparece nas suas longas noites. — Minha ameaça não era vazia. Eu provavelmente deveria ter dito ao Jared quando descobri na última primavera.

— Sabia que não deveria ter te contado — resmungou.

Bufei. Embora ele não pudesse ver, podia ouvir.

— Você não me contou. Você me mostrou. E agora eu tenho pesadelos para enfrentar. Acho que você precisa falar com alguém a respeito — sugeri. — Acho que preciso falar para um monte de gente.

— Tudo bem! — sibilou. — Caramba! Não é como se a Tate não fosse perceber como consertar em dois segundos, de todo jeito.

— Bem, garanta que ela não vai olhar debaixo do capô então.

RIVAIS

CAPÍTULO DEZENOVE

FALLON

No St. Joe, li *Inferno*, de Dante Alighieri. Ele declarou que o sétimo círculo do inferno era reservado para os violentos. O anel interno abrigava os que eram violentos contra Deus, o do meio era para os suicidas e o externo era para a violência contra pessoas e propriedades.

Aquele era o meu anel.

Porque eu não apenas queria ter um acesso de raiva com um taco de beisebol contra esta máquina de karaokê idiota, mas também queria dar com o objeto na cara de alguém.

Depois de descobrir que o carro de Tate estava fora de uso até conseguirmos uma loja de peças aberta amanhã, aceitei que teria que passar a noite em South Bend.

E, para piorar, Tate e Jax pareciam em uma missão de garantir que eu os seguisse em um bar.

Madoc não queria que eu fosse junto. Ele brincou que eu me encaixaria melhor em uma festa da universidade comunitária.

Então... mostrei o dedo do meio a ele, subi as escadas até o meu quarto, rasguei a parte de trás da minha camisa de skatista da DC e coloquei bem mais maquiagem do que queria.

Que ele vá para o inferno. Achou que eu não me encaixaria?

Gato, eu sempre me encaixo.

Meu jeans era apertado, minha camisa mostrava as minhas costas através de umas vinte fendas rasgadas ali e meu cabelo e maquiagem transmitiam o fato de que eu procurava mesmo me divertir.

Tate achou que eu estava bonita também. Ela me pediu para fazer o mesmo com sua camisa, então Jared a arrastou escada acima para se trocar. Levaram uma hora e meia para voltar e Tate ainda estava usando a mesma blusa.

— Ei, você estuda aqui? — um cara gritou no meu ouvido enquanto eu esperava no bar. Encolhi-me, olhando para ele duas vezes.

Seu cabelo cor de café estava um pouco grande ao redor das orelhas e caía em sua testa, e seus olhos azuis se destacavam abaixo de sobrancelhas escuras. Ele era bonitinho. Bem bonitinho.

Estava vestido casualmente — jeans de lavagem escura e algum tipo de camisa com estampa de cerveja —, mas não era ruim de se olhar. E definitivamente estava mais bem vestido que Madoc, que parecia em um anúncio da Abercrombie. Esse cara não era fortão — magro, com alguns músculos —, mas tinha um sorriso largo que chamava atenção.

— Não — gritei em resposta, acima da música. — Estudo na Northwestern. E você?

— Sim, sou veterano aqui. O que te traz à Notre Dame?

— Visitando — respondi, entregando alguns dólares ao barman e pegando minha Coca-Cola. — E você?

— Bud — pediu ao barman, depois me olhou. — Engenharia ambiental.

Bonitinho, engenheiro e pede cerveja sem frescura. Definitivamente o meu tipo. Não que eu bebesse Budweiser ou qualquer álcool com frequência. Beberia, se eu quisesse. Eles não estavam conferindo a identidade no bar, já que fizeram isso na porta, mas Madoc fez sua mágica para nos colocar para dentro; ainda assim, optei por ficar sóbria.

— Muito legal. — Dei um soquinho nele e sorri. — Bem, vou voltar a ficar com meus amigos. Tenha uma boa noite.

Ele assentiu, parecendo querer dizer alguma coisa, mas ficou no bar para esperar por sua bebida.

Passando pelo denso aglomerado de pessoas esperando para fazer seus pedidos, fiz o caminho de volta para as duas mesas que juntamos perto da parede de janelas para nos sentarmos.

Notei o corpo extra em nossa mesa na hora. Uma garota estava sentada ao lado de Madoc e meus olhos se estreitaram na mão que ele colocou em sua perna.

Seu cabelo longo e escuro caía em grandes cachos sobre seus seios, e ela tinha braços bronzeados que pareciam ótimos em uma regata verde solta que mostrava o sutiã de renda preta por baixo. Definitivamente estava vestida de uma maneira sexy e vulgar, porém, completamente cara e estilosa.

Eu, por outro lado, provavelmente parecia apenas vulgar.

Ela tomava Amstel Light. *Claro.*

Madoc olhou para mim por um breve segundo, mas então voltou sua atenção para Jared, que estava ao meu lado.

RIVAIS

— Como vai no ROTC[2]? — perguntou.

— É bom — Jared falou. — Tenho que ir para dois campi para todas as minhas aulas, mas está me mantendo fora de problemas.

Tate, se inclinando para ele, deu um tapinha em sua perna.

— Sim. Pode dizer, amor. "Tate, seu pai estava certo".

Jared cutucou sua lateral de leve e ela começou a rir, o afastando.

— Pare.

— Sabe que vocês vão se separar? Tipo, muito. — O tom de Madoc estava longe de ser amigável e sua expressão era séria. — E o gostosão vai ficar na selva ou em um navio seis meses por ano, longe de você. Está bem com isso? — falou para Tate.

Mas que droga é essa? Ele queria estragar a noite dela? Nunca fui fã de Jared, mas ele conquistou minha confiança nos últimos meses. Tate e ele estavam indo bem.

Tate ficou séria, suavizando seu sorriso.

— Claro. — Acenou. — Sentirei falta, mas confio nele. — Então sorriu para o namorado. — Não vai tocar em nenhum daqueles caras, né?

— Não até que ele fique com muito tesão — Jax brincou.

— Vou te dar um vibrador, Tate — Madoc ofereceu. — Ou só vou aparecer. Sabe, para dar uma olhada em você quando ele estiver longe.

Uma pontada de ciúmes se infiltrou no meu coração, mas então vi Jared mostrar o dedo do meio para ele pelo canto do olho. Acho que era uma atitude comum de Madoc brincar daquele jeito.

— Sim, valeu — Tate murmurou. — Vou ficar com o vibrador, acho.

Abaixei a bebida e olhei por trás de mim pela lateral, para o mais novo idiota que entretinha o público com uma música disco ruim no karaokê.

Ah, espera. Toda música disco era ruim. Por que todo mundo que canta sempre escolhe disco ou country?

Eu deveria levantar e… não. *Esquece.* Pisquei para afastar a ideia idiota e virei de novo para a mesa.

E encontrei Madoc me encarando. Sua mão ainda estava na perna da garota, mas ele tinha parado de alisar. Não dava para dizer se estava bêbado ou não. Normalmente, ele não usava uma expressão tão séria, mas não o vi levantar para ir ao bar mais de uma vez.

A garota à sua direita estava conversando com Jax, mas eu nem tinha

---

2   O ROTC é um programa de treinamento que acontece nas universidades dos Estados Unidos para preparar oficiais das Forças Armadas.

certeza se Madoc a apresentou. Não sabia seu nome, mas devia ser aquela que ele falou sobre passar as noites.

Em segundos, porém, ela se virou para Madoc e sussurrou algo em seu ouvido.

Afundei-me um pouco mais na cadeira, evitando seus olhos.

— Ei, Madoc. Como vai? — Uma cadeira apareceu do meu outro lado e levantei os olhos, encarando o cara do bar sentado perto de mim.

Ele me deu um meio-sorriso, mantendo o contato visual por mais tempo que eu.

A voz de Madoc era baixa e profunda.

— Aidan — saudou. Só que não parecia uma saudação; era mais uma ameaça.

— Diga-me tudo que você puder sobre esta bela garota — Aidan falou para Madoc, mas gesticulou para mim.

Sério?

Rolei os olhos e me endireitei.

— Madoc não me conhece. Não de verdade. — Ofereci a mão para Aidan.

— Aidan, Fallon. Fallon, Aidan — apresentou-nos, ignorando meu insulto.

Ele apertou minha mão e sorri de volta, ainda sem interesse, mas também não querendo que Madoc visse aquilo.

— Feliz em te conhecer oficialmente — Aidan comentou, seus olhos azuis penetrantes.

— A mãe dela gosta de garotinhos — Madoc se intrometeu de novo. — E o pai dela ganha a vida matando pessoas.

Fechei os olhos e soltei o ar quente pelo meu nariz.

Que cuzão.

Meus lábios se retorceram com a informação exagerada de Madoc.

Ok, não era realmente exagerada. Minha mãe gostava de caras jovens, mas meu pai não queria matar ninguém. Se você cruzou o caminho dele, sabia o que esperar.

Ainda assim…

Aidan riu.

— Legal.

Ele obviamente pensou que Madoc estava brincando.

— Fallon também é fácil — disse, em uma voz rouca. Olhei para ele, fogo queimando a minha retina, e Aidan limpou a garganta.

Eu vou matá-lo!

— Fácil de se olhar — especificou.

Fiquei de pé, pegando um dos copos de shot sem dono na mesa.

— Ah, Madoc. Você não disse a ele a melhor parte. Eu canto.

Tomei o restante da bebida, sem perceber que era tequila até tocar minha garganta. Batendo o copo na mesa, girei e mergulhei no grupo que dançava, esperando até estar fora de vista para tossir com a queimadura daquela merda horrível que acabei de tomar.

— Quer cantar? — o roqueiro grandalhão que dominava o karaokê me perguntou assim que parei ao lado do palco.

— Sim. Você tem *La La*, de Ashlee Simpson? — Engoli o gosto do álcool uma e outra vez com saliva, mas não conseguia tirar aquilo da minha língua. A parte boa era que eu já estava sentindo percorrer meus membros e me dando arrepios deliciosos por todo o corpo.

— Claro. — O cara assentiu sem me olhar, mexendo na máquina. — Sobe aí.

Fazendo o que ele disse, ergui o queixo, peguei o microfone na mão e enfiei a outra no bolso de trás da calça. Assobios surgiram ao redor do salão e virei para a mesa onde meus amigos e o inimigo estavam, vendo que Jared e Tate tinham virado na cadeira, sorrindo. Jax me observava também, embora a garçonete estivesse desesperadamente tentando conseguir sua atenção ao se abaixar para falar com ele. Dava para ver seu decote daqui.

Aidan tinha ficado na mesa, mas se levantou para ver melhor e Madoc... bem, Madoc não estava nem aí. A porra da boca dele estava colada na garota ao lado, olhos fechados, e eu nem precisava existir no mundo.

Travei os dentes e tensionei os músculos das minhas pernas, ficando puta. Vi Tate olhar entre Madoc e eu e ficar de pé quando a música começou.

— Vai lá! — o roqueiro gritou.

Bati o calcanhar direito para cima e para baixo, encontrando o ritmo da música pop agitada. Fechando os olhos, sorri, saboreando a sensação de me perder. Ajoelhando, deslizei o corpo para baixo e para cima, balançando a cabeça no tempo da música.

— *You can dress me up in diamonds* — cantei, dizendo que ele poderia me vestir de diamantes, incapaz de conter o delicioso fogo correndo por meu corpo. Deixando a letra sair de mim, nem precisei olhar na tela. Gritei várias vezes essa música toda ao longo da vida.

Minha voz estava baixa e o queixo caído ao cantar as palavras, brincando com o público com os olhos. Encarei à frente e sorri, surpresa, vendo Tate pular no palco com outro microfone.

Ela jogou o punho no ar quando nós duas cantamos:

— *Ya make me wanna la la!*

O grupo de homens e mulheres ficou louco, pulando para cima e para baixo, cantando conosco, enquanto eu ria e cantava ao mesmo tempo.

Perdi a total visão da nossa mesa assim que o público nos seguiu, o que provavelmente era uma coisa boa. Eu não estava mais com tanta raiva e me sentia grata por Tate ter subido aqui comigo. Era bom ter alguém ao meu lado.

E, mesmo sem conseguir ver Madoc, esperava que ele estivesse assistindo. Se seus olhos estivessem em mim, então seus lábios não estariam nela.

Eu vejo tudo que quero pelo tempo que puder ter.

Ele parecia tão diferente agora em comparação ao homem que disse aquelas palavras para mim em junho.

Seu comportamento frio era distante e silencioso, e não tenho certeza se subi aqui para provar alguma coisa ou para provocá-lo.

— La la la, la la la — Tate e eu continuamos cantando, para terminar a música.

Fiz uma reverência, tirando o cabelo da minha cara. Tate passou um dos braços por meu pescoço e sussurrou:

— Ele não tirou os olhos de você o tempo inteiro.

Meu coração começou a bater mais forte e eu não tinha certeza se foi aquilo ou o público celebrando que vibrava por meus braços e pernas.

Sabia que estava falando de Madoc, mas agi como boba de todo jeito.

— Aidan? — perguntei.

Ela sorriu para mim, sabendo de tudo.

— Não, bobona. Você sabe de quem estou falando.

Recusei-me a olhar para a mesa, então liderei o caminho para fora do palco e passei os dedos pela testa molhada.

Aidan surgiu do meio da multidão e apoiou a mão no meu quadril. Endureci quando ele se inclinou para falar no meu ouvido.

— Foi ótimo! Você canta bem.

Oferuei um meio-sorriso e olhei para cima quando os alto-falantes ao nosso redor começaram a tocar música normal. O DJ anunciou uma pausa e os casais se abraçaram, começando a dançar a música lenta.

RIVAIS

— Quer dançar? — Aidan gritou no meu ouvido.

Procurei por Tate, que pareceu ter sumido, e não consegui ver nada na multidão. Decidi que essa era uma boa saída, porém. Não que houvesse algo de errado com Aidan, mas minha noite terminou.

— Claro — respondi. — Mais uma antes de eu sair.

Ele pegou minha mão e me levou para o meio do bolo, virando para passar a mão na minha cintura. Trouxe-me para perto e segurei seus ombros, nos balançando no ritmo de *21 Guns*, de Green Day.

— Como você conhece o Madoc? — perguntei.

— Estamos no mesmo time. — Seu polegar acariciava minhas costas. — Porém, ele está avançando rápido. É provável que seja capitão no ano que vem — comentou, sem parecer particularmente satisfeito.

Capitão no segundo ano?

— Ele é assim tão bom? — indaguei. Nunca vi Madoc jogar futebol.

— Não, só é bem relacionado — disparou. — Madoc não precisou merecer um monte de suas posses.

Meus olhos duros caíram e fiquei um pouco irritada.

Eu poderia dizer que Madoc era um principezinho herdeiro com boa parte da vida resolvida para si, mas, por algum motivo, senti a necessidade de defendê-lo.

Estive lá quando ele largou o piano e começou a estudar carros. Ele trabalhou duro, leu bastante e trabalhou por horas para aprender a se virar dentro da garagem. Madoc colocava a mão na massa quando se importava e afastava as coisas quando não.

Seu nome pode tê-lo levado ao time, mas ele não jogaria se não quisesse. E não jogaria se não soubesse que era bom.

Os dedos de Aidan entravam e saíam pelos rasgos da minha camisa, acariciando a pele e se pressionando mais perto de mim.

— É melhor eu ir… — comecei a dizer adeus a ele, mas subitamente senti que estava sendo encostada em uma parede.

Aidan olhou direto para trás de mim.

— Vai dar uma volta, Aidan. — Pisquei, ouvindo a voz de Madoc, que passava para o lado.

Virando-me, olhei para ele e notei seus olhos azuis lançando balas em Aidan.

Ai, não. Era como ir de zero a cem com Madoc, mas pulamos a parte do zero.

Aidan tirou as mãos da minha cintura.

— Ei, cara...

Mas Madoc se aproximou do nosso espaço pessoal.

— Toca nela de novo e vou cortar sua mão — declarou, com naturalidade.

Minha respiração ficou mais superficial, porém meu temperamento cresceu.

Não, não, não...

Aidan rolou os olhos e se afastou, provavelmente percebendo que não valia a pena. Madoc parecia pronto para arrancar sangue.

Mostrei os dentes, balançando a cabeça, que parecia como se meu cérebro estivesse se expandindo e pressionando meu crânio. Eu estava pronta para explodir.

— Madoc. — Travei os dentes.

— Só cale a boca — ordenou, sem ar. — Cale a boca e dance comigo.

Oi? Dançar com ele?

Nada de me arrastar daqui, gritando comigo por uma razão ou por outra? Nada de berrar na minha cara e me mandar para casa?

Fiquei lá de pé tentando entender que merda estava acontecendo e mal percebi quando ele me trouxe para perto. As mãos fortes de Madoc agarraram minha cintura, me segurando com força, porém mal me tocando em outros lugares. Seu peito estava bem na direção dos meus olhos e lentamente ergui o olhar.

Caramba.

Quando ele me encarou, tudo ficou parado, exceto nossos pés, que se moviam com a música. Era como se ele estivesse procurando algo em meus olhos.

Tudo nele — a sombra em sua expressão, os músculos que eu sentia por baixo de sua camisa, a forma como eu já sabia como seu corpo se movia ao fazer amor —, tudo nele me atraía.

Prendi a respiração, querendo que ele parasse de me tocar e querendo que eu pudesse me afastar. Só mais um minuto e eu me afastaria. Só mais um minuto e eu ficaria satisfeita do calor que não sentia em meses ou das batidas do coração que podia sentir de novo.

Só mais um minuto e eu o soltaria.

Fechei os olhos. Só. Mais. Um. Minuto.

Enfiei os dedos em seus ombros quando mãos possessivas se enfiaram na parte aberta da minha camisa e reivindicaram minha pele.

RIVAIS

Não era como as carícias leves de Aidan. Madoc espalhou a mão inteira, me tocando com tudo que tinha.

Deixei a testa cair em seu peito, inalando seu perfume. Borboletas voavam em minha barriga e sorri, a vibração descendo mais. Era tão bom.

Olhando para ele, tentei manter o tremor fora da minha voz:

— Você tem alguém aqui com você, Madoc — perguntei, baixinho. — Por que está dançando comigo?

Ele trouxe uma das mãos para cima, segurando um dos lados do meu rosto com firmeza e entrelaçando os dedos na minha nuca.

— Porra, você faz perguntas demais — cuspiu, um tom bravo em sua voz.

E, puxando meu corpo para o seu, esmagou a boca contra a minha.

Madoc? Não disse seu nome em voz alta. Acho que posso ter gemido, mas, por outro lado, travei instantaneamente.

E então me tornei sua.

Um arrepio percorreu meu corpo e senti umidade entre minhas pernas na hora. Seu calor nos meus lábios me deixou com fome.

Ele ofegou e sussurrou:

— Porque eu gosto do seu gosto, ok?

Sua boca tomou a minha mais uma vez, cobrindo de calor e comandando como se ele soubesse exatamente como meu corpo funcionava e do que ele precisava.

Claro que sim.

Pressionei-me contra ele, beijando de volta, e ele passou o braço pela minha cintura e me puxou para sua boca.

Com força.

Enfiei os dedos por sua nuca e movi a língua em sua boca, massageando e saboreando. Éramos apenas nós. Apenas isso.

Seus lábios se moveram contra os meus, indo mais fundo, sua língua trabalhando contra a minha, balançando para acariciar meu piercing. Ele me devorou. Puxou meu lábio inferior entre os dentes e um gemido escapou de mim, e apertei os olhos contra aquela doce dor.

Não que doesse. Beijá-lo, tocá-lo e sentir seu cheiro era demais. Era como uma sobrecarga no meu corpo e o prazer me fazia querer gritar. Seus dedos afundaram nas minhas costas e eu conseguia sentir sua ereção em seu jeans.

Meu Deus, o que estamos fazendo? Estamos em uma pista de dança lotada. Ele estava com uma garota! Jared, Tate e Jax provavelmente estavam tentando não olhar ou já tinham saído. Abrindo os olhos por um segundo, notei que ninguém estava nos observando. Os casais ao nosso redor estavam focados em si mesmos.

— Madoc — mal proferi, minha voz parecendo um choro.

Ele afastou o rosto, segurando minhas bochechas e nos mantendo com os narizes grudados. Nós dois estávamos ofegantes.

— Quero estar dentro de você — rosnou, e me lembrei da nossa noite na pista de skate, na chuva. — Mas... — Ele se endireitou e deixou a mão cair. — Mas não vou.

Sua voz estava monótona, sem nada do calor que esteve ali há apenas um minuto.

E ele foi embora.

CAPÍTULO VINTE

MADOC

Quase abandonei todo meu plano no minuto em que a segurei em meus braços, no segundo que toquei seus lábios, no instante que ela gemeu meu nome.

Mas de jeito nenhum eu a assistiria ir embora de novo. Não, dessa vez não. Eu quem partiria.

E o canto da minha boca se ergueu durante o caminho pela multidão. Ela estava dura como um cubo de gelo quando a tirei dos braços de Aidan, então se derreteu como líquido nos meus. Agora ela era uma poça por toda a pista de dança.

Eu sou o cara.

Quem ligava se ela parecia sexo ambulante naquele palco? Ou se eu fiquei com um pouco de ciúmes quando Aidan começou a dançar com ela? Ou pronto para matá-lo quando vi sua mão dentro das costas da camisa dela?

Foda-se ele, e foda-se ela.

— Vai se foder! — Ashtyn gritou para mim quando voltei à mesa. Eu a vi recuar o braço e saí do caminho pouco antes de sua mão pousar na minha bochecha.

— Sério? — Ergui as mãos, rindo. — Calma lá. Foi só uma piada.

Acho que ela viu o beijo.

— Você é um babaca! — gritou e saiu em disparada do bar.

As pessoas ao nosso redor riram, incluindo Jax, enquanto Jared negou com a cabeça e Tate fechou a cara.

— Ah, por favor — implorei, sarcástico. — Vocês sentiram minha falta e sabem disso.

Tate rolou os olhos e ficou de pé, arrumando a camisa.

— Pensei que tinha sentido. — Olhando em volta, suspirou. — Meninos, comportem-se. Vou tirar Fallon do banheiro.

Não sei como Tate a viu voltar para o bar em meio à multidão, mas ela ficou de pé e desapareceu rapidamente, empurrando pessoas em busca da amiga.

Sentando-me, tomei o restante da cerveja e me inclinei para frente quando Jax me bateu nas costas.

— Você não vai atrás de uma delas? — indagou, fechando os dedos por trás da cabeça e se apoiando nas pernas de trás da cadeira.

— Tate e Fallon? — Olhei para ele. — Acho que elas podem cuidar uma da outra.

— Não, eu quis dizer Fallon ou Ashtyn. Ashtyn não é sua namorada?

Namorada. A palavra me fazia querer enfiar a cabeça na lama e não sair em busca de ar até estar morto.

— Não. — Olhei de volta para a pista. — Quando foi que eu tive namoradas?

Travei os olhos em Jared do outro lado da mesa e ele não falou nada. Dizia o suficiente com os olhos.

Ele sabia que algo estava acontecendo e que eu estava fora dos trilhos. Mas, como um bom amigo, não sentiu necessidade de declarar o óbvio.

Só de saber que ele estava lá e eu podia contar com ele já ajudava.

Vi de relance a camisa vermelha de Tate saindo da multidão e me sentei direito quando reparei que ela estava sozinha.

— Bem — suspirou, colocando as mãos nos quadris —, acho que podemos ir. A noite acabou para mim.

Ela sorriu para Jared, um olhar passando entre os dois dizendo que a noite tinha terminado para *eles*. Mas eu estava confuso.

— Cadê a Fallon? — indaguei.

Tate se ocupou, jogando a bolsa sobre a cabeça, mal me olhando nos olhos.

— Fallon? É, ela... eu acho... está indo para outro bar com aquele cara que estava sentado aqui antes. Qual é o nome dele? Aidan?

Raiva irradiava pelos meus poros e minhas sobrancelhas se uniram dolorosamente.

— O *quê*? — *Mas que porra é essa?*

Tate finalmente olhou para mim e seus lábios formaram uma linha fina, como se não fosse grande coisa.

— Sim. — Deu de ombros. — Fui buscá-la no banheiro e ela estava falando com ele no corredor. Os dois saíram pela porta de trás.

Levantei do banco, olhando para Tate.

Ela foi embora com ele? Claro que não.

Sem sequer me despedir, fui para fora do bar. Chegando à calçada, parei e virei a cabeça para a direita e a esquerda.

RIVAIS

151

Onde ela estava?

O oxigênio entrava e saía dos meus pulmões em respirações pesadas.

À esquerda só havia escuridão. À direita era a rua de bares universitários para onde ele a teria levado.

Virei à esquerda primeiro. Aidan não era um esquisitão. Não tinha motivos para suspeitar que ele a atrairia para algum lugar calmo para tentar qualquer coisa, mas senti que era a melhor opção ter certeza antes de procurar nos bares públicos populosos e de certa forma mais seguros.

Caminhei pela calçada, a cidade ficando mais quieta quanto mais longe eu ia.

Filho da puta.

Eu iria encontrá-la, socar a cara dele, e então consertar o carro da Tate, assim Fallon poderia dar o fora da cidade. Hoje à noite.

Mexi com ela na pista de dança, a beijei quase além do meu controle, então pensei que ela ficaria invisível e quieta?

Por que não a deixei ir embora esta tarde como ela queria?

Nos três meses ou algo assim desde que a vi, estive bem. Certamente não estava feliz, porém, como antes, superei a separação e segui com a vida. Por mais chata que fosse.

Agora, ela me fazia correr atrás dela, nervoso.

Eu era Madoc Caruthers. Não ficava bravo e não corria atrás de mulheres que não queria.

Mas não podia deixá-la ir embora com ele. Aquilo não aconteceria.

O forte brilho dos postes iluminava toda a área, e mesmo assim não vi ninguém que lembrasse Fallon. Alguns casais aqui e ali. Alguns estudantes bêbados tropeçando um no outro.

Parando em uma esquina, olhei para a esquerda de novo e soltei o ar, finalmente a vendo. Suas pernas se moviam rapidamente e ela desapareceu na sombra de uma árvore, protegida da luz da lua. Mas eu sabia que era ela. Aquela maldita camisa rasgada.

Pisando forte, caminhei, fogo e raiva levando minhas pernas para frente. Queria correr. Correr até ela, jogá-la por cima do ombro e levá-la para casa.

Minha voz estava profunda e amarga quando gritei:

— Para onde você vai?

Ela girou, parando e fechando a cara para mim.

— Você me seguiu? — acusou.

Ignorei sua pergunta.

— Para onde você vai? — repeti.

Seus lábios se torceram, o suficiente para eu saber que ela chegou ao limite comigo por hoje e não iria cooperar.

Mas então... ela me deu um sorriso sinistro e me olhou de cima a baixo.

— Para alguém que me odeia — começou, me encarando com calor nos olhos — você está preocupado demais com minhas idas e vindas. — Passou uma mão delicada pelo pescoço, sobre o seio, e continuou a descer até pousar na parte interna da coxa.

Puta merda.

Meus olhos tinham vontade própria. Eles apenas seguiram.

Ela deu um largo sorriso como se tivesse acabado de ganhar e eu pisquei, tentando tirar o olhar de onde ela pousou a mão. Virando, ela andou mais rápido em seu caminho pela calçada para onde quer que ela estivesse indo.

Foi quando me ocorreu que ela estava sozinha.

— Cadê o Aidan? — gritei, mas ela me ignorou, dirigindo-se para o parque escuro.

Correndo atrás dela dessa vez, tirei minha blusa de botões azul-clara e joguei em seus braços.

— Pelo amor de Deus, Fallon, está frio e escuro. Vista a camisa. — Balancei para ela, mas peguei de volta quando ela continuou a me ignorar. Prendi a língua entre os dentes para não rangê-los. — Você não pode andar pelo parque sozinha — decretei. — Cadê o Aidan?

— Por que eu saberia onde está o Aidan?

— Porque... — parei, piscando com força e devagar.

Porra, Tate.

Percebendo que ela armou para mim, fiquei ainda mais irritado por Tate ter deixado Fallon andar sozinha pela cidade no escuro e soltei o ar pelo nariz com força.

Claro, Tate provavelmente assumiu que eu correria atrás de Fallon, de todo jeito.

— Bem, parece que fui enganado. Tive a impressão de que você saiu do bar com um completo estranho.

— É, seria bem a minha cara, né? — O ressentimento em seu comentário estava pesado.

— Sim, bem, você parecia confortável com ele na pista de dança. — Lutei para manter o ritmo e ainda parecer despreocupado. Ela estava quase fazendo marcha atlética.

RIVAIS

— Aham, assim como você e a morena? — falou, por cima do ombro.
— Estou reclamando, Madoc? Não, porque não ligo.

Filha da puta.

— Ei. — Ignorei a dor pelo que ela dizia com um sorriso causal. — Eu segui em frente. Não foi difícil. Assim como você fez em Chicago, tenho certeza. — Passei em sua frente e a fiz parar, a encarando, cada músculo de seu rosto endurecendo. — Você abriu as pernas tão fácil para mim — continuei —, que tenho certeza de que está se divertindo muito na faculdade.

Seus olhos queimaram e ela bateu as mãos no meu peito, mas quase não me movi.

— Argh! — rosnou. Seus olhos verdes queimaram de raiva e seu cabelo se espalhava ao redor do seu rosto como uma tempestade selvagem.

— Vamos lá — provoquei, dando risada. — Você sabe que eu gosto quando briga comigo. Te deixa com tesão e eu consigo transar.

Seus dedos se fecharam em punho e eu a vi chegando antes mesmo que ela percebesse o que estava fazendo. Seu soco acertou meu queixo, no canto da boca, e nem tentei parar. Amava quando Fallon brigava. Sempre amei.

A dor aguda em meu rosto se espalhou por meu queixo e torci os lábios, sugando e engolindo o sangue do corte dentro da minha boca.

Seus punhos não pararam. Duas pancadas fortes pousaram no meu peito e segurei seus punhos, tentando contê-la.

— Eu te odeio! — gritou, mas as palpitações em meu estômago se transformaram em uma diversão que não consegui segurar.

Caí na gargalhada e ela ficou maluca.

Seus braços se balançavam e ela tentou se afastar e me chutar, até que finalmente deixei seu corpo se chocar contra o meu, nos levando para o chão. Ela parou por cima de mim, mas rapidamente girei nós dois e a montei.

Ela não gritou, graças a Deus, apenas se mexeu e disparou balas dos olhos. Deus me ajude se um policial tropeçar por aqui, porém. Essa "brincadeira" era algo que a maioria das pessoas não entenderia. Eu não iria machucá-la. Só queria sua atenção.

Prendi seus braços no chão, nas laterais da sua cabeça, e me inclinei, sussurrando em seu ouvido.

— O que eu disse de errado? — provoquei, sentindo o subir e descer rápido do seu peito contra o meu. — Não está se divertindo na faculdade ou está brava porque mencionei isso? Não tenha vergonha de pegar geral, Fallon. É genético. Você é filha da sua mãe, afinal.

— Argh! — Impulsionou-se para cima, tentando se desvencilhar de mim, mas a pressionei.

— Vamos lá! — desafiei, vendo as lágrimas que eu queria em seus olhos. — Vamos lá. Admita!

E então ela gritou:

— Não fiquei com ninguém além de você, babaca!

E eu parei. Tudo parou.

O ar saiu de dentro de mim. Meu rosto se desfez. Não ligava se meu coração estava batendo como um taco de beisebol no meu peito.

Que merda ela acabou de dizer?

Estreitei os olhos, a estudando. Ela puxava o ar por entre os dentes, olhando para mim como se quisesse me despedaçar.

— Ninguém — rosnou. — Agora saia de cima de mim antes que eu grite.

Não consegui acreditar.

— Nos dois anos que ficamos separados, não houve mais ninguém? — questionei, ainda por cima dela.

— Haverá. — Seu sussurro ameaçador parecia mais assustador do que os gritos. — Vou fazer de você uma memória distante.

Estreitei os olhos por seu desafio e, entendendo ou não, meu pau começou a inchar também. Talvez fosse a posição em que estávamos, o calor da batalha ou a necessidade de dominá-la, mas eu queria tocá-la com força.

Vi o brilho prateado do piercing em sua língua por entre os dentes e instintivamente corri a língua na parte de trás dos meus dentes inferiores, lembrando a sensação daquilo na minha boca na pista de dança.

Sua respiração estava diminuindo e ela lambeu os lábios, sem hesitar por meu olhar.

Mantive a voz baixa e suave, tentando chegar até ela.

— Você age como se não tivesse coração, como se apenas engolisse a dor na consciência por tudo que causa. Mas eu te vejo, Fallon. A verdade é que você me quer como ninguém — declarei, e ela fechou a boca, engolindo em seco. — Você sempre me quis. Sabe por quê? Porque eu não tento acabar com os seus demônios. Eu corro junto deles.

Seu peito começou a subir e descer rápido de novo e seus olhos vacilaram.

— Nunca deixei de te querer — adicionei, antes de esmagar a boca contra a ela.

Ela gemeu na minha garganta e eu parecia um homem em um banquete. Não conseguia beijá-la rápido o suficiente. Quanto mais meus lábios se moviam nos seus, mais profunda ficava a dor em meu estômago.

Mais, mais, mais. Meu corpo inteiro pegava fogo.

Como ela sempre fazia aquilo comigo?

Endireitei as pernas, achatando o tronco contra o dela, e movi as mãos para fora do seu corpo e tocando o chão. Porra, estava prestes a dar cambalhotas quando ela não me bateu, mas pegou meu rosto nas mãos e aprofundou o beijo.

Sua boca gostosa e escorregadia se conectou com a minha e mantive os lábios abertos sobre os dela para brincar com sua língua. Cada vez que seu piercing da língua se esfregava sobre parte da minha boca, meu pau estremecia com o fluxo de sangue.

— Caramba, Fallon. Porra, a sua língua — ofeguei, antes de mergulhar por mais. A bolinha daquele piercing me excitava a ponto de eu provavelmente ficar de boa se apenas a beijasse pelo resto da maldita noite.

Mas... ouvir que ela só tinha ficado comigo me fez sentir uma tonelada de coisas diferentes que eu não podia analisar agora.

Tudo que eu sabia era que queria ser seu primeiro em tudo agora. Não me preocuparia sobre ela me comparar com outros caras. Só me preocuparia em corresponder com suas fantasias.

O que, estranhamente, era uma tarefa mais difícil. Queria dar tudo a ela.

Deitei ao seu lado no chão, sem quebrar o beijo ao correr a mão por seu corpo, e deslizei para dentro do seu jeans.

— Jesus. — Afastei-me, abrindo meus olhos e a encarando.

Ela não estava vestindo calcinha. Apenas a calça jeans.

Minha mão desceu, encontrando o que eu queria entre suas pernas, e um sorriso surgiu em meus lábios. Meus dedos encontraram seu centro e já podia sentir a umidade em sua abertura. Ela arqueou a cabeça para trás e ofegou.

— Você sabe o quanto me excita? — Minha pergunta saiu mais como uma acusação. — Tão molhada e perfeita.

Minha.

Deslizando dois dedos para dentro dela, quase perdi a cabeça, porra. O calor. A umidade ao redor dos meus dedos.

— Quero estar aqui dentro — disse a ela, bombeando meus dedos mais rápido.

— Madoc, por favor — implorou, e desci para trilhar a língua pelo lóbulo de sua orelha. Ela estremeceu e inclinou a cabeça para mim.

— Ainda não. Quero te dar outra *primeira vez.*

Apoiando-me em um dos joelhos para pairar sobre ela, tirei a mão do seu jeans e a empurrei debaixo da bainha de sua camisa até abaixo de seus seios. Tomando a pele de sua barriga na boca, provoquei com beijinhos, traçando uma linha até a barra do seu jeans.

— Madoc, não. — Ela pegou minha cabeça nas mãos, erguendo a sua. — Alguém vai nos ver.

— Não dou a mínima.

Desabotoei sua calça jeans de cintura baixa e mal a levei até seus joelhos antes de mergulhar para prová-la.

Era começo de outubro, já estava um frio do caramba, mas eu estava pegando fogo.

Seu corpo era uma delícia, e olhei para ela conforme minha língua girava em seu clitóris. Soltei uma risada, vendo-a espreitar entre os dedos.

Ela estava envergonhada e eu em um êxtase do caralho. Podia ter sido o único que já esteve dentro dela, mas aquilo não significava que ninguém tivesse feito aquilo com ela. Agora eu sabia que ninguém fez.

Meu pau, minha boca, minha língua. Ela era minha.

Pressionei a língua em seu inchaço e a movi em círculos, e logo suas mãos estavam longe de seu rosto corado, agarrando meus cabelos.

Suas pernas começaram a se mexer, a esquerda e depois a direita, e percebi que ela estava tentando tirar o jeans do caminho.

Aquela garota.

Levantei e peguei a bainha em seus tornozelos, puxando o jeans e jogando em sei lá onde.

— Filha da puta — gemi baixinho, olhando para ela, sua camiseta enrolada para cima e nua em todo o restante.

Voltei para entre suas pernas e ela agarrou meu cabelo, enquanto eu lambia seu comprimento longa e gentilmente, então girava a língua ao redor do seu clitóris.

— Madoc — ofegou, esfregando-se em minha língua. — Isso é tão bom. Me faça gozar. Por favor.

Meu corpo inteiro estava tenso e peguei fogo da cintura para baixo. Meu pau se esfregava contra o jeans e eu podia sentir o suor descendo pelo meio das minhas costas, por baixo da minha camisa.

E eu não aguentaria muito mais que isso.

Não o fato de querê-la, mas de desejá-la. Tê-la novamente era como se houvesse um fogo na minha barriga e afastei a noção de que ela não

RIVAIS

precisava de mim também. Ela poderia admitir ou esconder, mas saía dela como um raio.

Colocando a boca inteira nela, eu a comi, a fazendo gemer mais. Chupei e mordisquei, lambi e mergulhei dentro dela.

— Ai, meu Deus, Madoc. — Ela jogou a cabeça para trás, sua respiração a mil por hora, seu corpo tremendo. Agarrei seus quadris e ela quase puxou meu cabelo ao gozar.

E não me preocupei com seu retorno à Terra enquanto ela estremecia.

Indo para trás e ficando agachado, procurei uma camisinha na minha carteira. Antes mesmo de ela abrir os olhos, rasguei o pacote, desenrolei no meu pau e me encaixei na sua entrada. Queria penetrá-la antes de seu orgasmo terminar. Pairando sobre ela e ofegando tanto quanto ela estava, estiquei a mão para trás da cabeça e puxei a camisa preta, tirando-a e jogando para o lado. Apoiei-me com uma das mãos no chão e a outra no meu pau. Duro e pronto para ela. Ela se afastou do chão, passando os braços pelo meu pescoço e me beijando com força.

Esfreguei a ponta do meu pau por seu clitóris e ela estremeceu contra os meus lábios.

— Deite-se — disse, entre dentes. — Preciso de você agora.

Assim que se deitou no chão, ela abriu mais as pernas e coloquei a ponta dentro dela. Agarrando seu quadril para estabilizá-la, mergulhei completamente.

— Ah! — ela gemeu e fechou os olhos, deixando escapar um gemido baixo.

Passei o braço por baixo do seu joelho e agarrei sua coxa com a mão, a puxando para baixo em mim o mais longe que ela conseguia.

— Madoc. — Seu sussurro era lascivo. Ela estava perdida, desejando mais e mais. Agarrou minha bunda por dentro do jeans e estremeci quando suas unhas se afundaram. Eu amei.

— Isso — suspirei, entrando e saindo dela em um ritmo rápido. — Toque em mim, Fallon.

Seus dedos apertaram minha bunda e então subiram para as minhas costas, trazendo minha cabeça para beijá-la. Ela estava selvagem. Sua língua lambia meu pescoço, chupava minha orelha e mergulhava na minha boca com força total.

— Vá mais rápido, Madoc — sussurrou em meu ouvido. — Mais forte.

Afastando-me, continuei a me apoiar com uma das mãos no chão e

158 PENELOPE DOUGLAS

a outra mão em seu seio, penetrando-a, e ela apertava meus quadris com força a cada estocada.

Seu cabelo se espalhou pela grama fria e eu observei, hipnotizado, o seu corpo se empurrar para frente e para trás a cada vez que eu entrava nela.

Estava consumido por Fallon e, embora soubesse que sobreviveria sem ela, eu não queria. Eu a queria na minha cama, no meu colo, na minha mesa de jantar e nos meus braços a cada dia a partir de agora.

Aquela era minha garota e finalmente entendi por que Jared precisava tanto de Tate. Por que a feriu quando pensou que não a amava.

Ele apenas a queria.

Fallon me encarou, dobrando o lábio inferior entre os dentes, e vi seus olhos tensos. Ela se apertou ao redor do meu pau e eu soube que estava prestes a gozar.

— Fique comigo — pedi, mantendo meus olhos nela.

A cada estocada, um choramingo saía dela, seus olhos de esmeralda me implorando. Mordi, endurecendo a mandíbula.

Ela finalmente apertou os olhos e gritou, e me soltei também. Seus músculos se apertavam ao meu redor, tendo espasmos, e a penetrei mais duas vezes antes de me derramar e desmaiar.

Deitei-me lá, com a cabeça em seu ombro, nossas respirações ofegantes sendo o único som no parque silencioso.

Merda.

Nem queria olhar em volta para ver se tínhamos sido pegos. Ela foi barulhenta, e senti minha pele esquentar, meus batimentos cardíacos aumentando.

Ela virou a cabeça para mim e me inclinei, ficando a centímetros de sua boca. Seus lábios se abriram e seus olhos imploraram, apenas me encarando tanto com dor quanto com prazer neles.

Aceitando o convite, eu a beijei, passando os braços por sua cabeça no chão e a envolvendo com meu corpo.

Toda a força de seus lábios se empurrou contra mim, aprofundando o beijo.

— Madoc — estremeceu contra minha boca. — Eu...

— Shhh — pedi, tomando a sua de novo.

Havia coisas que precisávamos dizer. Mas não hoje à noite.

Naquela noite, dormi no sofá da casa do meu pai, sem querer pressionar muito Fallon, nem ir rápido demais. Nossa brincadeirinha à meia-noite no parque foi o suficiente para assustá-la, e fiquei puto por sentir necessidade de pisar em ovos ao redor dela.

Nunca tinha me importado com nenhuma garota desse jeito e não sabia se aquilo era coisa minha ou se era Fallon. Ela e eu começamos bem cedo; talvez ela tenha me arruinado para outras mulheres. Eu não sabia. E não estava com clima para pensar se a amava ou não.

Aceitei o fato de que simplesmente não tinha terminado com ela.

Então, recuei, sem insistir de dividirmos uma cama, e optei por deixá-la descansar.

Tate e Jared já estavam em casa na hora que Fallon e eu chegamos. Não os vi, mas definitivamente pude ouvir certos barulhinhos que me disseram que eles não estavam dormindo.

Plantei um beijo nos lábios de Fallon antes de desejar uma boa-noite.

Mas, na manhã seguinte, foi Jared quem me acordou.

— Ei, nós vamos sair em breve — avisou.

Levei a mão aos olhos para afastar o sono.

— Todo mundo já acordou? — indaguei, sentando.

Ele jogou duas mochilas no saguão, ao lado da porta.

— Sim, mas Fallon já foi.

Joguei as pernas para fora do sofá com os cotovelos nos joelhos.

— O quê? — explodi, olhando para ele como se fosse melhor ele estar mentindo.

— Acho que ela acordou Jax mais cedo para arrumar o carro. — E me deu um olhar conhecedor. — Obviamente, não levou muito tempo, já que ele só teve que conectar o cabo, então ela já foi faz uma hora. — Parou e me encarou, mascando o chiclete e me esperando dizer alguma coisa.

— Inacreditável, porra! — gritei, pegando um vaso da mesinha de café e jogando do outro lado da sala, onde se destroçou contra a parede.

Joguei-me de volta no sofá de couro marrom, passando as mãos pelo rosto de nervosismo.

Mas que merda é essa?

— Que foi? — Ouvi Jax vir pelo corredor e perguntar. Deitei a cabeça para trás, fechando os olhos e travando as mãos no topo.

— Nada — Jared respondeu. — Deixe-me lidar com isso.

Não escutei Jax sair, mas, quando abaixei as mãos e abri os olhos, ele já tinha ido. Jared passou pela mesa de café e sentou na poltrona de couro marrom que combinava com o sofá.

— Ela voltou para Shelburne Falls pelo resto do fim de semana. A mãe mandou mensagem dizendo que precisava dela ou algo assim — Jared disse. A raiva dentro de mim criou uma neblina na minha cabeça que era espessa demais para pensar. — Vamos voltar agora — relembrou. — Vamos visitar nosso pais e Tate tem uma corrida. Você deveria vir.

Neguei com a cabeça, sem nem olhar para ele.

Ficou doido?

Esticou a chave para mim.

— Da casa da Tate — explicou. — Fallon vai ficar lá hoje. O senhor Brandt vai sair da cidade para resolver negócios mais cedo esta manhã e manterei Tate no nosso quarto da sua casa. Vai resolver isso.

Neguei com a cabeça.

— De jeito nenhum. Pra mim, chega.

Que droga Fallon realmente fez por mim? Essa foi a gota d'água. Se ela não podia se abrir e agir normalmente, porra, então não valia a pena.

Jared ficou de pé e jogou a chave no meu peito coberto pela camisa.

— Só vai — ordenou. — Resolve essa merda. Quero meu amigo de volta.

— Não — mantive. — Não vou correr atrás dela de novo.

— Eu contei à escola toda sobre meu ursinho de pelúcia para reconquistar a Tate. — Ele fechou a cara para mim. — Corra. Com mais vontade.

Mas eu não podia.

Fallon sabia que eu a queria. Tinha que saber que eu me importava. Mas não confiava nela. A garota estava brincando comigo e eu não sabia por quê.

Quando estivesse pronta para falar, ela me encontraria.

CAPÍTULO VINTE E UM

FALLON

— Papai? — Levantei os olhos da cama de hospital onde eu estava dormindo. Ele estava parado ao meu lado em um suéter creme e jaqueta de couro marrom, cheirando a café e Ralph Lauren.

Seus olhos, doloridos e exaustos, analisaram meu corpo.

— Veja o que você fez consigo mesma.

Meu rosto se contorceu e meus olhos começaram a lacrimejar.

— Papai, sinto muito. — Um soluço chegou à minha garganta e o procurei para que me abraçasse.

Eu precisava dele. Ele era tudo que eu tinha.

O vazio. A solidão. Eu estava totalmente sozinha agora. Não tinha ninguém. Minha mãe se foi. Não vai me ligar. O bebê se foi. Minhas mãos instintivamente foram para a barriga e só senti um baque surdo em vez do amor.

Meus olhos queimaram e mirei ao longe, começando a chorar no quarto silencioso e escuro.

Essa não era a minha vida. Não era para ser assim. Não era para eu amá-lo. Não era para eu estar quebrada.

Mas, depois do aborto, tudo estava se afundando na lama e eu não conseguia mais andar. Não conseguia mais comer. A dor no meu peito só crescia e eu estava constantemente exausta da preocupação e da dor. Onde ele estava? Estava tentando falar comigo? Pensando em mim?

Não tinha percebido, até ser arrancada dele, o tanto que o amava.

Minha mãe disse que era só paixão. Uma quedinha. Que eu iria superar. Mas todo dia a frustração e a tristeza aumentavam. Eu estava indo mal na escola. Não tinha amigos.

Finalmente fugi para Shelburne Falls apenas para descobrir que Madoc tinha definitivamente seguido em frente, como minha mãe disse. Ele não estava remoendo minha falta nem um pouco. A única coisa em sua mente era a garota com a cabeça entre suas pernas. Afastando-me, corri para fora da casa e entrei no carro do meu pai, que eu tinha roubado. Agora, aqui estava eu, três dias depois, com cortes nos braços e uma dor aguda no peito.

Prendi o ar e enrijeci quando meu pai arrancou os cobertores de mim, os jogando no chão.

— Papai, o que você está fazendo? — disse, choramingando, e notei seus ferozes olhos verdes.

Ele me puxou da cama, apertando meu braço com tanta força que a pele ardia.

— Ai, pai! — gemi, mancando pelo chão conforme ele me levava ao banheiro. Meu braço parecia esticado demais, como se a qualquer minuto ele fosse arrancá-lo do encaixe.

O que ele estava fazendo?

Observei-o tampar a pia do banheiro e começar a enchê-la. Os dedos de sua outra mão cavavam na carne do meu braço e comecei a hiperventilar.

Puxou meu braço com mais força, me trazendo mais perto ao gritar:

— Quem é você?

Lágrimas se derramaram e solucei.

— Sua filha.

— Resposta errada. — E agarrou minha nuca, forçando meu rosto dentro da pia cheia.

Não!

Ofeguei, engolindo água indesejada enquanto minha cabeça era forçada mais para baixo. Apoiei ambas as mãos em cada lado da pia para empurrar de volta, mas ele era forte demais. Sacudi a cabeça, minhas mãos escorregadias deslizando debaixo de mim durante a luta.

A água entrou em meu nariz e fechei os olhos com mais força contra a queimadura.

Subitamente, fui puxada para fora da água.

— Papai, para! — Tossi e cuspi, água pingando das minhas narinas e queixo.

— Quer morrer, Fallon? — Sua voz trovejou ao meu redor e ele sacodiu minha cabeça com raiva. — Foi por isso que você fez aquilo, certo?

— Não... — apressei-me em dizer, antes de ele jogar minha cabeça na água de novo, cortando meu ar. Mal tive tempo de pensar ou me preparar. Minha mente deu branco enquanto eu lamentava nas profundezas rasas.

Meu pai não me mataria, *disse a mim mesma. Mas eu estava sofrendo. O interior dos meus braços doía e eu achava que meus cortes estavam sangrando de novo.*

Ele me puxou para cima e joguei a mão para trás de mim, agarrando a sua atrás da minha cabeça, entre soluços.

— Quem é você? — gritou de novo.

— Sua filha! — Meu corpo tremeu de medo. — Pai, pare! Sou sua filha!

Estava chorando e tremendo, a frente da minha camisola de hospital pingando água das minhas pernas.

RIVAIS

— *Você não é minha filha* — rosnou no meu ouvido. — *Minha filha não desiste. Não havia marcas de derrapagem na rua, Fallon. Você bateu na árvore de propósito!*

Neguei com a cabeça contra seu aperto. Não. Não, não bati. Não bati de propósito.

Minha boca se encheu com uma saliva espessa, meus olhos se fecharam, lembrando-me de ter deixado a casa de Madoc e me esconder na do meu pai, perto de Chicago. Eu peguei um dos carros dele e... não, não tentei bater na árvore.

Meu corpo tremeu e minha garganta se encheu de dor.

Só soltei o volante.

Ai, meu Deus.

Puxei o ar o mais rápido que pude e choraminguei em meio aos gritos. Que droga aconteceu comigo?

Tropecei quando meu pai jogou minhas costas na parede perto da pia. Antes de eu ter chance de me endireitar, sua mão veio no meu rosto em um tapa alto e eu estremeci com a pontada que viajou por meu pescoço.

— *Pare!* — *pedi, enfurecida, um borrão em meus olhos.*

Ele me agarrou pelos ombros e me prendeu contra a parede de novo, e gritei.

— *Me obrigue* — *desafiou.*

Meus punhos bateram em seu peito e usei todo meu corpo para empurrar.

— *Pare!*

Ele foi para trás para se estabilizar, mas voltou para agarrar minha cabeça entre as mãos.

— *Não acha que fiquei arrasado quando sua mãe te levou embora?* — *perguntou, seus olhos destroçados.* — *Soquei cada parede da maldita casa, Fallon. Mas engoli aquilo. Porque é o que fazemos. Engolimos cada pedaço de merda que este mundo joga em nós até nossa parede interior ser tão forte que nada nos quebra.* — *Ele abaixou a voz entrecortada, soando mais forte.* — *E foi o que fiz. Eu a deixei te levar, porque sabia que aquela puta te tornaria mais forte.*

Travei os dentes, tentando conter as lágrimas ao olhar para ele. Amava meu pai, mas não podia amá-lo por deixar minha mãe me levar embora. Na sua cabeça, eu acho, ele pensou que fosse uma forma de me esconder de seus inimigos. Morar com a minha mãe me deixou mais forte? Claro que não. Olhe para mim, chorando e arruinada. Eu não era forte.

— *Você não pode desistir! Não pode!* — *gritou.* — *Haverá outros amores e outros bebês* — *rosnou, balançando minha cabeça entre suas mãos e nivelando com a minha em uma dura encarada.* — *Agora. Engole a dor!* — *falou, furioso.* — *Engole!*

Seu rugido estilhaçou minhas entranhas e parei de chorar, o fitando com olhos arregalados.

Ele segurou minha cabeça apertado, me forçando a manter os olhos nos seus, e foquei, procurando algo para me agarrar. Qualquer coisa. Concentrei-me no menor ponto que pude encontrar, o centro de suas pupilas pretas.

Não pisquei. Não me mexi.

O centro dos seus olhos era muito escuro e tentei imaginar que parecia como viajar pelo espaço em alta velocidade. No meu mundo, só existia ele. O dourado ao redor do preto cintilava e me perguntei por que não herdei aquilo em meus olhos verdes. O branco em sua íris parecia um raio e o anel esmeralda, antes de você chegar ao branco dos globos oculares, parecia ondular com a água.

Antes que eu percebesse, nossa respiração estava sincronizada e ele estava definindo o ritmo que eu deveria seguir.

Inalar, exalar.

Inalar, exalar.

Inalar, exalar.

O rosto de Madoc brilhou na minha mente e endureci a mandíbula. Memórias do meu aborto colidiam com sua imagem e meus dentes se esfregaram um no outro. A voz da minha mãe entrou em meus ouvidos e engoli saliva até minha língua secar, absorvendo tudo, todos eles, e também o caroço duro que se formou na minha garganta, descendo pela minha traqueia, e senti tudo deixar minha cabeça.

Ainda estava dentro de mim. Pesado.

Mas estava em silêncio agora, enterrado em meu estômago.

Meu pai soltou minha cabeça e passou o polegar em minha bochecha, segurando meu queixo.

— Agora, quem é você? — implorou.

— Fallon Pierce.

— E onde você nasceu?

— Boston, Massachusetts. — Minha voz estava calma.

Ele deu um passo para trás, me dando espaço.

— E o que quer fazer com sua vida? — indagou.

Finalmente olhei para ele, sussurrando:

— Quero construir coisas.

Ele se esticou para o meu lado e pegou uma toalha da prateleira, me entregando. Quis segurar contra o meu peito, sem estar pronta para sentir o frio de novo. Para sentir nada.

Ele se inclinou e beijou minha testa, depois encontrou meus olhos.

— Nada que acontece na superfície do mar pode alterar a calma nas profundezas — citou Andrew Harvey. — Ninguém pode levar embora quem você é, Fallon. Não dê esse poder a ninguém.

RIVAIS

Não tinha chorado até aquele dia que subitamente voltou à minha mente. Cheguei perto, mas foram dois anos sem nenhuma lágrima. Meu pai me manteve em casa por exatamente duas semanas para curar as feridas dos cacos de vidro do para-brisa que me cortaram, mas logo me mandou de volta para o internato para seguir com a minha vida.

E eu fiz isso. Há algo que todo mundo precisa aprender por conta própria. A vida continua, os sorrisos vão voltar e o tempo vai curar feridas e aplacar aquelas que não são possíveis.

Aumentei minhas notas, fiz alguns amigos e ri bastante.

Porém simplesmente não consegui esquecer. A traição era profunda e foi aquilo que me fez voltar à cidade em junho.

Não esperava que Madoc ainda me afetasse.

Ele me queria. Eu sabia disso. Eu sentia. Mas por quê? O que eu realmente fiz para merecê-lo?

Ele foi fiel a mim quando tínhamos dezesseis anos. Disso eu tenho bastante certeza. Não podia mais odiá-lo por se divertir quando pensou que o deixei por vontade própria.

Havia muitas coisas que eu deveria dizer a ele. Coisas que ele tinha o direito de saber. E então senti que contaria demais a ele.

Madoc ficaria melhor sem mim. Nosso relacionamento começou no lugar errado, para começo de conversa. Não tínhamos mais para onde crescer. Ele não me conhecia nem sabia o que me interessava. Não conversávamos sobre nada.

Uma vez que tivesse sua cota de sexo, ele iria embora. Sem nem mencionar o bebê. Se descobrisse sobre, ele pularia do barco. Sem dúvidas. Madoc não estava pronto para algo tão pesado. Eu me perguntava se ele um dia estaria.

Aumentei o volume de *Far from Home*, de Five Finger Death Punch, e engoli a culpa no meu caminho para Shelburne Falls, dirigindo para casa a pedido da minha mãe. Ela me mandou mensagem esta manhã para me avisar que eu tinha coisas na casa. Se eu não voltasse para buscar o que deixei no verão passado, iria para o lixo.

Neguei com a cabeça e passei a mão sobre os olhos cansados.

Digitando o código do portão, fui em frente com o G8 da Tate assim que os portões pretos de ferro se abriram.

Era o final da manhã de sábado e o céu de outubro estava levemente salpicado de nuvens. Estava frio lá fora, mas eu não tinha trazido nenhum casaco, optando pela minha camisa de manga longa com listras pretas e cinzas, e um jeans. Meu cabelo ainda estava solto da noite passada, mas deixei bagunçado após o banho desta manhã. Por alguma razão, porém, eu quis que o cheiro de Madoc permanecesse no meu cabelo junto dos pedacinhos de grama que eu continuava encontrando. Minha longa franja se espalhava ao redor das bochechas e peguei os óculos do banco do passageiro, estacionando na frente da casa dos Caruthers, atrás do BMW da minha mãe.

Meus óculos foram feitos para leitura anos atrás, mas comecei a usá-los quase o tempo todo. De alguma forma, parecia seguro.

Entrando na casa, caminhei pelo saguão e pelo corredor ao lado das escadas que levava aos fundos, para onde eu tinha certeza de que encontraria Addie: a cozinha.

A casa silenciosa parecia muito diferente agora. Quase oca, como se não estivesse cheia de memórias, histórias e uma família. O frio intenso do piso de mármore atravessava meu tênis e subia pelas panturrilhas, os tetos altos, magicamente, não retinham mais calor.

Olhando as portas de vidro do quintal, vi Addie varrendo ao redor da piscina, que já estava coberta para o inverno que viria. Ao olhar além, porém, notei que a jacuzzi também estava coberta. Quando morei aqui, ela continuava a ser usada nos meses frios, assim como os móveis no jardim e na área do churrasco. O pai de Madoc amava comida grelhada e, junto do filho, se aventurava a jogar bifes na churrasqueira no auge de janeiro.

Agora, todo o pátio parecia vazio. Folhas mortas voavam de um lado para o outro e parecia que Addie não estava fazendo nenhum progresso. Nem parecia que ela estava tentando.

Esta casa tinha problemas, mas também tinha uma história de risadas e memórias. Agora, tudo apenas parecia morto.

Abri a porta de deslizar e caminhei pelos ladrilhos de pedra.

— Addie?

Ela não me olhou e sua voz baixa e silenciosa não era receptiva como da última vez:

— Fallon.

Tirei os óculos e os enfiei no bolso de trás.

— Addie, sinto muito.

Ela prendeu os lábios entre os dentes.

— Sente?

Eu não tinha que dizer a ela pelo que sentia muito. Nada escapava de sua atenção nessa casa e eu sabia que ela sabia que a bagunça do divórcio era minha culpa. Que Madoc foi mandado para longe por minha culpa.

— Sim, eu sinto — afirmei. — Nunca quis que isso acontecesse.

E aquela era a verdade. Queria deixar Madoc e que Jason e minha mãe sentissem um pouco, mas não sabia que ela lutaria tanto contra o divórcio ou que Madoc ficaria no meio daquilo.

A verdade é que nem pensei em Addie.

Ela soltou o ar pelo nariz e sua carranca permaneceu focada na varredura.

— Aquela vaca acha que vai ficar com esta casa — murmurou. — Ela vai pegar a casa, vender com tudo dentro e deixar pra lá.

Cheguei mais perto.

— Ela não vai fazer isso.

— Não importa, eu acho. — Seu tom amargo me cortou. — Jason escolheu passar a maior parte do tempo na cidade ou na casa de Katherine, e Madoc não vem para casa há meses.

Olhei para longe, vergonha queimando meu rosto.

Eu fiz isso.

Meus olhos começavam a pinicar, então os fechei e engoli em seco. Vou resolver. Tenho que resolver. Nunca deveria ter voltado. Madoc estava bem. Todos eles estavam bem antes de mim.

Esta casa, que já esteve viva com risadas e festas, agora estava vazia e a família que Addie amava e cuidava tinha sido separada e destruída. Ela esteve quase inteiramente sozinha nos últimos três meses. Por minha causa.

Recuei, sabendo que ela não queria ouvir outra desculpa. Dando a volta, comecei a retornar para as portas do quintal.

— Você ainda tem coisas no seu quarto — Addie chamou, e me virei.

— E tem caixas no porão.

O quê? Eu não tinha nada no porão.

— Caixas? — indaguei, confusa.
— Caixas — repetiu, ainda sem me olhar.

Caixas?

Voltei para a casa, mas, em vez de subir para arrumar as roupas que deixei lá há meses, fui direto para a porta do porão ao lado da cozinha.

Não fazia sentido para mim ter nada lá embaixo. Minha mãe jogou fora tudo que era do meu quarto e eu nem morei aqui com muito, para começar.

Desci as escadas bem iluminadas, meus pés quase silenciosos nos degraus acarpetados.

Para uma casa enorme como essa, havia um porão igualmente enorme com quatro cômodos. Um era decorado como um quarto extra e outro era o depósito de bebidas do senhor Caruthers. Também havia um dedicado às decorações natalinas e uma área maior com um local para jogos de videogame, uma mesa de sinuca, *air hockey*, totó, uma gigantesca tela plana e qualquer outro entretenimento que um adolescente como Madoc poderia aproveitar com os amigos. O cômodo também tinha uma geladeira cheia de refrigerantes e sofás para relaxar.

Mas a única parte que eu sempre aproveitei ao vir aqui foi quando o senhor Caruthers decidiu que eu precisava do meu próprio ambiente de atividades no porão.

Minha *half-pipe*.

Ele achou que era uma forma de Madoc e eu nos conectarmos e, já que eu não estava fazendo amigos, servia para me colocar lado a lado com os de Madoc. Enquanto eles brincavam, eu também podia.

Não funcionou.

Eu simplesmente ficava fora daqui quando Madoc estava e trabalhava na minha habilidade em outros momentos. Não era muito por ele, mas sim seus amigos. Eu achava Jared mal-humorado e os outros uns burros.

Olhando em volta do lugar, notei que tudo estava impecável. Os tapetes beges pareciam novos e a madeira cheirava a lustra-móveis. A luz entrava pela porta do quintal, que davam pra um jardim rebaixado na lateral da casa. As paredes bronze ainda estavam cheias da parafernália de Notre Dame: bandeiras, flâmulas, fotos emolduradas e lembrancinhas.

Uma parede inteira cheia de fotos de família, a maioria da infância de Madoc. Abrindo presentes de Natal quando tinha oito ou nove anos. Pendurado na trave do gol em um campo de futebol aos dez ou onze. Madoc e Jared em cima do capô do GTO, Madoc fazendo um sinal bobo de gangue com as mãos.

E então uma minha e dele. Bem no meio da parede, em cima do piano. Estávamos lá fora, na piscina, e Addie queria uma foto nossa. Deveríamos ter catorze ou quinze anos. De costas um para o outro, apoiados, com o braço cruzado sobre o peito. Lembro-me de que Addie continuou tentando fazer Madoc passar o braço fraternalmente sobre meu ombro, mas esse era o único jeito que posaríamos.

Estudando a foto de perto, percebi que estava fazendo apenas metade de uma careta para a câmera. Aquilo era, na verdade, a pontinha de um sorriso. Tentei parecer entediada, apesar das borboletas no meu estômago, eu lembrava. Meu corpo tinha começado a reagir ao de Madoc e eu odiava.

A expressão de Madoc era...

Sua cabeça estava virada para a cama, porém, abaixada. Ele tinha um sorrisinho nos lábios que parecia implorando para sair.

Que diabinho.

Virei e passei a mão sobre o piano que Addie disse que Madoc ainda tocava. Mesmo que não mais agora, já que ele estava na faculdade.

A tampa estava abaixada e havia uma partitura por cima. Era uma música de Dvorˇák. Madoc sempre teve preferência pelos compositores da Europa oriental e da Rússia. Não conseguia me lembrar da última vez que o ouvi tocar, no entanto. Era divertido. Ele era um exibido com o que não importava e não era com o que importava.

E foi quando meu pé roçou em alguma coisa. Olhando debaixo do piano, notei caixas de papelão brancas.

Ajoelhando, puxei uma apenas para perceber que havia mais dez ali.

Tirando a tampa, congelei, a ponto de apenas as batidas do meu coração moverem meu corpo.

Ai, meu Deus.

Minhas coisas?

Encarei a caixa cheia dos meus Legos. Todos os robôs e carros com controle remoto e fios foram jogados ali, espalhados e com peças soltas ao redor da caixa.

Lambi os lábios secos e mergulhei, tirando um Turbo Quad que montei quando tinha doze anos e um Tracker que tinha começado antes de ir embora.

Essas coisas eram do meu quarto!

Fiquei frenética, sorrindo como uma idiota, pronta para rir em voz alta. Mergulhei debaixo do piano, tirando mais duas caixas.

Tirando as tampas, ofeguei de surpresa com todas as minhas plantas falsas de engenharia e outra caixa de Legos. Folheei os papeis, as memórias fluindo por mim dos momentos que passei sentada no meu quarto com um bloco de papel, desenhando arranha-céus futuristas.

Meus dedos começaram a formigar e uma risada trêmula escapou, me fazendo rir como não ria há muito tempo.

Não conseguia acreditar! *Eram as minhas coisas!*

Corri de volta para debaixo do piano, batendo a cabeça na ponta no processo.

— Ai — resmunguei, esfregando em cima da testa e puxando outra caixa bem mais devagar dessa vez.

Passei por todas as caixas, encontrando tudo que eu havia perdido e coisas que nem me lembrava que tinha. Skates, pôsteres, joias, livros... quase tudo do meu quarto, exceto as roupas.

Sentada de pernas cruzadas no chão, encarei todas as coisas ao meu redor, me sentindo estranhamente desconectada da garota que eu costumava ser, embora muito feliz por tê-la encontrado de novo. Todas essas coisas representavam um tempo que parei de ouvir os outros e comecei a ouvir a mim mesma. Quando parei de tentar ser o que ela queria e comecei a apenas ser eu.

Aquelas caixas eram Fallon Pierce e elas não estavam perdidas. Fechei os olhos, segurando a lontra marinha de pelúcia que ganhei do meu pai no SeaWorld aos sete anos.

— Madoc.

Meus olhos se ergueram e vi Addie na base das escadas.

Ela estava com os braços dobrados sobre o peito e soltou um longo suspiro.

— Madoc? — questionei. — Ele fez isso?

— Ele se perdeu um pouco quando você foi embora. — Ela se afastou da parede e veio até mim. — Roubou bebida do pai, festejou, ficou com garotas... Foi de um lado a outro por alguns meses.

— Por quê? — sussurrei.

Ela me estudou e me deu um meio-sorriso derrotado antes de continuar:

— Jason certamente teve seu trabalho interrompido por ele. Madoc e seu amigo Jared causaram estragos como ninguém no verão depois do segundo ano. Uma noite, ele entrou no seu quarto e viu que sua mãe tinha limpado tudo para redecorar. Só que ela não embalou nada. Ela jogou fora.

Sim, eu sabia daquilo. Mas, de alguma forma, a dor no meu peito não estava se espalhando. Se ela jogou fora, então... Olhei para baixo, fechando os olhos contra a queimação outra vez.

Não. Por favor, não.

— Madoc foi lá fora e pegou tudo do lixo. — A voz suave de Addie se espalhou ao meu redor e meu peito começou a sacudir. — Ele colocou tudo em caixas e guardou para você.

Meu queixo tremia e neguei com a cabeça. Não, não, não...

— É isso que faz Madoc ser um bom garoto, Fallon. Ele junta as peças.

Eu desmoronei.

Lágrimas se derramaram de minhas pálpebras e ofeguei, meu corpo tremendo. Não conseguia abrir os olhos. A dor era demais.

Dobrei o corpo, agarrada à lontra marinha, e coloquei a cabeça para baixo, soluçando.

A tristeza e o desespero vieram à tona e eu quis retirar tudo que tinha dito a ele. Cada vez que duvidei dele. Tudo que não disse a ele.

Madoc, que me viu.

Madoc, que se lembrou de mim.

Seis horas depois, eu estava sentada no quarto de Tate, minha perna pendurada na lateral de sua cadeira acolchoada perto das portas da varanda, encarando a árvore lá fora. Todas as cores do outono balançavam com a brisa, o brilho suave da última luz do dia lentamente desaparecendo dos galhos, centímetro por centímetro.

Não tinha falado muita coisa desde que cheguei aqui e ela foi legal por não fazer perguntas. Eu sabia que estava preocupada, porque evitou o tópico Madoc tão bem que ele parecia um elefante sentado no meio do quarto. Perguntava-me se ele tinha ficado bravo por eu ter ido embora hoje de manhã.

Esfreguei as mãos nos olhos. Não conseguia tirá-lo da cabeça.

E quer saber? Eu não queria.

— Tate? — chamei.

Ela botou a cabeça para fora da porta do closet, tirando de lá um moletom preto.

— Se você... trair Jared — gaguejei. — Não com outro cara, mas perder a confiança dele de alguma forma. Como você faria para reconquistá-lo?

Seus lábios formaram uma linha fina conforme ela pensava sobre.

— Com Jared? Eu apenas apareceria nua. — Assentiu.

Bufei e neguei com a cabeça, o que era o máximo de uma risada que eu conseguia soltar agora.

— Ou apenas aparecer — continuou. — Ou falar com ele, ou tocá-lo. Inferno, eu poderia apenas olhar para ele. — Ela deu de ombros, sorrindo, e vestiu o moletom.

Eu duvidava que tivesse aquele tipo de poder sobre Madoc. Jared sempre pareceu mais animalesco e Madoc gostava mais de foder sua mente.

Ela sentou na beira da cama, calçando os Chucks pretos.

— Desculpa — ofereceu. — Sei que não ajudo muito, mas Jared tem tanto poder sobre mim quanto eu sobre ele. Passamos por muita coisa. Não há tantas coisas que fariam com que nos perdêssemos um do outro.

Metade do que ela disse era verdade para Madoc e eu também, mas eu não merecia seu perdão. Que droga eu deveria fazer?

— Mas para o Madoc? — Ela sorriu, sabendo exatamente no que eu estava pensando. — Ele gosta de travessuras. Talvez algumas mensagens safadinhas sejam necessárias.

Não consegui deixar de rir.

— Mensagens safadinhas? Sério?

— Ei, você perguntou.

É, acho que sim. E ela provavelmente estava certa. Parecia algo que Madoc iria gostar.

Mas sexo por telefone? É, aquilo não iria rolar. Não era muito a minha praia.

Olhei para cima, percebendo que Tate ainda estava me encarando. Quando não falei nada, ela ergueu as sobrancelhas e respirou fundo.

— Ok, bem... meu pai foi para o aeroporto, só para te lembrar, logo...

— Não, Tate. Não vou fazer sexo por telefone hoje. Valeu!

Ela ergueu as mãos para se defender.

— Só estou dizendo.

Acenei para a porta, dando a ela uma indicação para ir embora.

RIVAIS

173

— Divirta-se e boa sorte na sua corrida.

— Tem certeza de que não quer ir?

Dei um meio-sorriso a ela.

— Não, preciso pensar agora. Não se preocupe comigo. Vá em frente.

— Tudo bem. — Desistiu e ficou de pé. — Jax vai dar uma festa aí ao lado depois da corrida, então venha se quiser.

Acenando, peguei o Kindle do meu colo e comecei a ler quando ela saiu. Meus dedos batiam na coxa como se eu estivesse tocando piano e eu sabia que provavelmente não leria nada hoje.

Eu não queria ler. Queria fazer alguma coisa. Havia uma pequena bola de neve em meu estômago que estava girando e girando, construindo algo ainda maior quanto mais eu ficava sentada.

Mensagens safadinhas.

Madoc merecia mais do que aquilo.

Ok, ele merecia aquilo e muito mais.

"Desculpa" parecia vazio. Eu precisava dizer mais, contar mais a ele, mas não sabia como começar. Como você fala para alguém que ficou afastada, não deu a ele encerramento, teve que abortar em segredo e então, em um apagão do estresse pós-traumático, tentou se machucar, e agora era responsável por ele perder sua casa? O que você diz?

O que o faria parar de fugir de um trem desgovernado como eu?

Pegando o telefone entre uma almofada e a poltrona, segurei a tremedeira nos dedos ao digitar:

> **Não sei o que dizer.**

Cliquei enviar e imediatamente fechei os olhos, deixando sair um suspiro patético. *"Não sei o que dizer"? Sério, Fallon?*

Bem, pelo menos eu disse alguma coisa, acho. Mesmo que fosse idiota. Considere um aquecimento.

Cinco minutos se passaram, depois dez. Nada. Talvez ele estivesse no chuveiro. Talvez tivesse deixado o telefone em outro cômodo. Talvez já estivesse na cama. Com alguém. Ashtyn, talvez.

Meu estômago afundou.

Uma hora se passou. Nada ainda.

Não li uma única linha do meu livro. O céu estava escuro agora. Nenhum barulho na casa ao lado. Todo mundo ainda deveria estar na corrida.

Ou Tate disse que eles iam comer algo antes?

Larguei o Kindle e levantei da cadeira, andando pelo quarto.

Outros vinte minutos se passaram.

Engoli o caroço na minha garganta e peguei o telefone.

Maravilha. Eu mandaria outra mensagem para ele depois de não ter resposta. Eu era igual aquelas garotas estranhas e autoritárias que assustavam os homens.

> Por favor, Madoc. Diga algo...

Apoiei-me contra a parede de Tate, balançando o pé para cima e para baixo, mantendo o telefone na mão. Vinte minutos depois e ainda nada. Enterrei o rosto nas mãos e respirei fundo.

Engole a dor.

Inalar, exalar.

Inalar, exalar.

E então soltei as mãos, lágrimas cansadas surgindo em meus olhos.

Ele não estava ouvindo.

Não queria falar comigo.

Ele desistiu.

Digitei uma última mensagem antes de ir para a cama.

> Sou um pedaço de merda.

Meu queixo tremeu, mas calmamente deixei o telefone na mesinha de cabeceira de Tate e apaguei sua luminária. Rastejando para debaixo das cobertas, olhei para fora do quarto e vi a luz da lua lançando um brilho na árvore do lado de fora. Sabia que aquela árvore era inspiração para a tatuagem de Jared, mas Tate nunca falava de verdade da história deles. Dizia que era longa e difícil, mas era deles.

Eu concordava. Havia coisas que eu não pensava em compartilhar com mais ninguém que não fosse Madoc.

Meu telefone soou e meu coração perdeu o compasso assim que levantei da cama e o peguei da mesinha.

Soltei uma risada de alívio, secando uma lágrima da minha bochecha.

> Estou ouvindo.

RIVAIS

Cada parte do meu corpo pinicava e quase me senti tonta.

Não sabia o que dizer, então apenas digitei a primeira coisa que me veio à mente.

> Sinto sua falta.

> Por quê?

Devolveu. Minha boca ficou mais seca que o deserto na hora.

Ele não vai facilitar, acho.

Meus dedos apenas foram. Confusos ou poéticos, não importava. Apenas diga a verdade a ele.

> Sinto falta de te odiar. Era melhor do que amar qualquer outro.

Aquilo era verdade. Minha mãe, meu pai, qualquer amigo que eu tivesse, ninguém me fazia sentir viva como ele.

Depois de alguns minutos, ele não respondeu. Talvez não tivesse entendido o que eu queria dizer. Ou talvez estivesse apenas tentando pensar no que dizer.

> Estou fodida.

Continue, Fallon.

Mordi o lábio inferior para esconder meu sorriso. Talvez Tate estivesse certa sobre as mensagens safadinhas, afinal de contas.

> Sinto falta da sua fome. Sinto falta do jeito que você me toca. É real, e eu quero você aqui.

Ele só levou dez segundos para responder.

> O que você faria se eu estivesse aí agora?

O fluxo de sangue no meu coração aqueceu meu corpo na hora. Meu Deus, eu o queria aqui!

> Nada. O negócio é o que eu estaria fazendo com você...

Enrolei as pernas e deixei o celular no colo, cobrindo meu rosto muito envergonhado com as mãos. Tinha certeza de que estava em dez tons diferentes de vermelho agora.

Meu telefone soou de novo e quase o deixei cair duas vezes tentando pegá-lo.

> O quê, porra? Não pare!

Madoc respondeu, e não consegui conter a risada.
A sensação era boa e Madoc gostou. Eu consigo.

> Queria você nu na minha cama agora. Queria minha cabeça debaixo das cobertas, te provando, minha língua ao seu redor.

> O que você estaria vestindo?

Madoc gostava de mim de pijamas. Tinha dito isso uma vez. Peguei emprestada uma camisa de beisebol justa e shorts de dormir da Tate. Não era realmente lingerie, mas Madoc não conseguiria tirar as mãos de cima de mim de todo jeito.

> Venha ver, se quiser. Só estou há uma hora e cinquenta e oito minutos de distância.

Sua resposta veio em segundos.

> Estarei aí em cinquenta e oito minutos.

Explodi em risadas no quarto vazio. Claro, ele arriscaria a vida acelerando em qualquer oportunidade de transar.

Neguei com a cabeça, meu rosto esticado em um sorriso.

> Vou tentar não me tocar até você chegar aqui.

> Caramba, Fallon!

Caí de volta na cama, risos e alegria irradiando de cada poro.

RIVAIS

CAPÍTULO VINTE E DOIS

MADOC

Esfreguei a mão na boca, ouvindo *Headstrong*, de Trapt, no caminho para casa. Fui e voltei o dia inteiro, perguntando-me se deveria voltar para a corrida. Perguntando-me se Tate arrastaria Fallon com ela. Perguntando-me, torcendo, então desisti.

Por algum motivo, Fallon não quis ficar para ver se seríamos algo e eu tinha uma quantidade de orgulho limitada para jogar fora. Talvez Jared estivesse certo e eu precisasse correr atrás com mais vontade.

Mas eu precisava de algum sinal — qualquer sinal — por parte dela para me mostrar que valia a pena. Na primeira vez que ela mandou mensagem, não respondi. Fiquei sentado em casa, assistindo uma luta no *pay-per-view* com alguns colegas de time e esperei.

Se ela não sabia o que dizer, então eu a deixaria descobrir por conta própria. Quando ela começou a se abrir mais, eu estava dentro. Ela sentia minha falta, me queria lá e Jared estava certo. Eu não poderia deixá-la partir de novo. Se ela tentasse me afastar ou correr, eu a pressionaria até que me contasse qual era o problema. Relacionamento ou não, eu precisava saber que porra estava acontecendo com ela.

E então, quando ela começou a flertar, eu já estava pegando as chaves do carro.

Uma hora e cinco minutos depois, eu estava parando na frente da casa da Tate, a rua já cheia de carros da festa rolando na casa de Jared e Jax ao lado.

Estacionando do outro lado da rua, desci do carro apenas para perceber que Fallon corria para fora da porta de Tate.

Jesus.

Ela estava usando shorts de pijama curtinho e uma camisa de beisebol justa branca e cinza, a alça fina de sua bolsa cruzando o peito. Ela estava de tênis, sem meias, mostrando toda sua bela perna, do tornozelo até o topo das coxas.

Foda-se a lingerie.

Em um pijaminha de boa menina, com o cabelo solto em belas curvas, Fallon era a única coisa que eu podia ver ou pensar.

Meus braços coçavam para abraçá-la e, quando a vi correr descendo os degraus da varanda e atravessar a rua, só tive tempo suficiente para esticar os braços e tomá-la quando ela pulou em mim. Passando braços e pernas ao meu redor, ela esmagou a boca na minha, e eu gemi assim que batemos contra o meu carro.

— Caramba, linda — ofeguei, entre os beijos. Sua boca na minha veio dura, rápida e profunda. Sua língua acariciou a minha e saiu para lamber meu lábio inferior, depois mergulhou de novo. Meus braços estavam envolvidos em sua cintura e ela praticamente rastejava sobre mim, tentando ficar mais perto a cada beijo.

Não havia gravetos nesse fogo. Uma chama já estava dolorosamente forte em meu jeans e minha camisa azul-escura queimava no meu pescoço onde ela agarrava e puxava.

Mas eu não estava nem aí. Meus dedos cravavam em suas costas, me alimentando de tudo isso. Seus gemidos vibravam em minha boca, o jeito que ela se agarrava a mim...

Eu nos girei, assim suas costas estavam contra a porta do carro e ela começou a devolver. Suas mãos corriam pelo meu cabelo e nas laterais do meu rosto, depois mergulharam mais.

Puxei o rosto para trás, ofegante, com nossos narizes pressionados um no outro. Suas mãos foram para minha camisa e me arrepiei todo quando seus dedos tocaram minha barriga.

Seus lábios morderam o ar, tentando pegar os meus. Então ela se empurrou para cima, passou os braços pela minha nuca e começou a chover beijos leves e suaves em volta da minha boca, na minha bochecha e por meu pescoço.

Meu pau pressionava contra o jeans e, porra, eu queria que estivéssemos em um lugar particular, onde eu pudesse entrar nela aqui e agora.

— Madoc. — Seu sussurro soava como se ela estivesse sentindo dor.

— Shhh — pedi, indo atrás de seus lábios de novo.

Mas ela se afastou.

— Não, eu preciso dizer isso. — Segurou meu rosto e encarou os meus olhos. Foi quando reparei que ela não estava de óculos.

Seus lindos olhos verdes procuravam os meus com um pouco de medo e seu rosto estava corado de rosa. *Meu Deus, ela é linda.*

— Madoc, eu te amo — sussurrou. — Estou apaixonada por você.

RIVAIS

Meus punhos se apertaram em sua camisa e quase a deixei cair ali.

O quê?

Meu coração parecia bater cada vez mais forte no peito, descendo para a barriga. Suor apareceu na minha testa e minhas pernas quase sumiram.

Ela me encarava, parecendo assustada, mas definitivamente acordada e alerta. Ela sabia o que estava dizendo e as palavras corriam uma e outra vez em minha mente.

Madoc, eu te amo. Estou apaixonada por você.

Abaixei o queixo, estreitando os olhos.

— Isso é sério? — perguntei.

Ela acenou.

— Já faz tempo que eu te amo. Tem tanta coisa que preciso te contar.

Meus braços se apertaram ao redor dela e, porra, o maior de todos os sorrisos que já dei se espalhou por meu rosto.

— Nada mais importa — falei, tomando seus lábios em outro beijo tão forte que não consegui respirar.

— Ei, gente?

Um grito veio do outro lado da rua, direto da festa, eu imagino. Sem quebrar o beijo, levantei o dedo do meio para trás de mim, em direção à casa de Jared.

Ouvi uma risada.

— Por mais que eu fosse gostar de assistir vocês dois transando e tudo mais, realmente não quero ter que limpar outra rodada de *Adolescentes Selvagens* na internet!

Jax.

Fallon enterrou a boca no meu pescoço, me abraçando e rindo.

— Do que ele está falando? — indagou.

É, longa história. Jax arrasa com computadores e estava muito certo. Precisávamos sair da rua.

— Jared e Tate. — Inclinei-me, beijando-a e completamente excitado agora. — Vou explicar em outro momento. Vamos entrar.

— Não. — Ela negou com a cabeça, mas continuou buscando selinhos, acariciando meu peito e pescoço. — Me leva para casa. Para a sua cama. Me tranque no seu quarto e me preencha até a única coisa que vou saber fazer é gemer seu nome.

Empurrei suas costas no carro e mergulhei em seus lábios de novo, batendo a mão na porta em frustração. *Jesus Cristo*, eu a queria demais agora.

Vários gritos vieram por trás de mim e eu soube que tínhamos uma plateia agora. Ouvi Jax rir e gritar para nós, enquanto outros apenas gritavam "uhul!".

Idiotas.

— Eu te amo — sussurrei em sua boca. — Vamos para casa.

O caminho de volta para casa foi uma tortura do caralho. Fallon não parava de me tocar, mordiscando minha orelha, subindo e descendo as mãos na minha coxa... Eu estava mais duro que uma barra de ferro e pronto para encostar e comê-la na beira da estrada.

— Sinto muito — sussurrou no meu ouvido. — Estou exagerando?

— De jeito nenhum. — Passei a sexta marcha assim que adentramos os portões de Seven Hills. — Gosto dessa nova versão sua. Mas você está me matando agora.

Ela soltou um suspiro quente em meu ouvido e fechei os olhos, travando a mandíbula. Eu não duraria muito.

— Madoc, me leva para a cama — implorou.

Gemi, acelerando na entrada da residência e freando bruscamente na porta. Fallon já tinha saído antes de mim e eu circulei o carro, pegando sua mão e a levando em direção à casa.

Destrancando a porta, puxei-a para dentro e corremos pelo saguão para subir as escadas.

— Madoc? — Escutei a voz de Addie vindo do corredor. — Fallon?

— Oi, Addie! — gritamos, sem nem parar na subida, dois degraus por vez.

Escutei um "pobre Addie" ao chegarmos no segundo andar e tive que rir. *Pobre Addie.*

Fallon foi ao meu quarto antes de mim e abriu a porta com tanta força que balançou a parede ao bater. Entrou no quarto de costas, um passo leve e tímido por vez como se estivesse em câmera lenta, tirando os sapatos e jogando a bolsa no chão.

Sem tirar os olhos dela, tranquei a porta atrás de mim.

— Quero fazer um acordo — provoquei, seguindo-a lentamente.

Seu olhar ardente me aqueceu.

— E qual é? — perguntou, tirando a camisa sobre a cabeça e deixando cair no chão.

Fui atraído pela tatuagem Valknut na lateral do seu torso. Não era grande, mas nunca tive oportunidade de estudá-la. Nem me lembrar de perguntar a ela o que significava.

— Se você — ameacei — sair da minha cama sem a minha permissão pelas próximas doze horas, vai tatuar meu nome... — Sorri.

Ela arqueou a sobrancelha em desafio.

— Na sua bunda — terminei.

Um sorriso malicioso brincou nos cantos de sua boca e continuei a avançar nela lentamente, bebendo sua pele macia e sutiã de renda branca.

— Fechado? — Estiquei a mão para a nuca e puxei a camisa sobre a cabeça.

Enfiando os dedos na lateral dos shorts, ela os deslizou sobre a bunda e os deixou cair no chão.

— Não vou embora sem me despedir. Eu não vou embora, Madoc, ponto final — prometeu.

— Temos um acordo? — pressionei, minha voz mais exigente.

— Sim.

Vindo ficar na frente dela, fiquei tenso quando seus dedos roçaram minha barriga. Ela soltou meu cinto, tirando-o das presilhas. Tirei os sapatos e estiquei a mão por trás dela para abrir seu sutiã. Arrancando de seu corpo, fiquei um pouco boquiaberto com a visão completa de seus seios e mamilos, escuros e duros.

Mas quando ela começou a abrir minha calça, agarrei sua mão.

— Ainda não — sussurrei, puxando seu lábio inferior entre os dentes. Ela tinha gosto de baunilha, calor e lar. Não conseguia me imaginar tendo fome de qualquer outra coisa além dela.

Fallon choramingou quando arrastei os dentes sobre seus lábios, mas soltei e deslizei as mãos dentro de sua calcinha, puxando por suas pernas.

Senti-me uma criança no feriado de Quatro de Julho. Fogos de artifício estourando em todo lugar.

Com sua nudez e eu ainda de jeans, deixei-a parada lá e fui sentar na cadeira acolchoada no canto.

Seus olhos se arregalaram, indo da esquerda para a direita.

— Hm, o que você está fazendo?

— Sente-se na cama.

Ela ficou lá me encarando por uns dez segundos antes de finalmente cair no edredom azul-marinho e recuar de costas para o meio. Puxando os joelhos, ela os abraçou e me provocou com olhos brincalhões. Tentando muito parecer inocente.

Os pelos da minha nuca se arrepiaram. Seu cabelo se derramava ao redor dela, as curvas de sua cintura, os músculos das suas pernas... Fallon se escondia em várias roupas masculinas e eu era o cara mais sortudo do mundo por ter sido o único a vê-la assim.

Ela ergueu um dos cantos da boca, me provocando.

— Agora o quê?

Inclinei-me para frente, os cotovelos nos joelhos.

— Quando foi a última vez que você subiu em um skate?

Ela piscou e me perguntou, com uma risada trêmula:

— Está me perguntando isso agora?

Ela estava certa. Eu estava cortando o clima com um balde de gelo. Mas esperei assim mesmo.

— Bem — falou, parecendo incerta —, acho que faz dois anos. Na última vez, eu morava aqui.

— Por quê?

Deu de ombros, mais como se não quisesse me falar, como se não pudesse.

— Não sei.

Fiquei de pé, dando mais alguns passos em sua direção.

— Perdeu o interesse?

— Não.

— Então por quê? — Parei e cruzei os braços sobre o peito.

Fallon amava skate. Colocava os fones de ouvido e ia para o parque Iroquois Mendoza por horas, sozinha ou com amigos, e se perdia.

Lambendo os lábios, falou, com a voz pequena:

— Acho que, de primeira, eu não queria aproveitar nada. Não queria sorrir.

Aquilo soava como culpa. Mas por que ela sentiria culpa?

— Você ficou brava comigo? — indaguei. — Por não ir atrás de você?

Ela assentiu, sua voz ainda baixa.

— Fiquei.

— Mas não está mais?

Na época, pensei que ela quisesse ir embora. Nunca pensei em ir atrás dela, porque achava que ela tinha fugido de mim.

RIVAIS

Seus olhos encontraram os meus.

— Não, eu não te culpo por nada. Éramos muito jovens. — Ela afastou o olhar e adicionou, como um pensamento posterior: — Jovens demais.

Acho que ela estava certa. Na época, eu sabia que o que estávamos fazendo era perigoso, mas estava consumido por ela. E não ligava. E enquanto ela diminuiu o ritmo e aproveitou o tempo para crescer, eu disparei. Não dormi com tantas garotas quanto me gabava, embora a oportunidade tivesse aparecido, mas definitivamente não dava para dizer também que me guardei para ela.

Cheguei mais perto, parando ao pé da cama.

— Por que você nunca tentou voltar para casa?

— Tentei.

CAPÍTULO VINTE E TRÊS

FALLON

Então Madoc queria falar.

Isso era novo.

Não poderia sair da cama sem sua permissão e estava totalmente nua e vulnerável enquanto ele conduzia as perguntas e respostas.

Suspirei, sabendo que devia isso a ele. E mais.

— Alguns meses depois de ir embora, eu vim escondida — adicionei. — Você estava dando uma festa e tinha alguém com você.

Por mais que eu deixado de odiá-lo por isso, o sentimento de traição nunca poderia ser esquecido. Ele estava sentado na beira da hidromassagem com as pernas na água enquanto alguma garota o chupava. Apoiava-se em uma das mãos, com a outra em seu cabelo, e a cabeça caída. Nem me viu olhando pelas portas do quintal.

Seu pai e Addie estavam em casa, sem dúvida dormindo. Pensei que daria certo, chegando tão tarde. Ele estaria na cama. Eu entraria escondida. Conversaríamos.

O momento não poderia ter sido mais errado. Ou mais certo.

Corri para fora da casa, para longe de alguém que eu era nova demais para amar.

Madoc desviou seus olhos doloridos.

— Você não deveria ter se guardado para mim. Eu não merecia.

— Não me guardei — sussurrei. — Eu me guardei para mim mesma. Em parte, porque eu não queria ninguém além de você, mas a verdade era que eu não queria ninguém. Nem você. Eu tinha muita coisa na cabeça. Precisava crescer.

Seu corpo estava imóvel. Ele parou de avançar e eu queria que ele soubesse que nada daquilo importava mais. Vivi com isso e tive bastante tempo para superar qualquer coisa. Ele ainda tinha que se ajustar.

Deitei na cama, vendo seus olhos voltarem à mim, e rolei de bruços, olhando para ele por cima do ombro.

— Foda-se o passado. Lembra? — disse a ele, mantendo os olhos e o tom sério. Minha pose poderia ser para redirecionar sua atenção a mim, mas queria que ele soubesse que, embora eu entendesse suas preocupações, a conversa tinha acabado.

Seus olhos suavizaram e ele andou ao redor da cama, se apoiando sobre mim nas mãos.

Estava perto demais, e vacilei ao sentir uma onda disparar do meu peito e descer por entre as pernas.

Por favor, toque-me, Madoc.

Dei um sorriso tímido a ele e camuflei os olhos, tentando ser sexy. Chutando as pernas para cima, cruzei os tornozelos e balancei os pés para frente e para trás.

Ele virou a cabeça, correndo os olhos pela extensão do meu corpo de um jeito que me fez sentir como se um cobertor quente cobrisse cada centímetro que seu olhar tocava. Esticando a mão, roçou a pele das minhas costas com as pontas dos dedos e eu fechei os olhos.

— Como está a faculdade? — perguntou, e arregalei os olhos de novo.

— Madoc! Pelo amor de Jesus Cristo! — gritei.

Odiava perguntas e agora não era hora!

Ele arqueou a sobrancelha para mim, me repreendendo.

— Controle-se, Fallon — avisou.

Cerrei os dentes, fervendo.

Mas logo fui arrancada da minha raiva quando ele me agarrou pela coxa e me puxou pela ponta da cama, me virando de costas.

— Madoc!

Separando minhas pernas, enganchou meus joelhos e me puxou até me encontrar na borda.

Meu coração batia como se um peso de cinco quilos estivesse pressionado no meu peito e suor surgiu no meu pescoço.

Mas que merda é essa? Por que ele estava mexendo comigo?

— A faculdade — insistiu, como um aviso.

— Está... está... boa — gaguejei. — Estou cursando Engenharia Mecânica. E você?

Não ri, porque estava brava, mas deveria ser engraçado, acho.

Ele passou os dedos entre as minhas pernas, massageando minha entrada.

— Direito — respondeu, em um tom leve e desinteressado. — Que surpresa. — Ele parecia estar tendo uma conversa de negócios.

— É — suspirei, tentando mesmo descobrir no que diabos minha mente deveria estar agora. Nas suas perguntas ou na sensação de seus dedos me cutucando. — Direito? Como está sendo? — indaguei.

— Eu gosto, na real. — Seus olhos não estavam nos meus. Ele assistia tudo que sua mão fazia. — Acho que serei bom nisso. O que significa a tatuagem de Valknut?

Deslizou um dedo para dentro e fogos de artifício explodiram na minha barriga.

— Hm... o quê? — ofeguei.

Qual era a pergunta?

Seu dedo — ou dedos, pensei que era um, mas me sentia tão cheia — tinham que estar enterrados até o ossinho, porque ele estava bem fundo quando começou a massagear dentro de mim em pequenos círculos.

Puta merda. Meus olhos rolaram para trás.

— O símbolo de Valknut, Fallon — lembrou-me.

Mal abri os dentes.

— Posso te contar outra hora?

Por favor, por favor, por favor, por favorzinho?!

Seu sorrisinho astuto apareceu ao observar os dedos se mexerem dentro de mim. *O babaca estava triunfante.*

— Mais uma pergunta. — Ergueu o olhar para mim. — Confia em mim, Fallon?

Parei, sabendo na hora qual era minha resposta.

— Você é a única pessoa em quem eu confio. — Sentando com as pernas ainda presas em seus braços, olhei para ele e sussurrei: — E vou te fazer confiar em mim.

Ele acordaria de manhã comigo ainda aqui.

Ele me puxou para cima da cama e o envolvi nos meus braços, o abraçando. Sua mandíbula macia se esfregou no meu peito quando sua cabeça se abaixou, trilhando beijos sobre minha clavícula e seios.

Corri os dedos por seu cabelo curto e loiro e me inclinei para sua boca. Arrepios se espalharam por todo lugar e estremeci.

Ele tomou um mamilo entre os dentes, depois cobriu com a boca inteira, chupando com força.

— Droga — suspirei, completamente impotente.

Deixei a cabeça cair para trás e gemi. Sua boca quente chupava e parava, mordia e soltava, uma e outra vez, até eu sentir que havia uma fagulha de eletricidade disparando do meu coração direto para o calor entre minhas pernas.

RIVAIS

Então, ele voltou a atenção para o outro: beijando, mordiscando e quase me comendo viva.

Chupando o lábio inferior, enterrei as unhas em seus ombros enquanto ele se banqueteava. A tortura era tão boa, mas eu estava ficando tão excitada que queria empurrá-lo para baixo, montar em cima e cavalgar.

Estremeci, meus olhos se abriram quando senti seus dedos voltarem para o meio das minhas pernas.

— Caramba, você está molhada — rosnou no meu pescoço.

Sim, eu conseguia sentir.

Empurrei seu peito e caí na cama, rastejando lentamente para a cabeceira.

— Pare de brincar, Madoc — desafiei, os olhos nublados. — Hora de agir ou calar a boca. Vamos ver o que você tem.

Ele abriu um sorriso brilhante, paralisando meu coração. Rindo e me assistindo, andou em volta da cama desabotoando a calça.

— Minha pequena rival. Acha que não consigo ficar à altura deste jogo? — devolveu.

Não deu para esconder o sorriso no canto da minha boca. Apoiando-me nas mãos, dobrei as pernas para cima e travei os olhos com os tornozelos separados.

Ergui a sobrancelha com um olhar que dizia *prove*.

Mas meu rosto se desfez quando ele sorriu de novo, dessa vez mais sinistro.

Ai, merda!

Um grito ficou preso na minha garganta quando ele lançou as mãos, agarrou meus tornozelos e me puxou para baixo, depois pausou apenas um momento para se vangloriar da minha expressão de olhar arregalado antes de me virar de bruços.

Respirações rápidas e rasas saíam de mim e meu interior se apertou e latejou com a fricção dos cobertores na minha barriga.

Engasguei com o ar.

— Mad...

— Não fale — rosnou baixinho em meu ouvido, e foi quando percebi que estava presa em uma parede atrás de mim.

Ele ainda estava de jeans. Eu podia senti-lo esfregando contra minha bunda.

Sua mão mergulhou entre minhas pernas e fechei os olhos, conforme ele alisava ao redor da entrada, ao longo do clitóris em círculo, sem nunca me penetrar. Apoiei-me nos cotovelos e comecei a me mexer em seus dedos.

A cama afundou, então eu soube que ele devia ter trazido um joelho para pairar sobre mim. Uma cócega quente e molhada percorreu minhas costas e estremeci com a sensação da sua língua me lambendo.

Uma mordidela dura desceu pela minha lateral e agarrei os cobertores abaixo de mim.

— Madoc. — Mas ele não parou. Voltando uma e outra vez, chupou a pele das minhas costas, trazendo entre os dentes a cada vez. Parecia vidro se estilhaçando. Um beijo e o formigamento se espalhava em um raio uniforme por todo meu corpo.

— Quer me desafiar de novo? — Pressionou-se em minha bunda, e pude sentir sua dureza tentando se libertar.

— Caramba, Madoc! — Tentei soar brava, mas saiu como um gemido/choro/súplica. — Estou prestes a transar com a droga da cama! Por favor. — Olhando por cima do ombro, absorvi o peito sexy, macio e bronzeado e o tanquinho que eu queria lamber. — Preciso de você — murmurei.

Ele deve ter visto o apelo em meus olhos, porque se esticou para a mesinha de cabeceira e pegou uma camisinha. Abrindo com os dentes, tirou a calça e a boxer, chutando com os pés. Sustentei seu olhar enquanto ele a colocava. Sustentei seu olhar enquanto ele ajoelhava na cama e se abaixava sobre mim.

Mas o perdi enquanto arqueava uma das minhas pernas para cima, o lado interno da coxa deitado na cama, e se aninhava entre minhas pernas.

Ao posicionar ambos os braços na cama ao lado dos meus ombros, deitou sobre mim, sua mão debaixo do meu queixo, e ergueu minha cabeça para encontrar seus lábios.

Ah. Cobriu minha boca inteira com a sua e deslizou para dentro de mim, rápido e fácil.

Gemi em sua boca.

— Eu te amo — resmungou contra os meus lábios.

Estiquei a mão para trás e agarrei seu pescoço, fechando os olhos e absorvendo cada movimento de vai e vem do seu corpo ao penetrar o meu.

Cerrando os dentes, prendi o ar quando ele foi mais fundo e mais rápido, seu corpo deslizando para cima e para baixo nas minhas costas.

Seus antebraços longos e musculosos ao meu lado estavam flexionados e tensos e, cada vez que ele entrava em mim, gemia com o prazer do que ele poderia fazer comigo que eu não conseguia sozinha. Acho que as pessoas chamavam de ponto G e ele era muito bom em encontrá-lo. Comecei a me contorcer contra a cama, empurrando contra ele para aumentar a velocidade. Quanto mais rápido ele ia, mais eu sentia.

Sua respiração quente soprou na minha orelha.

— Sem paciência hoje, né?

— Desculpa — gemi, sem diminuir em nada o ritmo. — Vou te compensar. É que essa posição é...

Minha barriga começou a girar com as borboletas, como se eu estivesse em queda livre, e meu interior se apertava e soltava. Deixei a cabeça cair na cama e arqueei a bunda para cima para encontrá-lo, deixando ali enquanto ele me penetrava.

— Ah — gemi, sentindo a queimação, e fiquei mais selvagem, o querendo mais rápido e mais forte.

Até que ele parou.

O quê?

O QUÊ?

Meus olhos queimaram de medo e raiva, a pulsação entre minhas pernas acelerando.

Antes que eu tivesse a chance de me virar, porém, ele agarrou meus quadris, me colocou de quatro e me penetrou de novo.

— Ai, Deus — gritei, endurecendo os braços e alargando as pernas, e ele me invadiu tão forte e rápido quanto antes.

— Esta posição é ainda melhor — comentou, segurando meus quadris.

Aquele maldito tom arrogante.

E então me perdi. Apertei-me ao redor de seu pau, pulsando e explodindo, o orgasmo queimando minhas entranhas, fazendo meu coração pular na garganta.

Minha testa voltou para a cama, mas Madoc não parou nem diminuiu o ritmo, mesmo depois que meu orgasmo passou.

E aquilo também foi alucinante.

Continuar a senti-lo mesmo depois de gozar era muito bom. Ele apertou meus quadris, se movendo mais e mais rápido. *Droga, eu amava seu poder.*

Ele resmungou algumas vezes, respirando com dificuldade, e finalmente mergulhou o mais fundo que pode mais duas vezes antes de se derramar e diminuir o ritmo até terminar.

Caindo na cama, ele finalmente me deixou cair também.

Minha bochecha estava apoiada no colchão e meu cabelo suado estava colado no meu rosto. Ou talvez fosse seu cabelo que estava colado no meu rosto suado.

Tanto faz.

CAPÍTULO VINTE E QUATRO

FALLON

Muitas vezes me pergunto se o passado parece melhor para as pessoas porque elas odeiam muito o presente ou porque foi melhor mesmo. Expressões como "nos velhos tempos" implicavam que a vida costumava ser de melhor qualidade do que é agora, mas eu acho que tudo parece melhor em retrospecto. Afinal, não é como se tivéssemos a chance de voltar e reviver sabendo o que sabemos agora e testar aquela teoria.

Menos para mim.

Eu consegui voltar para casa. Para um lugar que eu odiava. Uma vida que eu não queria. E para um garoto que eu desprezava.

E mesmo com tudo isso, ainda sentia saudades de Madoc. Nunca deixei de desejá-lo e amá-lo.

Ainda estava obcecada em machucá-lo, mesmo que a dor na boca do meu estômago por precisar dele ainda queimasse. Pensei, com certeza, que voltaria para casa com uma revelação, tipo: "por que eu sequer pensei que o amava" ou "em que merda eu estava pensando?".

Mas não. Neste caso, não me lembrava do nosso tempo juntos com carinho porque eu queria. Lembrava-me dessa forma porque era bom.

Eu me lembrava da verdade. Não de uma versão amaciada e adoçada que minha mente criou depois que o tempo fez a dor diminuir.

Realmente foi bom.

— Madoc — repreendi, em um tom brincalhão.

Ele riu na minha orelha.

— Você é tão quente em todos os lugares — disse, me abraçando. — E ainda está molhada.

Seu braço estava em volta da minha cintura com a mão acariciando entre minhas pernas.

Dormimos na noite passada depois de uma rodada de amor muito mais doce e calma, e eu estava exausta. Depois de mal conseguir dormir na noite anterior, da longa viagem de volta à Shelburne Falls, encontrar as caixas no porão e então voltar aqui na noite passada, eu precisava descansar e comer.

Mas sorri mesmo assim, porque sabia o motivo para ele ter acordado cedo.

Provavelmente estava em alerta máximo, mesmo que não percebesse. Seu subconsciente provavelmente achou que eu fugiria quando ele estivesse dormindo.

— Estava sonhando com você. — Bocejei, e logo descansei o nariz no travesseiro. Tinha o cheiro do seu perfume em tudo e eu só queria puxar a coberta sobre a cabeça e rastejar naquele aroma.

Seus dedos começaram a fazer sua mágica, acariciando e fazendo círculos ao meu redor, e senti a pulsação da minha excitação.

— Conte-me sobre o sonho — insistiu.

Hmmm... eu tinha uma ideia melhor. Sim, minha cabeça parecia um balão e eu mal conseguia abrir os olhos, mas quem se importava.

Esticando a mão, peguei uma das camisinhas que Madoc deixou na mesinha de cabeceira na noite passada após a primeira vez. Eu deveria saber que ele tinha planos para o meio da noite.

Virando, empurrei-o de costas e subi em cima, montando-o.

Lambendo os lábios, passei o dedo em sua bochecha.

— Acho que vou te mostrar.

— Ai, meu Deus. Você lembrou. — Cobri a boca com as mãos, acidentalmente deixando o lençol cair na cintura ao sentar na cama. Puxando de volta, olhei para a caixa de Krispy Kremes como se fosse o pote de ouro no fim do arco-íris. Meu estômago roncou na mesma hora.

Ele se jogou na cama, deitado de lado, e abriu a caixa que estava entre nós.

— Na verdade, não — admitiu. — Addie ainda compra todo sábado. Traz nossa variedade de sempre. Recheado com limão para você, cobertura de chocolate para mim e tradicional para o meu pai.

E nada para minha mãe, eu lembrava. Ela nunca comeria rosquinhas.

Ele pegou sua favorita e deu uma mordida. A cobertura craquelada em seus lábios se mexia quando ele mastigava e, por algum motivo, meu coração quase explodiu.

Mergulhando, agarrei seus lábios inocentes e tive que segurar a risada quando ele estremeceu de surpresa. Lambendo a cobertura, não consegui acreditar no tamanho da minha fome. Madoc me fez prometer não sair da cama sem sua permissão por doze horas e agora eu pensava que ele teria que me arrastar para fora.

Não era comida que eu queria agora.

Pairei sobre sua boca.

— Eu gosto de você.

Ele recuou um pouquinho, olhando para mim com suspeita.

— Pensei que você me amava.

— Ah, eu amo. Mas você pode amar pessoas que não gosta, sabe? — Procurei na caixa a minha rosquinha de limão. — Tipo nossos pais, nossos irmãos... mas, contigo, eu também gosto de você. Gosto de estar com você e falar com você.

Ele estreitou os olhos e enfiou um pedação na boca.

— Você só acha que eu sou legal, porque tenho todas as temporadas de *The Vampire Diaries* em DVD.

Ai, meu Deus!

Explodi em risos, cobrindo a boca cheia com a mão.

— Não tem não! — soltei, incrédula. — Eu não assisto mais, e você?

Ele fechou a cara para mim e pegou outra rosquinha da caixa.

— A culpa é sua — resmungou. — Você tinha que assistir toda quinta-feira, então eu fiquei viciado.

— Madoc. — Engoli o restante do meu pedaço. — Eu não assisto há anos.

— Ah, mas devia. — Ele assentiu. — Damon e Elena? Pois é. Aí teve o Alaric. Aquilo meio que foi uma droga. E então os Originals vieram para a cidade. Eles são bem maneiros. Ganharam o próprio programa agora.

Comecei a rir e ele virou o rosto para mim, franzindo o cenho.

— Estou falando sério — reclamou.

— Dá para ver.

Nós nos sentamos lá, comendo e conversando pela hora seguinte, e então Madoc relutantemente me deixou sair da cama depois de eu implorar para usar o banheiro.

Queria sair para correr, mas tinha transado quatro vezes nas últimas nove horas. Estava suada, colando e dolorida. Precisava muito de um banho quente.

Também precisava de um tempo para entender o que deveria fazer sobre

RIVAIS

minha mãe e como falaria com Madoc sobre o restante. Sobre o bebê, minha mãe tentar tirar sua casa... Nós dois estávamos nos sentindo tão bem agora e eu não queria estragar o ponto alto. No entanto, eu só tinha que contar a ele e superar. Ele ficaria muito bravo com minha mãe e talvez um pouquinho comigo por ter escondido, mas eu confiava que ficaria ao meu lado.

Abri seu sabonete líquido, sentindo o cheiro do seu maravilhoso conteúdo, que fazia meus hormônios vibrarem por todo o corpo.

Como se fosse uma deixa — acho que ele tinha um sensor de quando meu corpo precisava dele —, Madoc abriu o vidro do box e entrou.

Seus olhos ficaram escuros — quase bravos — ao analisar meu corpo.

— Que inferno, Fallon — falou, em um rosnado baixo. Puxando-me para si, mergulhou a cabeça para molhar o cabelo, jogando para trás.

Sua boca desceu na minha e esqueci todas as minhas preocupações no calor do chuveiro e na segurança dos seus braços.

— Quer ver um filme? — indaguei, quando ele me passou uma toalha. Finalmente saímos do chuveiro uma hora depois e pensei que descer para a sala de cinema seria uma boa oportunidade de conversar com ele. Sozinha, longe dos ouvidos amáveis de Addie.

Ele passou a toalha na cintura e usou outra para secar o cabelo.

— Bem, pensei que seria divertido ver se Lucas está em casa hoje. Preciso vê-lo.

Não falei nada. Ele estava certo. Era minha culpa Madoc ter ido embora mais cedo no verão e aquilo ter sido tirado do garoto. Precisávamos vê-lo agora mesmo.

— E depois eu esperava que você pudesse ficar aqui mais alguns dias — continuou. — Estamos nas férias de outono, então não tenho que voltar até semana que vem.

A decepção pesou sobre mim.

— Northwestern não tem férias de outono.

Ele assentiu, se apoiando na pia do banheiro, gostoso pra caramba com aquele cabelo todo bagunçado.

— Eu sei. Procurei hoje de manhã. Mas se você puder ficar só uns dois dias, pode funcionar.

— Por quê?

Tudo que eu mais queria era ficar aqui e passar mais tempo com ele, mas minhas aulas não eram molezinha. Perder um dia era muita coisa. E eu já tinha perdido a sexta-feira.

— Sua mãe está tentando tomar a casa. Quero falar com Jax e ver se ele consegue ajudar.

— Como ele conseguiria ajudar? — Andei até ele, que tirou a toalha do pescoço, passou pelo meu corpo que já estava envolto em uma e me puxou para mais perto.

— Ele é bom com computadores — explicou. — Consegue encontrar coisas na internet que outros não conseguem. Só quero ver se dá para descobrir algo sobre ela.

Ele não acharia. O cara que trabalha para o meu pai já tinha procurado e, além dos frequentes prostitutos, a vida da minha mãe consistia apenas em comprar, jantar e socializar. O pai de Madoc tinha a informação que ele se recusava a usar.

Não contei aquilo a ele, porém. Madoc sabia meu papel no divórcio dos nossos pais e eu não o lembraria disso.

— Jared, só dá uma chance!

Madoc e eu viramos a cabeça na direção da porta do quarto por conta da gritaria lá fora.

— Mulher, você enlouqueceu! — rebateu Jared. — De jeito nenhum.

— Ah, você é um fraco! É só dança de salão! — Tate gritou.

Madoc e eu nos encaramos com olhos arregalados antes de corrermos para sua porta e abri-la.

Jared e Tate tinham acabado de virar no corredor e estavam indo na direção oposta à saída da casa. Para o quarto deles, provavelmente.

Jared se virou, andando de costas.

— De jeito nenhum.

Madoc passou o braço pelo meu ombro e falou:

— O que ela está tentando te obrigar a fazer agora?

Tate se virou, as mãos nos quadris, e Jared parou de recuar.

— Aulas de dança de salão — resmungou. — Não sei de onde ela tirou essa ideia.

Tate olhou para baixo.

— Apenas pensei que poderia ser uma nova experiência, Jared — falou, de costas para ele. — Não devo esperar que Madoc dance comigo em *todas* as ocasiões, ou devo?

Estreitei o olhar, a estudando. *Todas as ocasiões?*

Então me toquei.

Um casamento.

RIVAIS

Era nisso que ela estava pensando, só que a sobrancelha mega-arqueada de Jared e o suspiro de Madoc me disseram que eles não entenderam.

Ela estava apaixonada por Jared e até eu podia ver que ele tinha toda intenção de se casar com ela algum dia. Tate queria que ele dançasse com ela no casamento deles, claro. E Jared não dançava.

Pode ser que ele não precise daquele talento por alguns anos, mas ela estava apenas pensando à frente. Mastigando o interior da boca, ela parecia brava, mas tinha orgulho demais para dizer o motivo de realmente querer que ele aprendesse.

— Eu tenho uma ideia — falei, segurando a toalha com segurança ao meu redor e espiando pela moldura da porta. — Uma corrida — sugeri. — Se ela vencer, você tem que fazer aulas até dançar valsa como um profissional. Se você vencer, não precisa.

Ele olhou para longe com uma expressão entediada.

— Não tenho que concordar com isso. O que eu realmente ganho?

Tate apertou os lábios, parecendo prestes a dar uma surra nele.

— Tudo bem, idiota. — Girou e dirigiu-se ao namorado. — Se você vencer, vou fazer aquilo que você queria que eu fizesse.

Seus olhos se arregalaram, brilhando com malícia, e imaginei que era assim que Jared Trent ficava na manhã de Natal.

— Vocês têm um acordo? — Madoc indagou.

Jared andou até Tate, prendendo seu queixo entre os dedos.

— Sábado que vem. Vou ligar para o Zack e organizar. — E andou até o quarto deles, pegando o telefone no bolso no caminho.

— O que ele quer que você faça? — Dava para ouvir o sorriso na voz de Madoc. — Anal? Pensei que vocês dois já tinham feito isso a essa altura.

O cabelo de Tate balançou em suas costas enquanto ela negava com a cabeça.

— Não importa. Ele vai perder.

Ela parecia mais confiante do que correta.

Madoc riu.

— Sim, claro. A última vez que Jared perdeu uma corrida foi… hmm, nunca.

Ele está certo.

Acho que tive uma ideia bem idiota e Tate estava envolvida nisso agora.

CAPÍTULO VINTE E CINCO

MADOC

Depois de outra briga hilária, Jared e Tate finalmente deixaram a cidade para voltar à faculdade em Chicago. Ele estava tentando convencê-la a deixar o carro em Shelburne Falls — já que voltariam em cinco dias de todas as formas — e ela decidiu que era melhor eles irem em veículos separados e não se verem a semana toda. Ele explodiu e ela murmurou algo sobre a frustração sexual enfraquecer suas habilidades normalmente afiadas na pista no fim de semana que vem.

Eu não estava querendo apressar meu tempo com Fallon esta semana, não conseguia parar de sorrir com a ideia de ir ao Loop de novo. Sentia falta dos meus amigos mais do que queria admitir para mim mesmo.

Fallon decidiu ficar mais um dia ou dois, então colocamos nossas roupas e entramos no meu carro. Depois de vermos Jax, iríamos até a casa de Lucas.

— Jax! — chamei, abrindo a porta destrancada. — Está acordado? — Ouvi passos constantes no andar de cima e o esperei descer as escadas.

Ele estava sem camisa, como sempre fazia dentro de casa, e usava calça preta da Adidas sem sapatos ou meias. Seu cabelo estava preso no rabo de cavalo de costume, mas havia alguns fios soltos como se ele tivesse acabado de acordar. E estava com um hematoma na lateral do lábio. Parecia cansado pra caramba, mas de bom humor.

— Ei, cara. — Fiz nosso combo de tapa/punho/soco. — Coloque uma camisa, vai?

Meio que era brincadeira. Meio. Eu era mais gostoso que ele. Sem dúvidas. Porém peguei a mão de Fallon, lembrando a ela de que poderia olhar, mas não tocar.

Jax tinha começado a malhar com Jared e eu há cerca de um ano e, embora ainda fosse novo e estivesse crescendo, conseguia se virar sozinho sem nós dois. Ele cuidava de si de uma forma que outros garotos da sua idade não faziam. Tinha uma coisa com estar saudável e, embora bebesse aqui e ali, nunca tocou em cigarros ou drogas.

De fato, ele teve um grande problema com drogas. Um cara ofereceu maconha a ele uma vez e o Jax perdeu a cabeça.

Fallon apertou minha mão, sorrindo com meu pedido ciumento para ele colocar a camisa.

Ele cruzou os braços sobre o peito.

— Deu sorte que eu vesti uma calça, cara. Que foi?

Acenei para as escadas.

— Vamos ao seu escritório.

Ele se virou e o seguimos pelas escadas até seu covil. Ou foi como eu brinquei que era. A mãe de Jared, Katherine — que em breve seria minha madrasta —, tirou Jax da casa de adoção e o trouxe para morar com ela, assim o filho teria o irmão consigo.

Infelizmente, Jax era o sol, a lua e as estrelas para ela, e a mulher o mimava. Jared ficou com uma mãe que se colocava em primeiro lugar e o negligenciava, e Jax com a mais madura, que tinha crescido e se comportava responsavelmente. Jared foi deixado sozinho e Jax tinha refeições caseiras e uma fã número um em seus jogos de lacrosse.

Foi bom, apesar de tudo. Ele merecia muito uma pausa depois da infância que teve e Jared ficou feliz que sua família finalmente se uniu.

Jax ganhou permissão de ficar com o quarto de Jared quando ele se mudou para a faculdade e usava o antigo como "escritório". Ao entrar lá, a sensação era de estar em uma van de vigilância do FBI. Era escuro e um pouco intimidador com interruptores, telas e fios subindo e descendo pelas paredes.

Seis monitores enormes de *touch-screen* estavam alinhados na parede, duas fileiras de três, e havia um sétimo em um tripé que Jax usava para controlar todos eles. Havia três longas mesas alinhadas com eletrônicos que eu não teria a menor ideia do que eram, assim como um computador de mesa e um laptop.

Quando perguntei a ele ano passado por que precisava de tudo aquilo, ele simplesmente disse que jogava muito videogame.

É, aquilo não era para jogo. Era mais sério.

Mas, dada minha situação e de Fallon, eu estava grato por ter Jax por perto. Ele poderia ser capaz de emitir uma papelada que me extraditaria para o Sudão a fim de ser julgado por traição contra o rei deles — ou o que quer que eles tenham —, mas estava ao meu lado, então aquilo era um ponto positivo.

— Uau. — Fallon parou assim que entramos e congelei atrás dela.

Estabilizando-me, passei o braço por sua cintura, vestida com uma camisa cinza, e esperei, deixando-a absorver tudo.

As coisas todas estavam como eu me lembrava, mas ainda era muito para absorver. Cada tela estava ativa, duas exibindo linha após linha de um código que não significava nada para mim, enquanto as outras tinham páginas da web, documentos e mensagens abertas. Pisquei várias vezes, porque meu cérebro estava sobrecarregado. Como Jax olhava para todas essas atividades todos os dias?

— Jax... — Fallon começou, preocupação pesada na sua voz.

Ele circulou o cômodo, desligando monitores sem nos olhar.

— Não me faça perguntas, Fallon, e não te direi mentiras — declarou, como se lesse a mente dela.

Seus olhos rolaram na minha direção.

— Okay — sussurrou.

— Ei, cara. Preciso de um favor. — Andei até uma de suas longas mesas onde tinha visto uma caneta e um papel. — Pode procurar este nome? Patricia Caruthers. — Continuei a escrever seus outros sobrenomes, assim como o telefone. — Ela pode ser encontrada como Patricia Pierce e Patricia Fallon. Procure registros policiais, faturas de cartão de crédito, amigos em lugares ruins, agenda social...

Entreguei o papel a ele.

— Patricia Caruthers. É a sua madrasta, não é? — indagou, olhando entre Fallon e eu.

— É a minha mãe — Fallon respondeu, me dando um olhar antes de prosseguir: — Jax, desculpa te envolver nisso, mas ela está levando as coisas longe demais com este divórcio. Queremos ver se você consegue — deu de ombros, desculpando-se — qualquer coisa sobre ela. Para persuadi-la a recuar, sabe?

Seus olhos pensativos continuaram a se mover entre Fallon e eu, mas ele finalmente assentiu.

— Me dê algumas horas.

Depois que buscamos Lucas, fomos almoçar no Chevelle's Diner e então para a pista de skate. Eu tinha dito ao garoto onde iríamos no restaurante quando o levei ao banheiro — e fiquei de guarda do lado de fora, por causa de estranhos. Ele nunca andou de skate. Também disse a ele para manter a boca fechada. Queria surpreender Fallon e, para ser honesto, não tinha certeza do que ela acharia da ideia. Por isso, decidi armar uma emboscada.

Melhor pedir desculpas do que permissão, certo? Meu lema é esse.

Meu telefone continuava zumbindo no bolso enquanto eu dirigia e procurei o botão de desligar por cima da calça, apertando-o.

Fallon se virou para mim, estreitando os olhos na minha calça. Agarrei sua mão.

— Para de ficar me conferindo.

Ela rolou os olhos.

Minha mãe e meu pai estavam ligando e mandando mensagens há uma hora. E eu sabia o motivo. Mas não queria preocupar Fallon.

Eles sabiam que estávamos juntos e eu sabia como eles descobriram.

Não culpava Addie por contar. Ela nunca teria entregado a informação de forma voluntária. Um deles deve ter falado com ela e perguntado sobre o meu paradeiro. Addie não podia mentir, não que devesse.

Minha mãe estava bem longe, em Nova Orleans. Não me preocupava de ela aparecer lá hoje.

Meu pai, por outro lado, poderia nos surpreender.

E, a esta altura, ou vai ou racha. Eu não desistiria de Fallon.

Ela fazia pequenos círculos nas juntas dos meus dedos e espiei pelo retrovisor para ver Lucas balançando a cabeça com a música em seu iPod. A bendita criança tinha crescido muito. Seu cabelo estava mais longo em volta das orelhas e ele tinha crescido pelo menos cinco centímetros nos últimos quatro meses.

O aperto de Fallon na minha mão aumentou e a encarei pelo cantinho do olho, vendo que ela tinha percebido que entramos no parque Iroquois Mendoza.

Sua cara se fechou, as engrenagens girando em sua cabeça.

Prendi o sorriso e, com a mão que estava solta, toquei entre suas pernas para distraí-la.

— No que você está pensando?

Ela agarrou minha mão com as suas.

— Para! — sussurrou, em tom agudo, dando olhares sutis e nervosos por cima do ombro para Lucas.

Ele ainda balançava a cabeça e encarava a janela.

Comecei a massagear e fazer círculos. Pelo menos ela não estava pensando sobre possivelmente ficar brava comigo sobre a pista de skate agora.

Mantendo os olhos na estrada, desci e subi a mão por sua coxa, aumentando a pressão.

Olhando para ela, murmurei:

— Vou te pegar com tanta força hoje. Espera só.

Ela apertou os lábios e tirou minha mão.

Virei meu sorriso para o para-brisa dianteiro e nos fiz parar.

— Maravilha! Chegamos! — gritei, puxando o freio de mão e desligando o motor.

Lucas me seguiu para fora do carro na hora e demos a volta até o porta-malas para tirar os skates. Tinha escapado para o porão hoje de manhã para tirá-los de onde os tinha escondido, entre a *half-pipe* e a parede.

Também tinha percebido que as caixas debaixo do piano estavam vazias e as coisas de Fallon estavam por todo o chão. Ela não estava falando sobre e eu não tinha pressa de me explicar, então evitamos o assunto de sua vida inteira ter estado guardada em segurança nos últimos dois anos.

— Fallon! — chamei. — Pare de tocar uma e venha aqui!

A porta se abriu.

— Madoc! — gritou. — Ele é uma criança! Cuidado com a boca.

Arqueei uma sobrancelha para Lucas, em sarcasmo.

Ele negou com a cabeça, murmurando:

— Garotas.

Ergui o porta-malas, firmando com uma das mãos e dando uma olhadinha para Fallon.

— Vamos lá. Escolha o menos pior.

CAPÍTULO VINTE E SEIS

FALLON

Escolher o menos pior?

Eu preferia que Lucas atirasse elásticos na minha cara.

Batendo a porta do carro, enfiei as mãos nos bolsos e enrijeci os braços por conta do ar frio.

— Foi por isso que você insistiu em roupas folgadas — acusei.

Quando comecei a vestir um jeans hoje de manhã, Madoc me disse para vestir algo largo e não falar nada.

Um encanto de rapaz.

Então peguei uma calça preta e folgada e uma camisa Obey cinza, prendendo o cabelo em um rabo de cavalo. Pronta para qualquer aventura que ele tivesse planejado.

Todos os músculos do meu corpo se contraíram. Mesmo que eu tivesse sido uma skatista das boas, estava sem prática. Meu corpo ainda estava em forma, mas minha confiança não e, no skate, a confiança e o raciocínio rápido são as chaves do reino.

Tentei ignorar Madoc, que esperava, para fazê-lo entender que não estava no clima para isso, mas meu olhar não conseguiu resistir ao espiar o porta-malas.

Ofeguei, sem fazer som, minha boca aberta. Tirei as mãos dos bolsos e agarrei a lateral do porta-malas, boquiaberta com todos os meus skates.

Os meus shapes!

— Não comece a chorar — Madoc me provocou. — Eu não guardaria seus Legos e deixaria os seus skates.

Não consegui evitar. Lágrimas embaçaram meus olhos ao encarar todos os cinco shapes, cada um com um conjunto especial de memórias. O primeiro, que estava lascado nas bordas e provavelmente tinha sangue nele. O segundo e o terceiro, que decorei com rodinhas personalizadas, onde aprendi a fazer *ollies, kick-flips* e *heel drag*. O quarto, que era meu favorito para usar na pista. E o quinto. Novinho. Nunca usado.

Meus pulmões estavam vazios e eu não sentia a dor.

Olhando para Madoc, tive que engolir meu sorriso.

— Eu te amo — falei, em uma voz trêmula.

Ele piscou de um jeito muito sexy, dizendo que aceitaria aquilo como agradecimento.

— Vou usar esse — Lucas avisou, pegando o skate nunca usado.

— Ah, não. — Arranquei dele. — Esse aqui é para você. — Peguei o velho e quebrado, com a tração quase gasta.

Ele fez biquinho, pegando o skate de mim.

— Você tem que merecer — expliquei. — Entendeu?

Ele assentiu e segurou o seu, enquanto eu pegava o novo. Madoc fechou o porta-malas sem escolher um. Olhei para ele, erguendo as sobrancelhas.

— Não vou andar — murmurou. — Gosto de assistir.

Coloquei o skate de lado, resmungando:

— Ótimo.

— Lucas — Madoc chamou, e nós dois nos viramos. — Coloque isso.

Madoc jogou uma bolsa de malha com joelheiras, caneleiras e um capacete, e tentei conter um sorriso. Lucas estreitou as sobrancelhas, como se fosse bom demais para usar equipamentos de proteção, mas eu me impressionei.

Madoc era bom nessa coisa de irmão mais velho.

Ele era assim há dois anos? Ou cresceu depois que fui embora? Procurei na memória, me lembrando das vezes que ele bebia meus sucos Snapple para me irritar, mas sempre vinha assistir TV comigo, me fazendo sentir menos sozinha.

E todas as vezes que me ignorava na escola, mas então mandava doces e balões para eu não ficar de fora quando todo mundo recebia entregas nas salas de aula nos feriados. Ele mandava junto de alguns palavrões ou um poema nojento, óbvio, mas ainda era bom receber alguma coisa.

Addie estava certa. Madoc juntava as peças.

— Lucas. — Coloquei o skate no chão na calçada e baguncei seu cabelo loiro. — Já andou de skate antes?

— Ainda não. Mas quero fazer aquilo! — Apontou para um *bowl*, enquanto estávamos parados perto da borda. Ele já estava de capacete e cotoveleiras.

— Você pode ir lá hoje — afirmei, pegando seu skate e colocando ao lado do meu. — Mas vai precisar de um monte de prática antes de estar pronto para ir rápido. Vou te mostrar os primeiros passos. Sabe qual é o seu pé da frente?

RIVAIS

O sangue fluindo por meus braços era quente e meu coração estava acelerado. Caramba, eu estava feliz por Lucas estar aqui. Madoc se sentou, os braços estendidos nas costas do banco, e nos observou. Ou me observou.

Pelo menos ter Lucas aqui significava que eu não era o centro da atenção. Madoc deveria ter me dito para vir aqui sozinha. Testar as águas primeiro, sem um público.

Mas ele me conhecia. Sabia que eu não faria nada sem ser pressionada.

— Pé da frente? — Lucas parecia confuso, levantando um dos pés e depois descendo para erguer o outro, inseguro.

Sorri, tocando seu braço para conseguir sua atenção.

— Ok, vá em frente e suba aquelas escadas ali. — Apontei para a calçada.

— Por quê?

— Só vai — mandei, com mais autoridade, porém mantendo a voz suave.

Lucas deixou o skate no chão e balançou os braços para frente e para trás, subindo o trajeto.

Assim que levantou um dos pés no primeiro degrau, eu gritei:

— Para!

Ele congelou, mantendo o pé esquerdo levantado e balançando, me encarando.

— Esse é o seu pé da frente — expliquei. — Agora volte.

Madoc tinha voltado no carro e deixado as portas abertas para ouvirmos a música. *All I Need*, de Method Man, vibrava, e meu rosto coçava de diversão ao ver Lucas balançando a cabeça como o adolescente que era. Essa música era mais velha que Madoc e eu, pelo amor de Deus.

— Okay. — Abaixei-me e apontei para o seu pé. — Seu pé da frente vai para a parte de cima do skate e o de trás vai para o *tail*.

Ele fez o que foi dito e o observei subir, testando a elasticidade da prancha ao se inclinar para a direita e a esquerda. Meu pé começou a pinicar para sentir meu próprio skate.

Respirei fundo.

— Agora, quando você estiver se movendo, vire o pé da frente para frente e empurre com o pé de trás. Quando voltar com os dois pés para cima, vire-os de lado assim de novo.

Ele não perdeu tempo. Antes de eu me endireitar, ele já tinha ido. Virou o pé da frente, pelo menos no que eu pude dizer, já que suas calças pretas eram tão longas que seus pés estavam quase cobertos. Pelo menos ele parecia um skatista.

Empurrando com o pé de trás, ele tocou o chão uma e outra vez, avançando mais e mais, aumentando a velocidade.

Seus braços se agitaram e fiquei tensa.

— Opa — gritou, e o observei tropeçar para fora e cair na grama ao lado.

Soltei o ar que estava prendendo e olhei para Madoc.

Ele deu de ombros e balançou a cabeça.

— Ele vai cair, Fallon. Relaxa.

Os braços estendidos de Madoc estavam tensos e meus olhos demoraram demais nas curvas de seus bíceps e tríceps na camisa cinza de manga curta. Seu peito extenso e tonificado, eu me lembrava, rígido sob as pontas dos meus dedos. Madoc era duro e macio em todos os lugares certos, e minha boca encheu de água só de pensar em massageá-lo para poder passar os dedos em cada centímetro de sua pele.

Com óleo. Muito, muito óleo.

— Fallon.

Pisquei, voltando os olhos para o seu rosto.

— Seque a baba, linda — mandou. — Vamos para debaixo das cobertas mais tarde. Não se preocupe.

Meu sexo se apertou, um raio disparando por minha barriga e descendo pelas pernas, e olhei para longe, passando a mão no rosto.

E ele começou a rir.

Babaca, cuzão, idiota.

Balançando a cabeça — violentamente — para afastá-lo, subi pelo caminho por onde Lucas estava voltando.

— Quer saber? Você ficou mais tempo em cima do skate do que eu na primeira vez. — Passei o braço sobre seus ombros. — E fez o que deveria fazer. Quando estiver em perigo, pule.

— Não seja covarde — Madoc chamou. — Mostre a ele como se faz.

Fiz uma careta para ele com os olhos e me virei para meu skate, curvando os dedos dos pés.

— O que foi? Está com medo? — Lucas me encarou, a pergunta sincera estampada em todo seu rosto.

Como eu o encorajaria a fazer algo que eu não fazia? Que tipo de mãe eu seria?

Torcendo os lábios de um lado a outro e já sentindo o suor no meu pescoço, subi no shape, enrijecendo as pernas contra meus músculos trêmulos. Inclinei-me de leve nos calcanhares e depois na ponta dos pés.

RIVAIS

Respirei superficialmente, balançando para frente e para trás, dobrando o skate e lembrando a sensação de como manobrar e me direcionar.

As pessoas costumam pensar que andar de skate tem a ver só com os pés, mas a verdade é que todo seu corpo trabalha. Todos os músculos entram no jogo. Você se inclina com os ombros, direciona com os calcanhares e adiciona ou subtrai pressão dependendo se deseja pular, dar um *flip* ou deslizar.

Virando o pé para frente, disparei com o outro e dobrei os joelhos de leve, cerrando os punhos com o súbito ímpeto no peito.

Merda.

Meus olhos se arregalaram e soltei uma risada antes de cobrir a boca.

Ai, meu Deus. Espero que eles não tenham ouvido. Senti adrenalina só de começar?

Tocando o chão novamente, chutei duas vezes, meu coração pulando no peito, e virei para a esquerda, evitando as escadas. Ficando na calçada, continuei empurrando e deslizando pela calçada em volta do *bowl*, fogos de artifício disparando na minha barriga e na cabeça.

Porra, que maravilha. A sensação é essa.

Como foi que eu desisti disso?

Empurrando o chão de novo, fui com força, direto na direção de Lucas. Abrindo os braços, empurrei a perna de trás, levantando a frente do skate do chão e derrapando até parar, circulando o garoto.

Travei cada músculo do meu corpo, querendo poder transformar meu rosto em um sorriso de merda e dar pulinhos.

Mas isso seria brega demais.

Descendo do skate, minha respiração rápida e afiada na tarde fria, parei cara a cara com um Lucas de olhos arregalados.

— Pareço com medo para você? — provoquei.

Sua boca se abriu.

— Preciso aprender aquilo.

Pisei no *tail* do skate e peguei a frente.

— *Heel drag* é muito avançado. Vamos fazer uns *tic tacs*.

Pelas próximas horas, Lucas e eu nos cansamos de fazer *steering, bailing, ollies* e a prática de sempre. Mostrei a ele como postar o corpo e como cair sorrindo. Porque cair acontece. Bastante.

Prometi que trabalharíamos em *kick-flips* da próxima vez e então ele passou um tempo praticando no *bowl*, enquanto Madoc e eu nos sentamos na borda para assistir.

Apoiando a cabeça no ombro dele, fechei os olhos e, pela primeira vez, não quis estar em nenhum outro lugar.

— Obrigada — falei, em uma voz rouca. — Por hoje, quero dizer. Eu precisava daquilo. — Acho que ri, gritei e comemorei mais nas últimas horas do que se juntassem os últimos dois anos. Mesmo que fosse sentir a dor amanhã, minha cabeça estava leve de alegria. O cheiro de Madoc me envolvia no caminho para casa e eu ficaria abraçada a ele hoje à noite, todos os músculos se sentindo livres pelo alívio do estresse.

Ele esticou a mão e massageou minha coxa, dirigindo pelas ruas da cidade. Tínhamos acabado de deixar Lucas em casa a tempo para o jantar e estávamos voltando para a nossa.

Sentei-me no meu lugar, minha cabeça sonolenta apoiada de lado, e olhei para ele.

— Não surte com a pergunta — comecei —, mas você teve algum relacionamento no ensino médio? Alguma namorada?

Ele bufou e ligou os limpadores de para-brisa.

— Mulheres sempre têm que fazer perguntas para as quais não querem respostas.

— Mas eu quero. — Minha voz se manteve leve. Na verdade, eu queria saber. Perdemos vários anos e eu queria saber tudo sobre ele.

— Sim — admitiu, acenando com a cabeça, sem encontrar meus olhos. — Algumas.

Ciúme se espalhou pelo meu cérebro como uma doença. Quem eram elas? Como se pareciam? O que ele fez com elas? Quais eram seus nomes, números de documento e endereços?

É louco como pensamentos e suspeitas podem acabar com sua paz de espírito.

— E? — insisti, suavemente.

— E nunca disse a nenhuma delas que as amava — devolveu. — Só para você.

E se virou para mim, me calando com seu rosto sério.

A pulsação no meu pescoço latejava e levei um momento para perceber que minha boca estava aberta.

Ele balançou o queixo para mim.

— Então o que significa a tatuagem de Valknut?

Puxei o ar impacientemente e olhei pela janela.

— Que jeito de bater em cachorro morto — meio que brinquei.

— Você está fugindo do assunto.

Sim, estou. Mas o que eu podia fazer? Como dizer a alguém com quem você quer um futuro que tirou o filho dele sem seu conhecimento. Madoc se importaria. Eu não podia dizer a ele o que exatamente a tatuagem significava. Ainda não.

Por que ele não me perguntava sobre a tatuagem "fora de serviço" ou a frase na lateral das minhas costas?

Estreitei os olhos, focando na chuva na minha janela.

— A tatuagem significa um monte de coisas para pessoas diferentes. Para mim, é renascimento. — Aquilo era em partes verdade. — É sobre seguir em frente. Sobreviver. — E então me virei para ele e dei de ombros. — Parecia legal, ok?

Foi. Esperava que aquele fosse o fim da história. Por enquanto, pelo menos.

Diria tudo ele. Um dia. Assim que pudesse. No momento, só precisava desta noite com ele.

E foi quando me lembrei de uma das habilidades de quem tinha boa lábia.

Distraia-o com uma mudança de assunto.

Limpando a garganta, prossegui:

— Você nunca perguntou da frase nas minhas costas. — E observei seus olhos irem para as minhas mãos enquanto eu levantava a camisa e tirava pela cabeça.

Os olhos de Madoc se colaram nas minhas costas quase nuas, cobertas apenas por um sutiã rosa pink de renda.

— Olhos na estrada — lembrei a ele, usando meu tom mais sensual.

Ele piscou e voltou a olhar o para-brisa.

— Fallon, estou dirigindo. Isso não é legal.

Um sorriso fez cócegas nos cantinhos da minha boca ao vê-lo estrangular o volante.

— Viu? — Virei e mostrei a ele a frase vertical que ia da parte de trás dos meus ombros até lá embaixo, descendo pela coluna. — "Nada que acontece na superfície do mar pode alterar a calma nas profundezas". É a citação favorita do meu pai.

Senti meu corpo balançar com o movimento do carro e tive o bom senso de não rir. Gostava de seus olhos em mim e gostava de tê-lo distraído.

— E também... — Ergui a bunda, ignorando o caroço excitado na minha garganta quando rapidamente me livrei da calça, levando os sapatos e as meias junto. — Tenho outra bem aqui. — Apontei para o trevo em meu quadril.

— Fallon! — Madoc reclamou, seus braços flexionados, mostrando os músculos poderosos em seus braços ao puxar o volante para colocar o carro em linha reta. — Caramba.

Sorri para mim mesma e reclinei o assento até deitá-lo. Os vidros de Madoc não tinham insulfilm e, como ainda estávamos na estrada, qualquer um conseguiria me ver de sutiã.

— O que houve? — suspirei, piscando com inocência.

Ele mal destravou os dentes para falar:

— Não chegaremos em casa por mais dez minutos. É sério que você está fazendo isso comigo agora?

Foquei nele com a mão por trás da cabeça e os olhos semicerrados. Com a língua dançando para fora da boca, prendi a bolinha de prata entre os dentes e assisti o fogo queimar em seus olhos.

Minha pele provavelmente estava corada em todo lugar, mas eu não ligava. Nada era melhor do que ver suas mãos atrapalhadas no volante por tentar se manter na estrada ou o jeito como seus olhos deslizavam no meu corpo.

— Madoc? — murmurei, virando de lado e apoiando a mão na cabeça. — Quero que você me foda no seu carro.

Seus olhos piscaram e seu corpo travou, como se o carro estivesse dirigindo sozinho. Ele agarrou o volante, passando a sexta marcha, e acelerou para fora da cidade.

Antes que eu percebesse, o céu estava escuro, a chuva caía forte e estávamos estacionados em uma estrada de cascalho silenciosa pela próxima hora.

CAPÍTULO VINTE E SETE

MADOC

Em todo o ensino médio, eu segui as pessoas. Segui meu pai. Segui Jared. Segui as regras.

Quando você segue, se esquece de crescer. Os dias passam, os anos correm por você e você fica com pouco para mostrar em sua vida. Meu pai era prova disso. Ele trabalhou e se escondeu, amando uma mulher que não tinha coragem de chamar de sua, e por quê? Para que pudesse ter uma cidade cheia de pessoas em seu funeral e uma grande propriedade para deixar para o filho que não conhecia?

Meu pai não tinha nada. Ainda não, pelo menos.

Eu sabia que ele me amava e, naquele aspecto, tive bem mais sorte do que Jared e Jax, mas não queria ser como o cara. Havia algumas boas memórias, mas, para ser honesto, não tinha certeza de como reagiria se ele fosse embora do nada.

Foi esse pensamento que me despertou na cama. O calor desceu pelo meu pescoço e minhas costas, e não tive que tocar minha pele para saber que estava suando.

Meu pai sabia o que queria, mas nunca aceitou. Eu não queria aqueles arrependimentos.

Olhei para o lado, vendo Fallon enrolada em uma bola, dormindo. Estava com uma regata e shorts de dormir, o cobertor sobre sua cintura. Suas mãos estavam enfiadas debaixo da bochecha e o cabelo se espalhava sobre o travesseiro acima de sua cabeça. Ela parecia muito pequena e indefesa.

Minha boca se transformou em um sorriso com o pensamento, porque Fallon não era nada indefesa.

No entanto, ainda gostei de aproveitar a visão. Meus batimentos cardíacos desacelerarem, observando sua respiração constante.

Pegando o telefone na mesinha de cabeceira, verifiquei a hora, vendo que eram apenas nove da noite. Depois de andarmos de skate esta tarde e do nosso pequeno desvio, nossos corpos estavam se arrastando.

Dormimos em meu quarto, nem mesmo querendo comer o assado que Addie deixou no forno para nós.

Meu telefone vibrou e o peguei, abrindo a mensagem de Jax.

> Pode vir aqui? Sozinho?

Sozinho? Ele deve ter encontrado algo sobre a mãe de Fallon, mas por que eu tinha que ir sozinho?

> Chego em 20 min.

Virando para o lado, cutuquei Fallon para acordá-la.

— Amor? — sussurrei, beijando uma trilha de sua bochecha até a orelha. — Vou sair por uma hora. Já volto.

Ela gemeu, franzindo os lábios.

— Okay — suspirou. — Pode me trazer um Snapple quando voltar?

Então desmaiou de novo e eu ri.

Cheguei na casa de Jax uns quinze minutos depois. A chuva ainda estava caindo lá fora, mas era mais leve e fiquei feliz de ver a luz saindo das janelas.

Katherine estava em casa.

Sua "mãe" — eu não tinha certeza de como chamá-la — ainda passava muito tempo com meu pai, mas ouvi dizer que ela insistia que ele passasse mais tempo quanto podia em casa por causa de Jax. Eu me perguntava o que meu pai sentia por ter ganhado dois enteados. Ele teve dificuldades comigo.

A luz da cozinha e da sala brilhava com calor quando bati na porta da frente e imediatamente girei a maçaneta.

Parei de esperar ser recepcionado anos atrás e ainda vivíamos em uma cidade onde você não tinha muito que se preocupar em manter as portas trancadas o tempo todo.

Acenando para Katherine, que colocou o rosto para fora da cozinha, fui até a "sala de computadores" de Jax e entrei, fechando a porta por trás de mim.

Apontei o queixo para ele, que cruzava a parede dos monitores, tocando diferentes telas.

— Ei, o que você conseguiu? — perguntei.

— Ei, cara. Foi mal te arrastar até aqui, mas pensei que deveria ver pessoalmente.

Caminhando até a impressora, pegou alguns papeis, lendo-os.

— O que é? — perguntei, tirando a camisa de botão e ficando apenas com a cinza escura debaixo.

— Bem, não estou achando muito sobre sua madrasta. — Lançou-me um olhar de desculpas. — Foi mal, porém ela é bem linear. Olhei sua agenda e, pessoalmente, acho um C-SPAN mais divertido.

Meus ombros afundaram um pouco e suspirei.

Ele soltou uma risada amarga.

— Além das visitas à prostituição masculina... ela tem uma reserva no Four Seasons toda quinta-feira à noite para isso... ela é bem tranquila.

— Então por que estou aqui?

Seus olhos foram para o chão e ele hesitou.

Ótimo.

Sentado em sua cadeira de escritório, ele se virou para mim.

— Encontrei outra coisa, na verdade. Estava olhando suas faturas de cartão de crédito e isso apareceu.

Ele me entregou um papel e se afastou.

Encarei, meus olhos passando sem ler de verdade. Palavras saltaram para mim. Coisas como *clínica*, *Fallon Pierce* e *saúde da mulher*. Eles se juntaram quando meus olhos dispararam para o papel branco e fino, que começou a se amassar na minha mão.

Então minha busca desacelerou quando captei palavras como *interrupção da gravidez* e *saldo devedor*.

Meus pulmões foram parar no chão. Eles não se expandiam quando eu tentava respirar e estreitei os olhos para as palavras que se solidificavam na minha cabeça como uma umidade no céu que formariam uma nuvem.

Uma nuvem grande e escura.

Pisquei e olhei para a data da conta. Dois de julho. Alguns meses depois de ela ter desaparecido, há dois anos.

Meus olhos foram para o saldo devedor. Seiscentos e cinquenta dólares.

Agarrei o papel, meus olhos queimando de raiva... horror... medo. Não sei o quê. Eu só me sentia mal.

Fechei os olhos. Ela estava grávida. Do meu filho.
Seiscentos e cinquenta dólares.
Seiscentos. E cinquenta. Dólares.
— Madoc, Fallon é uma amiga — Jax começou. — Mas pensei que você precisava saber disso. O filho era seu?
Ácido rolou em meu estômago e bile queimou em minha garganta.
Engoli em seco, minha voz soando mais como uma ameaça ao dizer:
— Tenho que ir.

— Cadê a Fallon? — rosnei para Addie.
Subi as escadas correndo assim que cheguei em casa e encontrei a cama vazia. Ela não estava com o carro de Tate ou com a moto, então, a menos que tivesse ido embora a pé, tinha que estar aqui ainda.
— Hm... — Os olhos de Addie foram para o teto, pensando. — Acho que no porão. Foi a última vez que a vi. — Com as mãos enterradas em uma massa, ela acenou para o forno conforme eu ia para a porta do porão. — Vocês não comeram o jantar — gritou, por trás de mim. — Vou guardar! Okay?
Ignorando-a, desci as escadas, deixando a porta bater por trás de mim.
As escadas de cimento estavam cobertas por carpete, então eu estava descendo as escadas praticamente em silêncio. As luzes estavam acesas, mas o silêncio era fantasmagórico.
Encontrei Fallon na hora.
Ela estava na parte baixa da *half-pipe*, deitada contra a inclinação, as pernas dobradas.
Vestia uma longa camisola branca de algodão, o cabelo molhado me dizendo que tinha acabado de tomar banho.
— Vim aqui para a Addie não ouvir os gritos — admitiu, antes que eu falasse qualquer coisa. Suas mãos estavam apoiadas na barriga e seus olhos estavam colados no teto.
— Você sabe que eu sei.
A metade do seu rosto que pude ver estava relaxada e receptiva, como se estivesse esperando uma tempestade.

— Jax ligou quando eu estava no banho. Queria me avisar. Disse que sentia muito, mas achou que você deveria saber.

Cada passo até a pista foi feito com os músculos travados. Porra, eu estava puto. Como ela se atrevia a estar tão calma? Deveria estar sentindo o que estou sentindo.

Ou pelo menos estar assustada!

— Você deveria ter me contado — disparei, minha voz grave vindo da boca do estômago. — Eu merecia a verdade, Fallon.

— Eu sei. — Sentou-se. — Estava planejando te contar.

Maldita. Ela ainda estava muito calma, me olhando com olhos sinceros e inabaláveis. Falando com uma voz tranquila. Ela estava lidando comigo, o que me deixou ainda mais puto.

Passei a mão pelo cabelo.

— Um bebê? Caralho, Fallon, um bebê?

— Quando era para eu te contar? — Sua voz estava trêmula e lágrimas enchiam seus olhos. — Anos atrás, quando eu pensei que você não me queria? No verão passado, quando te odiava? Ou talvez nos últimos dois dias, quando as coisas entre nós estavam mais perfeitas do que nunca?

— Eu deveria saber! — explodi. — Jax soube antes de mim! E você se livrou disso sem eu saber de nada. Eu deveria saber!

Ela afastou o olhar, sua garganta se mexendo para cima e para baixo como se estivesse engolindo.

Negando com a cabeça, manteve a voz macia.

— Seríamos pais aos dezesseis anos de idade, Madoc.

— Quanto tempo você esperou? — Mostrei os dentes, zombando. — Sequer pensou em mim antes de fazer isso? Ou correu direto para a clínica assim que descobriu?

Seus olhos sofridos viraram para mim.

— Correr? — gaguejou. Lágrimas surgiram e, embora tentasse segurar, seu rosto se contorceu em agonia. Vermelho, molhado de lágrimas e dolorido.

Levantando, ela passou por mim, mas agarrei seu braço, a trazendo para o meu lado.

— Não! — gritei. — Fique aqui e lute. Assuma!

— Eu não corri! — berrou, me encarando. — Eu queria o bebê e queria você! Queria te ver. Queria te contar. Estava destruída e precisava de você!

Sua cabeça caiu e seus ombros tremeram com o choro, então foi quando me atingiu.

Fallon me amava mesmo naquela época. Ela não queria ir embora, então por que eu pensei que ela iria querer passar por aquilo sem mim?

Suas mãos se fecharam em punhos do lado e ela ficou lá parada, tremendo com lágrimas silenciosas, mas forte demais para desmoronar completamente.

— A tatuagem de Valknut — suspirou, me olhando com desespero. — Renascimento, gravidez e reencarnação. Esteve sempre comigo, Madoc.

Ela fechou os olhos, o fluxo calmo de lágrimas descendo por seu belo rosto.

O peso do que ela passou sozinha me deu um tapa na cara e me lembrei da assinatura na conta que agora estava enfiada em meu bolso.

— Nossos pais — percebi.

Ela ficou em silêncio por alguns momentos e logo fungou.

— Seu pai não sabia de nada.

Ficamos ali, tão longe e tão perto, e para mim tinha acabado. Chega de todo mundo nos manipulando. Chega de me perguntar e esperar.

Passando a mão por sua nuca, eu a trouxe para perto e envolvi os braços ao seu redor como um cinto de aço que nada poderia quebrar.

Não sabia o que pensar agora.

Eu deveria ser pai aos dezesseis anos? Claro que não.

Mas também não estava feliz com o aborto.

Fazer Fallon passar por aquilo? Eu queria matar pessoas.

Ser tirado da equação completamente e deixado sem saber? Alguém pagaria.

Cansei de seguir os outros. *Era hora de liderar.*

Coloquei Fallon na cama e fui até o cofre do meu pai. Ele mantinha três coisas lá — joias, dinheiro e uma arma.

CAPÍTULO VINTE E OITO

FALLON

— Ah, mas é claro!

Meus olhos se abriram, ouvindo uma voz sarcástica, e sentei na cama.

Minha mãe estava parada na porta aberta do quarto de Madoc, com uma das mãos no quadril e a outra ao lado do corpo, exibindo brilhantes diamantes nos dedos.

Eu ainda estava de camisola e pisquei para afastar o sono, tentando absorver sua aparência.

Engoli um sorriso exausto com sua roupa ridícula. Estava de calças pretas justas, uma blusa sem mangas preta e branca com estampa animal — eu odiava estampa animal — e um chapéu preto.

Sério? Um chapéu?

Toda vez que a via, ela estava tentando parecer mais e mais jovem. Ou mais e mais com uma herdeira italiana. Não tinha certeza.

— O que você está fazendo aqui? — Fiquei em choque com a aspereza do meu tom. O episódio da noite passada com Madoc me esgotou, mas eu me sentia mais forte e alerta. Do pescoço para cima, pelo menos.

Ela sorriu, sua pele impecável brilhando com o sol da manhã que vazava das janelas.

— Eu moro aqui, Fallon. Você não lembra?

Olhando para o outro lado da cama, percebi que Madoc não estava lá.

Cadê ele?

Estreitei os olhos para minha mãe, que veio caminhando para o pé da cama.

— Sai daqui — ordenei.

Ela pegou uma camisa do Madoc e começou a dobrar.

— Dormindo com alguém para chegar ao topo, entendi. Não estou surpresa de te encontrar na cama dele. De novo.

Joguei as cobertas para longe e estiquei a mão para os meus óculos na mesinha de cabeceira, mas parei.

Não. Eu não precisava conversar com ela.

Abaixando a mão, desci da cama e ergui o queixo.

— Se você não sair, eu mesma vou te tirar.

Não era uma ameaça. Eu estava procurando um motivo para bater nela.

— Jason estava me esperando. — Estreitou os olhos, tentando parecer entediada. — Ele está a caminho. Você enxerga isso? Você e Madoc juntos é algo tão sórdido que é a única coisa que meu marido e eu conseguimos concordar.

Estremeci com a palavra "marido". Era engraçado. Nunca pensei neles como pessoas casadas. Talvez porque nunca pareceram estar.

Ela se aproximou de mim, esfregando as mãos frias para cima e para baixo em meus braços nus.

— Jason tem formas de influenciar o filho. É melhor se preparar para esse fato o mais rápido possível, Fallon. Para o seu próprio bem. Madoc não vai embarcar nessa a longo prazo.

— Saia — uma voz grave assustou nós duas.

Minhas costas se endireitaram e meus olhos foram para a porta, onde Madoc estava, encarando minha mãe.

Ela se virou também com o som profundo de sua ordem, e subitamente meus braços e pernas se encheram de poder. Eu me sentia mais forte com ele aqui.

Não que eu dependesse de Madoc para lutar minhas próprias batalhas. Só era bom não estar sozinha.

— Vou sim — afirmou, e ouvi o sorriso em sua voz. — Seu pai estará aqui em breve, então vistam-se. Os dois.

Ela olhou entre nós e caminhou até a porta, por onde Madoc estava entrando. Seus braços estavam cruzados, os músculos de seu peito nu flexionados. Ele não bateria em uma mulher, mas agora mesmo parecia querer.

Minha mãe parou na porta e se voltou para nós.

— Madoc, você será enviado de volta para Notre Dame. E Fallon? Você vai voltar comigo hoje. Para Chicago. Tenho um evento de caridade para planejar e você tem aula.

Não consegui evitar a risada que se espalhou. Juntei as sobrancelhas, sem acreditar.

— Você veio do planeta Desilusão? O que te faz pensar que pode me dizer qualquer coisa?

— Vou te levar de volta para Chicago e você não vai ver Madoc de novo. — Suas palavras eram afiadas, cada sílaba uma ameaça. — De jeito nenhum eu serei associada a ele ou ao pai depois do divórcio. E eles não te querem, de todo jeito.

RIVAIS   217

— Cai fora! — Madoc rosnou.

Ela fechou a boca e engoliu em seco, momentaneamente atordoada.

Arqueando uma sobrancelha, prosseguiu, dirigindo-se a ele:

— Assim que seu pai chegar, ele vai colocar sentido na sua cabeça. Você não vai ver minha filha de novo, Madoc.

Madoc foi até minha mãe, com passos longos e decididos em seu espaço pessoal, até ela ser levada ao corredor. Eu os segui e ele parou devagar, pairando sobre ela.

— Faça aquela ameaça de novo — desafiou — e vou te fazer atravessar uma parede para chegar até ela.

Meus olhos queimaram e sorri comigo mesma.

Ele tinha pelo menos quinze centímetros a mais que minha mãe, e não sei se faria aquilo mesmo, mas meu sangue correu quente ao vê-lo daquele jeito.

Ela torceu os lábios em desafio antes de finalmente decidir calar a porra da boca e cair fora.

Meu Deus, eu o amava.

— Madoc... — Corri até ele, que se virou na hora para me pegar em um abraço. Sussurrei em seu ouvido: — Você é tão gostoso.

Seu corpo sacudiu com o riso e ele passou os braços pela minha cintura, me levantando do chão. Circulei seu pescoço e bati a porta do quarto depois que ele nos levou para dentro.

— Temos problemas — falei, com naturalidade.

— Temos dezoito anos. E meu pai está blefando.

— Mas...

— Confia em mim — interrompeu. — Você me ama?

Acenei como uma criança que queria sorvete.

— Sim.

— Me ama tanto que não seria capaz de me matar se eu virasse um zumbi? — pressionou, o rosto travesso.

— Sim. — E ri.

Ele me colocou no chão e mexeu na calça, tirando uma caixa de couro preta redonda. Quando ele a abriu, quase desmaiei com o que vi.

Um anel, lindamente detalhado em torno de uma banda de platina, com um grande diamante no centro e vários outros menores de cada lado, brilhava na luz do quarto.

Quando meus olhos arregalados se ergueram, Madoc estava com um dos joelhos no chão.

Ele me deu um sorriso espertinho.

— Tenho uma ideia.

— Cara, têm certeza de que estão prontos para isso? — Jared se apoiou no balcão ao lado de Madoc, onde assinávamos os papeis de nossa certidão de casamento.

— Não fique com ciúmes — Madoc brincou. — Ainda podemos ser amigos. Só não amigos coloridos.

Jared rolou os olhos e voltou para as cadeiras, sentando-se em uma delas e apoiando os cotovelos nos joelhos.

Ele não parecia preocupado. Apenas em alerta. Talvez um pouco frenético também.

Eu sabia que certamente estava. Enjoada, nervosa, petrificada, preocupada e tensa.

E completamente apaixonada.

Levei dois segundos para encontrar minha voz e dizer "sim" quando Madoc me pediu para casar com ele. E embora eu tivesse um furacão de preocupações girando em meu estômago, estava totalmente certa e calma sobre uma coisa.

Madoc.

Não tinha dúvidas dele em nenhum momento e nunca hesitei quando me perguntava se era dele.

Eu era, eu sou e sempre serei. Era isso.

Deixamos nossa casa antes do pai de Madoc chegar e dirigimos direto para Chicago. Mal tinha roupas comigo, então fomos até meu dormitório primeiro para me limpar e pegar Tate, depois mandamos mensagem para Jared matar aula e nos encontrar no Cartório Municipal.

Precisávamos de testemunhas e, claro, queríamos nossos amigos lá.

Eu definitivamente não parecia uma noiva, porém. Tate e eu tínhamos o mesmo estilo para roupas, o que significava que não tive sorte com vestidos. Provavelmente foi melhor assim, porém. Eu teria ficado desconfortável.

Usava uma blusa branca fininha com gola elegante e mangas curtas enfiada em um jeans *skinny* e sapatilhas pretas de balé com um casaco militar da Burberry combinando. Era justo na cintura e largo até o meio da coxa. Madoc me complementava em seu jeans caro de sempre e o casaco preto militar que ia até logo abaixo da cintura. Ele tinha passado um pouco de gel no cabelo, que o deixava para cima; do jeito que me olhava agora, mostrando seu sorriso brilhante, já estava fazendo efeito em mim.

Tate e eu fizemos o cabelo e a maquiagem, mas Madoc não parava de me olhar como se quisesse me comer, então acho que fizemos tudo certo.

Entrelacei meus dedos, as mãos segurando uma a outra.

O enorme anel de diamantes parecia o paraíso em meus dedos, e aquilo era algo a se dizer para uma garota que não costumava usar joias convencionais.

Ele disse que era herança de família e que seu pai deu para sua mãe de noivado. Quando hesitei, ele riu e explicou que, mesmo que o casamento tivesse terminado em divórcio, sua avó e bisavó tinham usado antes de terem vivido uma vida longa e feliz com seus maridos.

Marido.

Perguntas inundaram minha cabeça. Onde viveríamos? Quão mal nossos pais reagiriam? E a faculdade? Eu seria boa com ele? Faria bem para ele?

Olhando para baixo, encarei o anel com seus detalhes cravados no aro, considerando a história que representava e o homem que me deu. Ele me amava. Ele era fiel. Ele era forte.

E nossos pais teriam que encarar o fato de que nunca deixaríamos o outro sozinho.

— Você parece feliz. — Tate ficou ao meu lado enquanto Madoc terminava com o atendente.

Segurei a barriga e suspirei.

— Acho que vou vomitar, na real.

Madoc virou a cabeça, me analisando com as sobrancelhas levantadas. Corri para adicionar:

— Mas é um sentimento de *uau, estou tão empolgada que acho que vou vomitar.*

Ele se inclinou e deixou um selinho nos meus lábios.

— Vamos lá. Vamos para o tribunal.

Ele pegou na minha mão e a certidão de casamento do balcão, mas firmei os pés, o parando.

— Madoc? — Minha voz parecia tão tímida quanto eu conseguiria. — Acho que... talvez... devêssemos encontrar um padre.

Franzi o cenho em um pedido de desculpas.

220   PENELOPE DOUGLAS

— Um padre? — indagou, sua expressão confusa.

Madoc e eu fomos criados como católicos e, no primário, fomos para escolas religiosas. No entanto, nós dois paramos de praticar, então conseguia entender por que ele foi pego de surpresa com meu pedido.

Engoli em seco.

— Acho que meu pai pode te matar, a menos que um padre faça nosso casamento. — Ergui um dos cantos dos lábios em um sorriso e apertei a mão dele, o puxando para frente. — Vamos lá.

Jared nos seguiu de carro com Tate e Madoc e eu fomos na frente. O Sovereign's Pub era no lado norte de Chicago, entre o cartório de onde viemos e a Northwestern. Estacionamos na parte de trás e o levei até o bar, sabendo exatamente para onde ir.

Sentado em uma das salas dos fundos, que poderia ser fechada com cortinas de veludo vermelhas, vi o padre McCaffrey sentado a uma mesa redonda com três amigos. Dois deles eram padres também e o outro era um veterano de jaqueta de couro.

— Oi, padre — cumprimentei, minha mão ainda na de Madoc.

Ele tirou a cerveja dos lábios e arregalou os olhos para mim.

— Fallon, querida. O que está fazendo aqui?

Ele tinha um sotaque irlandês, embora morasse neste país há mais de vinte anos. Acho que ele trabalhava duro para manter o sotaque. Não apenas seus paroquianos adoravam, mas eu sabia que ele auxiliava meu pai com os negócios e ter aquele sotaque o ajudava a lidar com clientes irlandeses. E, já que ele me batizou, eu o conhecia bem. Ele tinha cabelos loiro-escuros grisalhos, olhos azul-claros e uma barriguinha de cerveja. Além disso, estava em boa forma. Suas sardas o faziam parecer ter menos idade do que tinha. Em sua calça preta e camisa social, também vestia um colete verde-esmeralda que permitia o colarinho clerical ficar visível.

— Padre, este é Madoc Caruthers. Meu... noivo. — Madoc e eu trocamos olhares de soslaio e sorrimos.

Por um lado, parecia estranho dizer "noivo", quando nunca tinha chamado Madoc de meu namorado.

— O quê? — A mandíbula do padre se arregalou.

Naquela hora, meu coração começou a afundar. Ele lutaria contra.

— Padre, sei que não é comum...

— Padre. — Madoc deu um passo à frente, interrompendo. — Queremos nos casar. Pode resolver isso para nós ou não?

Que maneira de convencê-lo, cara.

— Quando? — o padre perguntou.

— Agora. — Madoc levantou o queixo, como um adulto falando com uma criança. — Aqui e agora.

Os olhos do padre saltaram.

— Aqui? — ofegou, e eu quase ri.

Na verdade, pensei em coagir o padre a voltar para a igreja a alguns blocos daqui, mas Madoc parecia decidido a ir direto ao assunto. Tudo bem por mim. Se eu pudesse escolher entre o cartório, uma igreja fria e desconfortável ou um antigo pub irlandês com cheiro de lustra-móveis e Guinness, eu preferia estar aqui. O bar de madeira, as mesas e as cadeiras todas brilhavam com o sol da tarde entrando pelas janelas e as cortinas verdes deixavam o local confortável e acolhedor.

— Padre — comecei —, quando você não está na igreja, está no bar; e estamos prontos.

— Fallon, você não deveria esperar a bênção do seu pai, querida? — A preocupação estava clara em seu rosto.

— Meu pai — declarei, firme — confia no meu julgamento. Você também deveria, padre.

Madoc agarrou minha mão, tirou o anel do meu dedo e o colocou na mesa com a certidão de casamento e o anel de prata que escolheu para si hoje de manhã.

— Case-nos, por favor, ou iremos ao cartório com ou sem a bênção da igreja. E isso é algo que o pai dela não vai gostar.

Jared bufou por trás de nós e olhei para trás, vendo ele e Tate tentando esconder os sorrisos.

Fico feliz que eles estivessem gostando disso. Suor surgiu em minha testa.

O padre McCaffrey ficou lá sentado, assim como os outros na mesa. Olhavam entre o padre e nós, eu olhava entre o padre e Madoc, e o padre olhava entre Madoc e eu.

Não tenho certeza de quem se mexeu, mas não acho que foi a gente.

O padre finalmente ficou de pé e, deslizando a mão para dentro do colete, tirou uma caneta, se abaixando para assinar o papel.

Abaixei a cabeça, um sorriso enorme esticando meu rosto. Madoc se virou para mim, segurando meu rosto, e deixou um beijo suave em meus lábios.

— Está pronta? — sussurrou.

Respirei fundo, inalando seu perfume caro, e comecei a tirar o casaco.

— Os filhos vão esperar até depois da faculdade — comecei, baixo o suficiente para só nós dois ouvirmos. — Concorda?

Assentiu, sua testa esfregando a minha.

— Com certeza. Desde que possamos ter cinco depois?

Cinco?

Jared limpou a garganta, trazendo nossa atenção de volta para as pessoas ao nosso redor, enquanto Madoc ria baixinho. Respirei fundo e engoli em seco.

É, conversaríamos sobre aquilo depois.

O padre nos chamou para assinarmos nossa parte como "noivo" e "noiva", e logo Jared e Tate vieram assinar como testemunhas, seus nomes também impressos na parte de baixo com o padre McCaffrey como celebrante.

— Todo mundo em silêncio agora! — o padre gritou para as cerca de quinze pessoas no bar. Eles se calaram e viraram para nós, finalmente percebendo o que estava rolando em suas costas. O bar ficou em silêncio e a música foi cortada, e Madoc se virou para mim, segurando minhas mãos nas suas, esticadas à nossa frente.

O padre começou a curta cerimônia, porém mal consegui ouvir ao olhar para Madoc. Seus olhos azuis que sempre tinham um pouco de malícia. Sua mandíbula marcada e as maçãs do rosto salientes, que pareciam mais maravilhosas quando estavam molhadas da piscina ou do chuveiro. Seus ombros largos que poderiam me encapsular com calor.

Mas o que mais me veio à cabeça, enquanto o padre nos unia, foi no pouco que estava pensando em mim agora. Desde que conseguia me lembrar, eu focava no quanto odiava minha mãe ou sentia falta do meu pai. Focava na decepção e na raiva, nos erros e na solidão.

Vivia no passado, sem perceber que me impedia de seguir em frente.

Agora aquilo se foi.

Não tinha sido esquecido, claro. Só não importava mais.

Este era o meu futuro e, conforme Madoc colocava o anel no meu dedo, eu sabia que a melhor parte do meu passado estava aqui comigo.

Virei-me para Tate, que nos assistia com amor nos olhos, e para Jared, que estava com o braço em volta dela, e lágrimas felizes desceram por minhas bochechas.

RIVAIS

Madoc sorriu, me segurando pela nuca, e gentilmente trouxe minha cabeça para o seu peito.

— Termine, padre — ordenou, sobre minha cabeça. — Ela precisa ser beijada.

O riso em sua voz era intoxicante. E eu definitivamente precisava ser beijada.

— Eu vos declaro marido e mulher.

Madoc não perdeu tempo. Passando o braço pela minha cintura, ele me levantou e me beijou com força, seus lábios lançando um raio de desejo da minha boca direto para a minha barriga. Segurei seu rosto nas mãos e, virando a cabeça para o lado, o beijei com força total.

Mantendo-me presa a si, ele nos virou e nos levou para fora do pequeno espaço.

— Obrigada. — Sorri para o padre McCaffrey por cima do ombro de Madoc.

Ele chamou o barman por cima do meu ombro.

— Tem música aí?

— U2 — o cara de meia-idade respondeu.

Madoc fechou a cara.

— É isso?

— É tudo que um homem precisa. — Ouvi a resposta e comecei a rir no ouvido de Madoc.

Ele suspirou.

— Algo lento então.

Abaixando as mãos, ele segurou minhas coxas e levou minhas pernas para cima, ao redor de sua cintura. Quando vi, as cadeiras começavam a ranger contra o chão e, ao olhar em volta, todo mundo no bar estava puxando suas mesas para fazer uma pista de dança.

All I Want Is You, do U2, começou a sair suavemente dos alto-falantes, assustadora no início, quando chegava aos nossos ouvidos. Madoc começou a balançar um pé depois o outro, nos movendo de lado a lado. Coloquei a testa na sua, ouvindo-o sussurrar as palavras da canção e lutando contra a queimação em meus olhos. A música foi ficando mais forte e mais alta, e nos movemos mais, girando devagar e, vez ou outra, eu deixava um beijo em seus lábios.

Tudo o que eu quero é você.

CAPÍTULO VINTE E NOVE

MADOC

Assim que saímos do Sovereign's, Fallon e eu dirigimos até o Waldorf Astoria para nossa noite de lua de mel. Tate achou que deveríamos sair para jantar, mas Jared entendeu a dica.

O caminho todo até lá, quando o manobrista pegou o carro e durante o check-in, continuei passando o interior do dedo mindinho sobre a aliança de platina. O desconforto de algo novo já que nunca usei joias — exceto o meu piercing — contrastava com o zumbido que eu sentia na minha mão.

Era estranho, mas também era poderoso.

O anel me lembrava de que eu era de Fallon. Lembrava-me de que era seu protetor, seu amado e seu parceiro.

Eventualmente me ocorreu que aquele anel também significava que eu não podia ir e vir como quisesse, e não poderia olhar para outras mulheres; e provavelmente era o único da minha turma do ensino médio que já tinha uma esposa, mas eu não ligava muito para o que os outros pensavam agora.

Eu estava bem com isso. Era o certo para nós.

No momento em que chegamos ao elevador, as mãos de Fallon estavam fazendo coisas que tecnicamente não eram permitidas em público e eu estava feliz pra caralho que Jared e Tate nos deram espaço.

Sua mão estava por baixo do meu casaco, massageando a parte inferior das minhas costas. Ela estava com o nariz enterrado em meu peito e eu caminhava com o braço ao seu redor. Seus olhos me encaravam dizendo algo que estava em sua cabeça, mas que não poderia deixar os seus lábios.

Assim que as portas do elevador se fecharam, empurrei-a contra a parede e me inclinei em seu rosto, sua respiração quente acelerando com a minha.

— Fallon Caruthers — provoquei, empurrando com força contra o seu corpo. — O que acha que está fazendo, hein?

Seus dedos começaram a trabalhar nos botões da minha camisa por baixo da jaqueta.

— Desculpa — ofegou, contra os meus lábios. — Só estou muito pronta para o meu marido agora.

E, de uma vez só, suas mãos adentraram minha camisa, passando pelo meu peito nu, e meu lábio inferior estava entre seus dentes. Agarrei-a pela parte de trás de suas coxas e a levantei na parede, mergulhando em sua boca e provando seu puro calor, que fez meu pau endurecer. Porra, eu precisava arrancar essas roupas dela.

— E não vou mudar meu nome — avisou, entre os beijos.

Senti a risada em minha garganta e sabia que era uma péssima ideia soltá-la agora.

Era a noite do meu casamento. Eu queria transar, afinal de contas.

— Sim, vai sim — declarei, com naturalidade, colocando as mãos entre suas pernas e esfregando.

O elevador parou e deixei seus pés caírem no chão. Graças a Deus não tinha ninguém do lado de fora das portas, porque estávamos corados e sem fôlego.

Arrastando-a pelo braço, tirei o cartão-chave do bolso do casaco.

— Bem, então vou hifenizar — Fallon murmurou por trás de mim e levei um segundo para me lembrar de que ela estava falando dos nossos últimos nomes.

— Não vai, não. — Deslizei a chave, abri a porta e a empurrei para dentro. — Hifenizar seu nome é como dizer "apenas não quero aceitar a derrota" quando a verdade é que mulheres que hifenizam seus nomes já perderam. Homens não fazem isso — pontuei, fechando a porta atrás de mim e andando lentamente pelo carpete macio, perseguindo-a. — Você será Fallon Caruthers, porque me ama, quer me fazer feliz e eu quero que todo mundo saiba que você é minha.

Ela teve tempo suficiente para ficar boquiaberta e seus olhos queimarem de raiva antes de eu estar em cima dela. Pegando o cabelo na sua nuca, puxei para baixo para expor seu pescoço e afundei meus lábios e dentes, mordendo e beijando com tanta força e suavidade que ela não saberia qual dos dois eu estava fazendo.

A verdade é que eu era um cara tranquilo. Na maior parte do tempo. Mas minha esposa teria meu nome e ponto.

Não era para controlá-la nem para roubar sua identidade, ou qualquer coisa que as mulheres gostassem de afirmar hoje em dia. Era por unidade. Nós e nossos filhos, algum dia, teríamos o mesmo nome e era isso.

Esperava que ela soubesse que algumas batalhas não valiam a pena.

E foi quando me toquei.

Afastei-me e fechei os olhos, correndo as mãos pelos cabelos.

Filhos.

— Merda — gemi. — Esqueci as camisinhas.

Ouvi quando ela exalou, simpática, quase soando como se estivesse rindo. Olhei para cima, fechando a cara. Não era divertido. Eu estava mais duro que uma pedra agora.

— Desculpa. — Dispensou a expressão raivosa em meu rosto. — Está tudo bem, Madoc. Estou tomando anticoncepcional há bastante tempo, na verdade. Desde…

Seus olhos caíram para o chão.

O nó em meu coração se fechou ainda mais e, sem hesitação, peguei-a nos meus braços e carreguei-a para o quarto.

Desde o aborto, ela ia dizer.

Depois que descobri a respeito, tive dificuldades de descobrir como me sentia sobre o assunto. Queria que tivéssemos o filho, mas estava feliz que não tivemos. O que não faz sentido, mas meio que faz.

Por um lado, odiava que Fallon tivesse passado por aquilo. Odiava não termos sido mais cuidadosos. Odiava ela ter estado sozinha. Odiava que outra pessoa — alguém que odeio — tomou uma decisão sobre meu filho sem mim.

Por outro, eu sabia que éramos muito jovens. Sabia que provavelmente teria mudado nossas vidas de um jeito que não seria bom. Sabia que queria uma casa cheia de crianças algum dia, mas não os queria ainda.

Veredito final: serei um bom pai. E estou feliz que poderei esperar para ter certeza.

Deixando Fallon ao lado da cama, plantei meus lábios nela, quase os mastigando de tanto que precisava dela, e arranquei meu casaco e camisa. Depois de tirar os sapatos, comecei a trabalhar no fecho do seu jeans.

— Não — rosnei baixinho, quando ela começou a abrir a blusa. — Deixa. Quero te despir esta noite.

Colocando as mãos dentro de seu jeans, não consegui evitar correr as mãos para cima e para baixo da sua bunda macia naquela calcinha. Descendo suas calças pelas pernas, me abaixei para tirá-las junto dos sapatos e respirei fundo, agradecido por ela não estar fazendo nada agora.

Por mais que não quisesse mudar nada nas noites que passamos juntos anos atrás, eu precisava me redimir. Pelo menos um pouco mais. Ir atrás dela como um adolescente faminto que não consegue se segurar não era como esta noite aconteceria.

Devagar.

Ela usava um minúsculo fio dental preto e sua camisa branca ia até abaixo dos quadris. Olhava para baixo, para mim, calor e paciência em seus olhos, e me esperava dar meu próximo passo.

Desabotoando sua blusa, senti o rápido e superficial descer e subir de seu peito por baixo das minhas mãos. Deslizando-a por seus braços, mantive-a fechada em meus punhos e apertei ao sentir o fluxo de sangue correr para o meu pau.

Ela usava um sutiã preto e transparente que combinava, o que eu não estava esperando. A camisa branca não mostrava isso. Seus seios estavam perfeitamente visíveis através do material transparente e passei a mão sobre seu mamilo duro.

Toquei seu rosto, meu polegar correndo por seu lábio inferior.

— Você é um sonho.

Ela abriu a boca e pegou meu polegar, chupando o comprimento, soltando lentamente. Cada nervo em meu corpo vibrou como se tivesse acabado de adormecer.

Tirando a mão, levei para as suas costas e desabotoei o sutiã, puxando para frente e deixando cair no chão. Então peguei a blusa que ainda estava na minha mão e joguei por trás dela, colocando em seus braços de novo.

Ao encontrar seus olhos, vi a pergunta neles, mas o que eu poderia dizer? Eu costumava falar merda sobre suas roupas e o tanto que ela se escondia, mas acabou que eu gostava de garotas misteriosas.

Empurrando-a para a cama com suavidade, a fiz deitar e então tirei sua calcinha.

Pairando sobre ela, vi um de seus seios escapando da camisa aberta e não consegui evitar a tensão na minha voz:

— Quero te ver com essa camisa hoje, Fallon. Só com essa camisa. A noite toda, toda vez que eu te fizer gozar.

Suas sobrancelhas se uniram, mas, antes que ela tivesse chance de falar qualquer coisa, deslizei um dedo em seu calor escaldante, amando o gemidinho que saiu de dentro dela e a forma como sua cabeça caiu para trás.

Todo lugar que meu dedo tocava era como levar um raio na virilha. Ela apertava tanto meu dedo do meio, que parecia que eu estava com uma luva.

Empurrei para dentro e para fora, completamente excitado pela forma como ela se mexia contra minha mão, querendo mais. Seus gemidos se transformaram em miados e adicionei outro dedo, mal sentindo a tensão em meu outro braço, que me sustentava.

Seus olhos se fecharam e seus lábios ficaram tensos, e as respirações afiadas que saíam dela eram os únicos sons no quarto.

Meus dedos entravam e saíam, molhados e necessitados, e continuei naquele ritmo, começando a circular seu clitóris molhado com o polegar. Seus quadris giravam mais e mais rápido, deslizando na minha mão por mais.

— Está quase lá, Fallon?

— Sim — choramingou, respirando com dificuldade. — Mais. Mais rápido! — gritando, prendeu a respiração.

Deslizando mais rápido e forte, observei-a subir e descer, caindo em um ritmo na minha mão. Cada estocada e respiração em seu corpo soavam como um apelo.

Mais.

Rápido.

Mais.

Forte.

— Caramba, linda. Olhe para você. — Engoli em seco, sabendo que ela estava quase lá. Sabendo que não conseguiria ir mais rápido.

Indo o mais fundo que pude, afundei os dedos nela e os mantive lá, massageando seu interior em círculos.

— Ai, Deus — gritou, arqueando-se para fora da cama ao gozar na minha mão. Jogando a cabeça para trás, respirou de forma rápida e irregular, meus dedos ainda dentro dela, esfregando o polegar em seu clitóris uma e outra vez.

Tudo nela era lindo. Pairando sobre seu corpo, sussurrei:

— Fallon.

Seus olhos se abriram, os efeitos posteriores do orgasmo ainda endurecendo seu rosto e uma camada leve de suor em sua testa.

— Você foi minha primeira em tudo. E meu único amor.

Queria que ela soubesse daquilo. Mesmo com os anos, a separação e a dor, queria que ela soubesse que foi a única que amei.

Sentando-se, segurou meu rosto em suas mãos.

— Ninguém pode nos parar agora. — Mas soava mais como um grito de guerra do que com um fato. Era como se ela dissesse: "sim, estamos casados e vocês podem engolir essa". Mas também "vão em frente, tentem".

Tomei seus lábios e deslizei a língua em sua boca, beijando-a ferozmente com cada músculo do meu corpo tenso.

Afastando-me, levantei e tirei o restante das minhas roupas. Seus olhos foram para a minha ereção e não consegui tirar os meus da camisa sobre seu peito sem sutiã.

Descendo sobre ela, apoiei-a na cama e não parei de beijá-la ao colocar o pau em sua entrada. Mergulhando — só um pouquinho —, recuei, trazendo sua umidade comigo e passei minha ponta pelo seu clitóris. A vibração de seu gemido chegou aos meus lábios e entrei nela de novo — só até a metade — e tirei, esfregando a ponta do meu pau em volta do seu clitóris duro de novo.

— Madoc? — chamou, soando aflita. — Não sou um brinquedo. Pare de brincar comigo.

Dei um largo sorriso e entrei nela de novo, dominando cada centímetro lentamente.

— Sou pesado demais? — perguntei, colocando todo meu peso sobre ela.

Quando transava, não costumava preferir a missionária. Outras posições eram melhores e favoreciam a visão do corpo da mulher, mas dessa vez era diferente. Queria senti-la em todo lugar.

Ela negou com a cabeça entre o beijo.

— Não, eu amei. — Suas mãos desceram por minhas costas e empurraram meu quadril mais fundo. — Aí — implorou. — Desse jeitinho.

Jesus.

Apoiei a testa na dela e inalei o ar que ela estava soltando. Seu peito — as partes que escapavam da camisa — estava molhado de suor, a fricção de sua pele quente me deixando cambaleante. Meu pau estava escorregadio, deslizando para dentro e para fora mais rápido com suas mãos urgentes me puxando com mais força.

Foda-se, ela estava tão necessitada, que estava me deixando com tesão. Eu não duraria muito. Agarrando suas coxas, nos girei para que ela ficasse por cima. Sua camisa caiu por um dos ombros e um dos seios ficou aparecendo. Por mais que eu quisesse tocá-la, fiquei apenas assistindo seus movimentos. Segurando apenas seus quadris, mantive os olhos focados nela se esfregando em mim, no canto de seu lábio inferior entre os dentes e na pele exposta, que brilhava de suor.

— Ai, Deus — gemeu, me montando mais rápido.

Gemi, fechando os olhos.

— Vamos, linda.

O formigamento se espalhou por todo meu corpo e não queria parar. Eu estava excitado pra caramba e ela estava gostosa demais.

— Madoc. — Seu sussurro dolorido atingiu direto no meu coração e me arqueei na cama, empurrando o mais forte que eu conseguia dentro dela. — Ahhh. — Ela se desfez, estremecendo e gemendo, e eu fiz o mesmo, me derramando dentro dela e penetrando uma e outra vez.

Cristo Jesus. Minhas sobrancelhas permaneceram franzidas, meus olhos fechados. Meu corpo estava totalmente relaxado agora.

Nunca gozei dentro de uma mulher sem camisinha antes.

Exceto a Fallon. Anos atrás.

Sem dúvidas as consequências poderiam ser ruins. Sempre haveria um preço em algo tão bom.

Fallon caiu no meu peito e, por um momento, ficamos apenas em silêncio e tentamos nos acalmar.

Mas então ela sussurrou no meu pescoço:

— Então é Fallon Caruthers.

E eu a girei de costas, pronto para o segundo *round*.

Permanecemos enroscados no quarto de hotel pelas próximas vinte e quatro horas, finalmente saindo um de cima do outro — sem trocadilhos — para ter uma conversa.

— Bem, eu tenho um pouco de dinheiro. Meu pai paga minha mensalidade adiantada e coloca uma grana extra na minha conta para eu gastar. Não é muito, mas o suficiente para conseguir um apartamento.

Mantive as pálpebras fechadas, mas dei minha atenção a ela.

— E a mensalidade do ano que vem? Você não vai precisar de dinheiro para isso?

Ela não falou nada por alguns segundos, porém logo respondeu:

— Vamos dar um jeito.

Tive que mastigar o interior da bochecha para esconder o sorriso, mas não funcionou. O som escapou do meu peito e soltei uma risada suave.

— O quê?

Suspirei, ainda sem olhar para ela.

— Fallon, meu amor, vamos ficar bem. Não teremos problemas financeiros se nossos pais nos renegarem — finalmente disse a ela.

— O que você quer dizer com isso? — Seu tom era mais abrupto.

— Quero dizer que estamos bem. — Dei de ombros. — Não se preocupe.

Quando ela não falou nada, nem pressionou, abri os olhos e a encontrei me encarando por cima do laptop. Ela parecia prestes a começar a ferver.

Soltei o ar, irritado, e deitei de lado, me apoiando no cotovelo. Peguei seu computador e entrei na minha conta, virando o laptop de volta para ela e mostrando a tela. Não esperei para ver sua expressão antes de deitar de novo e fechar os olhos.

— Ai, meu Deus — exclamou baixinho. — Essa é... a sua conta bancária? Grunhi.

— Todo esse dinheiro é seu? — pressionou, soando como se não acreditasse em mim. — Seu pai não tem acesso a isso?

— A maior parte do dinheiro aí não tem nada a ver com meu pai. A família da minha mãe tem a sua própria grana. Ela me deu minha herança quando me formei no ensino médio — expliquei.

Raramente tocava no que tinha na minha conta. Meu pai garantia que todas as minhas despesas fossem pagas e eu tinha um cartão de crédito para as coisas que não tivesse dinheiro. Ele gostava de ver o que eu estava fazendo, então as faturas funcionavam quando ele não estava por perto para ver o que eu fazia nos meus dias. Não era como se ele não confiasse em mim. Ele confiava. Acho que olhar para minhas despesas o fazia se sentir parte da minha vida e o permitia achar que estava no controle.

Ai, olha. Madoc abasteceu às oito da manhã de um sábado. Deve estar voltando para casa de uma festa.

Ai, olha. Madoc comprou peças de carro. Deve ter uma corrida em breve.

Ai, olha. Madoc foi ao Subway. Fico feliz que ele esteja comendo.

— Sua mãe deu todo esse dinheiro a alguém de dezoito anos?

Abri os olhos, voltando ao presente.

Observando Fallon, fechei a cara, fingindo estar ferido.

— Ei, eu sou confiável. Você sabe disso. — Ri de suas sobrancelhas arqueadas e continuei: — Meu pai também me deu um terço da herança quando comecei a faculdade, então essa também é uma parte do dinheiro de lá. Vou receber outro terço quando me formar e o último quando fizer trinta anos. Mas, mesmo se não receber esses dois terços, obviamente, vamos ficar bem. — Acenei para o laptop, me referindo à conta bancária. — Você volta para a faculdade na segunda, vou sair da Notre Dame e pedir transferência e conseguiremos um apartamento aqui em Chicago.

Ela torceu os lábios e estreitou os olhos.

— Você trabalhou nisso o dia inteiro, não foi?

— Claro que sim. — Dei a ela um sorriso de menino. — Acha que eu me daria uma esposa para cuidar sem ter um plano?

Inclinando-me, passei a mão por seu pescoço e a trouxe para perto. Mas, assim que seus olhos se fecharam para o beijo que ela, sem dúvidas, esperava, lambi seu nariz e voltei ao lugar, fechando os olhos.

— Só não tente se divorciar de mim e ficar com a metade — ameacei.

— Argh, que nojo — lamentou, provavelmente limpando minha saliva de seu rosto.

Ouvi o computador se fechar e a cama se mover quando ela veio por cima de mim, montando na minha cintura. Fui colocar as mãos em suas coxas, mas ela as agarrou e colocou ao lado da minha cabeça.

— Não. — Neguei com a cabeça. — Estou exausto. Não vou fazer isso. Você não pode me obrigar.

Mas era tarde demais. Seu peso sobre mim e seu calor em minha barriga já estavam me fazendo mexer os quadris em sua direção e sua respiração era como um tiro na minha virilha.

Merda.

Eu estava completamente duro agora e precisava dormir um pouco. Não queria, mas precisava. Sua boca foi para o meu pescoço e ela afundou os dentes. Deixei o pescoço livre para ela.

— Amor. — Engasguei um gemido. — Não quero sair desse quarto nunca mais. Tire a minha camisa do seu corpo. Agora.

Batidas na porta soaram no cômodo ao lado e nós dois viramos a cabeça em direção ao barulho.

— Madoc Caruthers? — uma voz firme chamou.

Fallon virou os olhos arregalados para mim, que sentei e a coloquei no lado da cama.

Andando até a porta, neguei com a cabeça ao perceber. Deveria ter colocado o nome de Jared no quarto. Fui esperto o bastante para não usar meu cartão de crédito, mas nunca pensei que meu pai perderia tempo ligando para os hotéis de Chicago me procurando.

— Sim? — atendi, abrindo a porta e imediatamente ficando boquiaberto.

RIVAIS

A polícia? Mas que porra é essa?

— Gostaríamos de fazer algumas perguntas — um oficial negro e magro falou, a mão apoiada em seu cassetete. Não levei aquilo como ameaça. Talvez devesse? A outra policial era uma mulher. Ruiva de meia-idade.

— Sobre o quê?

A mulher levantou o queixo para mim.

— Fallon Pierce está com você?

Meu coração começou a bater forte. *E agora?*

— Sim — finalmente respondi.

— Sua irmã postiça, certo? — o homem confirmou.

Estreitei os olhos e suspirei.

— No momento, sim. Nossos pais estão se divorciando.

— O que está acontecendo? — Fallon indagou, parando ao meu lado. Ela estava com o jeans e a blusa branca de ontem enfiada nele. Todas as suas roupas estiveram enroladas em uma bola no chão do quarto nas últimas vinte e quatro horas. Ela também estava de óculos.

— Você é Fallon Pierce?

Fallon cruzou os braços.

— Sim.

— Sua mãe reportou que você desapareceu desde ontem de manhã — a ruiva explicou. — Disse que foi ameaçada pelo senhor Caruthers, alegando que ele disse que... — olhou suas anotações e continuou: — a faria atravessar uma parede. E depois te levou embora.

Os dois policiais me encaravam e eu quis rir. Fallon se virou para mim com um sorriso afetado no rosto e, por mais que a visita da polícia na nossa porta fosse coisa séria, começamos a rir.

Os dois trocaram um olhar com o chacoalhar do meu peito e Fallon tendo que cobrir o sorriso com a mão.

— Ameaçou a senhora Caruthers, senhor?

Que senhora Caruthers? Senti vontade de perguntar, mas resisti. Ninguém sabia do nosso casamento ainda e nossos pais tinham que descobrir por nós e não por outras pessoas se queríamos ser levados a sério.

— Policiais — comecei —, são problemas de família. Eu nunca teria tocado na minha madrasta. Fallon está aqui por vontade própria e não temos problemas.

— Senhor Caruthers — o homem começou. — Sabemos quem é o seu pai...

Mas então todo o inferno desabou. Uma mulher e seu cinegrafista apareceram por trás dos policiais e ela enfiou um microfone na minha direção. Recuei, e Fallon segurou a minha mão.

— Madoc Caruthers? — a mulher gritou, se apertando entre os policiais. — Filho de Jason Caruthers? Você está tendo um caso com sua irmã postiça? A mãe dela alega que você a sequestrou?

A porra do meu coração travou como uma bola de beisebol na minha garganta e fiquei sem respirar.

Filha da puta! Que merda!

Engoli em seco, encarando Fallon.

— Ah, já chega! — um dos policiais rosnou, ambos se virando e erguendo as mãos para nos proteger dos intrusos.

Que merda é essa? Meu pai era importante, mas nem tanto. Alguém deve ter avisado a essas pessoas.

A policial manteve a voz tranquila.

— Vamos controlar isso. Vocês estão interferindo nos negócios da polícia.

— Ele está te prendendo contra a vontade? — A repórter afastou as franjas castanhas dos olhos, parecendo intensa e determinada.

Inclinei-me para segurar a porta e fechar, mas Fallon interferiu.

— Pare — ordenou. — Ele não é *o senhor Caruthers*. E não está me prendendo contra a minha vontade, pelo amor de Deus! E nós não estamos em algum relacionamento sórdido. Ele é meu...

Ai, não.

— ... marido! — terminou.

Fechei os olhos, estremecendo, e soltei um gemido baixo.

Merda. Porra. Filha da puta.

Empurrei Fallon para trás, agarrei a porta e a fechei, ouvindo os policiais ordenando que a repórter e o câmera se afastassem.

Trancando a porta, deslizei na parede ao lado e caí de bunda.

Joelhos dobrados, apoiei os antebraços neles e bati a cabeça contra a parede uma vez.

— Maravilha. — Inspirei e expirei, mal reparando que Fallon tinha ficado onde a deixei, fora do caminho.

Meus punhos se fecharam e eu tinha certeza de que meu rosto estava vermelho-beterraba. Sentia-me burro. Por que sempre subestimava a Patricia?

RIVAIS

— Ai, meu Deus — ela finalmente falou, parecendo atordoada. — Isso foi assustador. Minha mãe é maluca.

— Não, ela é inteligente — afirmei, categórico. — Acabamos de virar notícia e envergonhar meu pai.

Sua cabeça caiu e ela andou até se sentar ao meu lado.

— Madoc, desculpa. Entrei em pânico.

Passei os braços por ela.

— Está tudo bem. Acho que não temos mais que nos preocupar em contar aos nossos pais.

Todo mundo — todo mundo mesmo — saberia que eu era casado até a hora que fôssemos dormir hoje à noite. Não haveria fim para as mensagens e ligações por um tempo, enquanto minha família e amigos quisessem saber o que estava acontecendo.

— Como eles souberam que estávamos aqui? — indagou.

— Registrei a reserva no meu nome. — Eu soava menos envergonhado do que estava de verdade. — Sua mãe não teve muito trabalho para nos encontrar se descobriu que não estávamos na faculdade.

Seu tronco despencou.

— Isso vai sair no jornal das onze.

— E vai aparecer na internet em cinco minutos. Afinal, os meios de comunicação precisam competir com a velocidade do Facebook. Eles não vão perder tempo para publicar.

Fiquei sentado, em silêncio e atordoado, tentando descobrir o que fazer em seguida.

— Olhe para mim — pediu, apressada.

Obedeci e voltei ao conforto de seus olhos verdes.

— Não podemos ficar aqui — declarou. — Para onde devemos ir?

Inclinei a cabeça para trás e lambi os lábios, pensando.

Fallon e eu não fizemos nada de errado. Não estávamos fugindo só para ter uma mini lua de mel. E não começaríamos nosso casamento temendo a ira de nossos pais. Se queríamos ser respeitados como adultos, era hora de encarar a situação.

Fiquei de pé, puxando-a comigo.

— Para casa — afirmei. — Estamos indo para casa.

Era lá pelas dez quando estacionamos na entrada da minha casa. O céu escuro como breu estava repleto de estrelas e as árvores coníferas que Addie tinha plantado para termos uma paisagem verde o ano todo se dobravam com o vento leve.

Os policiais voltaram ao nosso quarto para mais algumas perguntas.

Sim, Fallon e eu somos casados. Aqui está a certidão assinada.

Não, é claro que não a sequestrei. Estão vendo? Sem hematomas e ela está sorrindo.

Sim, ameacei minha madrasta e vou usar o nome do "papai" nessa aqui. Vocês não podem mexer comigo, porque sou Madoc Caruthers.

Agora, vão embora. Estamos em lua de mel.

Eles se foram, nós tomamos banho e ficamos apresentáveis, e dirigimos a uma hora que levava para chegar em Shelburne Falls.

— Espera — ordenei, quando Fallon começou a abrir a porta.

Saindo e passando pela frente, deixei-a sair do carro, peguei sua mão e andamos lado a lado até as escadas da frente.

Peguei seu rosto gelado nas mãos.

— Não vamos erguer o tom de voz e não vamos nos desculpar.

Ela assentiu e, juntos, entramos na casa.

O saguão e todos os cômodos estavam escuros e a casa zumbia apenas com os sons dos relógios tiquetaqueando, calor saindo pelas aberturas. O cheiro de bifes grelhados e couro me atingiu e me senti em casa na hora. Era o cheiro que minha casa sempre teve.

Lembrava-me de que Tate uma vez disse que amava o cheiro de pneus. Trazia memórias para ela e era familiar. Quando eu sentia o cheiro de carne grelhada, sempre me lembrava de verões na piscina. Minha mãe me perguntando se eu queria outro refrigerante. Meu pai — nos momentos em que estava em casa — mexendo na churrasqueira e conversando com os amigos. E eu vendo os fogos de artifício acendendo o céu cheio de estrelas.

Apesar de todos os problemas que minha família tinha — todas as famílias tinham problemas —, fui uma criança feliz. As coisas poderiam ter sido melhores, mas foram boas o bastante e eu nunca quis nada. Nunca faltou gente para me mimar.

Esta casa era o meu lar e vinha com todas as minhas boas lembranças. Quando eu precisava escapar, era para cá que eu queria correr primeiro. Patricia Caruthers poderia levar nosso nome, nosso dinheiro, mas eu estaria morto antes que ela ficasse com esta casa. Tinha que encontrar um jeito de derrotá-la.

RIVAIS

237

Não sabia se meu pai estava na cama, mas sabia que ele estava aqui. Seu Audi estava na garagem.

De mãos dadas, Fallon e eu passamos pelo corredor e viramos à esquerda, chegando ao seu escritório.

— Acha que nossos filhos nos odeiam? — uma voz feminina perguntou e eu parei.

Acenei para Fallon ficar quieta colocando o dedo sobre os lábios e nós dois nos apoiamos na porta entreaberta, ouvindo.

— Não sei — meu pai respondeu, soando conformado. — Acho que não culparia Madoc se me odiasse. Jared te ama?

Katherine Trent. Era com ela que ele falava.

— Acho que sim — afirmou, suavemente. — E se ele fosse se casar amanhã, eu ficaria bem preocupada, mas saberia que estava seguindo o coração. Quero dizer, olhe para nós, Jason. Quem somos nós para dizer que eles não podem fazer isso com dezoito anos, se falhamos bem depois dessa idade? Somos especialistas?

Caramba. Mãos invisíveis torceram meu estômago como se fosse uma toalha. Meu pai sabia que eu estava casado.

Ouvi passos pesados.

— Não é isso. É pelas prioridades, Katherine. Meu filho precisa terminar a faculdade. Precisa experimentar a vida. Ele recebeu a dádiva de ter privilégios e oportunidades. Agora ele tem uma distração.

Peguei a mão de Fallon e prendi seu olhar com o meu.

Houve um movimento no escritório, então ouvi as rodas da cadeira do meu pai se mexerem e ele soltar um grande suspiro. Deve ter se sentado. Estreitando os olhos, tentei entender se ele estava com raiva ou chateado. Não dava para dizer. Ouvi um grunhido e uma respiração mais pesada. Parecia que ele estava hiperventilando. Mas não.

— Estraguei tudo. — Sua voz falhou e ouvi as lágrimas.

— Shh, Jason. Não. — Katherine começou a chorar também.

Meu pai, pensei. *Meu pai está chorando*. Meu peito ficou pesado e olhei para o polegar de Fallon, que acariciava minha mão. Quando ergui o rosto, seu queixo estava tremendo.

— Minha casa está vazia, Katherine. — Sua voz estava muito triste. — Eu o quero em casa.

— Não fomos bons pais — engasgou. — Nossos filhos pagaram por nosso estilo de vida e agora é a nossa vez de pagar pelo deles. Ele arrumou uma garota de quem não consegue ficar longe. Não estão tentando te machucar, Jason. Estão apaixonados. — E eu sorri com suas palavras. — E, se quiser seu filho de volta — continuou —, precisa abrir mais os braços.

Apertei a mão de Fallon e sussurrei:

— Preciso de alguns minutos sozinho.

Seus olhos lacrimejantes brilharam e ela acenou, compreendendo. Passando por mim, foi para a cozinha.

Empurrando a porta, vi meu pai em sua cadeira, apoiado nos joelhos com a cabeça nas mãos. Katherine estava de joelhos na frente dele, confortando-o, eu presumo.

— Senhora Trent? — chamei, enfiando as mãos nos bolsos da jaqueta. — Posso falar com meu pai sozinho, por favor?

As cabeças dos dois se ergueram e Katherine se levantou.

Ela estava bonita em um vestido creme estilo anos 40 com bolinhas vermelhas. Seu cabelo castanho-chocolate — do mesmo tom de Jared — ia até os ombros em cachos soltos, mas mechas estavam presas em duas presilhas de cada lado de sua cabeça.

Meu pai, por outro lado, estava uma bagunça. O cabelo desgrenhado, pelo qual ele provavelmente correu os dedos, uma camisa branca amarrotada, a gravata azul de seda solta, e ele definitivamente estava chorando.

Ele ficou sentado lá, imóvel, e realmente parecendo com um pouco de medo de mim.

Katherine limpou a garganta.

— Claro.

Saí da entrada da porta para ela passar, mas estiquei a mão e peguei a sua, a parando. Beijei sua bochecha e lhe dei um sorriso agradecido.

— Obrigado — sussurrei.

Seus olhos brilharam e ela assentiu antes de sair.

Meu pai não tinha se movido da cadeira e fiz uma varredura na sala, lembrando que nunca tive permissão de entrar aqui quando criança. Meu pai não estava escondendo coisas. Não aqui, de todo jeito. Mas uma vez me disse que "sua vida toda" estava neste cômodo e não era lugar para crianças.

Acho que foi a primeira vez que percebi que não era a principal prioridade do meu pai. Havia coisas que ele amava mais do que eu.

Mas o observando agora… seus olhos cansados, a tensão em seu corpo e o silêncio que me dizia que ele não sabia o que falar ofereceram uma conclusão diferente.

Talvez meu pai se importasse.

Respirei fundo e fui até ele.

— Nunca gostei de você, pai — falei, devagar, levando meu tempo. — Você trabalhava demais e nunca aparecia quando dizia que iria. Fazia minha mãe chorar e pensava que dinheiro podia corrigir tudo. E a pior parte é que você não é burro. Sabia o vazio que deixou na sua família, mas fez isso assim mesmo.

Estreitei os olhos, o desafiando a dizer alguma coisa. Qualquer coisa para se defender.

Mas seus olhos caíram para a mesa nas minhas primeiras palavras e ficaram lá.

Então prossegui, endireitando mais os ombros.

— Eu amo Fallon. E amo esta casa. Quero você na minha vida, mas, se você vai impor sua vontade como se só ela importasse, então pode ir para o inferno. — Pausei, ficando na frente da mesa. — Não precisamos de você. Mas eu te amo, pai.

Minha mandíbula se apertou e pisquei para afastar a ardência em meus olhos.

Ele ergueu os olhos, que estavam de um jeito que eu nunca tinha visto. Brilhavam com lágrimas, mas estavam duros. Meu pai queria briga. Em sua cabeça, estava preocupado com a minha educação, Fallon e eu termos empregos e lidar com um casamento enquanto ainda estávamos amadurecendo, mas era isso que ele não tinha percebido.

Parei de crescer quando Fallon foi embora.

E comecei de novo quando ela veio para casa.

Eu precisava ter algo que amava. Algo pelo que lutar para fazer disso um objetivo de vida em vez de um emprego. Fallon não impediria o meu amanhã. Meu pai tinha feito isso.

Sustentei seu olhar, pronto para o que ele quisesse jogar em mim, mas ele sabia que não devia. Se não nos apoiasse, faríamos aquilo sem ele.

Ficando finalmente de pé, passou as mãos pelo cabelo e ajustou a gravata. Eu o assisti ir até o cofre, discar a combinação e pegar alguns papéis. Voltando à mesa, assinou um documento e me entregou por cima da mesa.

Hesitei. Provavelmente era um novo testamento me deixando de fora ou alguma besteira dessas.

— Vou ficar com os outros dois terços da sua herança e liberar conforme planejado — explicou. — Mas esse é um presente de casamento... se conseguirmos lutar o suficiente para ficar com ele.

Confuso, desdobrei os papéis de novo e um esboço de sorriso escapou dos meus lábios.

— A casa? — indaguei, surpreso.

Ele me deu a escritura da casa, mas não estava em meu nome. Empolgação e confusão se misturavam no meu cérebro bastante confuso.

Eu queria a casa?

Sim.

Para todo o sempre?

Claro que sim!

Eu amava o lugar, assim como Fallon. Se pudéssemos manter nas mãos dos Caruthers, manteríamos. Mas o que aquilo significava para o meu pai? Eu não queria necessariamente que ele fosse embora.

Mais ou menos.

Não, não de verdade.

— Patricia está tentando tomar a casa. Tenho certeza de que você sabe. — Os olhos do meu pai ficaram nublados em uma expressão que eu estava mais acostumado. — Mas vou arrastá-la pelo tribunal por quanto tempo eu puder. Vai levar um ano, mas eu vencerei. A casa está no meu nome, porém, como minha esposa, ela tem direito até a corte dizer que não tem. Vou transferir a casa para você oficialmente quando afastar a ameaça. — Ficou de pé, estendendo a mão para mim. — Mas a casa é sua para todos os efeitos. Sei que você, Fallon, e Addie, amam estar aqui e quero que tenha sua casa.

Aceitei sua mão e o fluxo furioso de sangue em minhas veias relaxou. Não tinha certeza se meu pai estava mesmo desistindo, se estava apenas cansado do drama ou se estava blefando.

Porém, quando o encarei, vi seus olhos relaxados ficarem turvos e, antes que eu percebesse, fui puxado para um abraço.

— Opa — resmunguei contra a pressão de seus braços e quase ri. Não tinha certeza se era uma piada ou se ele estava tentando ser engraçado, mas coisas raras e estranhas eram engraçadas. Para mim.

Mas, ao tentar recuperar o fôlego, meio que percebi que meu pai não me soltaria. Seus braços estavam apertados feito aço ao meu redor e não conseguia me lembrar da última vez que ele me abraçou.

E não acho que foi assim tão apertado.

Encontrei meus braços lentamente passando ao seu redor e devolvendo o abraço.

RIVAIS

— Katherine estava certa. — Recuou e apertou meus ombros. — Você não consegue ficar longe dela, né?

— Se você pudesse voltar atrás com Katherine e refazer as coisas…

Ele assentiu.

— Então você e Jared teriam sido irmãos postiços há muito, muito tempo — terminou, entendendo.

— Não vou viver com esses arrependimentos. Vou fazer isso, pai. — Sustentei minha posição. — Ficaremos bem.

Temer o fim de seu casamento ou lidar com o alcoolismo de Katherine no passado eram coisas que meu pai tinha deixado atrapalhar o seu caminho. Com ele, aprendi que é possível lidar com os erros. Com o tempo perdido não.

Ele me deu um tapa nas costas e soltou um suspiro pesado.

— Então, cadê a Fallon?

CAPÍTULO TRINTA

FALLON

Katherine veio para a cozinha logo depois de mim e eu gostaria de poder me encolher para longe.

Até que ela veio e me abraçou.

Prendi a respiração, completamente confusa.

Sim, oi. Sou a garota que quase ameaçou expor seu caso na TV e a única responsável pelo caos no divórcio do seu namorado agora. Mas, é claro, aceito alguns abraços!

Assim que ela me soltou, afundei na banqueta enquanto ela pegava na geladeira os itens necessários para um sundae.

Havia muitas perguntas que eu queria fazer. Ela estava, afinal de contas, tendo um caso com o marido da minha mãe. Eu deveria desprezá-la. Ou no mínimo desgostar dela. Definitivamente não deveria respeitar uma destruidora de lares.

Mas, por algum motivo — ou por vários —, sentia que a minha mãe era o ser desprezível no grupo.

E uma coisa não poderia ser negada a respeito de Katherine. Um caso de quase dezoito anos era amor.

Ela era muito bonita também. E jovem. O suficiente para ter mais filhos.

— Estou surpresa por você estar tão calma sobre isso. — Peguei meu sorvete de baunilha e caramelo.

Ela deu de ombros, ainda colocando um pouco para Madoc. Todo de chocolate.

— Comecei jovem também — admitiu. — Mas, diferente de mim, você e Madoc têm um ótimo sistema de apoio. — Sim, ela estava certa. Ainda não sabia como meu pai ficaria com isso e planejava ligar para ele logo pela manhã. Mas Madoc e eu tínhamos meios de sobreviver e tínhamos Addie, pelo menos. Éramos sortudos.

— Não está com medo de Jared se inspirar e pedir Tate em casamento? — provoquei.

Sua cabeça caiu para trás e ela riu suavemente.

— Não. — Soava com certeza.

— Não?

— Acho que você e Madoc superaram... questões mais maduras, digamos? Consigo entender que o casamento parece o próximo passo natural. Jared e Tate por outro lado? Sofreram tanto um pelo outro, por tanto tempo, que acho que eles só querem ficar em paz por agora. Precisam de uma calmaria.

Só então ouvi a voz de Madoc e do seu pai vindo pelo corredor, e Katherine e eu nos viramos para vê-los entrar com sorrisos no rosto.

Meu estômago se retorceu de ansiedade, mas meus ombros relaxaram um pouco. Vendo Jason vir direto para mim, coloquei o cabelo para trás das orelhas, fazendo um inventário de tudo que eu estava vestindo. Jeans e uma das minhas camisas pretas de manga longa justas, porém ainda com o casaco da Burberry. Meu cabelo ainda estava nos cachos soltos do "casamento" e ainda estavam bonitos da última vez que olhei, apesar das vinte e quatro horas que Madoc e eu passamos na cama.

Os olhos de Jason estavam relaxados e receptivos, mas ele parecia não estar respirando. Sua expressão era agradável, mas cautelosa.

Levantando meu queixo, ele deu um beijo rápido e gentil na minha testa, depois pegou minha mão, olhando para o anel.

— Ficou bem em você. Parabéns.

Oi?

É só isso? Não pode ser só isso.

— Obrigada — murmurei, procurando meu queixo no chão.

— Se vocês dois querem um conselho de um homem que está prestes a passar pelo segundo divórcio... — Jason olhou entre Madoc e eu. — Lutem. Lutem por tudo. Não saiam de casa com raiva ou vão dormir chateados. Lutem até estar resolvido. O fim das brigas é o começo da desistência. — E então me encarou. — Não o deixe escapar. Entendeu?

Engoli em seco e lhe dei um simples aceno.

— Senhor Caruthers? — indaguei.

Ele ergueu as sobrancelhas para mim.

— Jason.

— Jason. Devo desculpas a você. Essa bagunça com o divórcio...

— Tinha que acontecer, Fallon — terminou, me cortando. — Está tudo bem. Quero dizer, vai ficar bem algum dia — ofereceu. Com um

aceno para Katherine, saíram pelo caminho por onde ele tinha vindo. —
Katherine e eu vamos ficar na casa dela hoje — afirmou. — Vemos vocês
na sexta à noite, no leilão beneficente.

E foram embora.

Madoc se sentou no banquinho. Puxando-me entre suas pernas, passou o nariz pelo meu pescoço, enviando arrepios pela minha coluna.

— Madoc? — Fechei os olhos, inclinando-me para os seus beijos es-
petaculares. — Lindo, desculpa, mas acho que tenho que voltar para a
faculdade amanhã.

Ele parou. Tipo, parou tão rápido que eu pensei que tinha morrido.
Tirando a cabeça do meu pescoço, piscou os olhos azuis levemente putos
para mim.

— Por quê? — Parecia mais um desafio do que uma pergunta.

— Ah, recebi um e-mail de um professor. — Peguei o celular, gesticulando para ele. — Ele não se importa de eu faltar algumas aulas, mas vou
perder um palestrante convidado amanhã e um teste na sexta. Os dois são
bem importantes.

Eu já tinha perdido três dias de aula.

Finalmente soltou um suspiro.

— Tudo bem. Vou ficar com Jared, assim não temos que nos separar.
Vá para as aulas, vou resolver a transferência para Northwestern e começamos a procurar apartamentos. Temos que estar em Chicago para essa coisa
da caridade na sexta de todo jeito. Sairemos de manhã cedo.

Passando os braços por seus ombros, juntei as mãos em seu pescoço.

— Obrigada.

Afundando nele e em seu cheiro masculino, tomei seu lábio superior
entre os meus e ele pegou meu inferior entre os seus. Sempre terminamos
nesse beijo. Nossos quatro lábios, em camadas, como um só, respirando
um ao outro.

Posso dizer apenas o quanto eu amava seu cheiro? Amava que ele usava perfume e sempre usaria. Se não usasse...

— Vamos, vamos tomar banho — sussurrou na minha boca.

Neguei com a cabeça.

— Não, vai você.

— Não, é que eu quero tomar banho com você.

Afastei-me, desabotoando o casaco.

— Tenho outros planos. Vá tomar seu banho e me encontre em dez
minutos.

RIVAIS   245

Sua testa se franziu.

— Te encontrar?

Não disse mais nada. Depois de uns vinte segundos, ele percebeu que eu tinha terminado de falar e subiu as escadas, sorrindo largamente.

Sorri para mim mesma. Ele acha que é o único capaz de fazer travessuras.

Pegando um pedaço de papel no aparelho de fax na cozinha, rabisquei uma charada para Madoc — sabendo que ele amaaava charadas — e deixei no final do corrimão.

Nos dias em que costumávamos ir guerrear,
Esperava pelas noites em que você vinha à minha porta chamar.
Agora você terá que em um cômodo deste andar procurar,
Onde os vampiros podem caçar e dos seus lábios me conseguiram arrancar.

Tirando o casaco, deixei cair no chão perto das escadas. Dando mais alguns passos, comecei a tirar o restante das roupas, deixando-os em pequenos intervalos no chão de ladrilhos pretos e brancos. Minhas sapatilhas, meu jeans, minha camisa, e logo soltei o sutiã e o deixei no carpete bege felpudo que dava para o corredor à direita.

Vestida apenas com o fio dental vermelho de renda, desci pelo corredor e entrei na sala de cinema, agradecida pelo frio em meu corpo ter me distraído das batidas em meu peito.

Eu odiava esta sala.

E amava esta sala.

Mexendo lentamente o botão na parede, iluminei a área só o suficiente para ter um brilho suave. Assim que olhei em volta, percebi que nada havia mudado. Não que eu esperasse isso.

Este cômodo raramente era usado, mas foi feito para um grupo. Várias poltronas reclináveis de couro e dois sofás de couro pretos ficavam de frente para uma tela plana enorme, montada em uma parede, que era adornada por três telas menores de cada lado. Fotos de família e mais um monte de apetrechos esportivos cobriam as paredes cor de café; com o carpete creme, deixava uma aparência de caverna aconchegante.

Madoc e eu costumávamos ver TV aqui várias vezes, mesmo que raramente disséssemos coisas legais um para o outro. E a única vez que Jason Caruthers vinha aqui era no domingo do Super Bowl.

Andando a passos leves, passei a mão pelo couro preto, frio e macio do nosso sofá. Aquele em que assistimos *Vampire Diaries*. Aquele em que ignoramos um ao outro, apesar da nuvem grossa de tensão entre nós. E aquele onde dormimos juntos antes de eu ser mandada embora.

Meu útero se apertou e um choque desceu entre minhas pernas, fazendo meu maxilar formigar com um sorriso.

Este lugar deveria ser intimidante para mim. Era o local em que acordei em choque, com uma mãe gritando e um padrasto tão chocado que não conseguia nem falar. Minha mãe me arrancou do sofá quase nua, usando apenas a camisa de Madoc. Jason Caruthers ficou parado no corredor, se recusando a sequer fazer contato visual comigo quando fui arrastada por ela. Madoc não estava em nenhum lugar por perto e, em vinte minutos, me vestiram, fizeram uma mala e me mandaram embora, sem saber que estava carregando uma criança dentro de mim.

Esta sala deveria ser significado de más notícias, mas não era.

Este sofá me dava uma sensação boa e me lembro de estar muito grata por Madoc finalmente ter me convencido a sair do meu quarto naquela noite.

Subindo nele, ajoelhei contra o encosto e apoiei os antebraços em cima. Queria ver Madoc quando ele me encontrasse. Assim que a maçaneta começou a virar, tive que engolir meu sorriso e enrolar os dedos dos pés para manter a empolgação sob controle.

Assim que Madoc abriu a porta, seus olhos vieram direto para mim e lhe dei um sorrisinho sexy e malicioso, esperando que parecesse brincalhão e não a ninfomaníaca que me tornei. Ele estava com as calças pretas do pijama baixas na cintura e sua pele dourada parecia tão quente e macia que minha boca se encheu de água. As entradas do seu tanquinho flexionaram e deixei meus olhos se arrastarem pelo abdômen e além, amando o jeito que seu cabelo meio molhado ficou grudado, meio como se tivesse sido penteado daquele jeito. Ao chegar ao seu rosto, porém, sua diversão sempre presente tinha sumido.

Ele engoliu em seco e ergueu a charada que deixei.

— A sala de cinema.

Por que ele não estava me encarando? Seus olhos ficavam passeando.

— Estou... hm... — gaguejei. Meu coração estava começando a bater rápido demais. *Merda!* Ele estava bravo? — Fico feliz que você tenha descoberto — comentei, tombando a cabeça de lado e tentando convencê-lo a entrar.

— Sim, bem... a última frase ajudou. — Ele soltou um suspiro pesado. — Olha, Fallon. Não quero ficar aqui. Podemos ir para a cama?

O quê? Por quê?

— Madoc. — Apressei-me em detê-lo. — Sei que este foi o último lugar em que nos vimos antes de eu ir embora, mas não temos que ter medo daqui.

RIVAIS

Saí do sofá e parei perto do braço, minhas mãos dobradas em frente a mim. Seus olhos azuis fumegantes desceram pelo meu corpo e depois subiram timidamente de volta até meu rosto.

Andou até mim, cada passo duro vibrando nas minhas veias. Pegando-me pela nuca, me deu um beijo profundo, deslizando a língua imediatamente para dentro e fazendo cada parte minha se aquecer.

— Madoc — ofeguei, quando ele me tirou do chão. Segurou minha bunda e passei as pernas por sua cintura.

Eu amava que ele me levantasse assim.

Mas não gostava que ele tivesse começado a nos levar para a porta.

— Vamos sair em seis horas — relembrou — e pode ou não ser tempo o bastante para provar cada parte do seu corpo. Mas quero começar agora. Vamos para a cama.

— Madoc, não! — Levantei os braços e agarrei a moldura da porta, travando seu caminho. — Não! Quero ficar aqui.

Ele empurrou um pouco e segurei a moldura com mais força, meus braços esticados. Se quisesse me tirar daqui, só tinha que empurrar um pouco mais. Ele estava pegando leve comigo.

— Bem, eu não quero — rebateu. — Vamos lá. Não somos mais crianças. Vamos fazer isso em uma cama como adultos e não em um sofá como adolescentes com tesão.

— Nós somos adolescentes com tesão.

Ele fechou a cara para mim.

— Solte, ou vou fazer cosquinha.

Meu peito ficou tenso e quase fechei os olhos com a ameaça, mas não.

Contorcendo-me para escapar de seus braços, desci para o chão e bati as mãos em seu peito, o empurrando para trás. Esticando-me, segurei a porta e bati.

Os olhos de Madoc travaram nos meus quando trilhei os poucos passos até ele, o empurrando até as costas do sofá e comecei a atacá-lo. Minhas mãos se enfiaram em seu cabelo, meus lábios o beijaram com força e rapidamente em sua boca e depois no pescoço, e minha outra mão desceu até sua ereção grossa já pulsando.

— Meu Jesus, Fallon — Madoc resmungou.

Mas sua cabeça foi para trás quando o prazer o tomou, e ele entrelaçou os dedos em meu cabelo, enquanto eu trilhava beijos por seu peito e barriga.

Ficando de joelhos, o libertei de suas calças e, o segurando na mão, circulei a língua pela ponta, meu piercing da língua batendo no seu. Ele estremeceu e os olhos se arregalaram, me encarando ferozmente, os dentes cerrados.

— Fallon — avisou.

— Eu quero. Por favor? — pedi, suavemente.

Ele fechou os olhos e diminuiu o aperto em meu cabelo.

Descendo nele de novo, o engoli profundamente, devagar, saboreando o cheiro do seu sabonete, que tinha me deixado com muita fome. Movi a língua de um lado a outro por baixo dele, para que ele pudesse senti-la em suas bolas. Seu pau se contraiu na minha boca e fiquei ainda mais ansiosa com o sabor dele e do piercing. Indo devagar, relaxei a garganta, tomando-o por completo até a base.

— Amor — sussurrou, puxando o ar por entre os dentes. — É melhor você não ter aprendido isso com outro cara.

Puxei para fora e chupei a ponta com força e rápido umas dez vezes antes de responder.

— Tate e eu compramos um livro para pesquisarmos no mês passado.

— Sério. — Não era uma pergunta. — Que delícia.

Se eu conhecia Madoc, ele provavelmente estava nos imaginando praticar aquilo com pepinos.

Ela queria fazer aquilo com Jared, mas nenhuma de nós duas tinha experiência. Claro, ela queria surpreendê-lo, então sugeri que assistisse pornô. Ela me deu um enorme "não", dizendo que não assistiria vídeos obscenos na internet. Então compramos um livro on-line.

Chupei-o inteiro na minha boca de novo, descendo devagar até a base e girei a língua ao seu redor.

Esticando a mão para trás, abaixei suas calças até depois da bunda e segurei seu quadril para me apoiar, me movendo rápido para cima e para baixo em seu comprimento. Meu couro cabeludo doía de onde ele segurava. Estava totalmente duro — assim eu esperava, porque não aguentaria muito mais — conforme eu saboreava a sensação de cada centímetro de sua pele.

Ele gemeu, puxando o ar rápido e entrecortado, e adorei a visão de um Madoc excitado. Com o rosto contraído e os olhos fechados, parecendo sentir dor, tive a súbita necessidade de subir em seu corpo.

Minha cabeça foi afastada e Madoc parecia violento.

— Pare — pediu, engasgado. — Quero você. Mas não neste sofá.

Lambendo os lábios, juntei as sobrancelhas, confusa, mas não pressionei.

Quem ligava agora? No sofá, na cadeira, no chão...

RIVAIS

Agarrando minha mão, ele me levou para um dos outros sofás de couro, me girou e me trouxe por cima, montando em cima dele. Sua ereção esfregava entre minhas pernas e...

Uau!

Ele deslizou as duas mãos no fio dental em meu quadril e o rasgou.

Minha calcinha se foi e meu núcleo pulsava tão forte que tive que morder o lábio para não gritar.

Eu estava incontrolável. Desci nele, passando a língua em seus lábios e levantando, conforme ele passava a ponta na minha entrada.

— Ai, Madoc — ofeguei.

Droga, aquilo era bom.

Segurei seu rosto nas mãos e encarei seus olhos, incapaz de parar de me esfregar nele.

— Por que você me deixou naquela noite? — arrisquei. Presumi que fosse por isso que ele estava desconfortável no outro sofá. Talvez fosse o motivo de ele odiar este cômodo.

— Eu não queria. — Seus olhos pediam desculpas. — Eu te cobri — suspirou, fechando os olhos pelo prazer do meu movimento nele — e fui tomar um banho. Tinha planejado voltar pra te acordar, mas, quando cheguei, você já tinha ido.

Todo esse tempo, eu pensava que ele tinha se divertido e ido para a cama, me deixando.

— Eu odeio essa maldita sala — terminou. Sua boca se fechou, mas abriu de novo, parecendo que queria me dizer mais, porém não o fez.

Peguei o controle remoto e liguei o rádio. *Team*, da Lorde, começou a tocar e agarrei o sofá de couro por trás dele com ambas as mãos, me abaixando nele devagar o bastante para deixá-lo doido.

— Vou te fazer amá-la de novo — prometi.

Ele me preencheu e joguei a cabeça para trás ao senti-lo dentro de mim. Soltou um rosnado baixo e estreitou os olhos.

— Vou amar te ver tentar.

CAPÍTULO TRINTA E UM

MADOC

— Aí está você — uma voz disse por trás de mim e fiquei tenso.

Virando-me, encontrei minha madrasta, Patricia, e não escondi a carranca ao vê-la de camisola branca e curta.

Pegando a garrafa de água, fechei a porta da geladeira e tentei manter os olhos longe. Minha cabeça estava confusa por conta do álcool na fogueira, mas não diminuiu a estranheza da situação.

Seu longo cabelo loiro estava solto, mas parecia ter sido penteado recentemente, assim como sua maquiagem, e sua postura não era modesta. Uma das mãos na ilha da cozinha, a outra na cintura, balançando-se de brincadeira e sorrindo.

— Cadê o meu pai? — disparei.

— Dormindo — suspirou. — No quarto dele. Teve uma boa noite?

Por que ela estava sendo tão bacana recentemente?

— Sim, até agora — respondi, categórico.

Tinha acabado de voltar de uma corrida e uma baita vitória contra Liam. E vi Tatum Brandt correr por Jared. Junto da fogueira que teve depois, foi uma noite divertida.

Mas eu estava cansado e sem humor para qualquer veneno que Patricia quisesse cuspir.

Passei pela ilha, seguindo em frente, e ela parou no meu caminho.

— Madoc. — Colocou a mão no meu peito e recuei. — Você cresceu de tanto malhar. Está bonito. — Acenou, em aprovação, me olhando inocentemente. — Sabia que seu pai está tendo um caso?

Jesus. Que droga é essa?

Ela definitivamente não estava escondendo muita coisa naquela camisola. Eu conseguia ver vários centímetros de seu decote e da pele bronzeada e a aparência macia de seus braços, pernas e ombros. Patricia malhava bastante e cuidava de si mesma muito bem com a grana do meu pai. Aos quarenta, ela parecia bem mais jovem.

Um tijolo de dez toneladas me acertou no estômago quando seus lábios se aproximaram do meu pescoço.

Que porra era essa?

Empurrei sua mão para longe.

— Isso é sério? — Estava quase sem ar com o choque.

Passando por ela, disparei pelo corredor e entrei na sala de cinema. O único lugar onde eu queria estar. Fechando a porta, andei até me largar no sofá — aquele onde Fallon e eu ficamos juntos por último — e joguei a cabeça para trás, fechando os olhos.

Meu coração batia forte no peito, o corpo inteiro quente de raiva.

Não dava para acreditar. Minha madrasta deu em cima de mim.

Com a cabeça girando, apertei a ponte do nariz, tentando clarear a mente do borrão induzido pelo álcool. O frio do couro na minha nuca acalmava minha respiração.

Eu não entendia por que, depois de todo esse tempo, eu ainda acabava dormindo neste cômodo na maioria das noites.

Fallon foi embora. Ela nunca gostou de mim de verdade, então por que recordar de sua traição?

Mas ainda assim... foi neste lugar onde passamos a maior parte do nosso tempo, algumas vezes em silêncio e outras não.

— Olhe para mim — Patricia disse e abri os olhos.

— Cai fora! — gritei, meus lábios apertados quando vi que ela estava parada na minha frente.

Por que não tranquei a porra da porta?

Fiquei de pé e a enfrentei.

— Esta sala é minha. Cai fora.

Seus olhos brilharam de empolgação.

— Você está irritado. Dá para ver por que Fallon tinha medo de você.

Neguei com a cabeça.

— Fallon não tinha medo de mim. Não sei o que ela te disse, mas...

— Ela não conseguia lidar com você, Madoc. — Olhou para cima, prendendo o lábio inferior entre os dentes. — Ela está no seu passado. Você precisa seguir em frente. Ela já seguiu.

— O que você quer dizer?

— Ela está namorando alguém no colégio interno — Patricia revelou, e meu coração começou a bater nos ouvidos.

Mal consegui registrar suas mãos no meu peito, me acariciando por cima da camisa.

— Ela nem fala ou pergunta sobre você, Madoc. Convidei-a para visitar. Ela não vem. Não merece o homem que você se tornou — declarou.

Meus olhos se fecharam, pensando em todo tempo que passei aqui, em todas as noites pensando nela, e sabia que era perda de tempo. Eu sabia, porra. Claro, eu também namorei. Peguei algumas — não tantas quanto me gabei para Jared —, mas houve garotas. Meu coração nunca pertenceu a nenhuma delas, no entanto.

O sussurro de Patricia flutuou pelo meu pescoço.

— Sei o que você deseja. O que te dá prazer. E sei guardar segredos.

Ela fechou a distância, passando os braços pelo meu pescoço, e esmagou os lábios nos meus.

Gemeu e, subitamente, parei de respirar.

Não...

Não.

Não!

Agarrando-a pelos ombros, empurrei-a para longe.

— Jesus Cristo! — gritei. — Que porra é essa?

Sua pele estava corada e ela arqueou uma sobrancelha.

— Não? — Riu. — Não acho que você queira mesmo isso, Madoc.

Eu queria bater nela. Queria jogá-la contra a parede e apagá-la do planeta. No geral, eu a queria fora daqui.

— Fora — ordenei.

Com um sorriso esperto, ela foi até o sofá e deitou nele.

— Me obrigue — provocou. — Mas você terá que me tocar para fazer isso.

Encarei-a, deitada no mesmo lugar onde vi Fallon pela última vez. Sua mão estava sobre a cabeça e ela parecia terrível. Algo que eu nunca mais queria me lembrar.

Endureci a expressão e falei baixo:

— Vá embora amanhã ou contarei ao meu pai sobre isso.

Eu deveria dizer de todo jeito.

Mas talvez eu não sentisse vontade de proteger meu pai agora. Talvez quisesse que ele sofresse neste casamento. Talvez eu o odiasse por trazer essas duas vadias para dentro de casa.

Ou talvez eu tivesse medo de que, se perdesse Patricia, também perderia Fallon de vez. Não sei.

Fui embora, deixando-a no sofá e pegando o telefone.

> **Está acordada?**

Mandei, mas já estava indo para o carro sem esperar resposta. O telefone vibrou.

> **Estou na cama. Você vai ter que vir aqui.**

Neguei com a cabeça, sabendo que não seria um problema. Eu precisava suar um pouco. Jess Cullen, a capitã de cross-country, *e eu tínhamos uma coisa de amizade*

RIVAIS

253

colorida e eu a amava pra valer. Não era amor, amor, mas eu a respeitava e ela era uma boa garota. Digitei a resposta:

> Chego aí em 10 min.

> Te vejo em breve.

Nunca mais pisei na sala de cinema. Não até a noite de hoje. Várias vezes cogitei a ideia de fazer uma fogueira para aquele sofá do caralho que agora tinha sido arruinado pela sordidez daquela mulher. Mas, depois daquela noite, ela tirou férias prolongadas e não a vi até a manhã de ontem, quando ameaçou tirar Fallon de mim.

Ao encontrar o bilhete de Fallon hoje, em vez de ficar empolgado como tenho certeza de que ela queria, eu gemi. Não queria estar lá e com toda certeza não a queria lá dentro.

Quem sabe como ela reagiria se eu dissesse a verdade? Certamente não era importante, mas não queria arriscar que outra coisa fodesse nossa felicidade de novo.

Levando-a para a cama naquela noite, me inclinei e beijei sua cabeça. Fallon, como eu, tinha visto seus pais viverem uma vida exatamente como ela não queria. Para nossa sorte, a experiência que vivemos dava a sensação de que já tínhamos cometido os erros dos nossos pais. Sabíamos o que queríamos agora.

Mesmo que eu soubesse que ela era forte, não me impediu de querer protegê-la e dar tudo a ela.

Nada e ninguém nos pararia.

Pelos próximos dois dias, Fallon e eu começamos a resolver as coisas em Chicago. Ela foi para a aula e fiquei lidando com a papelada da transferência de uma faculdade para a outra. À noite, se não estivesse fazendo nenhum trabalho, ficávamos on-line para procurar apartamentos.

Fallon estava tentando entrar em contato com o pai para falar sobre o nosso casamento, mas, quando conversou com um dos homens dele, o cara disse que Ciaran estava "inacessível" no momento.

O que significava que ele estava preso para interrogatório, provavelmente. Ninguém ficava "inacessível" no século vinte e um, a menos que seu celular estivesse confiscado.

— Daniel — falou para um dos homens dele ao telefone —, se eu não tiver notícias do meu pai até amanhã, vou eu mesma na polícia. Quero, pelo menos, saber que ele não está morto.

Era noite de quinta-feira e ela estava sentada no sofá do apartamento de Jared, Tate e eu tínhamos voltado de uma corrida. Fallon costumava nos acompanhar, mas optou por ficar e fazer suas ligações.

Jared ainda estava no treino da ROTC, e foi gentil o bastante para deixar Fallon e eu ficarmos com o espaço extra no sótão de seu apartamento esta semana.

— Banho? — perguntei a Fallon, arrancando a camisa suada.

Ela ergueu um dos dedos para eu esperar, ainda falando ao telefone.

Tate ainda estava respirando com dificuldades ao entrar na sala e pegar o telefone.

— A mãe do Jared ligou — disse, mais para si mesma.

Depois de apertar algumas teclas, levou o celular ao ouvido, retornando para Katherine, eu acho.

Andei até a cozinha, pegando um Gatorade da geladeira, as duas envolvidas em conversas.

Jared chegou, fechando a porta, tão suado quanto Tate e eu.

— Me dá um desses — pediu, acenando para a bebida em minhas mãos e usando a barra da camisa para secar o rosto.

Jogando o meu, procurei outro na geladeira e ficamos em silêncio por alguns minutos, bebendo e recuperando o fôlego.

— Que saco — murmurou, arrancando a camisa pela parte de trás do pescoço e tirando pela cabeça.

Sim, minha garganta coçou com uma risada.

Jared no Exército — ou qualquer ramo que ele escolher — ainda era estranho para mim.

Jared como parte de um time. Jared seguindo ordens. Jared de uniforme passado. Jared como um líder? Pelo bem da humanidade? Ainda balançava a cabeça toda vez que pensava nisso.

RIVAIS

— Então saia — comecei. — Tem várias coisas que você pode fazer com a sua vida. Coisas em que você será bom.

Ele me encarou como se eu tivesse três olhos.

— Não estou falando do ROTC. Estou falando da Tate. Olhe para ela.

Virei a cabeça ao redor dele, vendo-a no telefone. Era outubro e ela estava correndo de short curto e regata. Provavelmente para provocá-lo.

Sorri. Gostava bastante de Tate. Houve até um tempo em que a desejei. Mas ela era uma irmã agora.

O tipo de irmã que eu não comeria, claro.

— O que tem ela? — Dei de ombros.

Ele fechou a cara.

— Está me deixando doido, é isso. Ela usa coisas assim para me deixar excitado e está funcionando. Já até joguei "dança de salão" no Google para ver se é tão ruim assim. — Fitou-me, estremecendo. — Estou cedendo.

Joguei a cabeça para trás, rindo.

— Você parece prestes a chorar — comentei.

— Bem, você faria as aulas? — Soava como uma acusação.

Rolei os olhos.

— Há quanto tempo você me conhece, cara? Não tem muita coisa que eu não faria.

Ele piscou devagar e com força, sabendo que era verdade, e virou a cabeça para observar Tate, provavelmente sonhando com todas as coisas que estava perdendo.

Fallon desligou e veio até mim, sorrindo quando coloquei o braço ao seu redor.

— Tudo bem? — indaguei.

Acenou.

— Por ora. — E então torceu o nariz. — Você precisa de um banho.

Disparei um olhar para Jared.

— Podemos usar o banheiro primeiro?

Seu punho se apertou ao redor do Gatorade e me senti mal por ele. Provavelmente queria fazer o mesmo com Tate e estava sofrendo.

— Tudo bem — ela chamou. — Precisamos nos unir para isso, então ouçam.

Todas as cabeças se viraram para ela, que veio para o balcão da cozinha.

Ela arqueou uma sobrancelha na direção de Jared, mas evitou contato visual, e tive que dobrar os lábios entre os dentes para prender uma risada.

— Seu pai — olhou para mim — e sua mãe — finalmente se voltou para Jared — irão para o evento de caridade da família amanhã. — Então olhou entre Fallon e eu, falando sobre o evento beneficente para crianças deficientes dos nossos pais.

Absorvi o que ela disse, surpreso, embora desconfortável com as notícias.

Meu pai e Katherine estavam aparecendo como um casal no evento dele e da mulher.

Aquilo seria estranho para algumas pessoas. Para mim, não.

— Então — prosseguiu —, Katherine nos convidou para ir, porém acho que é mais pelo apoio moral.

— Ela te disse isso? — Jared questionou, parecendo preocupado.

— Não, mas fiquei com essa impressão. É a primeira aparição pública com seu pai — Tate me olhou — e a esposa dele estará lá com os amigos. — Seus olhos foram para Fallon, uma desculpa neles. — Tenho certeza de que haverá comentários. Temos uma mesa da família, então estaremos todos sentados juntos para o jantar.

Apontei o queixo para Tate.

— Jax vai?

— Ela disse que ele estará lá.

— Então, ok. — Limpei a garganta. — Vamos fazer isso.

— Fallon? — Tate pegou a bolsa na banqueta. — Me encontra depois da aula de meio-dia amanhã e vamos fazer compras?

— Boa ideia.

Tate me olhou, ordenando:

— E vocês dois arrumem ternos. — Ela se referiu a Jared também, mas não o encarou.

Passou a alça da bolsa sobre a cabeça e pegou a jaqueta, andando até a porta.

— Aonde você vai? — Jared chamou.

— Voltar para o dormitório — resmungou, passando pela parede que ia para a porta. Fallon e eu não conseguíamos vê-la, porém Jared lhe lançou um olhar mortal. — A menos que você tenha mudado de ideia sobre a dança — cantarolou, o provocando.

Ele fechou a cara, mas então seus olhos se arregalaram e ele disparou da cadeira.

— Você acabou de me dar mole?

Ouvimos a porta abrir e fechar, e ele saiu, correndo atrás dela.

RIVAIS

257

CAPÍTULO TRINTA E DOIS

FALLON

No caminho, eu segurava as mãos no colo, cerrando os punhos com tanta força que minhas unhas estavam cravadas nas palmas. Meu corpo estava tenso e eu conseguia sentir minha pulsação latejando no pescoço.

Filha da puta. Eu não queria ver aquela mulher hoje.

Ou em qualquer outra noite.

— O que você está fazendo? — perguntou Madoc, dirigindo até o valet na Lennox House, local habitual do evento de caridade.

Apertando enviar, devolvi o telefone para a bolsa.

— Mandando mensagem para avisar ao meu pai onde estou, caso ele consiga entrar em contato.

— Você está preocupada com ele.

Neguei com a cabeça.

— Estou preocupada com você. — Sorri para Madoc, tentando esconder meu receio. — Meu pai ainda pode te matar.

Peguei um sorrisinho em seus lábios antes de ele descer do carro. Vindo para o meu lado, abriu minha porta e jogou as chaves ao funcionário.

— Ele não vai me matar. — Beijou minha testa e logo assentiu para Jared, que ajudava Tate a sair do carro atrás de nós.

— Você tem tanta certeza.

Bufou.

— Claro. Todo mundo me ama.

Sim. Sim, amamos.

Apoiando a mão no interior de seu cotovelo, entramos no enorme salão de festa, seguidos por Jared e Tate. Os rapazes usavam um terno preto de lã com camisas brancas e gravatas de seda da mesma cor. Madoc estava com um lenço roxo e Jared não colocou nenhum. Seus sapatos brilhavam, os cabelos estavam adoravelmente bagunçados e não era difícil olhar para eles.

Julgando pelas mulheres que viravam a cabeça ao nos ver passar, acho que elas não estavam cobiçando Tate e eu.

Bem, talvez. Estávamos bem bonitas também. Nós duas decidimos ficar com preto, optando por vestidinhos de festa bem bonitinhos.

O dela era sem mangas, com uma sobreposição transparente que caía até o meio da coxa e se abria um pouco da cintura para baixo. Brilhava, com listras horizontais pretas de seda, e mostrava suas belas pernas e braços. Seu cabelo loiro da cor do sol estava preso em um rabo de cavalo lateral na altura do pescoço.

Também optei por um vestido sem mangas, porém com um efeito mais drapeado. O decote canoa de alça circulava meu pescoço e se juntava na parte inferior das costas. Era dobrado no lado esquerdo da minha cintura e preso por uma joia dourada. Meu cabelo foi penteado em cachos grandes, mas o joguei por cima do ombro para sentir a mão de Madoc nas minhas costas.

E, embora nós duas usássemos saltos pretos de tira, ainda éramos centímetros mais baixas que nossos homens.

Senti o cheiro de flores no ar. Minha mãe amava esse tipo de evento, mesmo que só fosse a eles pelo prestígio.

— Uau, vai ser divertido. — Ouvi o sorriso sarcástico de Jared por trás de mim. — Cadê minha mãe? E meu irmão?

Ninguém disse nada ao analisarmos o enorme salão, procurando por Jason, Katherine e Jax.

O salão já estava lotado. Preenchido com sons alegres de conversas, risadas e música, era decorado com cortinas brancas, luzes brancas e flores brancas em todo lugar. As janelas brilhavam ao redor do ambiente da luz que entrava, adicionando um brilho suave ao local. Não estava aceso demais, nem escuro demais.

O palco, também decorado de branco, contava com um pódio e uma banda, que tocava covers animados. A pista já estava cheia com cerca de quarenta pessoas, vestidas com o que tinham de melhor e sorrindo em meio a suas joias brilhantes. Ao redor, dezenas de mesas redondas adornadas com toalhas brancas de linho, velas e utensílios de cristal dos mais finos.

— Tudo bem — Tate começou. — Vamos circular...

— Bem-vindos! — uma voz que eu conhecia muito bem nos confrontou e minhas costas endureceram.

Virando, arqueei a sobrancelha para a minha mãe, que nos abordou com uma taça de champanhe em uma das mãos e um acompanhante muito jovem na outra.

RIVAIS

Alguém tão jovem e bonito — que parecia seguir ordens — tinha que ser um acompanhante de luxo.

Ela usava um vestido de noite preto até o pé, com uma sobreposição de renda preta e mangas curtas. Seu cabelo loiro estava em um coque chique e apertado e sua maquiagem era maravilhosa. Parecia uns oito anos mais jovem.

Passando para ficar à nossa frente, nos olhou com uma preocupação falsa.

— Que engraçado. Não me lembro de mandar convite para nenhum de vocês. Mas... — Olhou para trás de mim, provavelmente cobiçando Jared, mas eu estava enojada demais para descobrir. — Vocês são quase bem-vindos.

— Você não precisa nos convidar para os eventos da minha família, Patricia — Madoc falou baixo, ameaçando. — E Fallon tem mais direito a estar aqui do que você. Você está de saída da família, lembra?

— Ah, verdade. — Apontou o queixo para nós, sorrindo. — Esqueci o seu casamento. Parabéns. — Seus olhos caíram para a minha mão e sua expressão zombeteira me deu vontade de socá-la. — Estou vendo que ficou com o anel da família — observou, tomando outro gole do champanhe. — Será um conforto quando estiver sozinha à noite e ele estiver comendo outra pessoa. Provavelmente já está. Não demorou muito para o pai dele depois do nosso casamento.

Madoc deu um passo à frente, mas o empurrei para trás.

— Não — avisei. — Ela está se agarrando a migalhas. Deixe-a cuspir suas palavras. — Então olhei para minha mãe. — É tudo que ela tem, afinal.

Seu rosto se apertou e a sobrancelha se ergueu.

— Você vai ver. Pode levar um ano ou cinco, mas você vai ver.

Girou, com seu brinquedo elegantemente vestido e muito quieto, e andou para longe.

— Uau. — Tate riu, de um jeito que sua outra opção seria chorar. Eu entendia o sentimento. — Você está bem? — perguntou, ao meu lado.

— Estou. — Acenei e soltei o braço de Madoc. Não poderia me agarrar a ele como um cobertor de segurança a noite inteira. — Deveria ter batido nela.

— Eu teria batido — Tate brincou.

Jared e Madoc bufaram ao mesmo tempo e Tate olhou para baixo, sorrindo para si mesma. Fiquei com a impressão de que era uma piada que eu não tinha entendido.

Ela sorriu para mim, vendo que eu estava confusa.

— Violência nunca resolve as coisas, mas... — fez uma pausa — pode chamar a atenção das pessoas. Às vezes, só às vezes, a violência é a única coisa que algumas pessoas respeitam. Pegue Madoc como exemplo. Quebrei o nariz e chutei o saco dele. O cara finalmente me entendeu.

Espera, o quê?

— Oi? — Olhei entre Madoc e Tate. Jared rolou os olhos quando procurei uma explicação com ele.

— Você não contou a ela sobre nós, senhor Não Consigo Me Segurar? — Seus olhos cheios de expectativa fizeram Madoc corar.

— É, valeu, Tate. — Desviou o olhar, como se tivesse um gosto ruim na boca. — Vou ter que explicar isso agora.

Engoli em seco, sem ter certeza se gostava de para onde isso estava indo. Porém Jared pareceu ter lido minha mente.

— Não se preocupe, Fallon — confortou. — Madoc só estava tentando fazer Tate e eu ficarmos juntos. Ele acha que os fins justificam os meios.

Sim, pronto para ser advogado, ri para mim mesma.

Finalmente encontramos Katherine e o pai de Madoc, e passamos a hora seguinte próximos a eles ou na pista de dança. Ela estava maravilhosa em um vestido de noite vermelho-escuro, do mesmo estilo que o meu, exceto que o seu ia até o chão. Seu cabelo castanho-café caía lindamente em uma cor rica semelhante à do vestido. Embora estivéssemos certos de que ela precisava de apoio moral — por conta das pessoas saberem que ela era amante de Jason —, aparentemente era apenas medo de sua parte. Tudo parecia bem, na real.

Percebi que, embora as amigas da minha mãe fossem esposas dos colegas de Jason e estivessem ao lado dela, também sabiam que o telhado delas era de vidro. Seus maridos seguiam Jason, e elas seguiam os maridos.

— Mandou mensagem para o Jax? — Jared perguntou a Madoc, enquanto enrolamos pelo bar. — Ele não está me respondendo.

Madoc pegou o telefone, passando pelas mensagens.

— Sim, duas vezes. Não recebi nada.

Jared negou com a cabeça, começando a parecer preocupado. Madoc me levou para o lado.

— Vou ao banheiro masculino. Quer vir? — indagou, balançando as sobrancelhas para mim.

— Hmmm. — Levei o dedo ao queixo, pensativa. — Madoc Caruthers

RIVAIS   261

é pego comendo a irmã postiça no balcão do banheiro. Jason Caruthers envergonhado em frente a toda cidade de Chicago — li a falsa manchete, sorrindo.

Ele me deu um tapa na bunda e se afastou de costas, gesticulando as palavras com a boca:

— Você é tão gostosa.

Deu a volta e desapareceu no corredor, enquanto Jared levava Tate para a pista de dança. Sorri para eles, agradecida por Madoc não ter vergonha de dançar. Os dois meio que apenas ficaram se segurando e balançando de um lado para o outro, mas era fofo ele estar tentando.

Fiquei pelo bar esperando Madoc, porém, depois de uns cinco minutos, ele ainda não tinha voltado. Os músculos das minhas coxas enrijeceram e tentei ignorar a proposta que me fez de me juntar a ele.

Pegando o celular, reparei que Jax ainda não tinha respondido também. Era estranho ele não fazer contato. Onde ele se meteu?

Fiz meu caminho pelos pequenos grupos de pessoa, pisando devagar, com medo de tropeçar nos saltos. Quando cheguei ao corredor bem mais tranquilo, disquei seu número e levei o celular à orelha.

— Quanto você quer isso? — Ouvi o tom provocativo da minha mãe sair do banheiro e olhei para a porta de vai e vém. Ela usava o tipo de voz suave e sensual que significava apenas uma coisa.

Andei até lá e abri só o suficiente para olhar dentro. Ela e Madoc estavam parados lá e estremeci com a visão dela apoiada na parede, com o vestido puxado para cima de suas coxas. Ele estava parado lá. Observando-a.

Porra, por que ele a estava observando?

Ele esfregou a mão na testa.

— Você é um negócio e tanto, né?

— Tenho um quarto no Four Seasons, Madoc. Pense em como seria bom. Uma noite comigo e você consegue o que quer. Libero a casa. Você me queria naquela noite, não queria?

Naquela noite? O que aconteceu entre eles. Mal consegui entender o que estavam dizendo, o estrondo em meus ouvidos alto demais a ponto dos meus olhos lacrimejarem.

— É — devolveu, lavando as mãos. — Te queria tanto que saí correndo e comi outra pessoa logo que te deixei na sala de cinema.

Ai, meu Deus. Fechei os punhos, respirando mais e mais rápido. Meu rosto esquentou de raiva e não conseguiu ficar mais vermelho do que estava. Meus pés estavam ancorados na porra do chão.

Que droga é essa? Bati com o punho na porta, empurrando-a com tanta força que se chocou contra a parede de trás. Os dois se viraram para me encarar, ainda plantada na entrada.

— Fallon! — Minha mãe fez um show enorme de se ajeitar. Levando a mão ao peito, me olhou com simpatia.

— Fallon. — Madoc ergueu as mãos e negou com a cabeça, como se estivesse tentando parar minha linha de pensamento. — Amor, não é nada, tá? Olha para mim.

— Eu te falei, querida — minha mãe começou. — Madoc não se importa com você. Ele e eu…

— Não existe "você e eu"! — berrou, virando a cabeça e a matando com os olhos.

— Conte a ela então. — Afastou-se da parede, a voz calma e o rosto tranquilo. — Conte sobre a sala de cinema, você me beijando…

— Cale a boca! — Madoc veio até mim, parecendo sentir dor. — Fallon, olhe nos meus olhos.

O quê? Deixei o rosto cair, tentando ver o sentido nisso.

— Pergunte a ele. — A voz da minha mãe viajou de algum lugar atrás de nós. — Falei que não dava para confiar nele, Fallon.

Fechei os olhos, começando a sentir meu pé derretendo no chão.

— Fallon, nada aconteceu! — alguém disse. — Nunca toquei nela. Ela me beijou…

Odiava virar em corredores. Portas fechadas.

Ainda dava para ouvi-los falando, mas eu não tinha ideia do que diziam. Meus pés sumiram. Até meus joelhos, minhas pernas se desfizeram e não conseguia sentir nada quando tentava tensionar os músculos.

Sua vida não me interessa, Fallon.

Sabe como eu costumava te chamar? Boceta à vista.

Puxava o ar rápido, mas soltava devagar, como se meu corpo pudesse não ter forças para puxar o ar de novo. Puxa rápido. Solta devagar. Puxa rápido. Solta devagar.

Como ele podia fazer isso? Como ela podia?

Você é só uma puta, assim como a sua mãe. As palavras de Madoc não tinham me machucado antes, porque eu sabia que não eram verdadeiras. Por que eu sentia dor agora?

Acha mesmo que ele te amou? Ele te usou!

Fechei os olhos ainda mais e engoli em seco. Engole. Engole.

RIVAIS

263

Ouvi meu nome. Madoc. Ele estava dizendo meu nome.

— Fallon! Olhe para mim!

Abra os olhos! O que você vê?

Meus olhos se arregalaram e vi Madoc parado na minha frente. Seus olhos lacrimejavam e ele estava apertando meus ombros.

Quem é você? A voz macia e irlandesa do meu pai me dominou. *Quem é você?*

Fechei os punhos uma e outra vez, piscando quando Madoc beijou minha testa.

Eu não tento acabar com os seus demônios. Eu corro junto deles.

É isso que faz Madoc ser um bom garoto, Fallon. Ele junta as peças.

Senti suas mãos no meu rosto, seus polegares fazendo círculos nas minhas bochechas.

Ele junta as peças.

Faça aquela ameaça de novo e vou te fazer atravessar uma parede para chegar até ela.

Termine, padre. Ela precisa ser beijada.

Madoc.

Meu coração inchou. Ele era meu. Ele sempre foi meu.

Madoc. Meu Madoc.

Mirei seus olhos, vendo o amor, a preocupação, o medo…

E sustentei seu olhar, preenchendo meus pulmões de ar.

"Nada que acontece na superfície do mar pode alterar a calma nas profundezas."

— Fallon, por favor — Madoc implorou. — Me escuta.

— Não — finalmente pronunciei, abaixando as mãos e erguendo o queixo. — Pare de falar — pedi, firme.

Passei por ele e devagar — bem devagar — abordei minha mãe com as mãos dobradas na minha frente.

Mantive a expressão tranquila e o tom baixo, invadindo seu espaço e sugando o oxigênio ao seu redor.

— Chame seu advogado — ameacei. — Madoc e eu queremos a casa e você está muito sozinha nessa, mãe. — Inclinando-me em seu rosto, mal destravei os dentes. — Fique contra mim. E. Você. Vai. Perder.

Girei antes mesmo que ela tivesse tempo de reagir e saí do banheiro, pegando Madoc pela mão no caminho.

— Fallon, deixe-me explicar. Nada aconteceu. Ela veio até mim e eu…

Parei no corredor e virei para encará-lo.

— Não quero nem ouvir. Não preciso de nenhuma garantia no que diz respeito a você.

264   PENELOPE DOUGLAS

Segurei seu rosto nas mãos e tomei os lábios que cativavam meu corpo inteiro no momento que me tocavam. Madoc era dono do meu corpo e da minha alma e nada poderia nos parar. Muito menos a fera da minha mãe.

Certamente não dei o sermão que ela merecia, mas não faria bem nenhum. Só teria gastado minha saliva. A única coisa que aquela mulher respeitava era dinheiro e poder e acabei de ameaçá-la com ambos.

Dar mais da minha atenção a ela seria custoso para mim.

Nunca mais. Madoc e eu tínhamos uma vida para viver.

— Eu te amo — sussurrei em seus lábios.

Ele deixou a testa cair na minha e suspirou.

— Graças a Deus. Você me assustou.

Ouvi alguém limpar a garganta e virei a cabeça, apenas para que meu coração saltasse na garganta.

— Pai! — Ofeguei, soltando Madoc para quase derrubar meu pai em um abraço.

— Ei, garotinha — respondeu, gemendo com o impacto.

— Você está bem? — indaguei, afastando-me para olhar bem para ele.

Seu cabelo castanho-claro estava penteado para trás e seu rosto — normalmente bem barbeado — estava cheio e uma bagunça, com mechas grisalhas aparecendo. Usava um terno Armani preto, preferindo a gravata longa, como Jared e Madoc, em vez das gravatas-borboletas que os outros usavam.

— Bem. — Assentiu, acariciando meus braços. — Desculpa te preocupar.

Queria fazer perguntas a ele, mas sabia que não era nem hora nem lugar, e ele não costumava me contar muito, de todo jeito. Confiava em mim, porém creio que ele pensava que era melhor sua filha não saber de seus negócios escusos, como se eu não pegasse as coisas no ar de qualquer forma.

— Senhor, sou Madoc. — Meu marido esticou a mão. — No caso de não se lembrar.

Eles só tinham se visto uma vez, que eu soubesse. Mas meu pai definitivamente se lembraria dele. Especialmente depois de tudo que aconteceu.

Ele hesitou por um momento, mas logo pegou a mão de Madoc.

— Eu me lembro. E sei de tudo. — Seu olhar era um aviso. — Este é o lugar errado para conversar sobre isso e há coisas que quero dizer aos dois, porém, no momento, só direi isso. — Estreitou os olhos em Madoc. — Está ciente do fardo deste casamento, não é?

Madoc me deu um sorriso largo.

— Fallon não é um fardo, senhor.

— Não estou falando de Fallon — meu pai disparou. — Estou falando de mim. Você não me quer como um sogro irritado. Será mais seguro para você se minha filha ficar feliz. Entendeu?

Uau. Estranho.

— Ela ficará feliz — Madoc afirmou, olhando nos olhos do meu pai. Sorri para os dois.

— Já estou feliz.

Dava para dizer que isto era difícil para o meu pai. Ele mal me viu crescer, sempre lidando com a minha mãe e os negócios arriscados dele. Nenhum dos dois o deixava ser o pai que queria, mas eram escolhas dele e eu não me sentiria mal por isso. Eu o amava. Mas escolhi Madoc. E escolheria Madoc para sempre.

— Parabéns. — Meu pai me beijou na bochecha. — Mas, por favor, me diga que vocês foram casados por um padre.

Madoc bufou e eu contei tudo ao meu pai no nosso caminho para a mesa.

Quando chegamos lá, vimos que todos já estavam sentados. Jared e Tate estavam juntos, uma cadeira vazia para Jax ao lado dele, e Katherine e Jason, seguidos por três assentos vazios para Madoc, minha mãe e eu.

Mas de jeito nenhum ela se sentaria nesta mesa, então fiz meu pai ficar, e Madoc e eu nos colocamos nos dois lugares remanescentes.

Apresentei meu pai para Tate, Jared e Katherine. Mas Jason não esperou por mim na sua vez.

— Ciaran. — Acenou, colocando um guardanapo no colo.

— Jason — meu pai respondeu.

E foi o máximo que falaram. Jason defendia caras como meu pai, mas não necessariamente queria ser visto conversando com eles.

E definitivamente temia que seu filho estivesse ligado aos Pierce.

Eu era leal ao meu pai, mas entendia de onde Jason tirou isso.

Garçons começaram a vir com as bandejas dos primeiros pratos e todo mundo começou a relaxar mais. Katherine e Jared conversavam, provavelmente se perguntando ainda onde estava Jax, e Tate contou para meu pai e eu a história de como Madoc a convidou para ir ao Baile de Boas-vindas do último ano. Por motivos totalmente não-românticos, tenho certeza.

Se não foi isso, posso ter que terminar as corridas que eles fazem juntos.

A banda tocava um jazz suave e, já que os aperitivos foram circulando enquanto todo mundo socializava e dançava, a refeição de sete pratos começou indo direto para o caldo. Uma excelente e cremosa sopa de aspargos brancos foi servida e, embora estivesse boa, ainda não conseguia acreditar que as pessoas pagavam dez mil reais por prato para entrar aqui hoje à noite. Bem, não exatamente por prato. Por refeição. Mas acho que a alta sociedade caridosa era assim.

— Espero que todos estejam aproveitando a noite. — Minha mãe veio por trás de nós e fiquei aquecida pela sensação da mão de Madoc nas minhas costas. — Ciaran, Katherine — saudou. — Certamente não era o público que eu esperava hoje. Vocês são corajosos.

Eu não conseguia ver minha mãe. E não olharia para ela também.

Mas vi os olhos de Katherine se arregalarem e se abaixarem.

— Já chega — Jason interveio. — Avisei que traria Katherine.

— Sua putinha está no meu lugar.

Jared levantou da cadeira, quase a derrubando no chão.

— Se você não se levantar e controlar essa puta — avisou ao pai de Madoc —, então vou tirar minha mãe daqui.

Jason ficou de pé, tentando reprimir a situação.

— Ninguém vai embora. Patricia, você está fazendo uma cena. Pare.

— Parar? Mas eu já estou de fora. — Cruzou os braços, sua bolsinha pendurada no pulso. — Por que eu me importaria de causar uma cena? Na verdade, estou apenas começando. Posso perder esta batalha no tribunal, mas a sua vagabunda vai se afundar muito na lama, na frente de todo mundo. Eu nem comecei.

Na mesma hora, dois toques de celular soaram e todo mundo parou de prestar atenção em Jason e Patricia.

Sem saberem de quem eram os telefones, todos procuraram os seus.

Mas alguns outros toques soaram até todos recebermos a mensagem.

Ouvi Tate gemer.

— Isso não pode ser bom.

Perguntei-me o que estava rolando.

Jason arqueou a sobrancelha para a minha mãe antes de parar a discussão para olhar o telefone também.

— Ih, caramba — Madoc soltou, encarando o telefone. — É o Jax?

Ele parecia confuso, então corri para abrir a mensagem e meus olhos ficaram próximos de saltar da cabeça.

Meu pai se inclinou para ver e escondi o celular no peito, horrorizada. Observando a mesa ao redor, vi todo mundo congelado, cada um com uma emoção diferente colada no rosto ao assistir o vídeo.

Jared. Bravo.

Tate. Enojada.

Katherine. Ferida.

Jason. Consternado.

Patricia. Aterrorizada.

Madoc. Perturbado.

— Fallon — suspirou. — É o Jax com a sua mãe?

Lentamente tirei o telefone do peito e olhei para ele de novo. Não havia dúvidas. Jax estava sentado na cama. Seu rabo de cavalo estava pendurado nas costas. Minha mãe por cima dele. A câmera cortou e foi para a parte que ela saiu de cima dele e foi até o banheiro. Ele passou um lençol branco em volta da cintura e andou até a câmera.

Ninguém respirava na mesa.

— Oi. — Sorriu para nós. — Sou Jaxon Trent. E tenho dezessete anos.

E depois sumiu. O vídeo ficou preto e cada batida de coração na mesa provavelmente estava tão rápida quanto a minha.

Todos os olhos começaram a se mover para onde minha mãe estava, ainda encarando o celular que segurava com a mão trêmula.

— Oi, gente.

Todos pulamos. Jax andou até a mesa e puxou sua cadeira.

Estava vestido como Jared, menos a gravata. Seu cabelo estava trançado em três fileiras acima de orelha e preso para trás em seu rabo de cavalo de sempre.

— O que é isso? — minha mãe choramingou. Ela parecia pronta para chorar ou morrer.

— Sente-se — ordenou, agarrando as costas da cadeira. — Agora.

Os olhos dela se arregalaram e pude ouvir sua respiração pesada. Ela estava pensando em correr.

Jax ergueu o telefone.

— Este vídeo está pronto para ser enviado para todo mundo nesta sala. Sente-se. Agora. — Seu rosnado era profundo, como algo que nunca o tinha ouvido fazer.

Minha mãe andou como se estivesse entorpecida até a cadeira e sentou suavemente, sem olhar para baixo, mas também sem olhar para ninguém.

— Jason. Os papeis? — Jax ergueu a mão.

— Foi você que me enviou mensagem? — Uma das mãos dele estava atrás da cadeira de Katherine.

268   PENELOPE DOUGLAS

— Eu te disse para confiar em mim — comentou, em um tom arrogante.

Jason colocou a mão dentro do bolso do paletó e retirou o que pareciam ser papeis jurídicos.

— Sentem-se, todos — Jax ordenou. — Estão chamando atenção.

Apenas o pai de Madoc e Jared estavam de pé, mas não tiraram os olhos dele ao se sentarem nas cadeiras.

Não sabia por que nenhum de nós estava dizendo alguma coisa. Ninguém fazia perguntas. Ninguém levantava preocupações. Ficamos apenas calados, observando Jax tomar conta da mesa.

— Jaxon? — Katherine chamou, pânico exalando dela como um perfume. — Como foi que você fez isso?

Ele olhou para ela com inocência.

— Sou a vítima aqui.

E então o canto de sua boca se ergueu e ele deixou os papeis na frente da minha mãe, com uma caneta que tirou do paletó.

— Aqui está o seu acordo de divórcio revisado — falou, apoiando-se sobre o ombro da minha mãe. — Uma boa quantia em dinheiro, nada de casa e nada de pensão. Assine — ordenou.

— Se você acha…

— Ah, não — ele a interrompeu. — Não se incomode com ameaças vazias. Aquela é a minha mãe, para todos os efeitos. — Apontou para Katherine. — E você está fodendo com a felicidade dela. Isso acaba agora.

Pisquei, meus olhos queimando de assistir a cena com admiração.

Jax me lembrava do comportamento do meu pai. Controlado e suave. Meu pai sempre sabia o placar ao entrar em uma sala, estava sempre preparado e não hesitava.

Quando minha mãe se mexeu, Jax ergueu o telefone na frente dela.

— Você não quer que este vídeo saia desta mesa. Sabia que o estado pode prestar queixas mesmo se eu não o fizer?

Seus lábios se retorceram de raiva e ela olhou de um lado a outro, como se houvesse uma maneira de fugir para algum lugar. Mas ela sabia que não. Pegou a caneta e assinou nos lugares indicados.

— E aqui. — Jax virou a página, apontando. — E aqui — falou, virando outra.

Em dois segundos, ele pegou a caneta de volta, dobrou o papel e ficou de pé.

Olhou para Jason.

RIVAIS

— O cheque?

Olhei para Jason e quase ri quando ele realmente sacudiu a cabeça por um segundo, como se quisesse entender o que acabou de rolar.

Pegando um envelope de dentro do paletó, entregou para Jax.

Ele esticou o que imaginei que fosse o dinheiro do acordo para minha mãe e lhe deu seu sorriso branco e brilhante.

— Parabéns. Você está divorciada. — E voltou para Jason. — Agora, a casa?

Jason jogou mais papeis para ele e Jax passou as folhas dobradas por cima da mesa para nós.

— Proprietários. — Acenou. — Todo mundo feliz?

Madoc e eu abrimos o pacote e cobri a boca com a mão, vendo que era a escritura da casa.

Em nossos nomes.

— Jax — mal sussurrei, minha garganta apertada demais.

— E o vídeo? — Minha mãe estava mais assustada do que eu já tinha visto na vida. Estava praticamente tremendo ao olhar para ele.

Jax se abaixou na direção do seu rosto, falando com ela como se fosse uma criança.

— Sua única preocupação agora é nunca mais me deixar puto. Você se comporta, eu me comporto. — Pegou o cheque na mesa, enfiou no peito dela e ficou de pé. — Cai fora.

Agarrando o envelope, ela nem me olhou ao deixar o salão. Senti Madoc apertar minha mão esquerda e meu pai pegou a direita.

Meu marido.

Meu lar.

E olhei em volta da mesa… *minha família.*

Meu peito tremeu com uma risada silenciosa e histérica.

— Isso é tão surreal. — Jason passou a mão no rosto, os garçons começando a limpar as tigelas. — Não tenho certeza de como me sinto sobre tudo isso — murmurou, ficando de pé e estendendo a mão para ele. — Jaxon, obrigado. Não sei o que…

Jax levantou e deu um soco na mandíbula do pai de Madoc, o fazendo cambalear no chão; todos se endireitaram na cadeira e Katherine gritou.

Talheres tilintavam e toda a conversa no salão parou. Todos que não tinham reparado o que acontecia na nossa mesa nos viam agora.

Jason estava caído de costas, a cabeça erguida do chão, segurando o queixo.

— Jaxon! — Katherine gritou, pulando da cadeira junto de Jared e Madoc.

Jax parou ao lado dela, olhando para o pai de Madoc.

— Você deveria ter se casado com ela anos atrás — repreendeu. Deu um beijo na bochecha de Katherine e se virou, indo embora.

Jared, Tate, Madoc e eu não perdemos tempo, saindo da mesa e correndo atrás dele. Katherine estava levando Jason de volta à mesa e a sala ainda estava cheia de conversas paralelas.

— Jax, para! — Jared gritou.

Ele fez uma pausa no saguão, virando-se para nos encarar. Mas eu não deixaria Jared gritar com ele.

— Jax, obrigada — interrompi. — Você não deveria ter se colocado em uma situação como essa por nós. — Segurei a escritura com as duas mãos contra o peito.

— Não se estresse. — Enfiou as mãos nos bolsos, parecendo muito mais com o garoto que eu conhecia e não a presença ameaçadora que se provou ser.

Neguei com a cabeça, lágrimas se acumulando.

— Nunca iria querer que você...

— Está tudo bem, Fallon — cortou-me. — Você está feliz, Katherine está feliz e isso me deixa feliz. — Ele respirou fundo e bateu no braço de Madoc. — Te vejo amanhã à noite na corrida.

Eu o vi erguer o queixo para Jared, que o seguiu para fora do salão com Tate.

Madoc passou os grandes braços ao meu redor e o encarei com os olhos embaçados.

— Estamos livres — sussurrei.

Ele pegou minha bunda nas mãos e me ergueu do chão, deslizando a língua por meus lábios e me beijando com tanta força que tive que me segurar em seu pescoço.

— Ninguém pode nos parar — murmurou, com a voz rouca na minha boca.

Ninguém.

Alguém limpou a garganta e arregalei os olhos, Madoc me devolvendo ao chão.

Meu pai estava lá parado, provavelmente desejando não ter acabado de ver aquilo.

RIVAIS

— Estou indo embora — falou.

Madoc me soltou e limpou a garganta.

— Vou ver como meu pai está.

Sorri para mim mesma, o assistindo ir embora, dando espaço para meu pai e eu.

Dei um abraço nele, instantaneamente me aconchegando e aproveitando o cheiro de couro e Ralph Lauren.

— Estarei em Shelburne Falls no fim de semana, mas volto na segunda. Você estará em Chicago?

— Sim — respondeu. — Ligo para almoçarmos. Nós três — adicionou. Dei-lhe um sorriso de gratidão quando ele começou a se afastar, mas logo parou. — Fallon? — Virou de novo. — Quem exatamente é aquele garoto? — Gesticulou para Jax, que conversava com Jared e Tate do lado de fora.

— Jaxon Trent. É amigo do Madoc.

— O que você sabe sobre ele? — indagou, ainda observando Jax.

Não muito, infelizmente.

— Hm, bem, ele mora com a mãe do meio-irmão. O pai está na cadeia e a verdadeira mãe se separou do cara há um tempão atrás. Está no último ano do ensino médio. Por quê?

Então falou baixo, como se pensasse em voz alta:

— É um jovem muito impressionante.

CAPÍTULO TRINTA E TRÊS

MADOC

— O que exatamente é o Loop? — Fallon colocou o boné de beisebol para cobrir os olhos e descansou a cabeça no encosto do banco.

— Tate não te falou?

— Sei que é uma corrida — respondeu, bocejando. — Mas é uma pista de verdade ou não?

— Você não tem que vir hoje. Sei que está cansada. — Estiquei a mão para acariciar sua perna.

— Estou bem. — Tentou soar animada, mesmo que seus olhos estivessem fechados.

Ela certamente não teve uma vida fácil essa semana. Tirando a diversão ininterrupta na noite passada ao lidarmos com sua mãe, seu pai e a aparição de Jax, casou-se essa semana e, entre os estudos e eu a mantendo acordada metade da noite, seu corpo estava desmoronando. Com força.

Não fomos dormir até três horas da manhã e depois acordamos cedo para darmos uma olhada em um apartamento antes de voltarmos para Shelburne Falls. Quando chegamos aqui, começamos a reorganizar meu quarto para dar espaço a ela e suas coisas.

Mesmo que gostássemos de Chicago, amávamos mais este lugar. Era aqui que criaríamos nossos filhos.

Não que eu tivesse falado sobre aquilo ainda, mas ela ficaria grávida assim que a faculdade terminasse.

Claro que ela iria concordar. Ninguém poderia me dizer não.

— Chegamos — anunciei, parando no final da estrada que dava no Loop. A pista redonda se dividia para a esquerda e para direita à nossa frente, e virei para a direita, ficando na lateral e dando ré para o espaço na grama.

Meu sangue corria pelo corpo como corredeiras, me enchendo de energia com tanta velocidade que eu me sentia chapado.

Caramba, era bom voltar aqui.

Não admitiria a ninguém, mas estava um pouco apreensivo com a nova onda de pilotos vindo para a escola este ano. Embora universitários como Jared, Tate e eu voltássemos de vez em quando, era mais um público do ensino médio.

Porém, ao sair do carro, já vi pelo menos umas dez pessoas que eu conhecia, então estava em casa. Jared e Tate já estavam nos seus lugares na pista e tinham um público ao seu redor, incluindo K.C., que deve ter voltado da faculdade em Arizona para passar o fim de semana.

Olhando em volta, também encontrei seu namorado, Liam, e alguns dos amigos meus e de Jared, que também tinham ficado perto de casa este ano.

Jax estava mais atrás, sentado no capô do carro com os headphones, encarando a multidão. Ele nunca corria. Embora viesse para os eventos, eu tinha a impressão de que aquilo o deixava entediado, mesmo que eu tivesse sugerido que correr de verdade era bem mais divertido do que assistir. Ele dizia que estava trabalhando em algo novo para o Loop, mas não nos contava o que era. Conhecendo-o, eu tinha medo de perguntar.

Fallon desceu do meu GTO e peguei sua mão, a levando para a pista. Passamos em meio às várias pessoas, ignorando quem nos chamava e nos parabenizava pelo nosso casamento. Eu sabia que estavam todos rindo pelas minhas costas.

Madoc se casou? *Aham, claro.*

Peguei um conselho do meu pai. *Não dê atenção a eles e eles não nos darão atenção.* Apenas os mais próximos de Fallon e eu entenderiam, e não nos explicaremos para os outros. Tenho certeza de que a maioria pensava que eu a engravidei.

— Ei, cara — saudei Jared, que se virou de onde falava com Sam, sorrindo. *Inside the Fire*, de Disturbed, tocava alto no som de seu carro e parecia os velhos tempos.

Fallon foi falar com Tate, que estava apoiada no carro, conversando com K.C.

— Você está sorrindo — comentei, categórico, observando Jared. — Isso é estranho.

Ele enfiou as mãos nos bolsos da frente do moletom e deu de ombros.

— Por que eu não estaria sorrindo? Mesmo se eu perder, o que é um grande *se*, Tate vai parar com essa besteira e eu não vou mais dormir sozinho. Amanhã é aniversário dela, nosso aniversário de namoro. Tenho planos.

Ri sozinho, negando com a cabeça.

— Quero muito te ver fazendo dança de salão. — Estreitei os olhos, pensativo. — Na real...

Virei a cabeça, vendo Tate, Fallon e K.C. conversando.

— Tate! — chamei. — Dá um pulo aqui.

Ela me deu um olhar irritado e veio, seguida pelas outras duas.

— Vou correr no seu carona — avisei.

— Por quêêê? — prolongou a palavra.

— Só no caso de você precisar de algum conselho. Quero que você vença.

Sorri para Jared, vendo-o erguer a sobrancelha.

— Eu já corri antes — Tate respondeu, como se eu pensasse que ela não tinha experiência. Seu cabelo balançava no vento leve e continuava caindo no seu rosto.

Passei o braço pela cintura de Fallon e a puxei para o meu lado.

— Não correu contra Jared. — Apontei para Tate. — Eu vou com você. Fim de papo. Você vem? — Olhei para Fallon.

— Ah, não — Jared interrompeu. — Você leva minha garota, eu levo a sua. — Enganchou a gola da camisa de Fallon e a puxou para o seu lado. — Mas não para ajudar. Ela é uma refém.

— De jeito nenhum! — Fallon explodiu. — Como se eu quisesse ser assassinada ou ferida gravemente em uma pista de corrida ilegal, protegida por policiais suspeitos e um grupo de adolescentes bêbados.

— É. — Acenei com a mão. — Ela está com medo.

Seus olhos verdes me perfuravam como balas.

— Não fode — resmungou, dobrando os braços sobre o peito. — Você vai se dar mal.

— Fallon! — Tate reclamou. — Você é minha amiga.

— Não se preocupe. — Olhei para Tate e peguei meu iPod do bolso do casaco. — MC Hammer está do nosso lado — gabei-me para Jared e Fallon, gesticulando para Tate e eu. — Nada pode nos tocar — comentei, em referência àquela música, *U Can't Touch This*.

Tate perdeu a cabeça na hora. Ela se dobrou, segurando a barriga e rindo horrores da minha brincadeira com a música de MC Hammer.

— Você não vai colocar essa merda no meu rádio! — gaguejou em meio a risadas.

— Vou sim — ameacei.

Mas, naquela hora, todos nos endireitamos. Zack, o mestre de corridas, apareceu entre os dois corredores — ou times — e limpou a garganta.

Colocando as mãos ao redor da boca para formar um círculo, gritou no ar noturno.

RIVAIS

— Vamos. Começar. Os. Jogos!

Fallon e eu sorrimos um para o outro.

E que eles nunca terminem.

Um trovão explodiu no céu da meia-noite e abri os olhos, enquanto ele rugia pela casa. Em sua lenta viagem para longe, pisquei contra os flashes de luz que vinham pela janela.

Virando a cabeça para o lado, vi Fallon ainda dormindo pacificamente em sua camisa verde e calcinha. Ela tinha chutado os lençóis e aquela era uma coisa que reparei que tínhamos em comum. Ficávamos com muito calor enquanto dormíamos.

Havia muitas peculiaridades sobre ela que descobri e esperava que as minhas não a irritassem tanto.

Seu pescoço brilhava com uma camada fina de suor e seus lábios praticamente mal se abriam e fechavam a ponto de serem notados. Uma parte de sua barriga estava de fora e seu rosto inocente estava completamente lindo.

Só de olhar para ela, eu me senti endurecer de desejo. Já tínhamos atacado um ao outro depois da corrida. De fato, Jared, Tate, Fallon e eu viemos direto para cá depois da corrida, pulando a fogueira. Eles foram para o quarto deles e nós viemos para o nosso.

No entanto, ela me daria um soco se eu a acordasse para transar. Não que eu fosse fazer isso. Ela estava exausta.

Respirando fundo, joguei as cobertas para longe e saí da cama, vestindo as calças do pijama e saindo o mais rápido possível. Quanto mais ficava duro, menos queria ser um homem honrado.

Então eu fui.

Desci para o porão, esfregando o polegar pelos dedos o caminho todo. Fazia meses que eu não tocava e podia sentir a vibração em minhas mãos. As notas frias por baixo das pontas dos meus dedos.

Tocar não era uma obsessão ou algo que eu precisava fazer. Só gostava de ter a técnica para tocar. Todo mundo deveria ter uma forma de se expressar, liberar o estresse — mesmo que fosse apenas frustração sexual para mim agora.

Puxando o banco, sentei-me ao totalmente restaurado piano de cauda Steinway 1921 e examinei as partituras, escolhendo uma peça de Dvor'ák.

Apoiando os dedos nas teclas, comecei a tocar as mesmas notas que vinha praticando há anos. Não mudava muito as minhas músicas, preferindo chegar à obra prima antes de ir para a próxima, porém, quanto mais eu ficava confortável com a música, mais me encontrava adicionando meus próprios toques nela. Acelerando, diminuindo, mais suave, mais forte... Uma simples composição poderia ter tantos significados, dependendo de quem estava tocando.

Gostava da liberdade de explorar e assumir riscos.

O mesmo poderia ser dito de Fallon no skate. Ela gostava, mas apenas se fosse deixada sozinha.

Uma pele fria tocou meus ombros nus e endureci, tirando as mãos das teclas.

— Addie falou que você vinha aqui embaixo de noite tocar. — Fallon apoiou o queixo na minha cabeça. — Por que você simplesmente não leva o piano lá para cima?

Estiquei as mãos para pegar as dela.

— É algo que eu prefiro fazer sozinho.

— Ah — soltou, baixinho. — Sinto muito. — E se afastou.

— Não, eu não quis dizer isso. — Virei-me, puxando-a para mim e colocando-a no meu colo. — Quis dizer sem o meu pai por perto. Gosto de tocar. Só não gosto de ser forçado.

Ela se apoiou no meu peito, montada no meu colo e encarando as teclas.

— É uma música triste.

— As melhores músicas são — falei em seu ouvido. — Mas estou feliz.

Correu as mãos delicadas por cima das teclas, deitando a cabeça no meu ombro.

— Acho que deveríamos fazer as aulas de dança com Jared e Tate. Vai ser divertido. — Ela se esticou, beijando minha mandíbula. — Ainda não acredito que ele perdeu.

Meu peito tremeu.

— Ele entregou a corrida. Você sabe disso, certo?

— Não entregou não — reafirmou. — Tate foi maravilhosa. E...

Afundei os dentes em seu pescoço e ela gemeu, cortando seu próprio pensamento antes mesmo que ele saísse. Chupei seu pescoço, meu corpo inteiro girando com a necessidade e o cheiro dela. Passando os braços por sua barriga, abri um pouco mais as pernas. Já que as coxas dela estavam

RIVAIS

por fora das minhas, Fallon se arreganhou mais. Mantendo a boca em seu pescoço e o braço ao seu redor, deslizei a outra mão na frente dos shorts do seu pijama.

— Sempre pronta para mim — murmurei, sentindo como ela estava molhada entre as pernas. Movi a boca para cima por seu rosto e por seu ouvido. O calor em meus dedos foi direto para o meu pau e circulei seu clitóris, sentindo ficar mais duro entre meus dedos.

Ela esticou a mão e agarrou a parte de trás da minha cabeça.

— Depois de voltarmos da caminhada amanhã — começou, respirando com dificuldade —, deveríamos vir para casa e tentar colocar esse piano no piso principal de novo. Talvez trazer alguns dos seus amigos aqui para ajudar.

É sério que ela estava tentando falar comigo sobre isso agora? Iríamos levar Lucas para caminhar e eu não sentia vontade de pensar em nada além dela neste momento.

Quando não parei de beijá-la para responder, ela implorou:

— Por favor?

A mão que estava em sua cintura deslizou por dentro da blusa.

— Com uma condição. — Tomei seus lábios em selinhos que a devoravam. — Sua *half-pipe* sobe também.

Ela começou a girar o quadril contra mim e fechei os olhos com a onda que me dominou.

— Não acho que Jason e Katherine vão gostar daquela coisa na sala de estar. — Ela parecia fraca. O que estava me excitando.

— Maravilha — brinquei. — Porque não é a sala de estar deles. Essa casa é nossa, lembra?

— Sim, mas eles ainda moram aqui.

Ela estava certa, claro. Nada tinha mudado no esquema de moradia. Katherine se mudaria para cá depois que Jax se formasse na próxima primavera. A casa estava no nosso nome, porém, então eu não ligava.

Ela ainda estava se esfregando devagar sobre o meu pau e deslizei os dedos para dentro dela.

— Tudo bem — falou, desistindo. — A *half-pipe* sobe também. Todo mundo vai amar — adicionou, sarcástica.

Tirei a mão do seu short e ergui sua cabeça.

— Vai ser bem mais divertido para mim se você estiver sem camisa — disse, puxando-a por cima de sua cabeça sem resistência.

Segurando o interior de suas coxas, trouxe sua bunda para mim e empurrei seu tronco para frente, deitando-a sobre as teclas.

Curvando-me, puxei seu cabelo para o lado e arrastei a língua por suas costas, parando de vez em quando para afundar os dentes suavemente e beijá-la.

Meu Deus, eu a amava. Não havia nada nem ninguém que eu desejava mais e ela era minha. Quando tínhamos catorze anos, ela chegou na minha vida seguindo os passos de uma mulher cruel e interesseira, mas eu faria tudo aquilo de novo. Cada minuto. Cada grama de dor. Passaria por tudo outra vez para ficar com ela.

— Madoc? — sussurrou, virando o rosto para o lado. — O que significa "fallen"? A tatuagem das suas costas?

Quantas perguntas.

— Não é "fallen". — Subi uma trilha de beijos em suas costas, mas ela se ergueu e virou o rosto para me olhar, lágrimas nos olhos.

— Fallon? — Estreitou as sobrancelhas ao compreender.

Tomei seu rosto na mão, beijando o canto de sua boca.

— Fiz há alguns anos — expliquei. — Nunca te esqueci. Nunca parei de te amar.

Seus olhos se fecharam e ela esticou a mão para trás para acariciar minha bochecha.

Então, me olhando de novo, deu um sorrisinho.

— É porque somos imparáveis.

Mergulhei e a beijei com força. *Isso aí.*

RIVAIS

CAINDO

Não perca o próximo romance envolvente de Penelope Douglas, *Caindo*.

SINOPSE: K. C. Carter sempre seguiu suas regras — até este ano, quando um erro a torna o assunto do campus universitário e sua vida que foi arranjada com muito cuidado chega a um impasse. Agora ela está presa em sua cidadezinha por todo o verão para completar o serviço comunitário que recebeu do tribunal e, para piorar, há um problemão morando na casa ao lado.

Jared Trent é o pior tipo de tentação e exatamente o que K.C. deveria manter à distância no ensino médio. Mas ele nunca a esqueceu. Ela foi a única garota que não perdeu tempo com ele e a única que já lhe disse não. O destino trouxe K.C. de volta para sua vida — só que, o que ele pensava ser uma ótima reviravolta, pura sorte, acabou sendo algo perigoso. Enquanto se aproximam, ele descobre que convencer K.C. a sair de debaixo da asa da mãe é difícil, mas revelar as partes mais sombrias de sua alma é praticamente impossível...

Cheguei mais perto devagar, observando-o descer as escadas e caminhar até mim. Estava usando calças, graças a Deus. Mas acho que aquilo era fácil, já que ele nunca tirou. O jeans de lavagem escura estava pendurado em seus quadris e pude ver com clareza os músculos que emolduravam seu abdômen em V. Era um corpo de nadador, mas eu não tinha certeza se ele realmente nadava. Do jeito que seu jeans mal cobria o quadril, chutei que ele não estava usando boxers, ou qualquer coisa por baixo. Pensei no que estava dentro das calças e um calor se acumulou na minha barriga. Travei as coxas.

Baixei os olhos, me perguntando como conseguiria lidar com isso. Ele era apenas uma criança. Fazia aquilo com muitas garotas?

Parou na minha frente, pairando sobre mim, já que era uns bons vinte centímetros mais alto.

— Está fazendo o que aqui? — acusou.

Calei a boca e franzi o cenho para o ar ao seu redor, ainda evitando contato visual.

— Você foi embora com o merda do seu namorado já faz uma hora — pontuou.

Mantive os olhos afastados.

— K.C.! — Enfiou a mão na minha cara, estalando os dedos algumas vezes. — Vamos processar o que você acabou de ver aqui. Entrou na minha casa sem ser convidada no meio da noite e me viu transando com uma garota na privacidade do meu lar. Agora vamos seguir. Por que está vagando por aqui sozinha no escuro?

Finalmente olhei para cima e bufei. Sempre tive que esconder o jeito como meu rosto pegava fogo ao ver seus olhos azuis. Para alguém tão sombrio e selvagem, seus olhos eram muito fora de lugar, porém nunca pareceram errados. Eram da cor de um mar tropical. A cor do céu pouco antes das nuvens de tempestade aparecerem. Tate chamava de azure. Eu chamava de inferno.

Cruzando os braços sobre o peito, respirei fundo.

— Liam está bêbado demais para dirigir, ok? — rebati. — Desmaiou no carro.

Ele olhou na rua para onde o carro de Liam estava parado e estreitou os olhos para mim antes de fazer uma careta.

— Então por que você não pode dirigir com ele para casa? — indagou.

— Não sei dirigir carro manual.

Ele fechou os olhos e negou com a cabeça. Passando as mãos pelo cabelo, parou e o segurou em punho.

— Seu namorado é um idiota do caralho — murmurou, abaixando a mão e parecendo nervoso.

Rolei os olhos, sem querer entrar nessa. Ele e Liam nunca se deram bem e, embora não soubesse o motivo, entendia que era muito por culpa de Jax.

Eu o conhecia há quase um ano e, embora soubesse de poucos detalhes — ele gostava de computadores, seus verdadeiros pais não estavam por perto e ele pensava na mãe do irmão como sua própria mãe —, o cara ainda era um mistério para mim. Tudo que eu sabia era que ele me olhava às vezes e, recentemente, era com desdém. Como se estivesse decepcionado.

Ergui o queixo e mantive o tom monótono:

RIVAIS

— Sei que Tate vai ficar com Jared hoje e não queria acordar o pai dela para me deixar dormir lá. Preciso que ela me ajude a levar Liam para casa e entrar na dela. Ela está acordada? — indaguei.

Ele negou com a cabeça, mas não sei se era para dizer que não ou como quem diz "só pode ser brincadeira".

Enfiando a mão no bolso do jeans, pegou a chave do carro.

— Vou te levar para casa.

— Não — falei, apressada. — Minha mãe acha que vou ficar na Tate hoje.

Ele estreitou os olhos para mim e me senti julgada. Sim, estava mentindo para minha mãe para passar a noite com meu namorado. E sim, tenho dezoito anos e ainda não tenho permissão para ser livre como uma adulta. *Pare de me olhar desse jeito.*

— Não se mexa — ordenou, depois virou e entrou na casa.

Após menos de um minuto, saiu da casa e foi andando pelo jardim de Tate, indicando com o queixo para eu segui-lo. Assumi que ele tinha uma chave, então corri até o seu lado quando ele estava subindo os degraus.

— E o Liam? — Não podia deixar meu namorado dormindo no próprio carro a noite toda. E se algo acontecesse com ele? Ou passasse mal? E o pai de Tate teria um ataque se eu tentasse trazê-lo para dentro.

Jax destrancou a porta — não tinha certeza se era a chave de Tate ou Jared — e entrou no saguão escuro. Virando para mim, acenou a mão com um grande movimento, me convidando a entrar.

— Vou fazer Jared me seguir no carro dele e dirigir com o babaca para casa no dele, okay? — Estreitou os olhos, parecendo entediado.

— Não o machuque — avisei, cruzando a soleira e passando por ele.

— Não vou, mas ele merece.

Virei para encará-lo, arqueando uma sobrancelha.

— Ah, você acha que é muito melhor, Jax? — Sorri. — Sequer sabe o nome daquelas vagabundas?

Sua boca se apertou na hora.

— Elas não são vagabundas, K.C. São amigas. Eu teria me certificado de que qualquer namorada minha soubesse dirigir um carro manual e não ficaria bêbado a ponto de não conseguir mantê-la em segurança.

Sua resposta rápida me desestabilizou e imediatamente baixei os olhos, odiando a onda de culpa que formigou em minha pele.

Por que eu estava tentando afastá-lo? Jax definitivamente conseguia me irritar, mas não era um cara mau. Seu comportamento na escola com certeza era melhor do que o do irmão no passado. Era respeitoso com os professores e amigável com todo mundo.

Quase todo mundo.

Respirei fundo e endireitei os ombros, pronta para engolir um punhado do meu orgulho.

— Obrigada. Obrigada por levar Liam para casa — pedi, oferecendo a chave a ele. — Mas e a sua — gesticulei com a mão, tentando encontrar a palavra certa — suas... garotas?

— Vão esperar. — Deu um sorriso espertinho.

Rolei os olhos. *Oookay.*

Esticando a mão, soltei meu coque frouxo e arrumei o cabelo castanho sobre os ombros. Mas então ergui os olhos quando notei Jax se aproximando.

Seu tom era baixo e forte, sem nem um pingo de humor.

— A menos que você queira que eu me livre delas, K.C. — sugeriu, chegando mais perto, seu peito quase esfregando o meu.

Se livrar delas?

Neguei com a cabeça, afastando seu flerte. Reagi do mesmo jeito no último outono, quando nos conhecemos pela primeira vez e todas as outras depois disso que ele fez uma observação sugestiva. Era minha resposta segura e padrão, porque não conseguia me permitir reagir de nenhuma outra maneira.

Mas dessa vez ele não estava sorrindo ou sendo arrogante. Ele deveria estar falando sério. Se eu dissesse para se livrar delas, ele se livraria?

E quando ele esticou o dedo e roçou minha clavícula de maneira lenta e macia, deixei o tempo parar ao considerar a ideia.

A respiração quente de Jax no meu pescoço, meu cabelo todo emaranhado em meu corpo, minhas roupas rasgadas no chão, tudo enquanto ele mordia meus lábios e me fazia suar.

Ai, Jesus. Prendi a respiração e olhei para longe, estreitando os olhos para colocar a cabeça no lugar. *Que droga é essa?*

Mas então Jax riu.

Não era uma risada simpática. Não era uma risada que dizia que ele só estava brincando. Não, era uma risada que me dizia que eu era a piada.

— Não se preocupe, K.C. — Sorriu, me olhando como se eu fosse patética. — Estou bem ciente de que sua boceta é preciosa demais para mim, okay?

RIVAIS

Oi?

Afastei sua mão da minha clavícula.

— Quer saber? — disparei, meus dedos se fechando em punho. — Não consigo acreditar que estou dizendo isso, mas você faz Jared parecer um cavalheiro.

E o merdinha sorriu ainda mais.

— Amo meu irmão, mas vamos esclarecer uma coisa. — Chegou mais perto. — Ele e eu não temos nada a ver.

É. Meu coração não batia por Jared. Os pelos em meus braços não se arrepiavam ao redor dele também. Eu não ficava consciente de onde ele se encontrava e do que fazia em todos os segundos que estávamos no mesmo ambiente. Jax e Jared eram muito diferentes.

— Tatuagens — murmurei.

— O quê?

Merda! Falei aquilo em voz alta?

— Hm... — gaguejei, encarando de olhos arregalados o que estava na minha frente, que calhava de ser seu peito nu. — Tatuagens. Jared tem. Você não. Como pode? — perguntei, finalmente olhando para cima.

Suas sobrancelhas se uniram, mas ele não parecia bravo. Era mais... atordoado.

As costas, os ombros, os braços e parte do torso de Jared eram cobertos por tatuagens. Até mesmo o melhor amigo de Jared e Jax, Madoc, tinha uma. Era de se pensar que, com essas influências, Jax teria feito pelo menos uma, mas não. Seu torso longo e os braços não tinham marcas.

Esperei, enquanto ele me encarava e lambia os lábios.

— Tenho tatuagens — sussurrou, parecendo perdido em pensamentos. — Muitas.

Não sei o que vi em seus olhos, mas sabia que nunca tinha enxergado antes.

Afastando-se, ele não olhou nos meus olhos ao se virar para deixar a casa. Fechou a porta, trancou e passou pelos degraus da varanda em silêncio.

Momentos depois, ouvi o Boss de Jared e o Camaro de Liam ligarem e saírem na rua escura.

E, uma hora depois, ainda estava acordada na cama de Tate, passando o dedo sobre o lugar onde ele tocou minha clavícula e me perguntando sobre aquele Jaxon Trent que eu não conhecia.

Dois anos depois...

Shelburne Falls era uma cidade de tamanho médio ao norte de Illinois. Não era pequena demais, porém grande o suficiente apenas para ter seu próprio shopping. A olho nu, era pitoresca. Doce em sua originalidade de *não ter duas casas iguais* e receptiva em sua maneira de dizer *posso te ajudar a carregar as compras até o carro.*

Segredos eram mantidos por trás de portas fechadas e havia sempre muitos olhares curiosos. Mas o céu era azul, as folhas farfalhavam ao vento como uma sinfonia natural e as crianças ainda brincavam do lado de fora, em vez de ficarem focadas em videogames o tempo *todo*.

Eu amava o lugar. Mas também odiava quem eu era aqui.

Quando fui para a faculdade há dois anos, fiz a promessa de passar todos os meus dias tentando ser melhor do que era. Seria uma namorada atenciosa, uma amiga confiável e a filha perfeita.

Eu mal voltava para casa, escolhendo passar o verão como conselheira em um acampamento de verão em Oregon e visitando minha colega de quarto, Nik, na casa dela em San Diego. Minha mãe começou a se gabar do meu estilo de vida ocupado e meus antigos amigos não pareciam sentir muito a minha falta, então funcionava.

Shelburne Falls não era um lugar ruim. Era perfeito, na verdade. Mas eu era menos do que perfeita aqui e não queria voltar para casa até poder mostrar a todos que era mais forte, mais durona e mais inteligente.

Mas essa merda bateu no meu ventilador. De verdade.

Não apenas voltei para a cidade mais cedo do que queria, mas meu retorno foi após uma ordem judicial. *Que baita impressão, K.C.*

Meu telefone tocou e pisquei, respirando fundo e saindo dos meus próprios pensamentos. Ajustando as cobertas, sentei na cama e destravei a tela do meu celular.

— Tate, oi. — Sorri, sem nem me importar de dizer "alô". — Você acordou cedo.

— Desculpa. Não queria te acordar. — Sua voz animada era um alívio.

— Não acordou. — Joguei as pernas para fora da cama e fiquei de pé, me esticando. — Estava levantando agora.

Tate foi minha melhor amiga em todo o ensino médio. Ainda era, eu acho. No último ano da escola, porém, mudei nossa amizade. Não fiquei ao seu lado quando ela precisou e agora ela mantinha dois passos de distância entre nós quando eu estava por perto. Não a culpava. Estraguei tudo e não tive coragem de falar sobre o assunto. Ou pedir perdão.

E, apesar das palavras de "sabedoria" que minha mãe sempre repetia, eu deveria ter feito isso. *Pedir desculpas é se rebaixar, K.C. Nada é um erro de verdade até que você admita que se arrepende. Até lá, é apenas diferença de opinião. Nunca se desculpe. Te enfraquece na frente dos outros".*

Mas Tate seguiu com a vida. Acho que percebeu que eu precisava mais dela do que ela precisava que eu pedisse desculpas.

No geral, eu tinha duas certezas. Ela me amava, mas não confiava em mim.

Ela estava mastigando alguma coisa enquanto falava e ouvi a geladeira ser fechada no fundo.

— Queria garantir que você tinha se acomodado e estava confortável.

Puxei a camisola para baixo por sobre a barriga ao caminhar para as portas francesas.

— Tate, tenho que agradecer muito a você e ao seu pai por me deixarem ficar aqui. Sinto-me um peso.

— Está brincando? — explodiu, sua voz aguda de surpresa. — Você é sempre bem-vinda e pode ficar por quanto tempo precisar.

Depois que cheguei a Shelburne Falls na noite passada — de avião e depois de táxi —, rapidamente arrumei minhas roupas no antigo quarto de Tate, tomei banho e procurei nos armários alguma comida que pudesse precisar. Acabou que eu não precisava de nada. Os armários e a geladeira estavam cheios de comida fresca, o que era estranho, considerando que o pai de Tate estava no Japão desde maio e não voltaria até o outono.

— Obrigada — pedi, abaixando a cabeça. Sentia-me culpada por sua generosidade. — Minha mãe deve amolecer durante o verão — afirmei.

— Qual o problema dela? — Sua pergunta honesta me surpreendeu.

Soltei uma risada amarga ao abrir ar portas da varanda para deixar o cheiro da brisa de verão entrar.

— Meu registro policial não combina com sua sala de estar branca como um lírio. Esse é o problema dela, Tate.

Minha mãe morava a algumas quadras daqui, então era divertido que ela realmente tivesse pensado que fugiria das fofocas por não me deixar ficar em casa enquanto completava o serviço comunitário. Aquelas vacas do Rotary Club ficariam atrás dela de todo jeito.

Isso não era engraçado. Eu não deveria rir.

— Seu "registro policial" — Tate repetiu. — Nunca pensei que esse dia chegaria.

— Não me provoque, por favor.

— Não estou provocando — garantiu. — Estou orgulhosa de você.

Oi?

— Não por quebrar a lei — adicionou, rapidamente. — Mas por se impor. Todo mundo sabe que eu teria um registro na polícia se não fosse por Jared e Madoc dando o jeito deles. Você comete erros como todo mundo, mas, se me perguntar, aquele babaca do Liam recebeu o que merecia. Então, sim. Estou orgulhosa de você.

Fiquei em silêncio, sabendo que ela estava tentando me fazer sentir melhor sobre largar meu namorado — meio que violentamente — depois de cinco anos de relacionamento.

Mas logo neguei com a cabeça e inalei o ar puro da manhã. Todo mundo pode cometer erros, mas nem todo mundo é preso.

Eu poderia ser melhor. Bem melhor. E seria.

Endireitando as costas, segurei o telefone com uma das mãos e inspecionei as unhas com a outra.

— Quando você virá para casa? — indaguei.

— Não por algumas semanas. Madoc e Fallon saíram de férias ontem para o México e Jared está no "acampamento de comandantes" até primeiro de julho. Vou visitar meu pai semana que vem, mas, por enquanto, estou aproveitando a oportunidade enquanto Jared está fora para enfeitar o apartamento.

— Ah — refleti, encarando distraída as árvores da casa ao lado. — Aí vêm as velas perfumadas e as almofadas — provoquei.

— Não se esqueça das capas para a privada com babados e abajures.

Nós rimos, mas a minha era forçada. Não gostava de ouvir sobre a vida deles, da qual eu não fazia parte. Jared e Tate iam para a faculdade e moravam juntos em Chicago. Ele estava no ROTC ou algo do tipo e foi fazer uma sessão de treinamento na Flórida. Seu melhor amigo, Madoc — que era meu colega de classe no ensino médio —, já tinha se casado e ia para a faculdade em Chicago com Jared, Tate e sua esposa, Fallon, que eu mal conhecia.

RIVAIS

Eles formavam um grupinho no qual eu não fazia mais parte e subitamente um peso se alojou no meu coração. Sentia falta dos meus amigos.

— Enfim — prosseguiu —, todo mundo vai voltar para casa em breve. Estamos pensando em acampar no 4 de julho, então faça um favor a si mesma. Prepare-se. Enlouqueça. Não tome banho hoje. Use um conjunto de sutiã e calcinha que não combine. Compre um biquíni sexy. Enlouqueça. Entendeu?

Biquíni sexy. Acampar. Tate, Fallon, Jared, Madoc e suas loucuras. Dois casais e eu de vela.

Beleeeza.

Olhei para a casa escura ao lado, onde o namorado de Tate já morou. Seu irmão, Jax, costumava viver lá também e do nada quis perguntar para Tate sobre ele.

Loucura.

Neguei com a cabeça, lágrimas se acumulando em meus olhos.

Tate. Jared. Fallon. Madoc.

Todos loucos.

Jaxon Trent, e todas as chances que ele me deu e eu nunca aproveitei. Loucura.

Lágrimas silenciosas desceram, mas fiquei calada.

— K.C.? — Tate chamou, quando eu não disse nada. — O mundo tem planos para você, querida. Esteja pronta ou não. Você pode estar no banco do motorista ou do passageiro. Agora vai arrumar um biquíni sexy para o acampamento. Entendeu?

Engoli o pedaço de palha de aço que se alojou na minha garganta e assenti.

— Entendi.

— Agora vai abrir a gaveta de cima da minha cômoda. Deixei dois presentes lá quando voltei em casa no último fim de semana.

Minhas sobrancelhas se estreitaram pelo caminho.

— Você estava em casa?

Queria não ter perdido sua passagem aqui. Não nos víamos há cerca de um ano e meio.

— Bem, queria garantir que estava limpa — respondeu, e fui até a parede oposta, onde estava sua cômoda — e que você tivesse comida. Desculpa não ter podido ficar para te receber.

Abrindo a gaveta, congelei na hora. Prendi a respiração e meus olhos se arregalaram.

— Tate? — Minha voz parecia o guincho de um ratinho.

— Gostou? — provocou, o sorriso espertinho em seu rosto era praticamente visível pelo telefone. — É à prova d'água.

Estendi a mão trêmula e tirei o vibrador Jack Rabbit roxo, que ainda estava na embalagem plástica.

Ai, meu Deus.

— É grande! — disparei, deixando cair o telefone e o vibrador. — Merda! — Nervosa, peguei o celular do tapete e me abracei, rindo. — Você é maluca. Sabia?

O delicioso som de sua risada preencheu meus ouvidos e fui de chorar para rir em um instante.

Houve um tempo em que eu era mais experiente que Tate. Quem imaginaria que ela me compraria meu primeiro vibrador?

— Eu tenho um igual — falou. — Está me ajudando na ausência de Jared. E o iPod tem um rock raivoso — pontuou.

Ai, é verdade. Olhei a gaveta de novo, vendo o iTouch já aberto com fones de ouvidos enrolados nele. Ela já deve ter colocado música.

— *Vai* te ajudar a esquecer aquele babaca. — Ela estava falando de Liam. Motivo de eu ter arrumado problemas em primeiro lugar.

— Pode me ajudar a esquecer K.C. Carter — provoquei. Abaixando-me, peguei o vibrador e meio que comecei a me perguntar que tipo de bateria ele usava. — Valeu, Tate. — Esperava que minha voz soasse verdadeira. — No mínimo, já me sinto melhor.

— Use os dois — ordenou. — Hoje. E também use a expressão *filho da puta* em algum momento. Você vai se sentir bem melhor. Acredite em mim.

E então desligou sem dizer adeus.

Tirei o telefone da orelha e o encarei, confusão rasgando meu sorriso.

Eu já tinha dito "filho da puta". Só que nunca em voz alta.

OUTROS LIVROS DA SÉRIE FALL AWAY

A história de Tate e Jared contada em dois romances, sob a visão de cada um dos personagens. Conheça *Intimidação* e *Até você*.

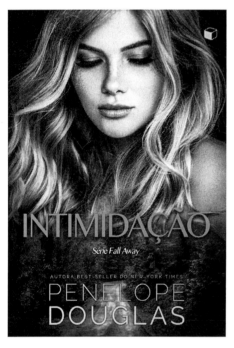

SOBRE PENELOPE

Penelope Douglas é *best-seller* do New York Times, USA Today e Wall Street Journal.

Seus livros foram traduzidos para catorze idiomas, tendo publicado em português pela The Gift Box as séries *Devil's Night* e *Fall Away* e os livros únicos *Má conduta*, *Punk 57*, *Birthday Girl*, *Credence* e *Tryst Six Venon: venenosas*.

Inscreva-se em seu blog: https://pendouglas.com/subscribe/

Siga suas redes sociais!
BookBub: https://www.bookbub.com/profile/penelope-douglas

Facebook: https://www.facebook.com/PenelopeDouglasAuthor
Twitter: https://www.twitter.com/PenDouglas
Goodreads: http://bit.ly/1xvDwau
Instagram: https://www.instagram.com/penelope.douglas/

Site: https://pendouglas.com/

E-mail: penelopedouglasauthor@hotmail.com

Todas as suas histórias têm painéis no Pinterest, se você gostar de algo visual: https://www.pinterest.com/penelopedouglas/

A The Gift Box é uma editora brasileira, com publicações de autores nacionais e estrangeiros, que surgiu no mercado em janeiro de 2018. Nossos livros estão sempre entre os mais vendidos da Amazon e já receberam diversos destaques em blogs literários e na própria Amazon.

Somos uma empresa jovem, cheia de energia e paixão pela literatura de romance e queremos incentivar cada vez mais a leitura e o crescimento de nossos autores e parceiros.

Acompanhe a The Gift Box nas redes sociais para ficar por dentro de todas as novidades.

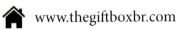
www.thegiftboxbr.com

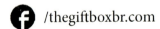
/thegiftboxbr.com

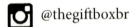
@thegiftboxbr

@GiftBoxEditora

Impressão e acabamento